UN MISTERIO EN TOLEDO

LA TRAMA

UN MISTERIO EN TOLEDO

Anne Perry

Traducción de Borja Folch

GRUPO ZETA

Barcelona • Madrid • Bogotá • Buenos Aires • Caracas • México D.F. • Miami • Montevideo • Santiago de Chile

Título original: *The Angel Court Affair*
Traducción: Borja Folch

1.ª edición: enero de 2017

© 2015 by Anne Perry
© Ediciones B, S. A., 2017
   Consejo de Ciento 425-427, 08009 Barcelona (España)
   ww.edicionesb.com

Printed in Spain
ISBN: 978-84-666-6048-8
DL B 22118-2016

Impreso por Unigraf S.L.
Avda. Cámara de la Industria, 38
Pol. Ind. Arroyomolinos, n.º 1
28938 - Móstoles (Madrid)

1

Pitt miró al ministro de Interior con incredulidad. Estaban en una estancia silenciosa y soleada de Whitehall, el tráfico de la calle apenas se oía.

—¿Una santa española? —dijo, esforzándose en mantener un tono más o menos neutro.

—No es española, es inglesa —respondió sir Walter con paciencia—. Simplemente vive en España. En Toledo, tengo entendido. Ha venido a ver a su familia.

—¿Y qué relación guarda eso con la Special Branch, señor? —preguntó Pitt. La Special Branch se había creado inicialmente para que se encargase del problema irlandés y ahora, en la primavera de 1898, su jurisdicción se había ampliado enormemente para abordar cualquier asunto que se considerase una amenaza para la seguridad nacional.

El caos era dueño de Europa mientras el siglo tocaba a su fin. La agitación social se intensificaba y era cada vez más patente. Cada pocas semanas había atentados anarquistas con bomba en uno u otro lugar. En Francia, el caso Dreyfus estaba exasperando los ánimos y apuntaba hacia un clímax que nadie era capaz de prever. Incluso circulaban rumores de que el gobierno podría caer.

Encarar la amenaza de asesinato de un dignatario de visita en Inglaterra era una de las misiones de la Special Branch, pero atender las necesidades de una monja en gira, o lo que quiera que fuese, sin duda no lo era. Pitt abrió la boca para señalarlo pero sir Walter habló primero.

—Ha recibido cartas que contienen amenazas contra su vida —dijo sir Walter, completamente inexpresivo—. Sus opiniones han causado cierta inquietud y... enojo. Por desgracia, las ha manifestado con excesiva libertad.

—Es un asunto policial —dijo Pitt lacónicamente—. Dudo que aquí haya alguien a quien le preocupe lo suficiente para discutir con ella, y mucho menos para alterar el orden público. Y si lo hubiera, sería incumbencia de la policía regular.

Sir Walter suspiró, como si la conversación le resultara tediosa.

—Pitt, esto no es una sugerencia. Quizá piense que muchas personas son apáticas en lo que atañe a los pormenores de la doctrina religiosa y que solo los cristianos más comprometidos discutirán con ella; y suponiendo que lo hagan, usted confía en que como mínimo sabrán comportarse dentro de los límites de la ley. —Enarcó las cejas—. Si es así, es tonto. Hay hombres que discutirán con más pasión sobre religión que sobre cualquier otra cosa. Para muchos, la religión representa el orden, la cordura, la inevitable victoria del bien sobre el mal. Les confirma el lugar que ocupan en la creación. —Sonrió apesadumbrado—. Casi el más alto. La falsa modestia impide que sea el más alto. Ese hay que reservárselo a Dios. —Su sonrisa se desvaneció y su mirada fue más adusta—. Pero si dice algo que ponga en entredicho ese lugar casi en lo más alto, lo estará poniendo todo en entredicho.

Negó con la cabeza.

—Por Dios, hombre, mire cómo nos ha desgarrado la religión a lo largo de la historia. Empiece por las Cruzadas y la Inquisición en España, la persecución de los cátaros y los valdenses, las masacres de los hugonotes en Francia. Hemos quemado en la hoguera a católicos y protestantes. ¿Piensa que no podría volver a ocurrir? Si Dreyfus no fuese judío, ¿cree que ese monstruoso asunto habría surgido alguna vez o que habría alcanzado estas proporciones?

Pitt tomó aire para rebatirlo, pero las palabras se le helaron en la boca.

Estaba terminando el mes de abril. Hacía poco que el presidente McKinley había solicitado al Congreso de Estados Unidos que declarase la guerra a España. Cuba llevaba varios años buscando independizarse de España, y Estados Unidos había comenzado a intervenir en la disputa, viendo una oportunidad para ganar poder y una posición estratégica. Cuando se produjo una misteriosa explosión a bordo del acorazado *USS Maine* en el puerto de La Habana, la poderosa prensa estadounidense acusó abiertamente a España. El 21 de abril el Congreso había ordenado el bloqueo naval de todos los puertos cubanos, exigiendo que España renunciara al control de Cuba. El 25 de abril, cuatro días después, Estados Unidos declaró la guerra. Era la primera vez que había hecho algo semejante en su breve e idealista existencia. Hasta entonces se había centrado en la expansión interior, había colonizado la tierra, construido, explorado y desarrollado su industria. Ahora, de repente, el país estaba aumentando el tamaño de sus ejércitos y de su armada y buscaba posesiones en ultramar, en lugares tan lejanos como las islas Hawái o las Filipinas.

Este nuevo deseo de expansión exterior podía terminar implicando otras potencias navales, incluso Gran Bretaña, si Estados Unidos así lo deseaba. Si algo iba mal durante la visita de la española, sería muy fácil que España lo malinterpretara. Una idea escalofriante, habida cuenta del estado de las cosas en Europa. Cuatro años antes habían asesinado al presidente Carnot de Francia. El año anterior le había ocurrido lo mismo al primer ministro Cánovas del Castillo en España, donde la violencia había alcanzado cotas abominables.

—Trae consigo a una media docena de sus... acólitos —prosiguió sir Walter, como si no hubiese reparado en que Pitt no le estaba prestando atención.

—Solo Dios sabe qué clase de personas son, pero no queremos que maten a ninguna de ellas en suelo británico. Seguro que comprende lo embarazoso que resultaría para el gobierno de Su Majestad. Especialmente a la luz de nuestra historia con España. Además, tampoco queremos darles excusas para que también entren en guerra con nosotros.

Miró a Pitt detenidamente, como si quizá lo hubiese sobreestimado y fuera a verse obligado a reconsiderar su opinión.

—Sí, señor —contestó Pitt—. Por supuesto que lo comprendo. ¿Existe alguna posibilidad, aunque sea remota, de que la ataquen aquí?

No hizo la pregunta llevado por la incredulidad, sino esperando alguna garantía de que no fuera así.

Sir Walter relajó un poco su expresión, las arrugas en torno a su boca fueron menos severas.

—Probablemente, no —contestó con un asomo de sonrisa—, pero, según parece, esta mujer no cuenta, ni mucho menos, con la aprobación de su familia inglesa. Para empezar, se marchó de resultas de una disputa por una cuestión de principios, tengo entendido. ¡Las familias pueden ser un verdadero infierno! —agregó con cierta compasión.

Pitt hizo un último intento para eludir la tarea.

—Permítame señalar que la violencia doméstica también es competencia de la policía, señor, no de la Special

Branch. En este momento nos estamos ocupando de un caso de sabotaje industrial que parece estar orquestado desde el extranjero. Está yendo a peor y es preciso ponerle fin.

La mirada que le lanzó sir Walter fue intensa y brillante.

—Conozco muy bien las atribuciones de la Special Branch. Debo recordarle que son las consecuencias para la nación lo que determina a quién corresponde cada problema, Pitt, y usted lo sabe tan bien como yo. Si no fuese así, créame, no duraría mucho en su cargo.

Pitt carraspeó y habló en voz baja.

—¿Estamos enterados de la naturaleza de esa disputa en la familia de esa mujer, señor?

Sir Walter encogió ligeramente los hombros. Si se percató del cambio de tono en la voz de Pitt, fue lo bastante sofisticado para no demostrarlo.

—Creo que fue lo habitual con una hija obstinada —respondió, sonriendo de nuevo—. Rehusó casarse con el joven de excelente crianza y fortuna, y aburridas costumbres, que habían seleccionado para ella.

Pitt recordó que sir Walter tenía tres hijas.

—Huyó a España, se casó con un español de carácter desconocido y, probablemente, de linaje desconocido, al menos para los padres de Sofía —agregó sir Walter—. Me figuro que fue embarazoso para ellos.

—¿Cuánto tiempo hace de eso? —preguntó Pitt, manteniendo el semblante tan inexpresivo como pudo. Su propia hija, Jemima, estaba alcanzando deprisa la edad de casarse. No le gustaba pensar en ello.

—Oh, hace ya algún tiempo —respondió sir Walter, restándole importancia—. Me parece que son sus creencias religiosas las que han agravado el problema. No revestirían tanta importancia si se las guardara para sí misma, pero ha formado una especie de secta. Tiene acólitos, como ya he mencionado.

—¿Católica romana?

Pitt imaginó un culto a la Virgen María que quizá reavivara el recuerdo de antiguas persecuciones.

—Parece ser que no. —Sir Walter levantó un hombro con un gesto elegante—. Apenas importa. Tan solo ocúpese de que nadie la ataque mientras esté en Inglaterra. Cuanto antes se marche, mejor, pero sana y salva, por favor.

Pitt se puso firmes.

—Sí, señor.

—¿Sofía Delacruz? —dijo Charlotte con repentino interés. Ella y Pitt estaban sentados junto al fuego mortecino de la chimenea en la sala, con las cortinas de las cristaleras que daban al jardín descorridas. Casi toda la luz se había desvanecido en el fresco cielo primaveral y el frío se hacía sentir en el aire. Jemima, de dieciséis años, y Daniel, de trece, estaban arriba, en sus habitaciones. Jemima estaría soñando despierta o escribiendo a sus amigas. Daniel, abismado en las aventuras de su último ejemplar de *Boy's Own Paper*.

Pitt se inclinó hacia delante y echó otro tronco al fuego. Daba menos calor que el carbón, pero le gustaba el olor de la leña de manzano.

—¿Has oído hablar de ella? —preguntó, sorprendido.

Charlotte sonrió con una pizca de timidez.

—Sí, un poco.

Pitt recordó que sir Walter había aludido a un escándalo de tiempo atrás; le constaba que Charlotte detestaba los chismorreos aun cuando eran el meollo de una investigación. Los escuchaba, pero con sentimiento de culpa y un atisbo de miedo. Había visto de primera mano a demasiadas víctimas del chismorreo que antes se deleitaban con él.

—¿Qué te han contado? —dijo Pitt muy serio—. Es posible que corra peligro. Tengo que informarme.

Charlotte no discutió, cosa que en sí misma indicaba otro tipo de interés. Pitt detectó preocupación en sus ojos cuando su esposa dejó de coser.

—¿Vas a protegerla? —preguntó con curiosidad.

—He asignado esa misión a Brundage —contestó Pitt.

Charlotte se quedó perpleja.

—¿No a Stoker?

—Stoker ya es veterano —señaló Pitt. No quería mostrarse cortante y sembrar discordia entre ellos. Aquella tranquila velada a solas con ella era lo mejor de su jornada. La paz que compartían era sumamente importante para él—. Tiene otras responsabilidades. Brundage es un buen agente.

—Me han dicho que las ideas de Sofía son bastante radicales —dijo Charlotte, mirándolo fijamente.

—¿Por ejemplo?

—No lo sé —admitió Charlotte, dejando la costura a un lado e inclinándose un poco hacia delante—. A lo mejor iré a escuchar lo que cuenta, cuando llegue. Sin duda tendrá más ímpetu que nuestro pastor.

Charlotte iba a misa casi todos los domingos porque acompañaba a sus hijos. Era la costumbre al uso para integrarse en la comunidad y ser aceptado. Además la iglesia era el mejor lugar para que Jemima y Daniel conocieran a otros jóvenes cuyas familias Charlotte conocía bastante bien.

Las más de las veces, los domingos Pitt descubría que lo aguardaban deberes urgentes en otros lugares.

Pitt respondió con un gesto de asentimiento pero en realidad era mucho más consciente del recuerdo que le había acudido a la mente. Su madre lo había llevado a la parroquia sita en el linde de la finca cada domingo de su infancia. Aún podía rememorar los haces de luz multicolor que bajaban inclinados desde las vidrieras emplomadas, oler la piedra y el ligero tufillo a polvo. Gente que arrastraba los pies, crujidos de corsés y el seco chasquido del papel al pasar la página. Rara vez había escuchado de veras los sermones. Algunas historias del Antiguo Testamento eran buenas, pero estaban aisladas, sin formar una historia coherente de Dios y el hombre. La Biblia se le antojaba más bien una serie de errores y correcciones, desastres bien merecidos seguidos de rescates heroicos. Buena parte de lo demás eran listas de nombres o profecías maravillosamente poéticas sobre la desolación por venir.

¿Había creído en algo de todo aquello? Y aun si lo había hecho, ¿realmente importaba? Si era sincero, sus ejemplares prestados de *Boy's Own* habían estimulado mucho más su corazón con sus relatos de aventuras, de héroes que cualquier niño querría emular. De pronto sonrió con silencioso deleite; cuando veía a Daniel leyendo se identificaba con su hijo. La revista había cambiado de nombre, los relatos estaban ambientados en otros escenarios, pero el espíritu era el mismo.

Siendo así, ¿por qué eran tan nítidos aquellos viejos recuerdos de la iglesia? ¿Por la sensación de compañía que tenía su madre, la rara paz interior que sentía cuando estaba allí, como si por fin estuviera a salvo, amada y sin ningún temor? A la sazón Pitt había pensado que la fe de su madre era simple e inquebrantable. Si bien se alegraba por ella, pues sabía que la confortaba de sus temores de un modo que no estaba al alcance de él, nunca había deseado ser igual que ella. Era un tema del que jamás habían hablado, por decisión de ambas partes.

Ahora se preguntaba si tal vez no había sido ni mucho menos tan fácil para ella mantener la fe como él había supuesto, si le había dejado creerlo para quitarle un peso de encima. En aquel ámbito podía seguir siendo un niño. Su madre se lo había permitido, igual que había hecho con tantas otras cosas de las que Pitt no fue consciente en su momento. Su madre había fallecido sin haberle dicho siquiera que estaba enferma. Lo había mandado lejos para que no se enterase ni sufriera a su lado.

Charlotte lo estaba observando, expectante. ¿Acaso le había leído el pensamiento?

—¿De verdad quieres ir a escucharla? —dijo Pitt, rompiendo el silencio por fin.

—Sí —respondió Charlotte de inmediato—. Tal como te he dicho, tengo entendido que sus ideas son escandalosas, incluso blasfemas. Me encantaría saber en qué consisten.

Pitt se dio cuenta de lo poco que él y Charlotte habían hablado sobre sus creencias en lo relativo a la religión. Sin embargo, sabía todo lo demás acerca de ella. Sabía qué le dolía, qué la enojaba, qué la hacía reír o llorar, quién le gustaba y qué pensaba de esas personas, así como lo que pensaba acerca de sí misma. A menudo descifraba sus sentimientos por la expresión de su rostro. Otras veces lo hacía fijándose en otros detalles: un silencio repentino, una amabilidad inexplicable, el olvido de un rencor al que otra persona podría haberse aferrado, y, a través de estos pequeños actos, Pitt sabía que Charlotte había comprendido un defecto o un sufrimiento.

—¿Realmente te importa? —preguntó Pitt—. Que sea blasfema, quiero decir.

Charlotte lo miró sorprendida. Primero Pitt pensó que se debía a su pregunta. Luego cayó en la cuenta de que su sorpresa obedecía a que no tenía una respuesta clara.

—No tengo ni idea —confesó Charlotte—. Tal vez por eso quiero ir. Ni siquiera estoy segura de saber qué es una blasfemia. Entiendo que maldecir o profanar un santuario lo sean. ¿Pero qué hace que una idea sea blasfema?

—*El origen de las especies* de Darwin —contestó Pitt en el acto—. La sugerencia de que evolucionamos desde seres inferiores para convertirnos en seres superiores. Eso amenaza por completo el concepto que tenemos de nosotros mismos.

Sonrió con fingido remordimiento.

—Bien, si ha venido a hablar de eso, llega un poco tarde para suscitar controversia —dijo Charlotte secamente—. ¡Llevamos treinta años discutiendo por lo mismo! Ya no es un tema interesante.

—¿Finalmente no vas a venir, pues?

Intentó mantenerse serio, como si no le estuviera tomando el pelo adrede.

—¡Claro que iré! —contestó Charlotte al instante, y entonces reparó en lo que estaba haciendo Pitt y sonrió—. Nunca he visto a una blasfema. ¿Crees que habrá disturbios?

Pitt no le dio la satisfacción de contestar.

La conferencia de Sofía Delacruz iba a celebrarse en un gran auditorio sito en una plaza. Pitt fue a media tarde para comprobar que se hubiesen tomado las precauciones pertinentes para evitar que una eventual protesta deviniera violenta. También quería hablar con Brundage y conocer su opinión acerca de Sofía y, quizás incluso más importante, acerca de sus seguidores.

Hacía un día típico de abril, soleado pero con chaparrones dispersos. Las hojas nuevas relucían pálidas en las ramas y había franjas de narcisos amarillos en el césped de la plaza.

Pitt pasó junto a ellos, deleitándose un momento en contemplarlos, y luego subió la ancha escalinata hasta las puertas del auditorio donde iba a celebrarse la conferencia. Se fijó en que ya había varios agentes de la policía local en las inmediaciones, aunque todavía faltaba una hora para que el acto empezara. Preguntó por Brundage y le indicaron cómo llegar a uno de los camerinos, que estaban justo detrás del escenario. Era un cuarto desnudo salvo por un par de sillas, un espejo y unos cuantos ganchos en la pared.

Brundage era un joven corpulento, casi de la estatura de Pitt pero más fornido. El pelo castaño le caía sobre la frente y se lo apartó con un gesto automático al enderezarse tras haber recogido unos cuantos folletos que anunciaban el acontecimiento. Sus rasgos eran inusuales, marcados pero en absoluto toscos.

—Señor —dijo educadamente al reconocer a Pitt.

—Buenas tardes, Brundage —respondió Pitt. Echó un vistazo a la habitación, fijándose en las ventanas y en la segunda puerta—. Dígame qué ha encontrado hasta ahora.

Brundage puso los ojos en blanco un instante.

—Ojalá pudiera decir que ha sido lo que me esperaba, señor. El auditorio es bastante seguro y la policía local ha desplegado efectivos para controlar a una gran multitud. Seguramente acudirán más curiosos que tipos con ganas de bronca, pero basta con unos pocos para que las cosas se pongan feas.

—¿Qué es lo que no se esperaba encontrar? —preguntó Pitt, un tanto escéptico.

Brundage se encogió de hombros.

—Alguien a quien no puedo descartar como loco inofensivo, supongo —contestó con cierto grado de menosprecio por sí mismo—. Creía que los seguidores de esta mujer serían la consabida colección de idealistas, iluminados y parásitos. Y por supuesto también están quienes desean ocupar su lugar. En eso no me equivoco. Aunque son más vehementes de lo que esperaba.

—¿Una amenaza para ella? —preguntó Pitt enseguida.

—Espero que no. —Miró a Pitt a los ojos—. Pero no es imposible.

—¿Quiénes son? Deme nombres. ¿Conocemos a alguno de ellos?

—Están constantemente con ella. No hacen otra cosa. Han entregado su vida a la causa. El más importante, por lo menos a su propio juicio, es Melville Smith —comenzó Brundage—. Es el único de nacionalidad inglesa. Cincuenta y tantos. Ambicioso, aunque lo niega. Parece leal, pero creo que lo es más a las ideas que a ella. Ramón Aguilar, por otra arte, es unos quince años más joven que Smith, y es leal a Sofía por encima de todo lo demás. Es español, de voz suave, afable. —Brundage sonrió—. Tararea mientras va por ahí. Las tres mujeres que vinieron con ella son más difíciles de descifrar. Cloe Robles es menuda y bonita, de unos veinticinco; madre inglesa y padre español. Intuyo que hay alguna tragedia en su pasado...

Dejó la frase inacabada puesto que no sabía qué añadir.

Pitt se formó en el acto la opinión de que a Brundage le gustaba.

—Elfrida Fonseca es reservada, vigilante —prosiguió Brundage—. Más rolliza, pero agradable a su manera. Femenina, no sé si me explico. Y tiene una piel preciosa, inmaculada.

Pitt asintió.

—¿Sabe algo acerca de ella?

—Parece muy devota y es bastante retraída —contestó Brundage, negando con la cabeza—. No consigo que me cuente nada. Pero se muerde las uñas. Algo la preocupa.

—Prosiga —le dijo Pitt.

—Henrietta Navarro es mayor. Me parece que estaba en una orden religiosa antes de unirse a Sofía. Se niega a hablar de ello, y no puedo presionarla sin provocar su enojo. Lo intenté y la propia Sofía me dijo a las claras que no la molestara con ese tema.

Pitt percibió una nota nueva en la voz de Brundage, algo que nunca había oído en el año y medio que llevaba tratándolo. Revelaba cierto sobrecogimiento.

—¿Y qué me dice de Sofía? —preguntó Pitt.

Brundage titubeó.

Pitt aguardó. La sinceridad era más importante que la rapidez.

—No lo sé —dijo Brundage finalmente—. Puedo hablarle de los demás. No son muy diferentes de muchos que he conocido. —Miró a Pitt muy serio—. Pero ella lo es. Ni siquiera puedo decirle si creo que las amenazas contra ella son reales. Tampoco sé decirle si ella piensa que lo son, o si cree que una especie de ángel custodio va a protegerla y que, por tanto, poco importan.

Pitt lo miró de hito en hito.

—¿Puede decirme algo útil? —preguntó, haciendo un esfuerzo por mostrarse cortés. Lo más probable era que a Brundage le desagradara tanto como a él aquella misión. Había otros casos más reales e importantes en los que trabajar, concretamente el de sabotaje industrial que había comentado a sir Walter, que estaba agravándose día tras día.

Brundage se removió.

—Ramón Aguilar es leal. Si va a producirse un ataque desde dentro, será obra de Melville Smith.

Se oían voces quedas y pasos que iban y venían por el pasillo.

—¿Relación entre los seguidores? —preguntó Pitt.

Brundage frunció los labios.

—Considerable antipatía entre los dos hombres. Ellos creen que la disimulan, pero es evidente. Las dos mujeres de más edad se muestran distantes entre sí, pero con educación. A juzgar por su actitud, Henrietta Navarro parece más próxima a Smith. Y hay otra mujer que barre y limpia en el patio de Angel Court, donde se alojan todos. Según parece es nueva, acaba de unirse a ellos y no habla con nadie.

—Pues veamos si Sofía Delacruz quiere hablar conmigo ahora —respondió Pitt—. Me figuro que se estará preparando para dar su sermón o lo que sea.

Brundage pareció aliviarse. Se irguió y salió por la puerta sin más comentarios.

Menos de cinco minutos después la puerta se abrió de nuevo. Pitt dio media vuelta seguro de que vería a Brundage de regreso con el mensaje de que Delacruz estaba demasiado ocupada para atenderlo, porque estaba rezando o estudiando, o lo que fuese que hiciera para prepararse. En cambio vio a una mujer esbelta más alta que la media. El pelo moreno recogido hacia atrás desvelaba el rostro más excepcional que recordara haber visto jamás. Su primera impresión fue que no era guapa. Era demasiado impactante, sus ojos azul pizarra estaban demasiado hundidos. Luego, cuando se acercó a él, se dio cuenta de que en realidad era muy guapa, de un modo que era al mismo tiempo salvaje y tierno. Irradiaba una ardiente inteligencia, y en su expresión se adivinaba algo que bien podría ser diversión.

—Soy Sofía Delacruz —dijo a media voz—. Tengo entendido que usted es el comandante Pitt de la Special Branch.

Pitt inclinó la cabeza.

—Sí, señora. Confío en que podamos contribuir a evitarle cualquier situación desagradable.

Para su sorpresa, Sofía se echó a reír con absoluta espontaneidad.

—Espero que no sea el caso. Significaría que soy tan anodina que nadie tiene nada que objetar. Para eso no habría sido preciso que hubiese venido.

Pitt se quedó confundido. Sofía Delacruz distaba mucho de ser la mujer entregada a su religión que había imaginado y a la que algunos consideraban una santa. Se dio cuenta de que había contado con encontrar una serenidad, una pureza ajena al mundo, de hecho ajena a la realidad. Pero Sofía parecía ser una persona muy presente, muy terrenal.

—¿Ha venido con la intención de inquietar a la gente? —preguntó Pitt, procurando no dejar traslucir su sorpresa y una pizca de exasperación. Aquella mujer tal vez no fuese más que una alborotadora que disfrutaba llamando la atención y escandalizando. Pitt no veía nada sagrado en semejante actitud, más bien lo contrario. Era digna de desprecio.

Sofía caminaba delante de él. Mantenía la cabeza alta, orgullosa. La luz cenital acentuaba los pómulos y las finas arrugas que le rodeaban los ojos y la boca. Luego entró en una zona de penumbra. Se movía con una gracia extraordinaria.

—¿Qué espera que le diga? —preguntó a Pitt—. ¿Piensa que he venido para decirle a la gente que no hay nada que hacer, que no hay de qué preocuparse? ¿Que todo el mundo es perfecto, que sigan siendo como son? ¿Dios os ama y os dará todo lo que deseéis, de modo que no es preciso que hagáis nada en absoluto? —Encogió apenas los hombros, haciendo un gesto casi imperceptible—. A los satisfechos de sí mismos no es preciso que les cuente eso. Los que estén libres de pecado, y quienes saben en el fondo de su corazón que existe una gloria que pueden alcanzar, se marcharán de vacío, preguntándose por qué me he molestado en venir. ¿Es esto lo que esperaba de mí? Pecaría de mentirosa y de perpetuar el aburrimiento, pero nadie mata por tales cosas, siempre y cuando las mentiras no incomoden más de la cuenta.

Pitt respiró profundamente. Se recordó a sí mismo que, por más que le costara mantener la paciencia y actuar con tacto, sir Walter había dejado muy claro que cualquier ataque contra aquella mujer en suelo británico sería más que embarazoso; podría ser la chispa que inflamara un incidente internacional capaz de dar pie a una guerra.

—¿Y qué se propone decirles? —preguntó con tanta gentileza como pudo—. ¿Qué es lo que hace que alguien quiera hacerle daño?

—La verdad es que no sé por qué alguien querría hacerme daño —contestó Sofía con mucha labia—, pero me consta que he recibido varias amenazas de muerte. Y creo que ha habido otras que Ramón me ha ocultado.

—¿Solo Ramón? ¿No Melville Smith? —preguntó Pitt de inmediato.

Los ojos de Sofía volvieron a sonreír, más divertidos que cordiales.

—No. Las que me constan me las entregó Melville. No me protege a mí, sino la fe que nos une.

No hubo expresión alguna en su rostro ni en su voz. Estaba dejando que Pitt sacara sus propias conclusiones.

—¿Confía en él? —inquirió Pitt.

Sofía se quedó perpleja, aunque su mirada solo lo reflejó un instante.

—Es usted muy directo —respondió.

Esta vez el divertido fue Pitt.

—¿Eso la molesta? Me temo que no tengo tiempo ni predisposición para ser más diplomático. ¿Confía en el señor Smith?

—Confío en que haga lo que él considere que es mejor para el bien de la doctrina. —Miraba a Pitt de hito en hito mientras hablaba—. No doy por sentado que eso siempre vaya a coincidir con mi opinión. Pero antes de que me lo pregunte, no, no creo que Melville quiera hacerme daño.

—En su opinión, ¿desea suscitar controversia? —prosiguió Pitt.

De pronto hubo reconocimiento en su rostro. Sus sentimientos era tan raudos y visibles como un juego de luces y sombras en el agua.

—Muy buena pregunta, comandante. No estoy segura de poder contestar fácilmente.

—¿Escucha sus consejos?

—Por supuesto. Pero no siempre le hago caso.

Pitt se imaginó sus enfrentamientos. Melville Smith probablemente sería un tipo arrogante, insistente, tal vez temeroso de ella, sin duda exasperado. Ella se mostraría feroz, segura de sí misma, haciendo patente que solo lo escuchaba por mera cortesía. Haría exactamente lo que le viniese en gana.

—¿Qué va a decirle al público? —preguntó Pitt, retomando su pregunta anterior. Cada vez sentía más curiosidad por saber en qué creía aquella mujer tan poco común, qué era lo que tanto le importaba para tener que contárselo a desconocidos aunque pudiera costarle la vida. ¿Era una histérica, una víctima de sus propios delirios? Desde luego no sería la primera. La historia estaba llena de mujeres que tenían visiones y creían sinceramente que eran obra de Dios. A Juana de Arco la quemaron viva en la hoguera por negarse a renegar de sus «ángeles».

Pero aquella mujer que tenía delante, con un sencillo vestido azul, no parecía en lo más mínimo que padeciera algún trastorno emocional. En realidad, daba la impresión de tener más sangre fría que el propio Pitt.

Sofía sonrió, y por un instante Pitt vio incertidumbre en sus ojos. No fue como si dudara de sí misma sino tal vez de Pitt.

—Voy a decirles que son hijos de Dios —dijo con compostura, mirándolo a la cara—. Como todo ser humano en la faz de la tierra. Que no existe otra clase de persona.

—¿Y esto por qué debería molestarlos? —dijo Pitt, preguntándose en el acto si era una pregunta estúpida o si era exactamente lo que ella había querido que dijera.

—Porque a los niños se les exige que crezcan —contestó sin vacilar—. Si somos los hijos de Dios en vez de simples criaturas creadas por sus manos, quizá con el tiempo lleguemos a ser como Él. No en esta vida, pero este es el momento de empezar, de tomar la decisión de que este será nuestro camino. Y crecer puede ser doloroso. Hay lecciones que aprender, errores que enmendar, algunas equivocaciones que pagar. Pregunte a cualquier niño si le parece fácil convertirse en alguien como su padre, sobre todo si su padre es un gran hombre.

Esbozó una sonrisa, como burlándose de sí misma.

—Pero lo que más molesta a algunas personas, lo que de hecho constituye la «blasfemia» que no pueden tolerar, es que, si un día podemos llegar a ser como Dios, es lógico deducir que es posible que Él, en un pasado remoto, haya sido como nosotros somos ahora. Motivo por el que, naturalmente, nos comprende por completo; cada temor, cada error y cada necesidad. Y quizá todavía más aterrador para algunos, Él sabe que podemos hacerlo, que podemos llegar a ser como Él si estamos dispuestos a intentarlo con el empeño suficiente, a pagar lo que cueste en esfuerzo y paciencia, humildad y valentía, sin rendirnos jamás.

»Casi todos deseamos algo infinitamente más fácil, mucho menos ambicioso y más seguro. Ese es el plan que nos tiene reservado el diablo, que nos quedemos atrofiados, que seamos menos de lo que podríamos haber sido.

—¿Está diciendo que los hombres y Dios son lo mismo? —preguntó Pitt con incredulidad.

—Solo en el sentido en que una oruga y una mariposa lo son —contestó Sofía—. No hay seguridad alguna, nada que adquirir excepto si es mediante el crecimiento del alma. Y esto da miedo a mucha gente. Cambia las reglas que creíamos conocer. No hay jerarquía que valga, salvo la de la capacidad de amar con todo el corazón. La obediencia no basta, solo es un comienzo. Es muy pequeña, comparada con el conocimiento.

—¿Está asustada? —preguntó Pitt tras una prolongada pausa.

—Sí —contestó Sofía en voz muy baja—. Pero lo único que podría asustarme más sería negar lo que me consta que es verdad. Entonces no me quedaría nada en absoluto.

—Nos ocuparemos de que no le ocurra nada malo —prometió Pitt. Pero mientras se despedía y daba media vuelta, ya tenía claro que no había nada que temer. Las ideas de Sofía quizá fueran ofensivas, sobre todo si uno se las tomaba en serio, pero no más que las de cualquier activista que deseara reformas económicas, salarios más altos, derecho a voto para las mujeres. Aunque lo que predicara fuese una blasfemia, dudaba que fuese suficiente para inducir a cometer un acto violento.

La conferencia estuvo mucho más concurrida de lo que Pitt había previsto. Había corrido el rumor de que Sofía Delacruz era polémica y muchas personas habían acudido por mera curiosidad. En su inmensa mayoría eran mujeres.

Pitt consultó con Brundage las medidas de seguridad, y también con la policía regular que vigilaba a la muchedumbre, buscando a cualquier elemento excitable, furtivo o que pareciera estar fuera de lugar.

El sargento Drury estaba claramente molesto por verse apartado de sus obligaciones debido a lo que consideraba una frivolidad. Era ancho de espaldas, un poco corpulento, y montaba guardia en la entrada principal con un aire adusto. Una mujer enjuta vestida de negro reparó en su presencia con aprobación, pero no dijo palabra.

—Esa ha venido a quejarse —comentó a Pitt, que estaba cerca de él—. Pero no veo que pueda ser peligrosa. ¿Y usted? ¿Qué demonios piensan que va a ocurrir, señor? ¡Nadie va a tirar una bomba a esta mujer! Según tengo entendido, ¡los anarquistas estarían de su parte!

Una mujer alta pasó junto a ellos, impidiendo que Pitt contestara. Miró a Drury con complacencia.

—Señora —correspondió Drury.

Pitt saludó al sargento con una inclinación de cabeza y siguió su ronda. Estaba inspeccionando otras entradas y a la creciente multitud, cuando divisó a Charlotte. Fue su característica manera de ladear la cabeza lo que le llamó la atención, y la gracia singular con la que se volvió hacia la joven que estaba a su lado. Pitt sonrió complacido hasta que se dio cuenta, con un sobresalto, de que la joven en cuestión era su hija Jemima. Llevaba el largo cabello castaño recogido en un moño alto y lucía uno de los sombreros más sencillos de Charlotte. Estaba preciosa. La conocía desde la cuna y, sin embargo, de pronto su hija parecía casi una extraña. La contempló un momento más, hasta que uno de sus hombres lo interrumpió para referirle una conversación ligeramente desagradable que acababa de oír. De súbito fue consciente de un frío estremecimiento de advertencia. Las cartas a Sofía no amenazaban con entablar disputas, ni siquiera con montar escenas embarazosas, amenazaban de muerte. Debía asegurarse de que no se hicieran realidad, no solo por el bien de Sofía sino por el de todos los presentes, incluidas Charlotte y Jemima.

Un cuarto de hora más tarde la sala estaba casi llena. Recorriéndola con la vista desde su sitio junto al escenario, Pitt vio menos de diez asientos vacíos entre los quinientos que había calculado que había en el auditorio. Se oía un discreto murmullo de conversaciones. Algunos asistentes saludaban con la cabeza a sus conocidos, pero el ambiente de expectación no propiciaba el simple placer de cotillear.

Todos guardaron silencio cuando Melville Smith subió al escenario y se puso de cara al público. Era de estatura media, con el pecho un poco protuberante. Era al hablar cuando atraía la atención, pues tenía una hermosa voz. Se presentó y dio la bienvenida a los asistentes como si fuese el anfitrión de una fiesta en su casa y Sofía Delacruz la invitada de honor.

Cuando terminó, se retiró a un lado y Sofía hizo su entrada. Si tenía miedo, nada lo reflejaba en su porte. Se mantenía erguida, con la cabeza alta y una delicada sonrisa en su increíble rostro.

A Pitt le habría gustado observarla y escuchar cómo hablaba a una multitud de desconocidos sobre las extraordinarias creencias que le había referido poco antes. No obstante, su cometido era estar atento a cualquier amenaza posible, aun estando convencido de que no surgiría ninguna. Era tarea de la policía regular prohibir la entrada a los alborotadores y, si se producía una situación revoltosa, sofocarla. Y la tarea de Pitt era enfrentarse a un eventual ataque serio contra la vida de Sofía. Hizo lo posible por desconectar de su discurso mientras escrutaba los semblantes de los espectadores, tratando de juzgar sus reacciones.

Sofía habló tal como le había advertido que lo haría, comenzando con mucha amabilidad: las reconfortantes y consabidas ideas sobre Dios como padre de toda la humanidad.

En la segunda fila, casi en el centro, un joven bostezó ostensiblemente. Pitt miró de soslayo a Sofía y vio que se había percatado. Fue un gesto descortés. Aquel hombre había escogido un asiento bien visible desde el que mostrarse grosero.

Sofía había pasado a abordar el tema de la creación del mundo y el lugar que el hombre ocupaba en él. Levantaba la voz con entusiasmo y su viveza llegaba hasta el último rincón de la sala.

El joven de la segunda fila la estaba mirando fijamente. Ya no fingía aburrimiento, tenía el cuerpo tenso, los hombros encogidos.

Sofía continuaba con su discurso mientras se acercaba al borde del escenario, hablando de la tierra y sus criaturas. El sobrecogimiento que la embargaba ante la belleza que estaba describiendo se hacía patente en su semblante.

—¿Qué me dice de Darwin? —chilló un hombre, con la voz tan aguda que sonó rayana en la histeria.

—Coincide exactamente con mi argumento —contestó Sofía sin el menor titubeo—. Las cosas cambian y evolucionan contantemente. Es posible que podamos mejorar siempre, volviéndonos más sabios, más valientes, más amables y más honestos, aprendiendo hasta la eternidad.

—¿Pero qué me dice del propio Darwin, que sostiene que somos poco menos que monos?

Ahora el hombre estaba de pie, con los puños cerrados y la barba roja encrespada. Tenía el rostro teñido de ira.

Sofía sonrió.

—Incluso Darwin podría —contestó—. Para ninguno de nosotros es imposible progresar.

Pitt se dio cuenta de que había querido resultar divertida, pero había juzgado mal al menos a una parte de su público. Al fondo a la izquierda alguien rio, pero el hombre barbudo estaba enfurecido.

—¡Cómo se atreve a burlarse de nosotros! —chilló, levantando aún más la voz—. ¡Blasfema! Ningún hombre toma el nombre de Dios en vano y mucho menos... ¡una mujer! ¡Viene aquí desde un país impío y se ríe de nosotros, intenta que los idiotas se crean que son iguales que Dios!

La figura corpulenta del sargento Drury se estaba preparando para intervenir.

Sofía se le adelantó.

—No me burlo de nadie, señor. —Lo dijo sin alterarse, pero su voz transmitió una gran autoridad—. España no es un país impío, y como inglesa que ha sido bien acogida allí, me avergüenza oírle decir eso de sus semejantes, solo porque no veneran a Dios exactamente de la misma manera que usted.

Otro hombre se puso de pie. Era calvo y llevaba un traje oscuro.

—La ofensa a España es fruto de la ignorancia —dijo, quitándole importancia con un ademán—. ¡Pero sugerir que el hombre es lo mismo que Dios es una blasfemia en toda regla! No pienso oírlo y quedarme callado, pues entonces también yo sería culpable de semejante pecado. —Volvió a levantar la mano—. ¡Igual que el resto de los presentes!

Sofía se ruborizó pero su voz siguió siendo serena, si bien un poco temblorosa.

—No he dicho que el hombre sea igual que Dios, señor, solo que puede seguir el mismo camino hacia la luz y así volverse como él. ¿Acaso Cristo no nos ordenó que deviniéramos perfectos, tal como lo era Él?

—¡Eso no es lo que Él quería decir! —dijo el hombre con absoluta incredulidad.

Otro hombre de pecho fuerte y grueso se rio a carcajadas.

—¿Y cómo demonios sabe usted lo que quería decir? —inquirió. Señaló a Sofía con el pulgar—. Personalmente, creo que está como una cabra, pero dice tantas insensateces como usted, aunque usted es mucho más guapa.

Las risas se hicieron oír en todo el auditorio. Tres señoras de mediana edad se levantaron y se fueron, tiesas de indignación.

De un modo u otro, Sofía se las compuso para recuperar el control del debate y reanudó el hilo de su narración sobre el hombre como una criatura capaz de convertirse en lo más noble. Explicó el elevado coste que suponía en fe y trabajo: experiencias dolorosas y el dominio del egoísmo, la ignorancia y la prontitud instintiva para juzgar al prójimo.

Hubo otras breves incursiones en actitudes desagradables por parte del público, pero fueron controladas, disipadas con moderado buen humor y, finalmente, a las diez menos cuarto, concluyó la sesión. Pitt se sorprendió al constatar lo cansado que estaba. Le dolían la cabeza y la espalda, tenía los músculos agarrotados por la constante vigilancia de un posible brote de violencia. Reparó en que Sofía Delacruz estrechaba manos, asentía y sonreía como si estuviera sumamente tranquila, y después, cuando la última persona se hubo dirigido hacia la puerta, la vio volverse hacia Ramón y caminar lentamente hacia él, admitiendo por un instante su fatiga.

Pitt apartó la vista y le llamó la atención el ligero centelleo de la melena rubia de un hombre que caminaba entre el gentío. Muchas personas le abrían paso, sonrientes, a todas luces reconociéndolo. Dedicó inclinaciones de cabeza y sonrisas a varias de ellas y luego salió por la puerta, aparentemente demasiado absorto en sus pensamientos para detenerse a conversar.

Pitt también lo reconoció. Era Dalton Teague, un hombre sofisticado que frecuentaba los lugares de moda, relacionado con muchas de las grandes familias en el poder, particularmente la de lord Salisbury, el primer ministro. No obstante, la deferencia que Pitt había presenciado había sido para Teague como héroe del *cricket*, uno de los mejores jugadores de su tiempo. Se movía con la desenvoltura del atleta que era. La atención de la que se hacía acreedor nunca podría comprarse, solo cabía ganársela.

Pitt no tenía tiempo para preguntarse qué hacía Teague allí. Debía supervisar a todos los agentes de policía y asegurarse de que Sofía Delacruz se marchaba sana y salva.

Transcurrió otra media hora antes de que tuviera ocasión de hablar un momento con Brundage, dar las gracias a Drury y a sus hombres y luego, con un suspiro de alivio, salir a la noche de abril.

Las farolas ya estaban encendidas, brillantes y reconfortantes esferas como piedras preciosas engastadas en monturas de hierro, extendiéndose a lo largo de la acera. Iba hacia la calle principal en busca de un coche de punto que lo llevara a casa cuando un hombre surgió de la sombra del edificio más cercano y se puso a caminar a su lado.

—Buenas tardes, comandante —dijo amablemente. Tenía una voz sonora, con buena dicción y teñida de un cordial sentido del humor—. Ha hecho un buen trabajo conteniendo ese acto tan discretamente.

—Gracias —respondió Pitt con sequedad. No tenía ganas de entablar conversación con un desconocido, aunque fuese cortés, pero algo en el tono de voz de aquel hombre le dijo que aquello era el principio de un intercambio de palabras, no el final.

—Me llamo Frank Laurence.

El hombre seguía el paso de Pitt a pesar de ser un palmo más bajo.

Pitt no contestó. Era evidente que Laurence sabía quién era él.

—Soy periodista. Trabajo para *The Times* —prosiguió Laurence—. Me parece muy interesante que al comandante de la Special Branch le incumba la visita de una santa, por así decirlo. ¿O acaso exagero la santidad de Sofía Delacruz?

Pitt, pese a su irritación, sonrió en la penumbra.

—No tengo la menor idea, señor Laurence. No sé cómo se mide la santidad. Si eso es lo que su periódico quiere de usted, tendrá que buscar ayuda en otra parte.

Apretó un poco el paso.

Laurence se acomodó a su ritmo sin esfuerzo aparente.

—Me gusta su sentido del humor, señor Pitt, pero me temo que mi director desea algo más que una estimación de la santidad de la señorita Delacruz. —Daba la impresión de que la idea le divertía—. Algo más violento, ¿entiende? Escándalo, agresión, riesgo de asesinato.

Pitt paró en seco y se encaró a Laurence. Estaban cerca de una farola y vio el rostro de Laurence con toda claridad; tenía las facciones regulares y los ojos castaños, ligeramente redondeados, eran agudos e inteligentes, y en ese momento brillaban como si se aguantara la risa.

—Bien, si descubre algún acto violento, señor Laurence, espero que tenga la amabilidad de hacérmelo saber —respondió Pitt—. Y mucho mejor si lo hace con antelación, aunque así reduzca el impacto de su noticia.

—¡Vaya! —dijo Laurence complacido—. Me parece que trabajar con usted será menos aburrido de lo que temía. ¿Me está diciendo que en su opinión habrá violencia? Es una mujer muy poco común, ¿verdad? Siempre he pensado que los mejores santos, los de verdad, debían ser conflictivos. No tiene mucho de sagrado decirnos lo que queremos oír, ¿no cree? Probablemente yo mismo sería capaz de hacerlo.

—Pensaba que en eso consistía su trabajo —respondió Pitt con mordacidad, y entonces, al ver la socarronería que brillaba en los ojos de Laurence, se arrepintió de inmediato. Sin querer, había seguido el juego a Laurence.

—No, comandante, bastante a menudo digo a mis lectores lo que no quieren ni pensar. Contrariarlos no sería la sentencia de muerte de mi carrera, lo sería aburrirlos... o, por supuesto, que me vieran como un mentiroso. Así pues, ¿es una santa?

—¿Por qué quiere saberlo? —Pitt se encontró entablando conversación con Laurence pese a su determinación de no hacerlo—. ¿Espera que quemen a alguien en la hoguera? Me parece que ya no dislocamos a nadie en la rueda.

—Nos hemos vuelto muy poco imaginativos —convino Laurence—. En su opinión, ¿es una mera exhibicionista, comandante?

Pitt reaccionó con sorprendente sentimiento ante la idea de que Sofía Delacruz fuese una exhibicionista. Incluso el empleo de ese término lo ofendía, pero sabía de sobra que Laurence lo estaba manipulando para que dijera que lo era.

—No voy a escribir su artículo por usted, señor Laurence. Tendrá que escribirlo usted mismo —contestó.

Laurence sonrió. A la luz de la farola sus dientes eran blancos y regulares.

—Buena respuesta, comandante. Pone exquisito cuidado en no revelar nada. Es admirable. Espero que podamos hablar de este asunto otra vez. Estoy convencido de que tendremos varias ocasiones de hacerlo. —Se tocó el ala del sombrero con displicencia y dio media vuelta—. Buenas noches, señor.

2

Charlotte sabía que debía regresar a casa con Jemima sin aguardar a Thomas después de la conferencia, pero deseaba saber qué opinaba, sobre todo acerca de la propia Sofía. Tras diecisiete años de matrimonio creía conocerlo bien, y a ella misma incluso mejor. Sin embargo, casi todos los comentarios que había hecho aquella mujer, y tal vez todavía más la ardiente convicción con la que había hablado, suscitaban muchas preguntas a Charlotte. ¿Por qué nunca se había detenido a examinar sus propios pensamientos sobre tales asuntos?

¿Era porque ya tenía todo lo que le importaba, el marido al que amaba, hijos, amigos, suficiente dinero para vivir con desahogo? Y también tenía las causas por las que luchaba. El mundo estaba cambiando incluso mes a mes. Ahora el voto para las mujeres era mucho más que un sueño y Charlotte estaba más implicada en esa lucha de lo que había confesado a Pitt.

Se lo diría, por supuesto, pero a su debido momento. Era emocionante. Que las mujeres tuvieran voz en el gobierno, aunque solo fuese para negar su apoyo, sería el principio de una nueva era de reformas de cientos de agravios y desigualdades.

Había motivos apremiantes para implicarse. Uno de ellos era la inminente elección parcial que casi con toda certeza ganaría el héroe del *cricket* Dalton Teague. Charlotte entendía que la gente lo admirase, pero aborrecía que fuese contrario a difundir información relativa al control de natalidad. Había sido una cuestión peliaguda durante muchos años y los sentimientos estaban muy encendidos. El conocimiento de tales prácticas no era ilegal, simplemente no estaba suficientemente extendido para alcanzar a quienes más lo necesitaban: mujeres pobres que tenían un hijo tras otro hasta que sus cuerpos quedaban exhaustos. La ignorancia, el miedo y la presión social eran los responsables. Las creencias religiosas también ejercían mucha influencia.

Ahora bien, quienes morían por esa razón eran las mujeres, ¡no los hombres!

El reciente fallecimiento de una amiga al dar a luz a su séptimo hijo había llevado a Charlotte a plantearse seriamente el tema.

Charlotte era consciente de lo mucho que tenía, sentada en la acogedora penumbra del carruaje con su hija al lado. No pudo evitar peguntarse: ¿Estaba tan satisfecha que no necesitaba creer en algo más elevado, en un propósito más allá del futuro inmediato?

¿Y si lo perdiera todo? ¿Qué fuerza hallaría en su fuero interno para seguir adelante, avanzando sola entre las tinieblas? Era un pensamiento terrible y, a lo largo de los años, había tenido que hacerle frente varias veces dado que el trabajo de Pitt, primero en la policía y ahora en la Special Branch, lo llevaban a situaciones peligrosas. Notó que iba tan tensa en el asiento del coche, que la sacudía la más mínima irregularidad del pavimento. ¿Acaso sería incapaz de encontrar, ante la adversidad o la pérdida, algo en su interior que la ayudara a superarlas?

Jemima también permanecía callada. Había tenido muchas ganas de asistir a la conferencia y, sin embargo, ahora no hacía el menor comentario.

—¿Qué opinas de ella? —preguntó Charlotte con dulzura, preocupada por lo que diría si Jemima estaba confundida. El vacío de su propia mente le provocaba un sentimiento de culpa por no haber buscado nunca ni un atisbo de claridad relativa a la fe que pudiera transmitir a su hija. Jemima pronto cumpliría diecisiete años y estaría en edad de casarse. Tendría que tomar decisiones que afectarían al resto de su vida.

—Da un poco de miedo —dijo Jemima pensativamente, como si buscara las palabras apropiadas—. No porque vaya a hacerte daño, al menos no adrede. No me refiero a eso. Pero... está tan segura de lo que quiere decir que lo arriesgará todo con tal de decirlo. —Como Jemima miraba por la ventanilla del carruaje en movimiento, las farolas iluminaban intermitentemente su rostro, brillante un momento, en sombra al siguiente—. No se parece en nada al párroco —prosiguió, frunciendo el ceño al intentar explicarse—. Siempre parece que no diga en serio lo que dice. Supongo que se debe al sonsonete que emplea, pero siempre da la impresión de estar recitando lo que le han ordenado recitar. —Se volvió hacia Charlotte—. ¿Crees que en realidad querría decir lo que piensa de verdad, solo que no desea molestar a sus parroquianos... o quedarse sin empleo?

—Diría que es muy probable —convino Charlotte, rememorando la imagen del reverendo Jameson. Era un hombre apacible y amable, buen pastor de su rebaño, pero no un cruzado. Era exactamente como se esperaba que fuese: transmitía serena convicción, paciencia infinita y la capacidad de juzgar la cantidad justa de ansia de cada uno de sus feligreses. Ahora bien, ¿era eso lo que necesitaban?

—¿Tiene razón Sofía Delacruz? —preguntó Jemima sin rodeos—. ¿Ignoramos quiénes somos de verdad y nos sentamos cómodamente en los bancos de la iglesia hasta convertirnos en estatuas?

—¡No ha dicho eso! —protestó Charlotte, aunque en el fondo eso era precisamente lo que ella misma había pensado.

—Sí que lo ha dicho —respondió Jemima con bastante aplomo—. No con las mismas palabras, por supuesto, pero es lo que ha dado a entender. En realidad no buscamos nada, excepto cambiar de postura de vez en cuando para que no nos dé un calambre en...

Vaciló en usar el término anatómico.

—Puedes decir trasero, querida. —Charlotte fue una pizca sarcástica porque todo aquel tema le resultaba perturbador—. Pareces encantada de tildar de estatuas al párroco y a su rebaño.

—¡En absoluto! —protestó Jemima, y su voz hizo patente la intensidad de la emoción que la embargaba—. ¡Pero si esa mujer recién llegada de España puede ser sincera sobre quiénes somos y qué hacemos, también puedo serlo yo!

—Debemos ser sinceros —convino Charlotte con ternura—, pero también debemos tener razón. Y no estaría de más ser un poco amable.

—¿Qué tiene de amable contar mentiras a la gente porque son lo que quiere oír? —Jemima miró desafiante a Charlotte—. ¡Nunca te he visto hacer algo semejante! De hecho, cuando la abuela me dice que soy demasiado franca con la gente, dice que soy igual que tú. —Había satisfacción en su voz, incluso una pizca de orgullo. Al pasar bajo otra farola, Charlotte vio que su hija sonreía. Con la mezcla de fuerza y dulzura de sus facciones, se parecía de manera asombrosa a Charlotte cuando tenía su edad. Una súbita emoción se adueñó de Charlotte y pestañeó para disimular sus lágrimas.

—No siempre tengo razón —dijo, mirando al frente—. Hay maneras de transmitir a la gente lo que a tu juicio es la verdad. Algunas son destructivas. Otras están desvirtuadas, son demasiado blandas o demasiado duras. Si queremos cambiar, necesitamos tiempo y gentileza.

—Lo sé —contestó Jemima—. Se cazan más moscas con miel que con vinagre. Siempre me lo estás diciendo, igual que la abuela. —Encorvó un poco los hombros y habló en voz baja y muy seria—. ¿Y cuál es el buen momento para decir a alguien lo que no quiere saber? Si aguardas hasta que quiera oírlo, lo más probable es que sea demasiado tarde. Tú siempre me dices lo que debo hacer e, incluso más, lo que no debo hacer.

—¡Eres mi hija! —repuso Charlotte—. ¡Te quiero! No deseo que sufras ni que cometas errores importantes o que...

—Ya lo sé —interrumpió Jemima, alargando la mano para posarla con delicadeza en el brazo de Charlotte—. A veces me molesto porque parece que pienses que soy tonta de remate. Pero sé por qué lo haces. Y... y me parece que me asustaría y me sentiría un poco sola si dejaras de hacerlo. —Sonrió con arrepentimiento—. ¡Y si alguna vez me recuerdas que he dicho esto no volveré a dirigirte la palabra!

Charlotte tuvo el impulso de rodear a su hija con los brazos y estrecharla, pero pensó que en aquel momento Jemima era demasiado adulta para eso, y que quizá tuviera suficiente con su propia emoción para atender además la de Charlotte. Por eso se limitó a dar un ligero apretón a la mano de Jemima y prosiguieron el viaje en silencio.

Charlotte se estaba despidiendo de Jemima y Daniel, que se iban al colegio, cuando Minnie Maude, la sirvienta, entró con el periódico y se lo pasó a Pitt. Su expresión era precavida porque sabía leer y ya había visto el titular del artículo. La alegría habitual de su semblante se había ensombrecido y miraba a Pitt discretamente, fingiendo estar atareada guardando las mismas cosas una y otra vez, a fin de no perderlo de vista. Uffie, el perro callejero que había adoptado, no se movía de su canasta arrimada a los fogones, volviendo la cabeza cada vez que ella pasaba por delante. Al principio había vivido en secreto en el sótano, y luego se le permitió estar en la cocina solo si permanecía en su rincón, norma que había durado menos de un mes.

Pitt abrió el periódico y encontró el artículo de inmediato. Empezó a leerlo, olvidándose de su té y dejando que se le enfriara. Estaba bien escrito, tal como esperaba después de su conversación con Laurence en la calle la noche anterior. Lo que le sorprendió fue el enfoque.

Laurence describía vívidamente a Sofía. Sus palabras devolvieron a Pitt su presencia como si acabara de salir de la habitación: el movimiento de su cabello; el desafío que brillaba en su mirada sagaz, casi íntima; sobre todo, la energía que irradiaba.

«¿Es una santa esta mujer, tal como sostienen sus admiradores?», escribía Laurence. Y acto seguido respondía a su propia pregunta: «No tengo ni idea porque no sé qué nos hace santos. ¿Estoy buscando una bondad sublime? ¿Y eso qué es? ¿La ausencia de todo pecado? ¿Pecado a juicio de quién? ¿O se trata de compasión, dulzura, modestia, humildad, generosidad con los bienes terrenales y con el tiempo? ¿Mansedumbre?»

Pitt podía oír la voz sosegada de Laurence en sus oídos mientras miraba la página impresa. Percibía su jovialidad, el eco de una ligera burla de sí mismo. Siguió leyendo.

¿O acaso los santos son personas que ven más allá que el resto de nosotros, atisbando una estrella más brillante? ¿Deberían hacernos sentir a gusto, cómodos con lo que tenemos? ¿O deberían molestarnos, hacer que nos cuestionemos, que nos esforcemos por alcanzar algo más? Tal como exige la señora Delacruz, ¿alcanzar lo infinito y esforzarnos para llegar a ser como el propio Dios?

¿Son perfectos los santos, o les permitimos tener los mismos defectos que el resto de nosotros? ¿Por qué deseamos que existan, por qué los necesitamos? ¿Para que nos digan qué pensar y tomen decisiones por nosotros?

Pitt volvió a reparar en el tono burlón de Laurence. Y, sin embargo, la pregunta iba muy en serio. La gente decía «santo» con suma facilidad. Era una palabra comodín que contenía muchos significados o ninguno.

Reanudó la lectura.

La señora Delacruz no va a hacer nada de eso. Exige que «crezcamos», que emprendamos ya el infinito viaje para convertirnos en semejantes a Dios en algún confín de las regiones de la eternidad. ¡Sostiene incluso que el propio Dios fue una vez como nosotros! Esto me resulta mucho más inquietante. No deseo un Dios que alguna vez haya sido tan falible como nosotros. ¿Es esto blasfemia?

Tampoco estoy nada seguro de desear que recaiga tamaña responsabilidad sobre mis hombros, ¡ni siquiera en la «eternidad»! El castigo por el fracaso sería pequeño. Una temporada en el purgatorio y después una paz interminable.

¿Haciendo qué, por el amor de Dios? Me moriría de

aburrimiento si no estuviera muerto, al menos en apariencia!

Así pues, ¿soy irreverente, un blasfemo? ¿Debería castigárseme por abrigar tales pensamientos? ¿Quizás incluso deberían silenciarme? ¿Por la fuerza, si fuese preciso? Creo que no. Soy preguntón, y no estoy en absoluto convencido de que Sofía Delacruz tenga la respuesta. Ahora bien, tampoco estoy convencido de que no la tenga. Lo único de lo que estoy seguro es de que ha perturbado mi tranquilidad y la de un sinfín de otros ciudadanos. Y por eso hay muchos que querrán castigarla.

Pitt no podía rebatir ni una palabra de lo que había escrito Laurence y, sin embargo, daba por echo que al día siguiente habría un torrente de cartas de toda suerte de lectores ofendidos, enojados, asustados y confundidos.

—¿Malas noticias?

Charlotte había entrado en la cocina mientras leía y lo estaba mirando con el ceño fruncido de preocupación.

—El artículo es muy bueno —contestó Pitt sinceramente.

—Pareces preocupado.

La arruga entre sus cejas se hizo más profunda.

—Informa con exactitud sobre lo que dijo, pero plantea muchas preguntas. ¿Qué es un santo? ¿Tenemos derecho a permanecer en la ignorancia o la responsabilidad de no hacerlo?

—¿Sofía dijo eso? —preguntó Charlotte sin convicción.

—¿No fue así? —respondió Pitt, devolviéndole la pregunta.

Charlotte reflexionó unos instantes.

—Sí, supongo que sí, pero con más sutileza. Pensaba que el verdadero problema sería lo que dijo sobre que todos tenemos la misma ocasión de volvernos divinos.

Pitt se quedó meditabundo un momento.

—Tienes razón. Eso no va a gustar a casi nadie.

—Prácticamente todo el mundo piensa que tiene más oportunidades que los demás, bien por ser más inteligente, o creer en la doctrina correcta, o simplemente por ser más humilde y virtuoso en general. —Se mordió el labio y le sonrió con una mirada fija e inquisitiva—. Y me figuro que eso nos excluye bastante de la verdadera virtud, ¿no es así? Si amáramos a los demás, buscaríamos la manera de incluir a tantos como fuera posible, ¡no a los menos!

—Laurence no ha dicho eso —contestó Pitt—. Tal vez debería haberlo hecho.

Al día siguiente llovieron cartas al director tal como Pitt había previsto. Las pasiones estaban encendidas tanto a favor como en contra de Sofía Delacruz, siendo bastante más numerosas las segundas.

Pitt las leyó metódicamente mientras desayunaba. Algunos lectores simplemente defendían su propia fe y consideraban que Sofía había cometido graves errores de entendimiento. Esas eran de prever y, en buena parte, inofensivas.

Otras la tildaban de escandalosa y exigían que fuese silenciada. Unas pocas daban a entender que Dios intervendría para destruirla si no lo hacía el hombre. Se sugerían varios castigos bíblicos, más vistosos que viables.

Pitt era consciente de que Charlotte estaba observando cómo leía, con el semblante turbado.

—No son más que palabras —dijo sonriéndole, tratando de apaciguar la inquietud que sentía. Muchas de aquellas cartas tenían un tono alarmante. Expresaban no tanto una defensa de la fe como el deseo de castigar a Sofía por la ofensa de alterar sus certidumbres y suscitar dudas que llevaban largo tiempo dormidas.

Charlotte se puso a leer por encima del hombro de Pitt.

—Algunas son bastante maliciosas —comentó.

Pitt dobló el periódico y lo dejó bocabajo encima de la mesa.

—Hay que tener mucha malicia para escribir esas cosas —prosiguió, rodeando la mesa para ponerse delante de él.

—Están enojados porque los ha inquietado —señaló Pitt con sensatez—. Están asustados.

—Ya lo sé. —El esfuerzo para armarse de paciencia se le notó en la voz—. Pero las personas asustadas son peligrosas. Me lo enseñaste tú, y no lo he olvidado. ¿Puedes hacer algo al respecto?

—No —contestó Pitt—. Sofía Delacruz tiene derecho a decir lo que cree y los demás tienen derecho a negarlo, ridiculizarla o proponer cualquier alternativa. No podemos seleccionar a quién permitimos expresar sus opiniones.

—Pero podrían volverse violentos —protestó Charlotte.

Pitt se levantó, listo para marcharse.

—Tal como he dicho, querida, solo son palabras. Las amenazas son insinuaciones, nada más.

Aún no había llegado al vestíbulo cuando sonó el teléfono y fue a contestar.

—Brundage. —La persona que había en el otro extremo de la línea se identificó de inmediato. Tenía la voz ronca y un poco temblorosa—. No está aquí, señor. Hemos registrado de arriba abajo Angel Court, que es donde se alojan, y al parecer se ha ido durante la noche.

Pitt tuvo un escalofrío.

—¿La señora Delacruz? ¿Dónde demonios iba a ir?

—No lo sé, señor —contestó Brundage con un toque de desesperación en la voz. Pitt lo percibió a través del cable.

—¿Se presentó alguien, bien durante la noche o antes? —preguntó Pitt—. ¿Alguna carta, mensajes?

—No, señor —contestó Brundage con un poco más de aspereza—. A primera vista no hay destrozos ni falta nada...

—Excepto la señora Delacruz —espetó Pitt.

—No solo ella, señor. —Brundage tragó saliva—. También han desaparecido otras dos mujeres. Cleo Robles y Elfrida Fonseca.

—¡Por Dios, Brundage! ¿Qué ha ocurrido? ¡Nadie ha podido secuestrar por la fuerza a tres mujeres adultas sin que haya algún indicio de forcejeo!

—¡Ya lo sé, señor! Pero no hay indicios de forcejeo ni de pelea. No hay nada roto. Nadie oyó nada, ni siquiera un grito o un golpe.

—O nadie admite haberlo oído —corrigió Pitt.

—Sí, señor, ya lo he pensado.

De pronto el enojo de Brundage se había esfumado y sonó derrotado.

No era culpa suya y Pitt lo sabía. Ninguno de ellos se había tomado las amenazas muy en serio. Solo habían pensado en que se podía producir una situación desagradable en una de las apariciones públicas; a lo sumo, que alguien perdiera los estribos y tirase piedras o fruta podrida. Ahora, de repente, había desaparecido. Fuese voluntariamente o no, resultaba alarmante.

—¿Cuál es su impresión, Brundage? —preguntó Pitt.

Hubo un momento de silencio y luego Brundage contestó.

—La persuadieron para que se fuera, señor. O lo tenía planeado de antemano. Aunque lo segundo me parece menos probable, habida cuenta de las circunstancias...

—¿Qué circunstancias? —preguntó Pitt.

—Tiene una conferencia prevista mañana por la tarde. Melville Smith la ha cancelado. —La voz de Brundage cobró más aspereza—. Parece estar muy seguro de que no habrá regresado para entonces.

Un oscuro pensamiento penetró en la mente de Pitt.

—¿Qué ha dicho sobre la conferencia, con tanta claridad como pueda recordarlo?

—Sé exactamente lo que ha dicho —contestó Brundage secamente—: «Debido a ciertos imprevistos que por ahora no podemos explicar, la señora Delacruz no podrá hablar en St. Mary's Hall mañana por la tarde. Lamentamos profundamente cualquier decepción o molestia que esto pueda causar y esperamos que pronto pueda reanudar su misión.»

—Voy para Angel Court —dijo Pitt. Cabían muchas razones por las que Sofía se hubiese ido, de buen grado o contra su voluntad: una enfermedad, un accidente, una discusión en la que alguien hubiese perdido el control, posiblemente un asunto relacionado con algún miembro de su familia en Londres. Esto último parecía lo más probable. Ahora bien, ¿por qué diablos no había informado a Melville Smith del motivo de su partida y de la fecha en que regresaría? Era descortés, por no decir otra cosa. ¿Podía deberse a un descuido? ¿Un mensaje extraviado?

Volvía a estar en la cocina y el calor lo envolvió, el reconfortante olor a pan tostándose en la rejilla, una bocanada de aire por la ventana de encima del fregadero.

—¿Qué sucede? —preguntó Charlotte en voz baja.

—Sofía Delacruz se ha marchado de Angel Court sin dar explicaciones —contestó Pitt.

Charlotte se puso de pie.

—¿Qué significa que se ha marchado? ¿La han secuestrado? ¿Cómo ha podido ocurrir con toda esa gente a su alrededor y tus hombres vigilando?

—Según parece no la han secuestrado; al menos no por la fuerza —respondió Pitt sin rodeos—. Es posible que haya recibido una llamada urgente de un miembro de su familia.

—¿Se fue sola, sin dejar ni una nota? —dijo Charlotte incrédula.

—No sabemos qué ha ocurrido —contestó Pitt—. Ahora mismo me voy a Angel Court. Y no estaba sola. Otras dos mujeres se fueron con ella.

Charlotte le agarró la muñeca, reteniéndolo con inusitada fuerza.

—¿Eso es lo que crees, Thomas? ¿Que recibió un mensaje de su familia? No lo es, ¿verdad? Esa mujer no tiene un pelo de tonta. Si tuviera costumbre de tratar así a su personal se sabría y eso desbarataría su propósito.

—Muchos supuestos santos son tiranos en su casa —dijo Pitt con amabilidad. Le constaba que a Charlotte le había gustado Sofía, como a tantas otras personas. Si aquella desaparición era intencionada, Sofía las estaba defraudando y eso indignaba a Pitt.

—¡Thomas, no se ha ido por voluntad propia! —dijo Charlotte en un arrebato de angustia—. ¡Lo sabes tan bien como yo! Tienes que encontrarla.

Se guardó de añadir que temía que hubieran lastimado a Sofía, incluso que la hubieran matado, pero su mirada lo decía todo.

Pitt acarició la mano de Charlotte con delicadeza, aflojando el apretón pero sin soltarla.

—Claro que la encontraré —dijo—, pero debes prepararte para la posibilidad de que se trate de un melodrama orquestado para llamar más la atención. Es posible que ninguna de las amenazas contra su vida sea real. Que otras dos mujeres se hayan ido con ella indica que estaba planeado. Y sería sumamente difícil secuestrar a una santa española pasando desapercibido.

Se inclinó hacia delante y le dio un beso.

Sin embargo, Pitt estaba mucho menos seguro de cuál era la verdad cuando pagó al taxista y cruzó la acera hasta la entrada de Angel Court. Era un patio antiguo, rodeado de edificios de tres plantas con las ventanas con parteluz. En la entrada al patio se erguía un ángel de tamaño natural, con las alas gigantescas y los brazos levantados como dando la bendición. Era imponente y extrañamente siniestro. A mano izquierda había una caballeriza. El suelo estaba empedrado de adoquines desiguales, redondeados en la superficie y con abundante musgo entre ellos. Una anciana los iba barriendo rítmicamente de acá para allá con una escoba.

Pitt enseguida vio claro que Melville Smith había estado aguardando a que llegara. Fue a su encuentro a través del patio y todas las líneas de su cuerpo delataban tensión.

—Menos mal que ha venido —dijo sin aliento—. Esto es un desastre. Nos hace parecer... ¡Incompetentes! ¡Es absurdo!

Se le quebró la voz debido al esfuerzo por dominarla.

Pitt acusó la punzada de la palabra «incompetente». Era mucho más aplicable a él que a Smith.

Smith estrechó la mano de Pitt y sin más dilación lo condujo a través del patio hacia la puerta abierta que daba a sus aposentos.

Brundage estaba en el vestíbulo revestido con paneles de roble, hablando con un hombre moreno y de rasgos agradables a quien Smith presentó sucintamente como Ramón Aguilar. Ambos estaban pálidos y a todas luces angustiados. Brundage dio media vuelta al ver a Pitt.

—Buenos días, señor —saludó con gravedad.

—Buenos días —respondió Pitt. Después podría ser menos cortés, pero no en aquel momento. Tenían que pensar con claridad, ceñirse a los hechos con lógica. Con independencia de lo que habían publicado los periódicos de la víspera, para Frank Laurence y cualquier otro observador escéptico aquello tendría toda la pinta de ser un ardid publicitario. Tenían que andar con pies de plomo para impedir que la situación se descontrolara.

—¿La puerta principal estaba cerrada con llave y cerrojo esta mañana? —preguntó a Brundage con compostura.

—Sí, señor —respondió Brundage—. Igual que la puerta trasera que da a la zona de servicio. No encuentro indicios de que se haya forzado alguna ventana, aunque hay una abierta en la segunda planta. Está muy cerca del bajante del cuarto de baño, pero no me imagino a tres mujeres vestidas con faldas largas bajando por la pared en plena noche o al amanecer.

De hecho Pitt podía imaginar a Sofía Delacruz haciéndolo, si la causa era lo bastante importante para ella, pero se abstuvo de decirlo.

Smith fulminó a Brundage con la mirada.

—Alguien pudo trepar —señaló enojado—. Pudieron entrar, agarrar a Sofía y...

—¿A las otras dos mujeres también? —Pitt enarcó las cejas—. Solo con ayuda. Y sería casi imposible hacerlo silenciosamente. No me imagino a Sofía Delacruz marchándose contra su voluntad sin presentar batalla. ¿Usted sí?

Smith le lanzó una mirada furibunda.

—¿Está insinuando que se marchó de buen grado? —preguntó entre dientes, al tiempo que la ira le sonrojaba las mejillas.

—¿Es posible? —respondió Pitt—. Usted la conoce mejor que nadie. Lleva más de cinco años apoyándola. Ha declarado en público, muchas veces, que cree en su filosofía. —Esbozó una sonrisa—. Desde luego da usted la impresión de admirarla.

—Por supuesto que la admiro —replicó Smith en el acto, luego se puso tenso como si lamentara haberse comprometido tanto. Movió los pies incómodo sobre las anchas tablas del suelo—. Aunque tenemos nuestras diferencias —prosiguió. Consciente de lo sumamente torpe que estaba siendo—. Solo en cuestiones de menor importancia.

Pitt permitió adrede que el silencio se prolongara. Resonaban pasos en el patio, desiguales sobre los adoquines, y en algún lugar de la cocina se cayó una sartén.

—¡Corría peligro! —dijo Smith finalmente, con enojo—. ¡Por eso se suponía que ustedes iban a protegerla! ¿Dónde estaban sus hombres cuando se la llevaron? ¿Por qué no les hace a ellos estas preguntas? A propósito, ¿dónde estaba usted?

—Durmiendo, como me figuro que lo estaría usted —dijo Pitt con mucha labia—. No lo estoy atacando, señor Smith. Intento descartar lo que es imposible para que podamos concentrarnos en lo que es posible. En la segunda planta hay una ventana abierta, pero todas las puertas de salida están cerradas y con el cerrojo echado. Es difícil imaginar cómo se llevaron a la señora Delacruz y a las otras dos mujeres por la fuerza y sin hacer ruido. No hay nada roto, ningún objeto robado ni indicios de que alguien haya resultado herido.

Ramón habló por primera vez, con el semblante enrojecido por la cólera.

—¡Si está diciendo que la señora se marchó de buen grado y que nos ha abandonado, es usted un idiota! No sabe nada de mi gente. —Su acento era muy leve pero tenía la voz ronca de ira—. Habló con ella, me consta. ¿Se figura a esa mujer escabulléndose por la noche como una criada que se fuga con su amante? ¿Por qué? ¿Para qué? Su fe es toda su vida...

—Hay distintos tipos de fe, señor Aguilar —dijo Pitt con suma amabilidad. La aflicción de aquel hombre era patente en su rostro pálido y su cuerpo contraído—. ¿Qué me dice de la coacción o las artimañas? —sugirió—. O un mensaje de parte de su familia, diciendo que alguien está enfermo, tal vez agonizando, y que el tiempo apremia.

Ramón titubeó.

—Supongo que es posible —dijo con una chispa de esperanza—. ¿Pero por qué no dejó una nota? ¿Y por qué tenía que llevarse a Cleo y Elfrida?

Smith apretaba los labios.

—Si hubiese ido a ver a su primo Barton Hall, sin duda nos lo habría dicho —contestó por Ramón—. La relación entre ambos es... tirante. Barton no entiende la misión de su prima. Lo cierto es que ella nos dijo que tenía ganas de verlo, aunque no sé por qué. Y estoy convencido de que todavía no lo ha hecho.

Ramón le lanzó una mirada fulminante.

—Es un asunto privado. Sin duda habría ido sola, pero no por la noche y sin decírselo a nadie.

—¿Una emergencia?

Pitt seguía buscando una respuesta que quizá demostrara cierta irreflexión pero no un peligro.

—¿Qué emergencia? —dijo Smith con acritud—. No están unidos. Su familia la trató muy mal. Sin intentar comprenderla. ¡Están inmersos en su propio pasado, en su propio entendimiento, en su propia importancia! Inflexibles... —Se calló y se sonrojó levemente, consciente de que Pitt y Ramón lo estaban observando. Carraspeó—. Disculpen. No conozco a Barton Hall. Solo sé lo que ella me contó y lo que leí entre líneas mientras la escuchaba.

Ramón estaba irritado.

—Me extrañaría que hablara mal de él, piense lo que piense.

Se volvió hacia Pitt. En sus ojos brillaban el enojo y una clara advertencia.

La defensa ciega que Ramón hacía de Sofía era probable que estuviera entorpeciendo la investigación, pero aun así

Pitt la encontraba digna de admiración, cosa muy poco razonable. Si había una mujer capaz de defenderse a sí misma y dispuesta a hacerlo, era Sofía Delacruz.

—Claro que le extrañaría —dijo Smith con cierto desdén—. Su opinión sobre ella está teñida por el afecto, pese a que ahora mismo solo la verdad puede sernos de ayuda. —Se volvió de Ramón a Pitt—. Sus diferencias son una vieja herida en el orgullo de la familia de Barton Hall. A su lugar en el mundo.

—Carece de lugar en el mundo —replicó Ramón—. Barton Hall es banquero y lego en la Iglesia de Inglaterra. Es importante en su comunidad, nada más. Cuando se jubile, otro ocupará su puesto y él se hundirá en la oscuridad. La señora será recordada por siempre jamás. El mundo cambiará gracias a ella.

Su rostro moreno de delicadas facciones rebosaba tan apasionado entusiasmo que por un momento fue guapo.

Pitt se quedó conmovido por el convencimiento de Ramón. Acto seguido recobró el sentido común como un viento frío que borra palabras escritas en la arena. Sofía se había marchado inexplicablemente. A juzgar por su semblante, Smith abrigaba sentimientos encontrados, pero parecía más enojado que preocupado. ¿Era porque sabía perfectamente dónde estaba Sofía? ¿O era incapaz de plantearse que le hubiese ocurrido algo grave?

La expresión de Ramón era diferente. Daba la impresión de temer lo peor, como si en su opinión la importancia de Sofía bastara para que fuese lógico que todas las fuerzas del mal, humanas o no, se conjurasen contra ella. Se le notaba en el pánico que traslucía su voz, en su vehemencia al hablar.

Pitt se aferró a los hechos y la razón.

—Las dos mujeres que se fueron con ella —dijo, retomando el hilo—, Cleo Robles y Elfrida Fonseca; háblenme de ellas. Recuerdo haberlas visto en la conferencia. Parecían muy próximas a Sofía. Ahora bien, ¿por qué se las llevaría a las dos consigo?

Smith y Ramón comenzaron a hablar a la vez, y acto seguido los dos se callaron. Fue Smith quien comenzó de nuevo, reivindicando su antigüedad.

—Cleo Robles es muy joven, tiene veintitrés años. Es bienintencionada y rebosa de entusiasmo, pero todavía le queda mucho que aprender sobre la manera de enseñar a la gente.

—Hay tantas maneras de enseñar como personas —interrumpió Ramón—. Y con frecuencia se requiere a más de una persona para hacerlo.

—Ha preguntado sobre Cleo, no sobre enseñanza —lo corrigió Smith. Se volvió de nuevo hacia Pitt y, no sin esfuerzo, adoptó otra vez un tono formal—. Es como una niña, fervorosa y simpática. Si se imagina que tiene algo de astucia, señal que no sabe nada acerca de las personas.

Pitt estaba acostumbrado a ser el centro de una discrepancia.

—No tiene astucia. ¿Significa que es ingenua? —preguntó, mirando a uno y al otro.

—Sí —contestó Smith sin vacilar. Lanzó una mirada a Ramón.

—No —contradijo Ramón, casi en el acto—. No es ingenua. Tal vez inocente. Tiene sueños...

—Ingenua —repitió Smith, apartando la mirada de él—. Pero leal. Ramón tiene razón: sueña con salvar el mundo y cree que Sofía puede hacerlo.

Esta vez su voz no dejó traslucir sus sentimientos, solo que se estaba esforzando en disimularlos.

Pitt se preguntó qué había llevado a un hombre como Melville Smith a unirse al grupo de Sofía. Tenía que serle ajeno en todos los sentidos: a su origen familiar, su cultura y su educación. El motivo tenía que haber sido imperioso, ¿pero reflejaba una necesidad de lo que Sofía enseñaba, un ansia que no podía negar, ni siquiera a costa de renunciar a todo lo que le era familiar? ¿O se trataba de una huida de algo que ya no podía soportar más?

Si Sofía no reaparecía pronto, Pitt ordenaría a Brundage que investigara sus antecedentes.

—¿Y Elfrida Fonseca? —preguntó—. ¿También es ingenua?

Esta vez ambos hombres vacilaron.

—No lo sé —admitió Smith—. Es sumamente capaz en cuestiones administrativas. Sin ella podríamos tener problemas y estoy convencido de que lo sabe. Sería muy impropio de ella ausentarse de sus obligaciones. Era... importante para su confianza en sí misma.

—Es muy necesaria —convino Ramón en voz baja, con una chispa de enojo en sus ojos al ver que Smith revelaba la vulnerabilidad del grupo—. Me cuesta creer que Elfrida se marchara de Angel Court por voluntad propia. Señor Pitt, mucho me temo que tenemos motivos para estar preocupados... incluso asustados.

Smith dio un paso hacia Ramón.

—Por una vez estoy completamente de acuerdo. Hay ciertos papeles que me gustaría mostrarle, señor Pitt.

Ramón inhaló bruscamente, miró a Smith y pareció cambiar de opinión para no discutir.

Smith se volvió de nuevo hacia Pitt.

—Si tiene la bondad de acompañarme a mi despacho...

Comenzó a alejarse, muy erguido y envarado.

Pitt saludó a Ramón y a Brundage con una inclinación de cabeza y luego siguió a Smith por el vestíbulo hasta un pasillo. El rostro de Smith reflejaba claramente su turbación. Dio la impresión de no reparar en la presencia de Henrietta Navarro dirigiéndose hacia él, con el cuerpo anguloso un poco encorvado. Pitt no alcanzó a oír lo que decía, dado que Smith lo condujo a una habitación. El despacho era muy agradable, si bien un poco oscuro. Las ventanas con parteluz daban al patio. El sol directo quedaba oculto por la altura de los edificios circundantes, que solo dejaban pasar una luz amortiguada. Smith cerró la puerta e invitó a Pitt a tomar asiento.

Pitt aguardó a que Smith abriera un cajón para sacar los papeles a los que había aludido, pero, en cambio, se limitó a sentarse al otro lado del escritorio y cruzó las manos.

—Soy reacio a contarle tantas cosas —comenzó—, pero me temo que los acontecimientos lo hacen necesario. Son más de las once y todavía no hemos recibido noticias de la señora Delacruz, como tampoco de las mujeres que según parece se han marchado con ella. Es la primera vez que ocurre algo semejante y es completamente impropio de su carácter. Está plenamente comprometida con la causa.

Pitt no lo interrumpió. Escrutó el rostro más bien pálido y anguloso de Smith y se vio incapaz de descifrarlo. Se mostraba preocupado pero no verdaderamente temeroso. Podía deberse a un sinfín de razones. Tal vez sabía que Sofía había desaparecido intencionadamente para causar revuelo y de ese modo conseguir llegar a un público más amplio.

Peor aún, era posible que hubiese recibido su desaparición con agrado, pues así se convertiría en el líder de una secta en plena expansión y sería libre de conducirla en la dirección que prefiriera.

Smith respiró profundamente.

—Sofía ha venido a Inglaterra ante todo para reunirse con el pariente que he mencionado antes, Barton Hall, que es primo en algún grado aunque bastante mayor que ella. No me ocultó que se trataba de un asunto más bien urgente, aunque no sé en qué consiste dicho asunto. Que yo sepa, Hall goza de buena salud.

Se detuvo, aguardando a que Pitt respondiera.

—¿Y qué me dice de su misión? —preguntó Pitt con curiosidad. Si Smith llevaba razón y los motivos de Sofía para viajar a Inglaterra guardaban poca relación con la divulgación de sus ideas y mucha con su encuentro con Barton Hall, habría que alterar la manera en que la Special Branch enfocara su desaparición.

Smith se mordió el labio.

—Era una oportunidad de predicar que no podíamos desaprovechar, y consideré mucho más prudente no hacer evidente que reunirse con Hall era el verdadero propósito de Sofía al venir a Inglaterra.

Pitt miró a Smith. Estaba incómodo en su asiento, con la espalda muy tiesa, las manos entrelazadas sobre el escritorio con los nudillos blancos, pero no había el menor titubeo en sus ojos.

—¿Y no sabe nada sobre sus asuntos? —preguntó Pitt.

—No —contestó Smith—, aunque llegué a creer que mi primera suposición de que se trataba de un asunto familiar era al menos en parte errónea, tal vez por completo.

—¿Qué le hizo cambiar de opinión? —dijo Pitt.

Smith frunció el ceño.

—Es difícil concretarlo, y me siento un poco tonto a ese respecto —dijo con indecisión—. Si lo hubiese tenido claro habría impedido esto, y ahora usted pensará que soy un incompetente...

Aquella palabra otra vez.

—¿Incompetente? —repitió Pitt—. Si se ha marchado para despertar más interés del público por su mensaje, solo cabe deducir que me ha embaucado y me figuro que a usted también. Si le ha sucedido algo malo, era mi deber protegerla y, por consiguiente, mi ineptitud es la responsable de su desaparición. De modo que, por favor, cuénteme lo que sepa.

Por un instante Smith pareció estar avergonzado, casi compadecido, pero fue una impresión muy fugaz.

—Hace casi seis años que la conozco —declaró—. Si se marchó por voluntad propia, tendría que haberlo visto venir. Cuando vi las cartas amenazadoras pensé que quienes las habían escrito eran meros cascarrabias, personas cuyas palabras eran violentas pero que carecían de arrestos para actuar. —Sonrió con amargura—. Al menos no de una manera tan delictiva...

—¿Qué lo llevó a pensar que no estaba aquí para resolver una antigua riña familiar? —preguntó Pitt, volviendo a la pregunta anterior, todavía sin responder.

Smith se inclinó un poco hacia delante.

—A los veintitantos, hará unos diez años, diría yo, la prometieron en matrimonio con un joven sumamente apropiado, en opinión de sus padres.

Pitt ya sabía, al menos a grandes rasgos, lo que venía a continuación, pues se lo había referido sir Walter, pero no interrumpió.

—Se negó a aceptar al pretendiente —dijo Smith, encogiendo ligeramente los hombros—. No sé por qué. Quizá sabía algo acerca de él que le repelía. Nunca me lo comentó. Simplemente se fue de Inglaterra y huyó a España. O, para ser más exactos, primero a Francia y un tiempo después a España, terminando en Toledo. Allí conoció y se casó con un español, Nazario Delacruz.

—¿Y eso es imperdonable?

Pitt procuró no sonar condescendiente al respecto, pero encontró que se trataba de algo muy trivial para estar resentidos una década entera. Entonces pensó en Jemima y en cómo se sentiría si su hija huyera a otro país y se casara con alguien a quien ni él ni Charlotte conocieran.

—¿Es feliz?

Hizo la única pregunta que le habría importado si fuese Jemima quien estuviera en aquella situación.

—Creo que sí —contestó Smith—. Pero esta no es la cuestión. Apartó la vista y sonrió forzadamente—. Nazario Delacruz ya estaba casado y tenía dos hijos pequeños. Sé poco sobre lo que realmente ocurrió, pero fue algo tan trágico como escandaloso. Eso es lo que su familia no le podía perdonar.

Pitt se sintió apenado y confuso. Semejante acto parecía completamente impropio de la mujer a la que había conocido.

Smith estaba aguardando a que dijera algo.

—¿Qué espera conseguir viniendo aquí ahora para reunirse con Barton? —preguntó. No tenía sentido.

Smith respiró profundamente.

—No ha venido por algo relacionado con el pasado —dijo en voz baja—. Se trata de algo actual. No quiere hablar de ello, ni siquiera conmigo.

Smith daba la impresión de querer decir mucho más sin ser capaz de encontrar las palabras adecuadas, o no confiaba suficientemente en sí mismo para dominar su emoción.

¿Albergaba sentimientos por Sofía que no podía permitirse admitir? Era guapa, a su manera, e imponente por la intensidad de su convencimiento, su coraje, fuese este sensato o temerario.

Pitt cambió un poco el rumbo de sus indagaciones.

—¿Conoce a Barton Hall? —preguntó.

—Solo por lo que Sofía me ha contado. —Esbozó un gesto de arrepentimiento—. Es un miembro destacado de la Iglesia de Inglaterra. Eso reviste una tremenda importancia social para él y, haciéndole justicia, tal vez también espiritual. —Se le ensombreció el rostro. Prosiguió a media voz—. Hay una sensación de continuidad, la certeza de lo que se ha puesto a prueba y sacrificado a lo largo de los siglos. Han muerto hombres por el derecho a tener la Biblia en lengua vernácula, por liberarnos de la Iglesia de Roma para predicar y enseñar aquello en lo que creían.

Pitt se quedó estupefacto ante su indiferencia por la fe religiosa en lo que llevaba de vida. Para él, la fe era una mera presencia reconfortante, un telón de fondo. Cada pueblo tenía la torre o la aguja de su iglesia. Las campanas repicaban los domingos por la mañana en las calles de la ciudad y los caminos de los pueblos; las gentes caminaban por las veredas con sus mejores galas, todas en la misma dirección.

—Para Barton Hall, formar parte de la clase dirigente es necesario para su carrera —dijo Smith—. Se requiere mucha valentía para abandonar lo que uno conoce y apartarse del grupo tal como lo ha hecho Sofía. Tienes que estar muy seguro de que el nuevo camino es mejor que el que estabas siguiendo.

—¿Mejor y más verdadero? —preguntó Pitt.

Smith sonrió a su pesar.

—Solo puedes saberlo si lo sigues. Más duro y hermoso, sí. ¿Más verdadero? Dudo que la propia Sofía no haya tenido sus dudas, en ocasiones.

—Ha dicho que Barton Hall es lego —dijo Pitt, reconduciendo la conversación hacia los hechos.

—¡Oh, sí! Me dijo que es un banquero muy distinguido. Ostenta un alto cargo en un banco de inversiones. Tal vez incluso el de director. Se ocupa de las inversiones de la Iglesia de Inglaterra, que por supuesto son enormes, y también de las de la familia real, cuya fortuna es más que considerable.

Pitt se quedó impresionado. El peso de tamaña responsabilidad era casi incalculable. Cabía suponer que Hall lo compartía al menos en parte con terceros. Intentó imaginar lo que la negativa de Sofía había significado para él. ¿Alguno de sus clientes o colegas estaría al tanto de su aventura en Toledo con un hombre casado? ¿Y católico romano, por añadidura?

¿A qué venían tantas ganas de verlo ahora, tantos años después del escándalo?

—¿Pero no sabe nada sobre ese asunto actual que ha traído aquí a la señora Delacruz con tanta urgencia? —insistió una vez más.

—No —repitió Smith sin el menor titubeo—. Me lo he preguntado desde el mismo momento en que me dijo que debía venir y saqué el tema a colación varias veces. Pero se niega a comentarlo. Solo sé que para ella era de suma importancia. Tuve la impresión de que se trataba de algo que consideraba que debía al señor Hall y que no podía esperar. En España hay gente que está muy atribulada y que confía en su orientación espiritual. Me he devanado los sesos para dilucidar qué podría ser, pero ahora sé tan poco como el primer día que me lo mencionó en Toledo. Lo siento.

—¿Usted sabía que estaba en contacto con el señor Hall?

—Antes de este viaje, no. Nunca lo había comentado.

Pitt supo por el rostro de Smith que ya no tenía más que añadir al respecto.

—¿Sabe si ese asunto podría tener algo que ver con alguna de las amenazas que ha recibido? —preguntó.

Smith se sobresaltó.

—No se me había ocurrido relacionar las dos cosas. Desde luego, no con las que me dijo que había recibido. Pero siendo algo que se guardaba para sí misma, por supuesto es posible. —Había un matiz de duda en su voz—. Aunque no huía de nadie. En tal caso no habría acudido a Barton Hall ni a un sitio tan vulnerable como Angel Court. En España hay lugares en los que estaría mucho más segura y que no requieren viajar tanto.

—¿O sea que antes de que se propusiera venir a Inglaterra ya recibía amenazas contra su vida?

—Sí —convino Smith tristemente—. Pero casi todas sostenían que Dios la aniquilaría por blasfema, sin transmitir que el autor tuviera esa intención.

—¿No cree que los autores de las cartas se ven como instrumentos de Dios?

Smith apretó los labios.

—A veces. No sé si tomarme en serio a esa gente. Tal vez se deba a mi convicción de que cualquiera puede creer lo que quiera. La intolerancia es una ofensa a Dios más grave que profesar una creencia extraña o incluso inconsistente. Tienes derecho a rendir culto a lo que te plazca, una pila de piedras en tu jardín, siempre y cuando no hagas daño a los demás. Dios te ha dado esa capacidad y no tengo ningún derecho a burlarme de ti ni a impedirte que lo hagas. Y me consta que... —Se calló de repente y miró a Pitt—. Es como si oyera hablar a Sofía. Pero esa es la verdad, piensen lo que piensen los demás. Por favor, encuéntrela, señor Pitt. Todo este... viaje se ha convertido en un fiasco. Debo mantener alta la moral de todos. —Se puso de pie—. No puedo decirle más. Dudo que Ramón pueda y, desde luego, Henrietta menos. Le ruego que no los aflija innecesariamente.

—Haré cuanto esté en mi mano para no importunarlos —prometió Pitt—. ¿Podría ver esas cartas amenazadoras, señor Smith?

—Por supuesto. —Smith abrió un cajón del hermoso y antiguo escritorio de roble y sacó un montón de cartas, todavía en sus sobres. Se las pasó a Pitt—. Lo dejo a solas para que las lea.

Pitt abrió la primera carta y la leyó. Estaba escrita con pluma, con una letra garabateada que se inclinaba ligeramente hacia abajo al final de cada línea.

Sofía Delacruz,

Es una blasfema contra el Dios que la creó.

Está envenenando a la gente que cree en la verdad y deberían lapidarla, como merecen todos los mentirosos. Es una sierva del diablo y seguramente morirá en el infierno.

Estaba firmada con un garabato indescifrable. Pitt la dejó a un lado, restándole importancia.

La segunda tenía un tono más siniestro y estaba escrita con pulso más firme y decidido.

Señora Delacruz,

La caridad me exige pensar en usted como en una mujer ignorante y ambiciosa que tiene poca idea del daño que hace sembrando descontento. ¿No hay suficiente violencia en el mundo, suficientes alzamientos de las masas descontentas, sin que usted les dé la idea insensata, el sueño de locos, de que están destinadas a convertirse en dioses algún día?

Sus ideas van más allá de la demencia y se adentran en el reino del mal.

Abona el terreno de la sedición, como si deseara la anarquía. No defiende abiertamente los atentados con bomba, los asesinatos ni otras atrocidades, pero serán el resultado ineludible de sus enseñanzas, ya que estas insuflan a hombres de por sí prestos a asesinar y destruir la creencia de que el orden es innecesario y tiene que derribarse y ser pisoteado. ¡Hay que derrocar el orden y la civilización que han adornado la sociedad desde la Edad Media! ¡La virtud, la modestia y la obediencia no valen nada y la valentía reside en sembrar el caos!

Poco importa ya que sea usted una loca o una perversa. Predica el mal y debe ser combatida con todas las armas de que dispone la gente decente. Cambie su discurso, retráctese de sus enseñanzas o prepárese para ser la víctima de su pecado de orgullo.

¡Hablo en nombre de todos los hombres!

ADAM

Pitt dejó el papel sobre la mesa lentamente. ¿En qué medida era una amenaza real? La letra era regular; el estilo, desenvuelto y sin florituras; el nombre, presuntamente simbólico.

Las dos siguientes eran más apresuradas, escritas con enojo, pero el tema se repetía: el orgullo, una mujer que no sabía estar en su sitio y sembraba descontento, desorden, la ruptura del hogar como núcleo de la civilización, el bienestar, el arte, la ley, el mantenimiento de la paz durante incontables generaciones.

Las demás denotaban menos cultura y reflexión.

¿Suponían una seria amenaza? Pitt no lo sabía, pero no podía permitirse ignorar el peso de los sentimientos que expresaban.

Metió las cartas en los bolsillos de su chaqueta y se levantó para irse.

Mientras caminaba por el adoquinado de Angel Court hacia la estatua del ángel cercana a la entrada, seguía sin estar seguro de si Sofía Delacruz se había marchado de manera tan dramática para avivar el interés por su persona y así conseguir una mayor difusión de su mensaje. Recordaba vívidamente su rostro apasionado, el timbre de su voz resonando con convicción. No le cabía duda de que era una mujer que haría lo que considerase correcto, para luego aceptar las consecuencias. Ahora bien, ¿eso era santidad, era una obsesión humana o acaso Sofía estaba al borde de la locura?

El mundo estaba lleno de incertidumbre. Se estaban precipitando hacia el fin de siglo. Había malestar social y religioso por doquier. Demasiadas preguntas que ya no tenían respuesta. Había una semilla de desorden en la fe, no ya en cuanto a qué Dios era el verdadero sino en su propia existencia. Se correspondía con la creciente anarquía social en la política de toda Europa. Aquel año había sido testigo de una conferencia antianarquista en Roma y de la creación de una fuerza policial internacional.

Al salir de Angel Court y dirigirse hacia la calle principal, reparó en el repartidor de periódicos. El titular decía algo sobre crecientes conflictos en Sudáfrica.

Pitt negó con la cabeza. Debía ponerse en contacto con la embajada de España para asegurarse de que su investigación no hiriera susceptibilidades diplomáticas, y al día siguiente iría a ver a Barton Hall para averiguar qué sabía de Sofía Delacruz y de su verdadero propósito al venir a Inglaterra.

3

A primera hora de la mañana siguiente el coche de punto se detuvo junto al bordillo en Eaton Square y Pitt se apeó y pagó al conductor. Cruzó la verja de hierro forjado y subió los peldaños hasta la puerta de roble de la casa de Barton Hall. Aparte de la aldaba con forma de cabeza de león, la casa era tan elegantemente georgiana como todas las otras que circundaban la plaza, sobrias y de proporciones exquisitas. Ni un capricho frívolo estropeaba su fachada clásica.

Pitt levantó la aldaba y la dejó caer. Instantes después, abrió la puerta un hombre de inmensa dignidad, canoso antes de tiempo. La expresión de su rostro transmitía una serenidad imperturbable.

—Buenos días, señor. ¿En qué puedo servirle?

Sostenía una bandejita de plata, del tipo que se utilizaban para aceptar las tarjetas de los caballeros.

Pitt dejó la suya, añadiendo al hacerlo:

—Comandante Pitt de la Special Branch. Quisiera hablar con el señor Barton Hall. Se trata de un asunto de la mayor urgencia.

—Sí, señor. Si tiene la bondad de entrar, iré a ver si el señor Hall puede recibirlo.

El mayordomo se retiró hacia el amplio vestíbulo con el suelo enlosado de mármol.

—¿Tal vez querría aguardar en la sala de día, señor?

No fue tanto una pregunta como una instrucción. Indicó el camino con un discreto ademán.

Pitt estuvo encantado de aceptar. Las salas de día solían revelar no solo el carácter de un hombre sino también su posición económica, sus gustos y la comodidad y disciplina de su casa.

Aquella no era una excepción. Mientras el mayordomo cerraba la puerta y sus pasos se alejaban por el mármol, Pitt echó un vistazo a las cortinas oscuras, el lustroso suelo de madera con la tan tradicional alfombra turca roja y azul, y a los libros que forraban entera una pared, compuestos de colecciones encuadernadas en piel. Estaban ordenados con arreglo a su tamaño y color, más que por temas o por autores. Parecían caros, bien cuidados, pocas veces sacados de su sitio.

Se acercó a la librería y cogió uno. Habían quitado tan bien el polvo del estante que no dejó marca alguna. Sonrió y volvió a alinear el libro con los demás. Era una historia de las excavaciones de Schliemann en las ruinas de lo que ahora se creía que era Troya.

Después miró con más detenimiento los dos cuadros de las paredes del fondo. Eran escenas pastoriles bastante gazmoñas, sin el menor indicio de verdadera vida campestre. Todo aparecía artísticamente proporcionado, desde la carreta cargada de heno hasta la inclinación del tejado de paja.

Una fotografía enmarcada le llamó la atención. Estaba sobre una mesa auxiliar. Mostraba el busto de una mujer de mediana edad con el pelo moreno recogido a la moda de al menos diez años atrás. A primera vista era una mujer corriente, de facciones delicadas pero poco expresivas para ser bonita. Sin embargo, cuanto más la miraba Pitt, más veía en ella no solo franqueza sino sentido del humor. Parecía el tipo de mujer que, cuando la conocías bien, echabas mucho de menos durante sus ausencias. ¿Sería la esposa de Barton Hall?

Sus pensamientos se vieron interrumpidos al abrirse la puerta para que entrara el propio Barton, que la cerró silenciosamente a sus espaldas. Era un hombre alto de pelo un poco ralo y con canas en las sienes. Su atuendo era muy formal, los puños de la camisa blanca dejaban ver sus huesudas muñecas.

—Buenos días, comandante Pitt —dijo en voz baja—. ¿Qué puedo hacer por usted?

La voz de Hall era más que agradable, tenía una gravedad casi musical.

—Buenos días, señor Hall —contestó Pitt, inclinando la cabeza—. Tengo entendido que es pariente de Sofía Delacruz.

Hall se estremeció ligeramente.

—En efecto —admitió—. Es prima mía por parte de mi difunta madre. —Permaneció de pie—. Pero le ruego que no me haga responsable de sus excéntricas opiniones. Créame, señor, si pudiera disuadirla de hablar de ellas en público, ya lo habría hecho. —Carraspeó—. Me disculpo por cualquier situación embarazosa que pueda causar. Soy plenamente consciente de lo que hace, pero incapaz de impedírselo. Las súplicas de la familia no han surtido efecto alguno.

Pitt sintió cierta compasión por él. Eran pocas las personas a quienes su familia no hubiese avergonzado en algún momento de su vida, pero, por regla general, no hasta aquel punto. Saltaba a la vista que Hall estaba angustiado.

—No busco su ayuda para moderar el discurso de la señora Delacruz —respondió Pitt.

Hall frunció el ceño. Seguía estando de pie en medio de la alfombra turca y parecía un tanto desconcertado.

—¿Pues qué desea de mí?

—Sofía Delacruz estaba alojada en una residencia ubicada en Angel Court... —contestó Pitt. Se fijó en la mordaz sonrisa de Hall al oír aquel nombre—. Desapareció de allí hace dos noches —prosiguió Pitt—. Sus compañeros están inquietos porque no dejó ninguna nota, y además ha conllevado que tuvieran que cancelar una conferencia prevista para esta tarde.

Hall enarcó las cejas sorprendido.

—¿Y se le ha ocurrido que podría haber venido aquí? Lo siento, no entiendo por qué haría algo tan... irresponsable. —Suspiró—. Aunque no debería sorprenderme. Toda su vida ha sido un viaje plagado de irresponsabilidades. Esta tan solo es la última.

—¿Irresponsabilidades que iban contra su propio interés? —preguntó Pitt enseguida.

Hall lo miró fijamente, con pensamientos confusos asomándole al rostro.

Pitt aguardó.

Hall tragó saliva con dificultad.

—Tal vez me haya precipitado. He sabido muy poco de ella durante los últimos diez años. —Volvió a carraspear—. Uno siempre espera que las personas cambien.

Pitt se dio cuenta, no sin sorpresa, de lo enojado que estaba. Había creído que Sofía era sincera, incluso que tenía una visión de un mundo glorioso que daba sentido a parte del sufrimiento, el desperdicio y el aparente caos.

Y ahora parecía muy probable que fuese una charlatana. El sabor que le dejaba en la boca era amargo. Si Barton Hall había soportado semejante engaño una vida entera, podía contar con todas las simpatías de Pitt.

Hall estaba aguardando a que Pitt prosiguiera. Fruncía

el ceño con preocupación y permanecía quieto de manera poco natural.

—¿Se ha puesto en contacto con usted desde que llegó a Inglaterra? —preguntó Pitt.

—Pues sí —respondió Barton Hall cansinamente—. Envió una carta sumamente cortés desde Southampton, y después una nota tras llegar a Londres. Me había pedido que nos viéramos el día siguiente a su llegada a la ciudad, pero yo tenía otros compromisos. Estuvo de acuerdo en que quedáramos mañana.

A Pitt le asombraba el afán de Sofía por reunirse con su primo. ¿Se debía a que sabía que el encuentro sería desagradable y por lo tanto deseaba pasar el mal trago cuanto antes, mientras que Hall había preferido posponerlo, tal vez incluso evitarlo por completo?

—Quizá regresará a tiempo —dijo.

—¿Y si no? —preguntó Hall—. Supongo que la está buscando. Que ha interrogado a... esas personas con las que ahora comparte su vida. —Tenía los hombros tensos, tiraban de la tela de su chaqueta, y había un hilillo de miedo en su voz—. ¿Sabe algo acerca de ellas?

—Estamos investigando —respondió Pitt—, pero todos los miembros del grupo que vinieron con ella son españoles, excepto Melville Smith, y tenemos que trabajar con la embajada de España...

—Sofía es inglesa —interrumpió Hall—. Nació y se crio aquí. ¡Desciende de generaciones de ingleses! ¡Casarse con un maldito español no la priva de su linaje!

Pitt se sorprendió ante el ardiente enojo de Hall. Mantenía los puños a los lados, pero Pitt se fijó en que los apretaba tanto que sus grandes nudillos relucían blancos.

Hall se quedó mirando a Pitt un momento y luego pareció darse cuenta de que había revelado demasiada emoción y recobró la compostura.

—Ruego que me disculpe, Pitt. Sofía siempre ha sido motivo de gran preocupación para su familia, pero eso no significa que nos resulte indiferente lo que le ocurra. —Carraspeó una vez más—. Ni que la idea de que le hagan daño no sea en extremo angustiante, sobre todo para mí, puesto que soy el último que mantuvo una estrecha relación con sus padres. Lamento decir que tanto mi tío como mi tía fallecieron.

—¿Hermanos o hermanas? —preguntó Pitt, dejando que Hall condujera la conversación, al menos momentáneamente.

—Tenía un hermano que murió de niño —dijo Hall—. Entenderá que esté preocupado.

Fue una aseveración, no una pregunta.

—Por supuesto —convino Pitt—. Es totalmente natural. Me encargaré de que lo informen de cualquier progreso que hagamos.

Todavía estaban de pie en medio de la alfombra. Pitt tenía la clara sensación de que no debía sentarse en uno de los sillones hasta que Hall le invitara a hacerlo. Se palpaba una atmosfera cargada de emoción, semejante a la tensión anterior a una tormenta. Cualquier relajación sería impostada.

—Gracias —respondió Hall.

—¿Mantenía correspondencia con la señora Delacruz? —prosiguió Pitt.

—¿Señora Delacruz? Por el amor de Dios. —La voz de Hall se agudizó, la grave musicalidad tan grata de oír desapareció por completo—. No, en absoluto. Si nuestra familia no hubiese vivido en esta casa durante generaciones dudo que Sofía supiera dónde encontrarme.

—Vive en Toledo, ¿verdad? —preguntó Pitt, tratando de determinar en qué medida Hall guardaba para sí la información que tuviera sobre Sofía.

Hall se mostró sorprendido.

—Eso me han dicho. ¿Es importante?

—No lo sé —contestó Pitt—. Parece ser que se granjeó enemigos mucho antes de venir a Inglaterra, al menos a juzgar por las amenazas que ha recibido.

—No me extraña —espetó Hall—. Se le da muy bien. ¡Sus ideas son absurdas, aunque eso poco importa, pero también son profundamente ofensivas para muchas personas que veneran las enseñanzas de su propia Iglesia, cuya fe se remonta casi dos mil años y ha resistido el paso del tiempo y las adversidades! —Empezó a carraspear y acabó tosiendo—. ¿Cómo no van a ofenderse?

—No hay duda de que el cristianismo ha padecido terribles persecuciones —convino Pitt, observando el rostro de Hall.

—¡Y de una mujer de mi propia familia! Menos mal que sus padres no están vivos.

Pitt se quedó atónito. No entendía el aspecto casi atormentado que presentaba Hall.

Hall se enderezó.

—Lo siento. Todo esto debe parecerle absurdo —dijo con más firmeza, habiendo recobrado la compostura—. Su regreso a Inglaterra se ha producido en un momento inoportuno para mí. Tengo responsabilidades: asuntos importantes a los que no puedo permitirme no dedicar plena atención. Lamentaría parecer desalmado, pero solo en contadas ocasiones podemos abandonar todos nuestros asuntos para rescatar a una mujer que está empeñada en su propia destrucción y dispuesta a arrastrarte con ella.

Volvió a titubearle la voz, forzada casi hasta el punto de apenas poder superar la opresión de su garganta.

—Lamento haberlo molestado, señor Hall —se disculpó Pitt, observándolo con cierto grado de compasión—.

Confiaba en que estuviera aquí. Y dado que usted es su único pariente en Inglaterra, debíamos informarlo de su desaparición.

Hall suspiró.

—Lo comprendo. Me aventuraría a decir que mañana habrá reaparecido de nuevo con alguna historia absurda de apuros, y que estará demasiado ocupada refiriéndosela a la prensa para ser consciente de que ha tenido en ascuas a sus pobres seguidores y que le ha hecho perder el tiempo a usted.

—Eso espero.

En cuanto esas dos palabras salieron de su boca, Pitt tuvo claro que no las había dicho completamente en serio. Detestaba la idea de que la mujer a quien había visto hacía solo tres días, tan apasionada en su creencia, en realidad fuese egoísta y manipuladora.

Hall frunció los labios.

—¿Eso espera? Me parece que habla sin darse cuenta del daño que puede causar, y sin duda causará, si regresa y prosigue con su demencial cruzada. —Una vez más, tosió y carraspeó—. Sus opiniones religiosas son peligrosas para la sociedad, señor Pitt. Ahí es donde debería usted poner toda su atención.

Pitt lo miró de hito en hito, tratando de discernir si estaba actuando o no. Desde luego se estaba expresando bajo la presión de una emoción extrema. Pitt se percataba de su profundidad, pero no hallaba el modo de concretar su naturaleza.

—Sofía ve lo que quiere ver e ignora lo demás —prosiguió Hall, todavía con un deje de amargura en la voz—. Hay muchas cosas de su pasado que prefiere no recordar, como si nunca hubiesen ocurrido. Pero, créame, señor Pitt, no se fue de Inglaterra con honor, y, al principio, en España no se condujo con la menor decencia. No entiendo cómo es posible que la gente de Toledo pudiera olvidarlo, aunque tal vez sus valores sean distintos a los nuestros.

Se calló justo a tiempo para no insinuar que los españoles tenían una moral muy laxa.

Pitt titubeó. No quería mostrar excesivo interés y hacer que Hall se diera cuenta de lo mucho que se había metido en la intimidad que al principio había reivindicado.

—¡Duda de mí! —exclamó Hall con súbito enojo—. Pero sería una traición que le contara más. Sofía puede hacer lo que le plazca, pero no voy a permitir que ella alegue superioridad moral rebajándome a hablar mal de ella, o de los problemas y aflicciones que son parte de la historia de nuestra familia. Baste con que diga que quizá tenga muchos enemigos entre aquellos a quienes ha... hecho daño en su camino hasta su absurda posición actual.

Por un momento Pitt pensó que Hall se estaba mofando de él adrede, pero no le cabía duda alguna de que el enojo y el sufrimiento que reflejaba su rostro eran reales, fuera cual fuese su causa. Eligió sus palabras con sumo cuidado, atento a los ojos de Hall para fijarse en su reacción.

—¿Está diciendo, con tanta discreción como puede, que ha lastimado a personas en España que quizá se hayan sentido suficientemente ofendidas para seguirla a Inglaterra en busca de venganza?

Hall tragó saliva, torciendo el cuello como si el gesto le doliera.

—En efecto —contestó—. Y siempre cabe la posibilidad de que al menos uno de sus seguidores tenga turbulentos sentimientos encontrados para con ella. La desilusión es una especie de traición, señor Pitt. —Hall sonrió con tristeza—. Tiene muchos lugares en los que buscar a quienquiera que haya deseado algún mal a Sofía. Empiece por los más próximos a ella, y trabaje a partir de ahí. Quizás incluso tenga que investigar a su marido.

—¿Cómo dice? —respondió Pitt con interés—. ¿Cree que entre ellos hay suficiente hostilidad para suscitar algún tipo de secuestro o ataque?

—No lo sé, comandante. Pero que yo sepa no había puesto un pie en Inglaterra en muchos años. Su llegada es demasiado reciente para haber originado semejante animosidad.

—¿Ha estado en España, señor Hall?

—Estuve en Madrid una vez, hace mucho tiempo, pero no en Toledo. Creo haberle dicho ya, señor, que no he estado en contacto con Sofía desde que se marchó a España hace cosa de una década. Le deseo lo mejor, por supuesto, pero no siento verdadero interés por sus asuntos. Si me figuro que sus enemigos están en España es por una cuestión de sentido común, no porque sepa algo concreto.

—¿Y no le dio alguna pista sobre por qué deseaba verlo con tanta urgencia?

—Ni una sola —contestó Hall, tendiendo la mano a Pitt—. Lamento que mi ayuda sea tan escasa y en esencia también antipática. —Su rostro adoptó una fugaz expresión de profunda amargura que se desvaneció al instante—. Siento no disponer de tiempo para ser más hospitalario, pero tengo asuntos que debo atender sin más dilación. Que tenga un buen día, señor, le deseo éxito.

Pitt tomó un coche de punto hasta Angel Court, esperando que Sofía hubiese regresado o al menos enviado un mensaje explicando su ausencia. Sin embargo, nada más cruzar la verja de Angel Court ya supo a qué atenerse. Henrietta Navarro estaba en el patio adoquinado con un manojo de hierbas en la mano. Miró a Pitt con un brevísimo rayo de esperanza en los ojos, pero acto seguido se le arrasaron en lágrimas, y dio media vuelta para entrar corriendo en el edificio.

Pitt cruzó el patio y entró por la puerta sin volver la vista atrás.

Cuando Pitt llegó a su casa, más tarde de lo que había esperado, se alegró de dejar de pensar en Sofía Delacruz. Estaba cansado de preguntarse dónde estaba y si estaba donde fuere por su propia voluntad. No obstante, apenas había terminado de cenar en la reconfortante calidez que envolvía la mesa de la cocina cuando se percató de que Jemima lo estaba observando, expectante. Pitt había confiado en poder conversar sobre algo agradable y vio cómo se esfumaba aquella esperanza.

—¿Qué piensas que le ha sucedido, papá? —preguntó Jemima en cuanto sus miradas se cruzaron.

Charlotte le debía haber dicho que no hiciera preguntas hasta después de la cena. Se había fijado en que había estado pendiente de cada bocado que tomaba, probando apenas su propia comida.

—No lo sé —contestó con sinceridad. Ponía mucho cuidado en lo que contaba a sus hijos a fin de ahorrarles los aspectos más crudos de su trabajo, pero nunca les mentía. A veces resultaba harto difícil, pero sabía que si les mentía se quebraría su confianza en él y que algún día esa fisura se volvería contra todos ellos.

—La gente dice que se fue a propósito —prosiguió Jemima—. Que no la han raptado ni nada por el estilo, que solo está fingiendo para que la gente se asuste y piense que está en peligro cuando en realidad está perfectamente bien. Dicen que es un truco para darse más importancia. Eso no es cierto, ¿verdad?

Pitt la miró. Se parecía tanto a Charlotte que podía imaginar a Charlotte de niña, como si los años se hubiesen borrado, devolviéndolo a una época anterior a cuando la conoció. Jemima tenía el mismo contorno delicado en las mejillas y la boca, los mismos ojos penetrantes. Sin embargo, en ella también había algo de él, el modo en que el pelo le crecía desde la frente, igual que el suyo, e igual que el de su madre. No se había dado cuenta hasta aquel preciso instante.

—No lo sé —dijo con cuidado—. Cuando la conocí pensé que creía en lo que decía y que le importaba lo suficiente para no mancillarlo con artimañas. Pero a veces me equivoco al juzgar a las personas. A todos nos ocurre.

—¡Eso es como decir que ha podido estar mintiendo todo el tiempo! —respondió Jemima, desafiante, con la voz ronca de emoción.

Daniel hizo una mueca de fastidio. Era tres años más joven y estaba harto de las chicas en general, y sobre todo de las tormentas emocionales. Las suyas todavía estaban por venir. Era valiente, inteligente, muy práctico. Le interesaba la creciente posibilidad de que en África estallara una guerra más extendida que el conflicto que se desarrollaba en Sudán, sobre todo contra los bóers en Sudáfrica. Lo intrigaban la táctica militar, el heroísmo y el sacrificio que conllevaba. No le importaba lo más mínimo la filosofía de los santos y menos aún su comportamiento.

Charlotte miraba a unos y a otros con inquietud pero no intervino.

—Me parece que no es así —contestó Pitt—. Sin embargo, Barton Hall, que es su único pariente en Inglaterra, me ha dicho que en el pasado ha engañado y que hay muchas cosas que desconocemos acerca de ella. No ha querido decirme a qué se refería exactamente porque considera que sería deshonroso, una traición a los secretos de la familia.

—¡Eso es despreciable! —dijo Jemima acaloradamente—. Te dice que hay algo espantoso pero no te dice de qué se trata, de modo que no puedas juzgar por ti mismo. A lo mejor te mintió. ¡Si no puede contártelo, no debería mencionarlo! ¡Es como ser un soplón!

Daniel levantó la vista, su expresión reflejaba que estaba de acuerdo. Para un chico de su edad, chivarse era el peor pecado concebible, después de la cobardía. Miró primero a Pitt y luego a su hermana.

—No deberías hacerle caso —dijo con absoluto aplomo—. Todo esto suena muy pueril.

Una expresión a la vez divertida y sorprendida iluminó el semblante de Charlotte. La disimuló de inmediato. Tomó aire para hablar pero cambió de parecer.

Charlotte había advertido a Pitt que Jemima estaba a un tiempo excitada y temerosa ante los grandes cambios que tendrían lugar en su vida durante los próximos dos meses. Había creído que ser adulta equivalía a ser libre y estaba comenzando a darse cuenta de que hacerse mayor traía aparejadas sus propias limitaciones. El matrimonio significaba una ganancia pero también una suerte de pérdida, y no estaba del todo segura de estar preparada para dar ese paso. Un idilio podía ser maravilloso o desgarrador, y a veces ambas cosas.

La idea de prometer amor y obediencia a otra persona hasta el fin de su vida la aterraba. Tal vez por eso la atraían tanto el coraje y la independencia de Sofía Delacruz.

—Me estaba advirtiendo que tal vez tenga otros enemigos aparte de quienes no están de acuerdo con sus opiniones religiosas —les dijo Pitt—. Ha contestado a mis preguntas.

Jemima pestañeó deprisa.

—¿Le has creído?

—Creo que está seriamente afectado.

Pitt tuvo ganas de alargar la mano para consolarla, pero no supo cómo hacerlo exactamente.

—¿Por qué? —preguntó Jemima—. ¿Acaso la odia?

—Me parece que le tiene miedo —contestó Pitt.

—Eso no tiene sentido. —El desdén resonó en su voz—. No está haciendo daño a nadie y mucho menos a él.

¿Debía ser sincero o la haría cargar con pensamientos que no entendería? Tenía muchísimas ganas de olvidar a Sofía Delacruz y disfrutar de la velada.

Miró a Charlotte y tuvo claro que no iba a decir nada. Ella también quería respuestas aunque nada hubiese preguntado, sobre todo siendo tarde, comprendiendo que Pitt necesitaba dar un descanso a su mente.

—¿Papá? —insistió Jemima—. ¿Por qué iba a tenerle miedo? ¿Piensas que es peligrosa?

Pitt sabía que podía herir los sentimientos de su hija con suma facilidad. Debía escoger sus palabras con toda exactitud.

—Hall tiene miedo de que la gente crea en sus ideas y que luego se lleve una decepción tremenda cuando vea que no está a la altura de lo que predica —contestó.

—¡No dijo que fuese perfecta! —arguyó Jemima—. Solo dijo que no era todo un gran error porque Dios no sabía que desobedeceríamos y nos haríamos expulsar del Edén. Cosa que lo habría hecho parecer tonto de remate. Dijo que así tenía que ser y que podemos aprender de ello y ser mejores... para siempre.

Daniel puso los ojos en blanco, pero tuvo el atino de guardar silencio.

A Pitt le sorprendió que Jemima hubiese escuchado con la atención suficiente para resumirlo de manera tan sucinta. Se sintió orgulloso de ella, aunque al mismo tiempo temió por ella.

—¿Tú no te lo crees? —inquirió Jemima.

—Deseo creerlo —admitió Pitt—, pero resulta difícil ser diferente a los que te rodean. Conlleva un precio y no quiero que te hagan daño. Miro a Sofía Delacruz y veo agitación a su alrededor porque está poniendo en causa el orden establecido y sugiriendo algo nuevo. A la gente le gusta lo que conoce. Nos molesta que nos pidan que cambiemos. Cuesta trabajo. Lo consideramos peligroso y tenemos miedo de perder a quienes amamos.

Jemima pestañeó.

—¿Existe Dios? Intento hacer memoria, pero no recuerdo que alguna vez nos lo hayas dicho.

Sus ojos brillaban de esperanza y se creería cualquier cosa que dijera él.

Charlotte alargó la mano, apenas tocando el brazo de Pitt.

—Mi madre murió antes de que tú nacieras —dijo Pitt en voz baja— y era creyente. Siempre lo supe. Me gustaría tener una fe tan profunda como la suya, pero todavía no lo he conseguido. Me temo que no lo he intentado de veras. Pero me consta que hay cosas que siempre están bien y cosas que siempre están mal, y en eso no tengo duda alguna. Aunque entre ambas haya una espantosa cantidad de matices intermedios.

Esta vez fue Daniel quien interrumpió.

—¿Qué es lo que siempre está bien?

—La bondad —contestó Pitt con certeza—. Mantener las promesas. No rendirse cuando las cosas se ponen difíciles. Asumir tus propias equivocaciones y no culpar a otras personas aunque así te salgas con la tuya.

Jemima inhaló profundamente.

—La encontrarás, ¿verdad, papá? Quiero decir antes de que alguien le haga algo terrible.

Lo deseaba con tanta intensidad que Pitt lo percibía como una especie de presión en el aire. ¿Se atrevía a prometer que tendría éxito?

—No podrá, si ya está muerta —dijo Daniel, con prudencia—. Pero lo más probable es que esté la mar de bien, tan solo perdida, o que alguien sepa dónde está y esté haciendo una mala jugarreta al no decírselo a nadie. —Retiró su silla y se levantó—. Lo que importa es si habrá guerra o no y si será grande. Como la de los estadounidenses y los españoles, pero con nosotros.

Se encogió de hombros y salió de la cocina.

—Sí, la encontraremos —contestó Pitt a Jemima y Charlotte—. Haré todo lo que pueda para que sea cuanto antes.

4

A mediodía del día siguiente Brundage entró en el despacho de Pitt. Su rostro franco estaba pálido, con un aspecto casi magullado. Su desaliento era evidente.

Pitt había estado leyendo informes sobre un grupo de anarquistas del este de Londres que de pronto había cesado toda actividad, como si estuviera preparando un golpe decisivo. Puso la primera hoja bocabajo y apartó el montón de papeles. Retomaría el asunto más tarde.

—Siéntese —ordenó. Le constaba que Brundage no lo haría hasta que se lo pidiera.

Brundage no obedeció.

Pitt se recostó en su asiento.

—¿Ningún rastro?

—No, señor. He pasado la mañana interrogando a Ramón, Henrietta y Smith sobre todas las amenazas posibles de las que tuvieran conocimiento o que les llevaran a sospechar algo. No he sacado nada, desde luego nada provechoso. He hecho lo que usted me indicó y he preguntado tanto como he podido acerca de enemigos, rivales en España, dinero, cómo los trata la Iglesia católica. No me he enterado de nada útil. —Brundage cambió el peso de un pie al otro—. Melville Smith decidió celebrar una reunión ayer por la tarde. —Su expresión era sombría—. El local estaba atestado. No habría podido meter a nadie más ni con calzador. Le sacó el máximo partido.

Pitt percibía la tristeza de Brundage, y se dio cuenta con sorpresa de lo poco que conocía al sargento más allá de su historial de servicio y su competencia. No sabía nada de su vida personal, ni si profesaba alguna fe susceptible de ser lastimada por las ideas de Sofía o por su desaparición. Levantando la vista hacia él, percibió algo más profundo que mera vergüenza profesional, pero no supo si se trataba de desengaño o simplemente de desdicha debida al fracaso de la investigación.

—Siéntese y cuénteme qué le ha dicho, Brundage —dijo Pitt en voz baja—. ¿Cree que Smith está detrás de su desaparición o que solo le está sacando provecho?

Brundage se sentó en el cómodo sillón que había enfrente del escritorio de Pitt.

—No estoy seguro de si intenta mantener cohesionado el grupo y no perder público —dijo, pensativamente—. Está siendo muy transparente sobre su desaparición. Si sabe adónde ha ido o por qué, o si está a salvo, es puñeteramente bueno ocultándolo. —Sonrió con cierta timidez—. Sin embargo, a menudo he pensado que los mejores predicadores también son los mejores actores. Se dejan llevar por el entusiasmo. Interpretan un papel en el que quizá creen, aunque no tienen por qué. Están observando, escuchando, arrastrando a su audiencia con ellos, y lo notan. Es una especie de poder, durante un rato. —Negó con la cabeza—. La diferencia es que su público está ahí porque cree que es donde debe estar y al menos parte de esa gente necesita oír lo que se le dice.

Pitt se quedó impresionado. Brundage era mucho más perspicaz de lo que había esperado.

—Uno los mira y no sabe cuáles de ellos están desesperados en su fuero interno —prosiguió Brundage—. Quién está atenazado por el miedo, la culpa o la soledad. ¿Cree que él lo sabe? Smith, quiero decir. ¡Hizo un papel de mil demonios!

—¿Es tan bueno como Sofía? —preguntó Pitt con curiosidad. ¿Era posible que todo aquello fuese un plan que hubiesen urdido juntos? La idea resultaba repulsiva.

—No —contestó Brundage sin vacilar—. Le he estado dando vueltas, barajando posibilidades mientras lo escuchaba. No transmite exactamente el mismo mensaje. Los cambios son muy sutiles, pero están ahí.

Se calló y miró a Pitt, atento a su reacción.

Pitt sabía qué pensaba Brundage exactamente. El mismo pensamiento estaba tomando forma en su mente, los contornos cada vez más claros con cada nueva prueba.

—¿En qué se diferencia el mensaje? —preguntó Pitt.

Brundage frunció un poco el ceño, torciendo apenas las comisuras de los labios hacia abajo.

—Es más seguro, más fácil de aceptar que el de ella porque el precio no es tan alto —contestó—. Se trata más bien de los aspectos que deja fuera, como que Dios alguna vez fue como nosotros somos ahora. Eso es difícil de tragar. No hace que nosotros seamos más ni que Dios sea menos. Lo que dijo era más manejable para la imaginación. Menos arriesgado. —Se inclinó un poco hacia delante—. No sabría describirlo, pero me fijé en el semblante de los espectadores. Había menos miedo en ellos. No estaban inquietos ni cruzaban miradas como hacían el día que habló ella. Vi que algunos incluso asentían. Era como si Smith les prometiera algo en lugar de desafiarlos. Restó importancia al precio del fracaso, casi como si no cupiera esperar tener éxito y, por tanto, no fuera a haber culpa. Como... como si se dirigiera a unos niños.

—¿Y dio resultado? —insistió Pitt.

—Depende de lo que usted cuente como éxito —respondió Brundage—. No tiene el mismo ardor que ella, mucho menos su pasión. Sin embargo, quizá resulte más cómodo para la mayoría.

De repente Pitt se sintió avergonzado; nunca se había figurado que Brundage fuese tan inteligente. Había roto sus propias reglas, juzgándolo a partir de su apariencia campechana, su ligero acento provinciano, su evidente buena forma física, los ocasionales comentarios sobre deportes.

—Veo que ha reflexionado mucho —observó Pitt—. ¿Usted tiene fe?

Brundage se sonrojó.

—En realidad, no, señor. He visto este tipo de cosas toda mi vida. Mi padre es párroco de un pueblo...

—Nunca lo había mencionado —dijo Pitt, sorprendido.

Brundage se incomodó.

—No es algo que apetezca contar. Ya me tomaron bastante el pelo cuando era niño. Tenía en muy alta estima a mi padre, pero no quería ser como él. No habría dado el pego, aunque hubiese querido. No tengo paciencia con la gente. Pero me fijaba mucho en lo que hacía. Y en el tipo de gente que acudía a la iglesia. Supongo que debería estar agradecido. Es la mejor lección sobre la naturaleza humana, vigilar un pueblo.

Pitt sonrió con ironía.

—Tal vez también yo le deba unas palabras de agradecimiento a su padre. Dígame, ¿cree que si Sofía Delacruz regresa se encontrará con que le han usurpado su sitio? ¿Tendrá que adoptar los cambios de Smith para no perder una parte significativa de su causa?

Brundage se mordió el labio.

—Quizás. Es posible que Smith haya organizado todo esto para dar una especie de golpe. Es ambicioso. Ha sido su segundo violín durante mucho tiempo. Ahora bien, ¿qué ocurre si ella regresa y lo acusa de haberla raptado con el propósito de ocupar su lugar?

—Cualquier cosa —respondió Pitt con amargura—. Toda la organización se rompe en pedazos, una especie de guerra civil. Las cosas podrían ponerse feas, y, si ninguno de ellos gana deprisa, el conflicto se alargará hasta destruir cualquier asomo de credibilidad para ofrecer un liderazgo moral y todos saldrán perdiendo. O, de lo contrario, se desintegra y desaparece sin más. O quizá siga ella sola.

—¿Por qué sería tan estúpido para arriesgarse a algo semejante? —preguntó Brundage.

—Las personas no siempre piensan en lo que vendrá luego —dijo Pitt, con un toque de aspereza—. Si viéramos el final del camino, la mitad de las veces nos detendríamos antes de dar el primer paso. En ocasiones, si supiéramos cuánto costará algo, perderíamos el coraje.

—Hace que parezca bueno y malo al mismo tiempo —señaló Brundage.

—Esa era mi intención —contestó Pitt.

—Quizá Sofía regrese y nunca sepa quién organizó su secuestro —dijo Brundage—. Y todos regresarán a España antes de que lo averigüe —agregó, esperanzado.

—O su desaparición no tiene nada que ver con Smith y este solo es un oportunista —apostilló Pitt—. Una cosa está clara: si reaparece ahora, tendrá que dar una explicación muy buena sobre su paradero durante estos días.

—¿Piensa que ella sabía que Smith tenía intención de alterar el mensaje y que ha hecho esto adrede para ponerlo en evidencia? —sugirió Brundage—. Eso sería arriesgar mucho.

—No tengo la menor idea —reconoció Pitt, aun sabiendo que creía perfectamente capaz de correr cualquier riesgo a Sofía Delacruz, si creía que el premio merecía la pena—. ¡Ojalá hubiese elegido otro lugar para hacerlo!

—Es el lugar perfecto —respondió Brundage con abatimiento—. Nos hace correr en círculos y culpa de cualquier cabo suelto nuestra incompetencia.

Pitt fue consciente de cuánto picaba aquella observación y supo que Brundage estaba reflexionando sobre su
propio fracaso en mantener a Sofía a salvo, incluso de sí
misma. ¿Debía intentar reconfortarlo? Pitt era su comandante, no un agente, un compañero. La conmiseración los
convertiría en iguales y eso no era lo que Brundage deseaba. Sería mucho más cómodo para Pitt, pero también equivocado.

—Es muy posible que comenzara así —dijo Pitt—. Pero aun en ese caso, ha cambiado. Algo ha salido mal. La
publicidad fue moderadamente positiva durante el primer
par de días. Ahora se está volviendo mucho menos agradable. Sofía no puede ignorar el escándalo que provocará. Ha
asustado a la gente y la gente la odiará.

Brundage puso mala cara.

—Sí, es verdad. Pensarán que los ha puesto en ridículo.
Eso implica desprecio y duele.

—Me pregunto si no será eso lo que tenía Smith en
mente.

Pitt recordó el rostro de Smith, su entonación al hablar
de Sofía. Había admiración en su voz, pero también algo
más. ¿Envidia? ¿Crítica? ¿Miedo a que estuviera manejan-
do mal la creencia más importante de su propia vida? ¿Por
qué un hombre como Melville Smith había abandonado la
fe de su familia y su juventud, abrazando públicamente algo tan diferente y controvertido? Y ya puestos, ¿por qué lo
hacían los demás?

—Hay que investigar más a fondo al resto de sus discí-
pulos o como diablos se hagan llamar —agregó—. ¿Qué
datos ha recabado hasta ahora?

Brundage recitó detalles sobre nacimientos, familias,

distintos lugares en los que habían residido y trabajado los seguidores. Añadió las fechas en que se habían unido al grupo y los puestos que habían ocupado, incluyendo lo poco que se sabía de las relaciones que mantenían entre ellos. Agregó los hechos que podían hacer plausible su participación en el secuestro de Sofía. También incluyó lo que había sonsacado a Cleo y Elfrida; concretamente, su devoción por Sofía y las menciones a peleas o decepciones, aunque en apariencia no revistieran importancia.

—No es suficiente —dijo Pitt cuando Brundage finalmente se calló. Reflexionó unos instantes y entonces, viendo que no había respuesta, levantó la vista—. ¿Por qué cambian de religión las personas, Brundage? Me gustaría saber su sincera opinión.

Brundage se quedó perplejo.

—No lo sé, señor, pero debe ser por motivos bastante profundos. Uno no lo cambia todo a un coste tan alto, por más persuasivo que sea alguien. Pero no hay dinero de por medio. Eso lo investigué. Ni un solo rastro de dinero que haya cambiado de manos. Sofía Delacruz tiene suficiente para arreglárselas, aunque sea sin permitirse lujos.

—Entiendo a esa mujer, al menos eso creo... —Pitt estaba pensando en voz alta—. En el mejor de los casos, cree en lo que dice, tanto si conoce la mejor manera de hacer que la gente la escuche como si no. ¿Pero dónde reside su atracción? ¿Por qué cambiar de fe, de estilo de vida? Sus seguidores se apartan del camino que han seguido hasta ahora y pierden amigos, incluso la seguridad que proporciona la vida cotidiana. ¿Qué ganan a cambio?

Brundage frunció el ceño.

—¿Acaso importa? ¿Está pensando en algo que ha decepcionado tanto al grupo que la han agredido? —Se mordió el labio—. ¿Que quizás incluso estén encubriendo un asesinato?

Pitt tuvo un escalofrío, como si lo hubieran tocado con un pedazo de hielo.

—¡Dios mío! Espero que no. Aunque es posible. Es preciso que sepamos por qué se unieron a ella —dijo a Brundage—. Cada uno de ellos. Es la clave para saber quiénes son y por qué alguno de ellos puede haberla ayudado o haberle hecho daño. —Se levantó—. No hay pistas que seguir, ningún cadáver, ni rastro de ella. Al menos uno de los residentes en Angel Court sabe algo al respecto.

—Sí, señor —convino Brundage, levantándose a su vez—. También intentaré averiguar si alguno de ellos tiene contactos en alguna parte de Londres. Si son los que la están reteniendo, no pueden habérsela llevado muy lejos.

Pitt asintió.

—Perfecto.

Angel Court parecía más desolado que tranquilo, con el intimidador ángel ciego. El día de primeros de mayo era neblinoso y desdibujaba las sombras. Pese a que lo habían barrido, el empedrado seguía estando polvoriento —siempre lo estaría— e irregular en los lugares donde se habían sustituido los adoquines rotos.

Pitt pasó junto a la mujer que había estado barriendo la última vez que estuvo allí. Ahora le daba la espalda mientras arrancaba malas hierbas de los arriates de madera donde cultivaba perejil, cebollino y salvia.

Aún no había llegado a la puerta cuando Henrietta Navarro la abrió y se quedó plantada en el umbral, expectante, escrutándole el semblante con sus ojos negros.

—¿Qué quiere ahora? —dijo con acritud—. Ya expliqué todo lo que sé a su joven agente. ¡Usted debería estar ahí fuera buscándola! —agregó, con un ligero temblor en la voz.

—La está buscando él —contestó Pitt—, pero nos iría mejor si supiéramos más.

—¿Mejor? —dijo Henrietta mordazmente—. ¿Mejor que qué? ¿Mejor que nada? —Entonces transigió, tal vez dándose cuenta de que estaba perdiendo su propio tiempo además del de él—. Vamos, pase. ¡Vamos!

Retrocedió y dio media vuelta para conducirlo al vestíbulo donde Pitt había hablado con Ramón y Smith en su primera visita. Henrietta dejó que la pesada puerta se cerrara por sí misma.

Pensando en lo que Brundage había dicho sobre las personas que necesitaban tener fe, Pitt la siguió. Lo condujo por el corto pasillo hasta una pequeña sala de estar. El mobiliario era escaso pero estaba inmaculado. Había dos sillas de respaldo duro de madera, una mesa de patas rectas, tres butacas tapizadas —todas bastante usadas y distintas entre sí— y un sofá con gruesos cojines. La luz entraba inclinada a través de las ventanas, pero la única vista era la del patio y los edificios circundantes.

Pitt se sentó donde le indicó Henrietta. Para él era la más interesante de los tres seguidores de Sofía que permanecían allí. Resultaba difícil determinar su edad, pero calculó que, a lo menos, le faltaba poco para cumplir los sesenta. Era alta, para ser mujer, ancha de espaldas y enjuta, aunque en su juventud quizás había poseído cierta gracia, posiblemente incluso belleza. Tenía las facciones bien proporcionadas y el cabello gris, todavía abundante. Sus ojos negros lo estaban fulminando.

—¿Por qué cree que alguien querría raptarla? —preguntó Pitt.

—Es evidente —respondió Henrietta con impaciencia—. Las ideas nuevas siempre despiertan pasiones. Si no sabe eso, ¿qué hace trabajando como policía?

Pitt decidió ser igual de directo. Estaba claro que Henrietta no respetaba a las autoridades, menos aún a las autoridades inglesas que de manera tan significativa habían fracasado en proteger a la mujer que ella había aceptado como guía espiritual. No se lo podía reprochar.

—¿Qué estoy haciendo? Buscar a una ciudadana inglesa que eligió España como tierra de adopción y creó una nueva rama de religión que está suscitando polémica. Algunos de sus seguidores creen que es una santa, otras personas piensan que es una ilusa y además peligrosa en un momento en el que toda Europa está al borde del caos. Si la han secuestrado por la fuerza, no hay indicios de ello, ninguna prueba, y nadie ha exigido un rescate. Si, de lo contrario, se fue por voluntad propia con alguien a quien conoce...

La ira endureció las facciones de Henrietta, que tomó aire para interrumpirlo.

Pitt no le hizo el menor caso.

—... y luego la engañaron o la retuvieron contra su voluntad —prosiguió—, necesito saber mucho más si pretendo encontrarla.

Henrietta se fue relajando poco a poco, pero sus ojos no se apartaron de los de Pitt.

—¿Qué quiere de mí? —preguntó.

Pitt se arrellanó en el asiento.

—El sargento Brundage escuchó la charla que Melville Smith dio ayer por la tarde. Me ha dicho que fue muy buena, si bien el mensaje de Sofía había sido considerablemente suavizado, con la intención de hacerlo más asequible para sus seguidores. ¿Es verdad?

Su reacción fue instantánea, pero tan disimulada, que de no haber estado observándola con toda su atención no la habría percibido. Reflejó desdén, indignación y algo más que Pitt pensó que era miedo. ¿Miedo a qué? ¿A la implicación de Smith en la desaparición de Sofía? ¿O de perder la fe que tanto necesitaba? Era una mujer fuerte, con un pasado que Pitt no podía siquiera adivinar.

—¿Se equivocó el sargento Brundage? —inquirió Pitt ante su silencio.

—¿Qué quiere que le diga? —replicó Henrietta, todavía evasiva y desafiante.

—Podría decirme si el señor Smith ahora dice lo que realmente cree, tal vez aprovechando la oportunidad de asumir el liderazgo...

Se calló al ver la ardiente ira que brillaba en sus ojos, y luego también vio el cambio en su mirada al darse cuenta de que ambos sabían que era verdad, y que salvar a Sofía, su reputación y tal vez su vida, era más importante que mantener una falsa apariencia de unidad.

Henrietta bajó los ojos.

—Tal vez —dijo en voz baja—. Es un hombre muy práctico. Preferiría tener a muchas personas iniciando su viaje hacia la fe que solo a unas pocas que la aceptaran de pleno.

—¿Y Sofía preferiría a esas pocas? —preguntó Pitt con curiosidad.

Henrietta levantó la vista.

—Puedes tener a todo el mundo si abres suficientemente la puerta y muestras un camino poco empinado.

Su desprecio era ardoroso.

—¿Es de su agrado Melville Smith? —preguntó Pitt.

Henrietta encogió levemente sus hombros descarnados.

—No, pero eso es irrelevante. No me gusta porque es un juez severo en los oscuros y dolorosos asuntos que me importan. Y tal vez yo sea igual para él. Ya iremos limando asperezas... ¡si sobrevivimos!

Una chispa de diversión asomó a sus ojos.

—¿Pero es ambicioso? —insistió Pitt.

—¿En relación a la fe o a sí mismo? —matizó Henrietta.

Era evidente que una parte de ella estaba saboreando la conversación. Tal vez fuese un alivio discutir abiertamente con alguien sin que tuviera que importarle si hería sus sentimientos.

—Ya ha contestado a lo primero —señaló Pitt.

De pronto Henrietta sonrió y Pitt vio un eco de la hermosa mujer que había sido una vez.

—Y a lo segundo, también —respondió Henrietta.

—¿Y Sofía? —preguntó Pitt—. Dice que Smith está suavizando su mensaje, robándole parte de la verdad. ¿Acaso ella es un juez todavía más severo que Smith?

—¡Se nota que no la escuchó! —Fue una acusación llena de recuerdos de una vieja herida. Solo se lo estaba explicando porque no veía otra alternativa—. El camino es duro. La vida es dura, si deseas algo que tenga verdadero valor: conocimiento, pasión, amor. Si anhelas cuanto de bueno existe, debes adquirir sabiduría. Tienes que librar todas las batallas, no solo algunas. No puedes escoger las partes fáciles.

Se mordió el labio de tal manera que sin duda se hizo daño.

Los ojos se le arrasaron en lágrimas.

—Pero no importa cuán bajo caigas, siempre hay un modo de levantarse otra vez. Sofía lo sabía y ayudaba. Nunca echaba la culpa a nadie.

—¿Y Melville Smith culpa a los demás?

—Sí, desde luego que sí.

Pitt cambió de tema.

—¿Y Ramón? ¿Es ambicioso?

—¡Ramón es un buen hombre! —dijo Henrietta entre dientes, de nuevo encolerizada—. ¡Si sospecha que le ha hecho daño o que ha cambiado una sola palabra de sus enseñanzas, es usted un idiota!

Cerró los ojos un momento. Viendo cómo sufría, la

piel blanca y tirante en los nudillos de sus manos, Pitt pudo imaginar las escenas que quizás estaban pasando por su imaginación.

—Cuénteme —pidió.

Henrietta abrió los ojos y lo miró, sopesando su decisión.

—Ramón llora a los muertos de su familia que pecaron, al menos según la Iglesia, en su tierra —dijo finalmente, con la voz cargada de compasión—. Tal vez no fuera más que el pecado de dudar. ¿Y quién puede evitarlo, si es sincero? Todos tropezamos, cada cual a su manera.

Pitt no formuló su pregunta siguiente porque se dio cuenta de que ella la veía en su semblante.

—No soporta que los excluyan porque cayeran de vez en cuando, porque dudaran o temieran, y quisieran, sobre todo, ser amados. —Bajó todavía más la voz—. No haga daño a Ramón. No solo sería infame, sería inútil.

—¿Qué sabe sobre Barton Hall? —preguntó Pitt, cambiando de tema otra vez—. ¿Por qué era tan importante verlo para Sofía? ¿Se habría marchado voluntariamente antes de hablar con él?

La alerta reapareció en el rostro de Henrietta y también la indecisión.

Pitt aguardó.

—No lo sé —dijo Henrietta finalmente—. No sé qué quería de él, solo me consta que era sumamente importante para ella. Temía alguna cosa demasiado terrible para compartirla con el resto de nosotros. Dijo que era por el bien de todos nosotros.

A continuación Pitt habló con Ramón y enseguida se dio cuenta de que estaba asustado. Disimulaba bien, pero Pitt había visto el miedo demasiado a menudo para no reconocerlo incluso con familiaridad. Viejos fantasmas regresaban de tiempos que había creído olvidados.

Pitt supo en el acto que Ramón no había hecho daño a Sofía. Ahora bien, ¿había temido que la agredieran, incluso que la asesinaran, y se la había llevado contra su voluntad a fin de salvarle la vida?

¿Cuántas veces había rescatado a Charlotte de una situación imposible porque estaba empeñada en una cruzada por alguna causa, corriendo riesgos ineludibles?

—¿Sabe por qué la señora Delacruz deseaba tanto hablar con el señor Hall? —preguntó Pitt—. Me pareció muy poco probable que cambiara de opinión respecto a su causa, o el juicio que le merece, y dudo que la señora Delacruz sea tan ingenua para pensar lo contrario.

—No guardaba relación con una posible reconciliación —convino Ramón en voz baja—. Se trataba de algo en lo que quería ayudarlo o al menos intentarlo. No me explicó en qué consistía. Confiaba en mí, pero no quería que estuviera enterado, por mi propia seguridad.

—¿Tenía miedo? —preguntó Pitt.

—Sí. Creo que sí —admitió Ramón.

Pitt escrutó su semblante y no vio ni asomo de astucia. De pronto se preguntó si Sofía se había marchado por su propia voluntad, simplemente para eludir el peso de la insoportable necesidad de todos los demás. De ser así, lo comprendería, pensó con un escalofrío que por un instante lo dejó sin aliento.

—Gracias —dijo a Ramón—. Me ha hecho cobrar conciencia de una idea que no se me había ocurrido. En su opinión, ¿se habría marchado por voluntad propia antes de ver al señor Hall?

Cuando Ramón contestó, lo hizo con la voz ronca.

—No, señor. En mi opinión, no lo habría hecho.

Pitt llegó tarde a casa, después de revisar por enésima vez las cartas amenazadoras. Seguía perturbándolo el enojo que traslucían, el odio generado por quienes rendían culto a un Dios de clemencia universal y amor por toda la humanidad.

—Es miedo —dijo Charlotte en voz baja. Estaban sentados en sus respectivos sillones al calor de un fuego vivo que ardía en la chimenea, con las cortinas corridas para resguardarse de la repentina y copiosa lluvia de primavera que el viento arrojaba contra los cristales. Daniel estaba arriba, en su habitación, con la cabeza enterrada, como de costumbre, en su ejemplar de *Boy's Own Paper*. Jemima había ido a cenar con su tía, Emily Radley, y sus primos. Seguramente se quedaría a pasar la noche allí, cosa que complacía a Pitt, tal vez más de la cuenta. Así podría posponer más preguntas, al menos por un día. Supuso que Charlotte lo había organizado con ese propósito.

El rostro de Charlotte se ensombreció fugazmente.

—No quiero que le haya pasado algo malo a Sofía, pero me he dado cuenta de que casi preferiría eso a que se demostrara que en realidad es una farsante. —Charlotte negó con la cabeza—. Lo que dijo espantaba un poco porque era diferente, pero era hermoso. Me gustaría que fuese verdad... me parece.

Pitt pensó en Ramón y en su vehemente defensa de la clemencia. Aquel hombre necesitaba la ternura, la esperanza que Sofía le daba. En realidad, diríase que no podía vivir sin ellas. Al defender a Sofía se aferraba a lo más valioso que conocía, la supervivencia espiritual.

Y Henrietta también necesitaba algo, clemencia tal vez para sí misma y para todas las personas como ella que había conocido. Arruinar esa esperanza equivaldría a despojarla de su coraje para vivir.

¿Qué necesitaba Melville Smith, aparte de ser valorado,

respetado, tal vez ser el líder más que uno de los muchos seguidores de una mujer? ¿Ofendía esto a su sentido de la hombría, de ese orden establecido que algunas de las cartas más airadas habían expresado?

Charlotte aguardaba a que volviera a hablar. Desde que se conocieron, en tiempos de los asesinatos de Cater Street, les resultaba fácil hablar, explicar posibilidades, estar en desacuerdo sin rencor.

—¿Hasta qué punto crees en las enseñanzas de Sofía? —preguntó Pitt—. En serio.

Deseaba saberlo, no para comprender el caso sino porque aquello se inmiscuía en su propia vida, en sus pensamientos y, sobre todo, en los recuerdos que de repente habían dejado de guardar silencio en su mente. Mayormente eran sobre su madre. Había muchas cosas que no le había contado. No había sabido cómo expresarlas hasta que había sido demasiado tarde.

Pese a sus esfuerzos por ahuyentarlo, el día que regresó y se enteró de su muerte volvía a su cabeza mientras descansaba tranquilamente junto al fuego. Recordaba la luz que caía inclinada desde las ventanas del vestíbulo de la gran casa solariega y la voz amable y apesadumbrada de sir Arthur Desmond. Podía oler el abrillantador de suelos y el aroma de las flores en los grandes jarrones sobre la mesa auxiliar.

¿Deseaba que existiera una eternidad donde todo pudiera enmendarse, olvidar el dolor, sanar la culpa, donde reinaran la alegría y la amistad más que una amorfa existencia del espíritu? La idea de perpetuo aprendizaje y creación que preconizaba Sofía parecía mucho mejor, llena de propósito, incluso de dicha.

Charlotte había reflexionado unos minutos antes de contestar, y, cuando lo hizo, sus palabras fueron mesuradas.

—Tiene más sentido de lo que recuerdo de cuando era jovencita —dijo—. Lo que nos enseñaban entonces era confortante, si bien bastante aburrido. Por supuesto, la música era maravillosa y la luz a través de las cristaleras de la iglesia era preciosa, tranquilizante. Creo que buena parte del confort se debía a la sensación de intemporalidad que tenías en la iglesia. Allí la gente había rendido culto a Dios durante mil años, quizá más.

Un tronco se movió en la chimenea, despidiendo una lluvia de chispas. Fuera se oyó una racha de viento y todo volvió a quedar en silencio.

—Me figuro que si aceptas algo durante el tiempo suficiente —prosiguió Charlotte— y cuantos te rodean hacen lo mismo, llegas a creer que debe ser verdad. —Miró a Pitt, dedicándole una breve sonrisa—. Si cambiamos, perdemos todo eso. Nos quedamos... a la deriva.

Se calló un momento, pero Pitt no respondió, deseoso de que continuara.

—No lo entiendo —reconoció Charlotte, mirándolo muy seria—. Al menos no las partes que Sofía Delacruz pone en entredicho. Recuerdo lo que me enseñaron acerca de Thomas Cranmer y los conflictos religiosos durante la Reforma. Renunció por escrito a su libertad para ser protestante y luego lo quemaron vivo en la hoguera por haber cambiado de opinión. Él mismo echó a las llamas la mano que sostenía la pluma, para pagar por esa renuncia. —Hizo una mueca de dolor—. Alguna vez me he quemado con la plancha. No sabes cuánto duele. Admiro una fe tan inquebrantable, pero también me da miedo. Si eres capaz de quemar tu propia carne y soportar el dolor sin gritar, ¿qué otras cosas no harás?

Pitt tomó aire para argüir que Cranmer había sido un hombre en nada semejante a los demás. Pero antes de decirlo se dio cuenta de que no sabía a cuántas otras personas podría importarles tanto. Quizá no lo supieran ni ellas, hasta que las certezas que los sostenían se agitaban con violencia, como el suelo en un terremoto, abriendo grietas en la corteza terrestre y engullendo montañas. Nadie podía contar los millones de seres humanos masacrados en guerras religiosas. Imaginar que solo podían tener lugar en el pasado era de una ingenuidad rayana en la irresponsabilidad.

La Reforma, con todos sus sueños, sus masacres y martirios, había nacido en mentes de individuos, visionarios convencidos de que actuaban en aras de un bien supremo. ¿Era Sofía uno de ellos? La idea de que alguien pudiera saber algo sobre una visión y una creencia tan apasionadas resultaba extraña. Pertenecía a la historia, no a la realidad.

Charlotte interrumpió sus pensamientos.

—¿Crees que Sofía sigue viva? —preguntó con apremio.

—No lo sé —admitió Pitt—. Pienso que los suyos quizá la hayan escondido a fin de mantenerla a salvo. Ahora bien, si no reaparece pronto con una muy buena explicación, habrá echado por tierra su reputación.

—¿Podría ser ese el propósito? —preguntó Charlotte en voz baja—. ¿Dejar que alguien más moderado asuma el liderazgo? ¿Tal vez Melville Smith? Está alterando el mensaje, presentándolo no tanto como una ruptura con la tradición sino como una mera adición.

—En cualquier caso, es lo que Frank Laurence insinúa en su periódico.

—¿Apoya a Smith? —dijo Charlotte con sumo desagrado.

—Lo dudo —respondió Pitt en serio—. Probablemente solo lo comenta del modo en que vaya a levantar más polémica.

—Lleva razón —sentenció Charlotte—. No tiene mucho sentido hacer campaña tomando partido. Además, a Smith le falta pasión, esa luz resplandeciente que te para en seco y te hace ver de repente un nuevo camino. Es empinado, pero se puede subir si lo deseas de verdad.

—¿Tú lo deseas?

Charlotte se echó a reír, rompiendo la tensión.

—Diría que no. —Acto seguido volvió a ponerse muy seria—. Pero estoy contenta. Tengo todo el amor que podría desear. Lo único que debo hacer es conservarlo... aunque eso es un gran objetivo, tal vez el mayor de todos.

El día siguiente era el cuarto desde que Sofía Delacruz había desaparecido, y en los periódicos se publicaron nuevas especulaciones sobre si estaba muerta o si había huido para eludir la responsabilidad de la postura que había elegido, como dirigente de un culto en el que había perdido la fe. Tal vez incluso se había fugado con un amante que nadie conocía.

Ni Pitt ni Brundage comentaron los artículos, pero ambos eran conscientes de que podía haber parte de verdad en ellos. En cambio, estudiaron nuevas cartas amenazadoras que les habían entregado quienes seguían estando en Angel Court. Algunas eran advertencias a Sofía de que no trajera herejías extranjeras a través del Canal hasta un país cristiano y protestante. Una incluso aludía al matrimonio de la reina Mary con el Rey Católico de España, y después a la Armada Española y su intento de conquistar Inglaterra en tiempos de la reina Elizabeth. Los recuerdos eran perdurables y los miedos se despertaban fácilmente.

La guerra en curso entre España y Estados Unidos regresó fastidiosamente a la mente de Pitt, junto con la posibilidad de que se extendiera.

—No está predicando catolicismo romano —dijo Brundage indignado—. Diría que molesta a los católicos incluso más que a nosotros.

—¿Ha visto esta?

Pitt le pasó la carta que tenía en la mano y observó el rostro de Brundage mientras la leía.

Brundage la revisó dos veces, luego le dio la vuelta y la miró con detenimiento.

—Es diferente —dijo por fin—. Hay algo raro, pero no sé qué es. Se parece mucho a las otras, pero no del todo.

—Léala otra vez —solicitó Pitt. No quería influir en la reacción de Brundage, pues entonces su respuesta carecería de valor.

Brundage obedeció y después levantó la vista otra vez, con el ceño fruncido.

—Todas las frases son correctas, encajan a la perfección con las otras, pero eso es todo... están sacadas de otras cartas.

—Exactamente —convino Pitt—. Y eso significa que la escribió alguien que tenía acceso a todas las demás.

Brundage dijo en voz alta la conclusión evidente:

—Uno de los seguidores que residen en Angel Court. ¿Por qué? ¿Para asustarla y que tuviera más cuidado? ¿O para que fuese más fácil secuestrarla, tal vez por su propia seguridad?

—Si es así, ¿por qué demonios nos lo cuentan? —dijo Pitt enojado.

Brundage lo miró de hito en hito.

—Porque si es contra su voluntad, sigue siendo un crimen. Y, de todos modos, es posible que no confíen en nosotros.

Pitt estudió la carta otra vez.

—¿Dónde puede estar? Esas personas estaban en España hace una semana. ¿Barton Hall? Le resultaría bastante fácil encontrar un lugar donde esconder a su prima y tal vez ya disponga de uno.

—Eso ya lo investigamos —le recordó Brundage— cuando pensamos que podría ser cosa suya, pero por enemistad más que para protegerla.

—Vuelva a investigarlo más a fondo —insistió Pitt—. Averigüe si existe algún domicilio familiar antiguo, bajo un nombre distinto. ¿Cómo se llamaba, antes de casarse con Delacruz? Me cuesta creer que no lo hayamos comprobado antes.

Brundage se levantó.

—Le daré el apellido dentro de media hora, señor.

Pocos minutos después de transcurrido ese tiempo Brundage regresó y entregó una dirección a Pitt.

—Es una casa de su familia, señor. Estaba a nombre de la madre de Sofía. Es lo único que he encontrado. ¿Quiere ir solo, señor? Creo que no deberíamos advertir a nadie.

—No pensaba hacerlo —repuso Pitt. Apartó los informes que estaba leyendo y se levantó. Se dirigió hacia la puerta y cogió su abrigo del perchero—. Con nosotros dos debería bastar.

Brundage lo siguió de buena gana, acomodando su paso al de Pitt, pasillo abajo hasta la calle ventosa. Ninguno de los dos reparó en los primeros goterones de lluvia. Tomaron un coche de punto hasta la dirección que le había proporcionado Brundage y guardaron silencio durante el breve trayecto. Era media mañana y había poco tráfico.

Pitt meditaba sobre qué diría a Sofía si la encontraba allí. ¿Qué excusa le daría por no haber informado a la Special Branch de que estaba a salvo? ¿Permanecía allí por voluntad propia o la retenían prisionera, sin posibilidad de comunicarse? ¿Entendía el motivo, el miedo y la lealtad que habían empujado a Smith a hacer algo semejante? Pitt seguía pensando que Ramón no podía estar involucrado, como tampoco Henrietta. Si la carta la había escrito Melville Smith, tal como ahora creía que había ocurrido, ¿lo había hecho para convencer a Sofía o para convencer también a los demás?

Se negaba a creer que la propia Sofía hubiese participado voluntariamente en su desaparición. Y si lo había hecho, existía un motivo lo bastante oscuro para llevarla a pensar que no tenía alternativa.

Se detuvieron junto al bordillo y se apearon delante del número 17 de Inkerman Road. Pitt pagó al conductor pero le pidió que aguardara. Estaban en una zona residencial muy tranquila y a cierta distancia de cualquier vía principal. Cruzó la acera detrás de Brundage y recorrieron el breve sendero hasta la puerta delantera. Había unos cuantos altramuces rosas y azules en el jardín, y tulipanes rosa bajo el ventanal que daba a la calle. El jardín presentaba un aspecto alegre y bien cuidado. No había malas hierbas y la tierra era húmeda y fértil.

Brundage cruzó una mirada con Pitt, luego levantó la aldaba de latón bruñido y la dejó caer.

No hubo respuesta e, incluso tras una espera, ningún ruido de movimiento en el interior. Las cortinas de encaje que cubrían las ventanas no se agitaron lo más mínimo.

Brundage probó otra vez.

De nuevo, nadie acudió.

Pitt no insultó a Brundage preguntando si era la casa correcta. En cambio indicó con señas que darían la vuelta a la manzana para ir por detrás. Si tenían que entrar por la fuerza, las ventanas traseras quedaban menos a la vista. Pitt ya había tomado la decisión de no preguntar a los vecinos. Según había comprobado Brundage con la policía local, la casa no estaba ocupada.

Abrieron la verja del jardín trasero. Brundage recorrió aprisa el estrecho sendero, dejando atrás la leñera, y cruzó el patio pavimentado hasta la puerta que daba a la trascocina. Se asomó a la ventana, dio un paso atrás, perdió el equilibrio y se volvió a enderezar. Al volverse hacia Pitt, tenía el rostro ceniciento.

Pitt lo apartó para abrirse paso y miró a través del cristal. El corazón le latía con tanta fuerza en el pecho que le costaba respirar. Entonces vio lo que Brundage había visto. Había una mujer tendida en el suelo de madera sin pulir, con las faldas arrugadas a su alrededor, moscas revoloteando sobre su rostro y una inmensa mancha oscura que cubría la mitad inferior de su cuerpo.

Pitt notó cómo le brotaba el sudor en la piel y le dieron náuseas. Tuvo que valerse de todas sus fuerzas para no trastabillar hacia atrás como había hecho Brundage, y si lo consiguió fue porque ya estaba prevenido. Dio media vuelta lentamente, manteniendo el equilibrio.

—Tenemos que entrar. Es de suponer que el cerrojo de la puerta trasera no cederá. Aquella ventana parece lo bastante grande para entrar trepando, con un poco de esfuerzo.

—Sí, señor.

Brundage se irguió y echó los hombros para atrás. Tenía el semblante casi gris. Caminó hasta la leñera procurando no dar un traspié. Abrió la puerta de una patada y salió un instante después con una pala de jardín de mango largo. En un abrir y cerrar de ojos había roto la ventana de la despensa y retirado todos los vidrios del marco, de modo que pudieran trepar sin que se les clavara algún fragmento suelto.

Incluso antes de que Pitt abriera la puerta que comunicaba la despensa con la cocina, el olor se le atoró en la garganta, provocándole una arcada. El zumbido de las moscas se oía más fuerte. Inhaló profundamente y abrió la puerta.

El cuerpo que yacía en el suelo era el de una mujer joven. Un vistazo a su rostro bastó para saber que llevaba muerta un mínimo de veinticuatro horas y el intenso hedor sugería lo mismo. Tenía los ojos abiertos y vidriosos; el cuerpo, flácido. No era Sofía Delacruz.

Pese a su horror y compasión, Pitt sintió un gran alivio. No la conocía. Entonces miró más abajo y se dio cuenta de que la masa oscura que le rodeaba la parte baja del cuerpo no era un delantal arrugado sino sus propios intestinos; la habían destripado. Acto seguido, casi con alivio, se fijó en el cuchillo clavado en el pecho y entendió que podrían haberla mutilado una vez muerta.

—Por Dios... —murmuró, aguantándose las náuseas con dificultad.

—Es Cleo Robles —dijo Brundage con la voz ronca—. Tenía veintitrés años. —La ira y la pena le quebraron la voz—. Pensaba que iba a salvar el mundo, al menos en buena parte. Creía en todo... en Dios.

Se calló de golpe y tragó saliva; acto seguido salió enfurecido de la habitación hacia el resto de la casa.

Pitt fue tras él, sabiendo que debía hacerlo. Era probable que Sofía y Elfrida estuvieran de la misma manera, en algún lugar cercano. Además, necesitaba enojarse. La pena de nada servía ahora; la repugnancia y el miedo eran incluso peores, pues te impedían reaccionar. Después ya habría tiempo para compadecerse. Ahora tenían que hacer su trabajo.

Elfrida Fonseca estaba en el vestíbulo, al pie de la escalera, acurrucada sobre la masa sanguinolenta que habían sido sus órganos internos. También la habían apuñalado primero o por lo menos instantes después del destripamiento. Era mayor que Cleo, tendría cuarenta y tantos. Tenía unas cuantas canas en torno al rostro y su cutis presentaba pequeñas arrugas en los ojos y la boca.

—¿Quién demonios haría esto? —preguntó Brundage con voz temblorosa, sin comprenderlo. Había estado en el ejército antes de incorporarse a la Special Branch; conocía de primera mano la violencia, pero no aquella obscenidad contra unas mujeres—. Esto no puede ser por religión, ¿verdad?

—No lo sé —reconoció Pitt. También él temblaba, las manos se le soltaban de la barandilla y las piernas le fallaban. Adelantó a Brundage y subió hasta el descansillo. Estaba vacío, pero alguien había volcado una maceta con una planta que había sobre un estante y había tierra esparcida por la alfombra.

Agarró con fuerza el pomo, con un nudo en la garganta, mientras abría la puerta del primer dormitorio. Alguien había vivido en aquella habitación hasta hacía poco. Había cepillos sobre el tocador y un camisón dispuesto con primor encima de la cama; las sábanas alisadas, las mantas remetidas.

Dio una vuelta despacio, después se arrodilló y miró debajo de la cama. No había nada excepto unas pelusas, como si nadie hubiese barrido durante un día o dos.

Volvió a levantarse, torpemente, e inspeccionó el armario y los cajones de la cómoda. Había unas cuantas piezas de ropa interior, claramente femenina. Quienquiera que fuese su dueña había traído suficiente para una estancia de varios días. No la habían raptado sin previo aviso.

El otro dormitorio tenía dos camas; ambas habían sido ocupadas, pero estaban arregladas. Pitt y Brundage registraron la casa del desván al sótano, pero no hallaron rastro alguno de Sofía Delacruz.

5

Pitt envió a Brundage en busca del teléfono más cercano para que informara a la policía local. Por un instante había sopesado la posibilidad de no contárselo, pero tarde o temprano tendrían que saberlo. La Special Branch solo se encargaba de crímenes que atentaran contra la seguridad del estado. La cooperación con la policía era crucial.

También pidió a Brundage que mandara enviar a más hombres de su unidad, sobre todo a Stoker, que habitualmente era la mano derecha de Pitt. Hasta entonces no había estado implicado en el caso porque parecía trivial y tenía otros asuntos, más urgentes e importantes, de los que ocuparse.

Aquellos asesinatos iban a aparecer en primera plana. No había manera de evitarlo. Y cuanto más lo intentaran, peor sería. Los vecinos ya andarían preguntándose qué estaba sucediendo. En cualquier momento alguien se acercaría a indagar. Los primeros periodistas tampoco se harían esperar. Se estremeció al pensar lo que escribiría Frank Laurence, por no hablar de las hordas que lo harían después de él.

Cuando Brundage se hubo ido se armó de valor para

entrar de nuevo y estudiar los cadáveres. El forense de la policía local se contaría entre los primeros en llegar. Pitt sabía que disponía de treinta o cuarenta minutos para enterarse de cuanto pudiera con la escena del crimen intacta.

Primero examinaría a Elfrida. Quizá podría deducir más cosas si empezaba por ella. Era obvio que Cleo había estado trabajando en la cocina, pero no había alimentos en preparación, cosa que indicaba que no la habían matado poco antes de comer, y desde luego no durante una comida ni inmediatamente después. El forense daría una aproximación bastante ajustada de la hora de la muerte.

A regañadientes regresó al arranque de la escalera en el vestíbulo. Mirando detenidamente los restos mortales de Elfrida, lo acometió un arrebato de ira contra las moscas y las espantó, haciéndolas zumbar como locas. Regresaron en cuestión de segundos y se sintió ridículo.

Una vez averiguado todo lo posible mediante el estudio de su cuerpo, buscaría el armario de la ropa blanca y cubriría a Elfrida con una sábana. Era una cuestión de decencia. No afectaría a nada más, a aquellas alturas, y menos a ella.

Ahora bien, ¿Elfrida estaba bajando la escalera, tal vez tras oír los gritos de Cleo? ¿O la subía, intentando huir? ¿O para advertir a Sofía? ¿Incluso defenderla?

Pitt se preguntó cómo había entrado el asesino en la casa. En la puerta delantera no había marcas y ninguna ventana, ni delantera ni trasera, parecía forzada con una palanqueta. ¿Lo había dejado entrar una de las mujeres? ¿Por qué puerta, la de delante o la de detrás?

Se quedó contemplando el cadáver, imaginándose la situación. Elfrida yacía un poco de costado, con la cabeza un par de peldaños más alta que los pies. Tenía el cuchillo clavado en el pecho; sin embargo, parecía que estuviera subiendo. Tuvo que haberse vuelto para enfrentarse al asesino. De haber estado bajando, él habría estado detrás de ella y Elfrida habría caído mucho más lejos.

Si era alguien a quien conocía, ¿no había huido hasta después de que matara a Cleo? Si hubiese tenido miedo de inmediato, seguramente habría salido a la calle por la puerta principal, pidiendo socorro.

Aunque quizás eso lo había hecho Sofía. ¿Pero dónde estaba? ¿Huida? ¿Todavía con vida y retenida en otro lugar? ¿O muerta, pero con el cuerpo en alguna otra parte?

Subió al descansillo y encontró el armario de la ropa blanca. Sacó dos sábanas y extendió una sobre el cuerpo de Elfrida. Después regresó a la cocina y se obligó a mirar a Cleo.

La expresión de Cleo era ausente, como si todo sentimiento se hubiese escurrido de su rostro con la sangre encharcada en el suelo. Una vez más tuvo que tragarse su rabia contra las moscas y estudiar el modo en que yacía el cuerpo, la ropa, su posición en relación a la mesa, los fogones, la puerta. Tenía que averiguar cuanto pudiera.

Tenía una pierna doblada debajo de ella. Sin duda se había vuelto. Pitt calculó hacia dónde estaba mirando al caer. Resolvió que hacia la puerta de atrás. Ahora bien, ¿miraba en esa dirección para huir o cabía que su agresor hubiese entrado por allí?

Estudió los pocos objetos que había en el suelo: una cuchara de madera, un trapo, un cuenco de porcelana partido en dos. Había yema de huevo en el entarimado, ya seca y endurecida. Cleo se disponía a preparar algo. Cualquier otra cosa que fuese a utilizar estaba todavía en la despensa. Debía ser una hora tranquila del día y se dedicaban a simples tareas domésticas cuando les sobrevino una muerte súbita y violenta, tal vez con escasos segundos de advertencia.

Transcurrieron otros veinte minutos hasta que la policía llegó con el forense y comenzó la investigación formal. Pitt no había encontrado nada más, salvo algunos indicios de refriega, aunque ligeros. Había una muesca en la mesa de madera del vestíbulo. Había una pequeña rasgadura en el visillo de la ventana contigua a la puerta delantera. Vio otras tres primorosamente zurcidas, cosa que indicaba que aquella era reciente. Podía significar mucho o nada.

El inspector Latham era un hombre alto y sobrio. Se presentó a Pitt, echó un vistazo a la cocina y reparó en el cadáver tapado con la sábana. Carraspeó como para decir algo, pero cambió de parecer. Hizo un gesto de asentimiento al forense, un tal doctor Spurling, que a su vez saludó a Pitt inclinando la cabeza. Acto seguido se agachó, apartó la sábana con cuidado y comenzó su exploración.

—Gracias, señor —dijo Latham a Pitt—. Es de lo más desagradable. —Tenía una cara larga y triste que expresaba sus sentimientos a la perfección—. A partir de ahora nos ocuparemos nosotros, pero antes de que se vaya sería conveniente que me contara lo que sabe. ¿Quiénes son estas mujeres?

Pitt le habló sucintamente sobre Sofía Delacruz y su misión en Inglaterra.

Latham negó con la cabeza.

—Santo cielo —dijo con gravedad—. Bien, si descubrimos algo se lo haremos saber. Interrogaremos a los vecinos. Hay unos cuantos merodeando. Lo mantendré informado. Si hallamos algún rastro de Sofía Delacruz, le avisaremos.

Asintió con la cabeza. Fue su manera de despedirse, y Pitt se alegró de poder marcharse.

Pitt llegó a casa tarde y cansado. Charlotte ya se había enterado de los crímenes en Inkerman Road. Aparecían en las últimas ediciones de los periódicos. No le contó los pormenores, pero ella lo conocía suficientemente bien para que las palabras estuvieran de más. La noticia se había extendido como una marea creciente por todo Londres. Por la mañana toda la prensa publicaba el suceso con distintos grados de horror, desde la señorial aversión de los diarios más respetables hasta el morbo escabroso de los más sensacionalistas del East End. Común a todos ellos eran la especulación sobre una venganza de carácter religioso y la vergüenza de que se hubiera cometido semejante crimen contra unos extranjeros de visita en Londres. La policía era vituperada por doquier. Pitt sintió una creciente cólera en su defensa, y lo avergonzó que la Special Branch, a la que habían asignado la tarea de proteger a Sofía Delacruz y advertido de la amenaza existente, hubiese fallado de manera tan notoria.

A primera vista el artículo de Laurence en *The Times* era menos cruel de lo que podía haber sido. Pitt lo leyó en diagonal con inquietud y, cuando llegó al final, respiró aliviado. Entonces miró a Charlotte, sentada al otro lado de la mesa, y se fijó en su expresión.

—¿Lo has leído? —preguntó Pitt en voz baja.

Charlotte asintió con el rostro transido de compasión. Pitt se quedó mirándola un momento y luego leyó el artículo otra vez. Evitaba toda crítica directa y evidente, pero era más afilado, y también más divertido, que los demás, y abundaba en información adicional sobre Sofía Delacruz y la esencia de su filosofía. Explicaba con bastante claridad por qué podía resultar tan perturbadora para la clase dirigente. Planteaba preguntas que otros periodistas no abordaban. Llamaba la atención, te hacía reír y estremecerte a la vez.

Terminaba recordando a los lectores los cambios radicales ocurridos en la última mitad del siglo. La ciencia había dado nuevos mundos a la gente, pero también había sacudido los cimientos del viejo.

Los avances de la ciencia hacen que a muchos de nosotros nos cueste creer en la Biblia como verdad literal. Si es figurativa, ¿a quién corresponde interpretarla? La ciencia es imparcial. No ofrece consuelo, ninguna autoridad moral y, desde luego, ninguna ayuda o clemencia. Los fuertes sobreviven. Pero los fuertes no son forzosamente los divertidos, los valientes, los sensatos o los bondadosos. Y no son forzosamente aquellos a quienes amamos. ¿Por qué el mensaje de Sofía Delacruz asusta a la gente y la enoja tanto? ¿En esto nos hemos convertido, en asesinos de quienes no comprendemos?

El artículo de Frank Laurence sería leído, y recordado, por personajes con la influencia y el poder necesarios para poner en entredicho el cargo de Pitt. No podía negar nada de aquello.

Charlotte permaneció callada un momento. Cuando habló, lo hizo en voz muy baja.

—¿Laurence lleva razón, Thomas? Tanto si es su intención como si no, ¿Sofía Delacruz está corroyendo los cimientos de la Iglesia y, por consiguiente, también los de la Corona? La reina es la defensora de la fe y, por tanto, al menos nominalmente, la cabeza de la Iglesia anglicana. ¿Supones que alguna vez se le ha ocurrido pensarlo a Sofía? —Se mordió el labio—. ¿O es eso precisamente lo que tiene intención de hacer?

—Sería un buen motivo para silenciarla —admitió Pitt, muy a su pesar. No quería ni pensar en aquella posibilidad y, sin embargo, tenía que planteársela—. ¡Pero esa no es manera de hacerlo!

—¿Debemos permitir que alguien la silencie? —preguntó Charlotte—. ¿Y si tiene razón? ¿Y si solo es posible silenciarla mediante la violencia?

—Gracias a Dios, no me toca a mí tomar tal decisión —dijo Pitt cono inmensa gratitud.

—¿Y si te tocara? —insistió Charlotte.

—No sé en qué creo. —Le resultó difícil decirlo—. Ojalá pudiera ser tan simple para mí como lo era para mi madre. Ella era creyente. Lo veías en su rostro, en sus ojos. Es lo único que recuerdo de ella con verdadera claridad. A veces la veo por un instante en Jemima, aunque en realidad se parece a ti. Es su manera de volver la cabeza, una expresión de vez en cuando. O quizá solo sea que quiero verla así, a fin de reparar algunos viejos errores que ya no están a mi alcance.

Esbozó una sonrisa y notó el apretón de la mano de Charlotte envolviendo la suya.

Brundage estaba aguardando a Pitt en la oficina, y casi en cuanto hubo terminado su informe con los pocos datos que le habían proporcionado los hombres de Latham, también llegó Stoker. Su rostro severo y huesudo tenía una expresión adusta. Saludó a Brundage con un gesto y se dirigió directamente a Pitt.

—El forense de la policía, Spurling, no tiene nada interesante que añadir, señor. Según la autopsia, parece ser que a las dos mujeres las pillaron desprevenidas. A la que estaba en la cocina, inmediatamente. No tuvo tiempo de defenderse. La mayor, la que estaba a los pies de la escalera, daba la impresión de estar intentando huir. Ninguna de ellas ofreció resistencia digna de mención. No había heridas donde cabía esperar encontrarlas si hubiesen peleado. Eso sugiere que quizá conocían a quien lo hizo, no lo atacaron enseguida, las pobres. Al menos ese cabrón no las destripó vivas.

Su semblante reflejaba un marcado grado de enojo. Pitt de pronto se dio cuenta de que la mujer más joven, Cleo, tenía un cabello precioso, de color caoba, igual que Kitty Ryder, en cuya búsqueda habían invertido mucho tiempo hacía solo unos meses, y que tanto había obsesionado a Stoker.

—Tenemos que encontrar a ese cerdo —dijo Stoker, en un arrebato de furia—. No me importa que este asesino piense que está en una cruzada religiosa, ni lo que crea sobre cualquier otra cosa. Esto ha sido, simple y llanamente, un asesinato brutal.

—No se librará de la soga, señor —dijo Brundage de repente—. No sé si será de ayuda o no, pero este caso provocará una protesta generalizada.

Pitt torció el gesto.

—Lo sé. Supongo que ahora nos toca investigar a todos los locos que la amenazaron. Separar a los peligrosos de los chalados.

—De eso me encargo yo, señor —dijo Brundage enseguida—. Me gustaría que se cagaran de miedo. Hacerles creer que sé que destriparon a esas pobres mujeres. No volverán a abrir la boca tan deprisa.

Stoker sonrió de una manera extraña ante aquella idea.

—Mientras esté en ello, no olvide que en realidad es posible que algunos sean personajes respetables —dijo Pitt con acritud—. El fanatismo religioso no conoce límites. Si lo duda, eche un vistazo a algunas cosas que hicimos durante la Reforma. Nosotros quemamos a bastante gente por sus creencias.

—¿Nosotros? —preguntó Stoker, estupefacto.

—Sí, nosotros —contestó Pitt con decisión.

Llamaron a la puerta y se asomó un joven, pálido y con los ojos muy abiertos.

—¿Qué pasa, Carter? —preguntó Pitt.

—El señor Teague está aquí, señor —respondió Carter—. Dalton Teague. Le gustaría hablar con usted, señor.

Incluso Stoker se impresionó, a pesar de todo.

Pitt lo comprendió. Dalton Teague era un héroe nacional. Destacaba en muchos deportes, pero en *cricket* era supremo. Jugaba no solo con tanta destreza y autoridad que rara vez perdía, sino que tenía un estilo que daba gusto ver. Tipificaba el valor, el honor y la deportividad que constituían la esencia del juego. Pitt recordó la sorpresa que se había llevado en la conferencia de Sofía. Estaba igual de sorprendido de que ahora estuviera allí. ¿Había venido a ejercer influencia en la búsqueda de Sofía? Era candidato del Partido conservador al Parlamento y, como tal, sin duda aborrecía cuanto defendía Sofía Delacruz.

—¿Qué demonios quiere Teague? —dijo Pitt, exasperado. En aquel momento no estaba de humor, ni en una posición de fuerza, para recibir a una figura nacional. Buscó una excusa, pero no encontró ninguna. Miró primero a Stoker y después a Brundage.

—Más vale que lo haga pasar —concedió.

Casi de inmediato la imponente estampa de Teague apareció en la puerta. Con su ropa clara y el pelo rubio parecía un portador de luz.

Pitt se puso de pie y lo miró con compostura.

—Buenos días, señor Teague. ¿En qué podemos servirle? —dijo cortésmente, tendiéndole la mano.

Teague le dio un fuerte apretón y se sentó con elegancia en el sillón más cercano. Hizo caso omiso de Brundage y Stoker, no como si no los hubiese visto, sino como si fueran criados a quienes, naturalmente, no se les dirigía la palabra.

—Ha sido muy amable al recibirme —dijo, de manera informal. Sus rasgos eran perfectos; la piel, bronceada por el sol.

—Me figuro que no le sobra el tiempo para visitar a alguien sin una intención concreta —respondió Pitt, manteniendo su expresión de simpatía no sin cierto esfuerzo.

—Exacto —convino Teague—. De modo que iré al grano. Como todo el mundo, estoy enterado de los asesinatos de las mujeres de Angel Court y de la desaparición de Sofía Delacruz. No soy admirador de sus enseñanzas. Francamente, me parecen ridículas. Sin embargo soy inglés, y no deseo que sufra ningún mal mientras esté en mi país. Estaré encantado de hacer todo lo que pueda para ayudar a encontrarla y, si es necesario, ayudar a rescatarla de quien sea el responsable de todo esto.

Esbozó una sonrisa, levantando una mano como para impedir que Pitt lo interrumpiera.

—Tengo medios nada desdeñables a mi disposición —prosiguió—. Tal vez usted no sea consciente de la extensión de mis intereses, pero puedo apelar a montones de hombres en todos los condados del país para que hagan lo que sea necesario para buscar a la señora Delacruz. Usted no debería ver limitado el número de hombres que puede desplegar, pues su responsabilidad es mucho más amplia que este desdichado suceso. —Sonrió sombríamente—. Dios sabe que el mundo parece estar al borde de un precipicio y perdiendo el equilibrio. Incluso Estados Unidos, al que siempre hemos considerado el más cuerdo y más idealista de los países, está iniciando guerras de agresión por todas partes.

»Aunque por supuesto usted está al corriente. Ya han declarado la guerra a España a fin de adueñarse de Cuba, por razones de estrategia naval. Después el Escuadrón Asiático de Dewey irrumpió en la bahía de Manila, en las

Filipinas, y destruyó por completo la flota española estacionada allí y buena parte de la artillería costera. Sabe Dios a cuánta gente mataron.

Apretó los dientes.

—Europa está sumida en el caos. Solo Dios y el demonio saben cuándo va a terminar el maldito caso Dreyfus. Tal como pintan las cosas, o caerá el gobierno o caerá el ejército. Y entretanto Dreyfus, culpable o inocente, se está pudriendo en la prisión de la isla del Diablo.

Pitt tomó aire para intervenir, pero Teague continuó.

—Lo siento, me he ido por las ramas. Como he dicho, he venido a brindar cualquier ayuda que pueda para secundar la búsqueda de la Señora Delacruz.

Esta vez sonrió abiertamente.

—Tampoco carezco de influencia en distintos círculos. Por ejemplo, en ciertos sectores de la prensa que podrían ser más útiles, y menos molestos, de lo que son actualmente. Permítame colaborar, señor Pitt. Hagamos causa común.

Aquello era lo último que Pitt había esperado. Su primera reacción fue rehusar. La Special Branch trabajaba sola. Era por necesidad, y de mala gana, que colaborase con la policía. Sin embargo, aun teniendo las palabras de rechazo en la punta de la lengua, vio las ventajas que presentaba el ofrecimiento de Teague. La situación era desesperada, y Pitt no disponía de hombres suficientes para peinar el país en busca de una mujer que podía estar en cualquier parte. Para entonces llevaba varios días desaparecida, tiempo de sobra para que hubiese regresado a España o cualquier otro lugar.

La auténtica cacería que podría conllevar el encontrarla era otra cuestión. Cabía que se la considerase una mujer peligrosa, confabulada con los anarquistas e involucrada en crímenes violentos. Bien podía estar huyendo porque temiera muy seria y comprensiblemente por su vida. Habida cuenta de cómo habían ido las cosas, quedaba justificado que creyera que la Special Branch no podía o no quería protegerla.

Dalton Teague estaba aguardando, con una sombra de impaciencia en el rostro y los brazos tensos pese a tenerlos apoyados en el sillón. No era un hombre a quien Pitt pudiera permitirse ofender; ya se había granjeado más enemigos de la cuenta. En el pasado había salvado la vida a la reina, pero antes de eso, tuvo la desgracia de convertir en acérrimo enemigo al príncipe de Gales, que en un futuro próximo debería suceder a su anciana y cada vez más frágil madre.

—Gracias, señor Teague —dijo Pitt—. Eso es sumamente generoso por su parte. Cualquier información que pueda recabar será muy útil, y, por supuesto, su influencia será enorme.

Teague se relajó un poco y aflojó la tensión de los brazos.

—Bien. Ya me figuraba que agradecería mi ayuda. Antes de que despliegue a mi gente, como es natural necesito saber cuáles de los hechos que he leído son realmente ciertos, cuáles son falsos y cuáles siguen siendo una incógnita.

Pitt procuró escoger sus palabras con el mayor cuidado. Una equivocación en ese momento podría ser irreparable.

—Es demasiado pronto para pronunciarse en la mayoría de cuestiones, señor Teague, pero en cuanto haya algo sobre lo que pueda actuar, estaré encantado de comunicárselo. Por ahora las pruebas son mínimas. Sí puedo decirle que a las dos mujeres las mataron al menos veinticuatro horas antes de que encontráramos sus cuerpos. Y, por cierto, las peores heridas se las infligieron después de muertas.

Teague se inclinó hacia delante.

—¿En serio? —Inhaló profundamente y soltó el aire despacio—. Un gesto compasivo —dijo en voz baja y curiosamente impasible. ¿Era falta de sentimiento o un sentimiento tan grande que no osaba permitir que se le descontrolara?—. ¿Es confidencial esta información, señor Pitt?

—Preferiría que por el momento no la revelara —contestó Pitt. Miró a Teague a los ojos y vio que entendía que lo estaba poniendo a prueba. En el fondo Pitt deseaba poder permitirse rechazar la ayuda de Teague, pero necesitaba toda la influencia y los recursos humanos que él podía obtener. En aquel caso no había secretos de estado de por medio. Y aunque era un pensamiento frío y amargo, no podía descartar que quizá la desaparición de Sofía Delacruz fuese el primer paso para verse arrastrados a una guerra con España. Teague tenía razón. Las consecuencias podían ser de amplio alcance. Pitt sabía más que Teague, sabía que Estados Unidos necesitaba un canal que uniera el Atlántico y el Pacífico, y naturalmente la tierra que lo rodeaba para proteger una inversión tan descomunal: tierra que a la sazón era española en cultura, lenguaje y espíritu.

Gran Bretaña no podía permitirse participar en aquel conflicto.

Fue consciente de que las ideas se le agolpaban en la mente y del sudor frío que le estaba cubriendo la piel. Sonrió a Teague, sabiendo que su sonrisa sin duda parecería cadavérica en sus labios.

—Agradezco su ofrecimiento, señor. Estoy convencido de que su influencia será de gran ayuda para impedir que la prensa siembre el pánico con especulaciones irreflexivas.

—Haré cuanto esté en mi mano —respondió Teague—. La mejor solución sería poner fin de inmediato a esta historia. Encontrar a Sofía Delacruz, viva o muerta, y arrestar al responsable de su secuestro. A no ser, por supuesto, que se haya marchado voluntariamente. Pero supongo que usted ya ha pensado en esa posibilidad.

—Sí —convino Pitt—. Quizá le resulte útil saber que en los casos de personas desaparecidas dependemos mucho de la observación de los ciudadanos. Nadie desaparece en sentido literal, si está vivo. Taxistas, navegantes, dependientes, camareros, gente paseando a su perro... Alguien tiene que haberla visto.

—Sí, lo comprendo. —Teague se puso de pie—. Tal como pensaba, esto es un trabajo para un ejército de los míos. Mis empleados y mis colegas están a su disposición, comandante. Lo mantendré informado de todo lo que me entere, señor. Buenos días.

Esta vez echó un vistazo a Brundage y Stoker mientras caminaba con suma elegancia hacia la puerta, dejando que Brundage la cerrara a sus espaldas.

Fue Stoker el primero en hablar.

—¿Podemos permitirnos hacer esto, señor?

Brundage todavía estaba de pie, con los ojos muy abiertos.

—¡En persona es incluso más grande, diantre!

—No podemos permitirnos no hacerlo —contestó Pitt a Stoker—. Tiene razón. No sabemos lo suficiente acerca de esta situación. Todavía existe una posibilidad de que Sofía Delacruz escapara y se haya escondido por su cuenta. Si está viva y libre para moverse a su antojo, no disponemos de los efectivos necesarios para dar con su paradero.

Brundage lo miró con frialdad.

—¿Cree que eso es lo que ha ocurrido, señor?

—No, en absoluto —contestó Pitt con dureza—. Pero debo tener en cuenta que es posible.

Stoker enarcó las cejas.

—Tampoco podemos descartar la posibilidad de que asesinara a las otras dos mujeres, ¿verdad? En cuyo caso es una loca criminal, y, por tanto, debemos encontrarla y llevarla a la horca.

Pitt tuvo que esforzarse para dominar sus emociones.

—Dudo que eso sea cierto, Stoker, pero tiene razón. Si ha cometido tan terrible crimen encontraremos la manera de hacer que pague por ello. Somos la Special Branch. Hacemos cuanto podemos para defender a nuestro país de cualquier ataque que amenace la seguridad del gobierno, proceda de donde proceda. No elegimos el resultado que deseamos, perseguimos la verdad y, cuando la encontramos, lidiamos con ella tan bien como podemos. Cooperamos con la policía y confiamos en que la policía coopere con nosotros de verdad.

—Dalton Teague no es la policía —señaló Stoker.

—En estos momentos, es una ayuda que probablemente podamos usar y un enemigo que no nos podemos permitir.

Aquella misma tarde, cuando Pitt visitó a Vespasia para pedirle consejo respecto a Teague, se sentía mucho menos confiado. Y ahora que Vespasia estaba casada con el antiguo comandante de Pitt en la Special Branch, Victor Narraway, casi inevitablemente también vería a Narraway.

Antes de su matrimonio, Narraway vivía en un apartamento en el centro de Londres. Había estado más que contento de trasladar todas sus pertenencias a una de las alas de la espaciosa y muy elegante casa de Vespasia, ubicada en una zona más residencial. Narraway había montado su propio estudio, pero los hermosos dibujos de árboles de su despacho en Lisson Grove, el que ahora ocupaba Pitt, estaban en la sala de estar de Vespasia de cara al jardín. Encajaban la mar de bien, lo mismo que su sillón junto a la chimenea, enfrente del de ella. Su tapicería de un tono más oscuro era menos femenina, pero armonizaba perfectamente con el colorido de la estancia, aportándole una nueva suerte de aplomo.

No le abrió la puerta la doncella de Vespasia sino el criado de Narraway, ahora ascendido a mayordomo. Pitt se imaginó, con una sonrisa, la reestructuración que sin duda se había llevado a cabo en las dependencias del servicio entre los criados de dos casas, obligados a integrarse unos con otros, sin sacar a relucir las ambiciones y desilusiones de unos y otros. Ponerse de acuerdo en la cocina, el nuevo orden jerárquico... no quería ni pensarlo.

Fue Vespasia quien lo recibió cuando le hicieron pasar a la sala de estar.

—Buenas tardes, Thomas —dijo con evidente placer—. Debes estar cansado y agobiado. ¿Te apetece un té o prefieres whisky? Tengo un whisky que según dice Victor es excelente.

Sonrió gentilmente, con un ligero rubor en las mejillas. En la plenitud de su vida, se la había considerado la mujer más bella de Europa. El paso del tiempo había dejado señales en su semblante, pero eran líneas de expresión fruto de la felicidad y el sufrimiento, sobrellevando este último con gracia, nunca con amargura. Pitt encontraba que ahora su belleza era aún más profunda.

—Un té sería estupendo, gracias —aceptó—. Además me dará tiempo a pensar un poco antes de hacerte las preguntas que me han traído aquí.

Se sentó cerca de ella, aunque no en el sillón de enfrente. Esperaba que Narraway estuviera en casa, o que no tardara en llegar, y se uniera a ellos.

Vespasia alcanzó la campanilla y llamó. Cuando la doncella acudió, le pidió que sirviera el té. En cuanto salió de la sala, cerrando la puerta sin el menor ruido, Vespasia miró a Pitt con expectación.

Pitt le refirió la desaparición de Sofía Delacruz y el descubrimiento de los cuerpos mutilados de las dos mujeres que habían sido sus seguidoras y que, aparentemente, se habían marchado con ella, fuere por voluntad propia o no.

Vespasia escuchó sin interrumpirlo, con el rostro grave, hasta que por fin se calló, aguardando a que ella respondiera.

—De modo que te inclinas a creer que se la llevaron contra su voluntad pero desconoces los motivos —concluyó Vespasia.

Pitt negó con la cabeza.

—Me parece que no es lo que he dicho. No sé si es una mujer de convicciones profundas o una charlatana redomada. No sé si la secuestraron o si se marchó por su cuenta con la intención de sacar provecho a la notoriedad consiguiente, o incluso sin pensar en las consecuencias. No sé si se está burlando de nosotros o si está aterrorizada, perseguida, posiblemente prisionera y torturada. Y ya puestos, ¡ni siquiera sé si está viva! —La miró fijamente—. ¿Qué te ha llevado a pensar eso?

—Tu manera de expresarte, querido —dijo Vespasia con dulzura—. Crees que es una mujer honesta, aunque tal vez engañada, y temes que esté seriamente en peligro o que ya haya muerto.

Nunca había recurrido a evasivas con Vespasia. Desde luego, no iba a comenzar ahora. Le había leído el pensamiento demasiado bien, mejor que él mismo, como en tantas otras ocasiones.

—Me temo que las consecuencias son mucho más graves que la tragedia personal —prosiguió Pitt—. Se ha hecho público un fallo garrafal de la Special Branch en la protección de personas. Buena parte de la prensa cree que no deberíamos existir y no nos perdonarán nada.

Vespasia se abstuvo de discutir por respeto a Pitt. Le sonrió, pero la mirada de sus ojos grises como la plata fue muy elocuente.

—He leído los artículos del señor Laurence —le dijo—. No sé si ese hombre me gusta o no. No he tenido el gusto de conocerlo, y quizá me resultaría interesante, si se presentara la ocasión. Por otra parte, a menudo una se lleva un chasco. Me decepcionaría sobremanera descubrir que su agudeza solo existe sobre el papel y que en realidad es un espantoso aburrimiento en persona.

—No lo es —reconoció Pitt—, pero no tiene ni un ápice de misericordia.

—Pues claro que no —respondió Vespasia—. Es periodista. Por más entretenido que sea, sin duda tendrás la sensatez de no confiar en él, ¿verdad? —Una sombra de inquietud nubló su mirada—. Utilízalo si tienes que hacerlo, querido, pero no le des ventaja si no quieres arriesgarte a perderla.

Lo salvó de tener que contestar a más preguntas de inmediato la entrada de Victor Narraway en la sala. Un criado debía de haberle avisado de la presencia de Pitt. De hecho había tres tazas en la bandeja del té que la doncella traía casi pisándole los talones.

Narraway era de estatura media, más delgado que esbelto. Pitt había tenido varias ocasiones de comprobar que en realidad era más fuerte de lo que parecía. Tiempo atrás, en la época del Motín de la India cuarenta años antes, había estado en el ejército y servido con cierta distinción. Desde entonces había progresado en distintas áreas de los servicios secretos, terminando en el puesto que ocupaba Pitt desde hacía relativamente poco.

—Me preguntaba cuándo te veríamos a raíz de este asunto —dijo Narraway, al entrar en la sala, mirando a Vespasia antes de sentarse en su sillón al otro lado de la chimenea.

Pitt no pudo evitar un momento de sorpresa. Conocía a Vespasia desde mucho antes que Narraway y había sido testigo de cómo su amistad, al principio tan comedida, se había convertido en algo mucho más profundo. Pitt profesaba lealtad y una creciente consideración a Narraway, una mezcla de respeto y entendimiento. Pero su amor por Vespasia, y amor no era una palabra exagerada, era más profundo y emocional. Si Narraway le hiciera daño, incluso sin querer, Pitt sería incapaz de perdonárselo. Vespasia era unos pocos años mayor que Narraway. Era orgullosa, sabia, valiente y, por consiguiente, muy vulnerable. Nadie que quebrara su felicidad presente escaparía a la furia de Pitt.

—Gracias —dijo Pitt, aceptando su taza de té y un pastelito de chocolate. Debía recordar no comérselo de un solo bocado.

—¿Piensas que Barton Hall tiene algo que ver con este desastre? —preguntó Narraway, sentándose cómodamente y cruzando las piernas. Poseía una elegancia natural que Pitt nunca alcanzaría. La cuna y la crianza le otorgaban una confianza que ningún aprendizaje posterior podía imitar.

—Es posible —contestó Pitt.

Narraway adoptó un aire pensativo.

—¿Eres consciente de lo importante que es ese hombre? No en el ámbito social, me refiero a los círculos financieros.

—Dirige un banco pequeño que atiende a grandes personajes —respondió Pitt, preguntándose en qué estaba pensando Narraway—. Entre ellos se cuentan la Iglesia de Inglaterra y algunos miembros de la familia real. Estoy convencido de que Sofía es un estorbo para él, me quedó claro cuando me reuní con él. Ahora bien, al margen de lo que opine sobre su teología, la verdad es que no me lo imagino secuestrando a su prima o a sus seguidoras. Me pregunto si habría intentado hacer que la detuvieran o incluso que la deportaran. Tampoco es que ahora importe. Esta va mucho más allá del bochorno. Los asesinatos en Inkerman Road son de los más espantosos que haya visto jamás.

Narraway miró a Vespasia, y luego de nuevo a Pitt.

—Estás pensando llevado por las emociones. Considera las repercusiones económicas.

—¿De qué? —Pitt intentó no traslucir sus sentimientos pero fracasó. Notó la repugnancia y el pánico que transmitía su voz—. Si me estás preguntando si creo que está involucrado en el asesinato de las dos mujeres, la respuesta es que no. Pero, aunque así fuera, no me cabe duda de que el banco lo repudiaría, públicamente y con vehemencia, en cuestión de horas.

—Yo tampoco lo dudo —convino Narraway—, pero un escándalo de cualquier clase es pernicioso para la banca, que prácticamente está construida sobre la confianza. El dinero es en buena medida una ficción, un trozo de papel que representa valores reales o la confianza en que esos valores existen. Destruye esta confianza y no vale nada. El pánico bancario es como una enfermedad contagiosa. La gente se deja llevar por el pánico y retira sus depósitos. Seguro que de niño jugaste al dominó.

—Una o dos fichas caen y el resto, detrás —contestó Pitt—. Y si el escándalo sobre un banquero surtiera el mismo efecto, en toda Europa no habría ni un banco que se sostuviera en pie.

Narraway sonrió sombríamente.

—¡Un escándalo personal, no, por Dios! Pues entonces tampoco habría un solo trono que se sostuviera en pie —dijo con ironía—. El poder cambiaría de manos cada dos por tres. Desaparecería todo tipo de estabilidad, y con ella la inversión. Me refiero a la pérdida de confianza como motivo para actos que, si no, parecerían desproporcionados. No pierdas de vista que Barton Hall es un hombre con extraordinarios intereses que proteger.

Pitt miró a Narraway detenidamente, tratando de escudriñar sus ojos negros.

—Tal vez debería investigar tus nuevos intereses desde que ascendiste a la Cámara de los Lores.

La sonrisa de Narraway reflejó su diversión ante lo que le parecía un absurdo, así como el doloroso recuerdo de haber sido traicionado por sus propios hombres, traición que conllevó su despido de un empleo que amaba y para el que estaba muy bien dotado. A Pitt lo seguía incomodando ser consciente de que distaba mucho de llegarle a la suela del zapato. Nadie había sido lo bastante condescendiente para decir lo contrario. Lo más amable que cabía mencionar lo había dicho el propio Narraway, asegurando que Pitt tenía cualidades que aportar de las que él carecía, cualidades dolorosas como la clemencia y la falta de confianza en uno mismo, gracias a las que el poder que le confería el cargo no se le subiría a la cabeza. Quizás había alcanzado el poder, pero nunca lo ejercería de manera abusiva. La duda siempre andaría al acecho para que cuestionara sus decisiones.

—Puedes empezar cuando quieras —dijo Narraway con cierta sorna—. No estoy en el consejo de administración de su banco, aunque tengo conocidos que sí.

—¿Conoces a Barton Hall personalmente? —inquirió Pitt—. ¿Puedes decirme algo acerca de él que me sea útil?

—Conozco sus antecedentes —respondió Narraway, frunciendo los labios—. Procede de una acaudalada familia aristocrática. Estudió en Cambridge y le fue muy bien. Economía, por supuesto, y también humanidades. No sé qué especialidad, pero se licenció con matrícula. Alternaba con la gente adecuada y era sorprendentemente popular, siendo un hombre que practicaba pocos deportes y carecía de encanto social.

Vespasia observaba a Narraway. A Pitt se le ocurrió preguntarse hasta qué punto estaban llegando a conocerse tras el cambio de situación tan radical, compartiendo no solo un hogar sino la cama. Recordó vívidamente y con cariño sus primeras épocas con Charlotte. Aunque por aquel entonces ellos eran más jóvenes y, por consiguiente, quizá menos vulnerables. Vespasia había sido viuda mucho tiempo tras un matrimonio moderadamente feliz. El gran amor de su vida había sido un revolucionario italiano llamado Mario Corena. Lo habían matado años atrás, allí mismo, en Londres.

Pitt no dudaba en absoluto que Vespasia amaba a Narraway. Ambos lo habían ayudado a resolver casos, luchando contra el crimen y la confusión. Algunos de esos casos fueron menores: una injusticia contra un individuo, una muerte o una inocencia hecha pedazos. Otros tuvieron más importancia; el coste del fracaso habría sido terrible.

Habían trabajado codo con codo, sentados en torno a la mesa de la cocina, trazando planes, cuestionando indicios, evaluando los riesgos y el precio del fracaso, y hallando siempre la manera de seguir adelante. La confianza mutua y la pasión compartida en la victoria y la derrota habían dado paso al amor. Pitt esperaba, tal vez con cierto grado de ingenuidad, que aquellos años se convirtieran en los más felices de la vida de Vespasia.

Narraway, en cambio, nunca había estado casado. Por descontado, había tenido sus aventuras, unas más honorables que otras, pero había dejado que Pitt se formara la opinión de que ninguna de ellas había puesto a prueba su capacidad de amar plena y apasionadamente. Si se había casado con Vespasia sin amarla más de lo que podía controlar, más de lo que le impidiera abandonarla alguna vez, Pitt no lo perdonaría. Y lo compadecería. La incapacidad de amar era una desgracia, no un pecado. Se dio cuenta de ello mientras observaba cómo miraba Narraway a Vespasia, y pensó en sus propios sentimientos por Charlotte.

—¿Qué piensas sobre Dalton Teague? —preguntó finalmente.

Narraway devolvió su atención al presente.

—Qué interesante. ¿Por qué lo preguntas?

—Hoy me ha ofrecido ayuda —contestó Pitt, pendiente de su reacción.

—Supongo que la aceptarías, ¿no? —preguntó Narraway con curiosidad.

—¡No la has aceptado! —dijo Vespasia casi al unísono.

Pitt vio que Narraway levantaba la cabeza con una repentina expresión de duda. Enseguida la dominó y se esfumó, como si tan solo hubiese sido una ilusión óptica.

Ahora bien, Pitt lo comprendió. Era miedo. Narraway hacía poco que había entrado en la vida de Vespasia. No sabía a quién había conocido en los exuberantes años de su pasado, a quién había amado, o cuán profundamente, y tal vez con poca sensatez. Se sentía vulnerable porque era una parte de la vida de Vespasia en la que él no tenía cabida, y la exclusión dolía.

—Me temo que no he sabido encontrar una buena razón para rechazarla —dijo Pitt, compungido—. Tiene muchos admiradores en todo el país, e inversiones económicas que proporcionan trabajo a personas dispuestas a hacer cualquier cosa que él les pida. Dispongo de muy pocos hombres a los que pueda apartar de lo que están haciendo, y él lo sabe.

—Seguro que sí —convino Vespasia, esbozando una sonrisa retorcida.

Estaba claro que Vespasia tenía mucho que decir acerca de Dalton Teague. Pitt decidió que le pediría su opinión más tarde, cuando estuvieran a solas.

Narraway asintió lentamente con la cabeza.

—Me figuro que habrás tenido en cuenta que el propósito de esta atrocidad podría ser ante todo llamar la atención para comprometer a buena parte de tus hombres. Sí, claro que lo has hecho. Disculpa que me lo haya preguntado.

Miró a Vespasia y vio una chispa de diversión y reconocimiento en sus ojos.

—Sí que lo he hecho —respondió Pitt—. Teague resuelve ese problema. Además, no puedo permitirme tenerlo como enemigo. Sabe Dios que ya tengo suficientes.

—No —convino Narraway—, no puedes. Pero ten cuidado, Pitt. Ten mucho cuidado.

6

Pitt estaba delante de sir Walter otra vez. No le había sorprendido que le hubiesen pedido que compareciera, aunque no tenía nada útil que decir y suponía perder un tiempo que podría haber empleado de manera más eficaz. Sir Walter probablemente lo sabía, pero debía aparentar que controlaba la situación.

—Sí, señor —contestó Pitt, respetuosamente, de pie ante el escritorio de sir Walter. El propio sir Walter estaba junto a la ventana, y la luz del sol convertía en un halo los pocos cabellos plateados que le quedaban.

—Un asunto feo —murmuró sir Walter, tanto para sí como para Pitt—. Feo de verdad. Me consta que está haciendo lo que puede... —Entrecerró los ojos azules, sorprendentemente brillantes—. Más vale que sea así, en cualquier caso.

Pitt se sintió más incómodo de lo que había previsto. Daba la impresión de que estuviera justificándose.

—Este caso es incumbencia de la policía, señor. Los asesinatos comunes no conciernen a la Special Branch, aunque sean brutales. No podemos sacarlo de la jurisdicción de la policía.

—¡Maldita sea, hombre! —soltó sir Walter bruscamente—. Ambas mujeres eran ciudadanas españolas. ¿Qué le digo al embajador español? —Agitó la mano y dio un par de pasos como si necesitara liberar energía acumulada. Después volvió a mirar a Pitt—. Eso no tiene nada que ver. Lo que verdaderamente importa es que estoy empezando a preguntarme si todo este embrollo con la señora Delacruz es el principio de algo, no el final. ¿Ha consultado con Narraway? Si no lo ha hecho, debería hacerlo.

Dio media vuelta y de nuevo cortó el aire con la mano antes de que Pitt pudiera contestar.

—No es un hombre mezquino, Pitt. Le daría consejo, si tuviera usted la humildad de pedírselo y la sensatez de aceptarlo.

Pitt notó un cosquilleo de inquietud. La Special Branch había recibido el encargo expreso de cuidar de Sofía Delacruz, por tanto significaba que su seguridad era responsabilidad de Pitt. Se lo había tomado demasiado a la ligera. La había defraudado y, por consiguiente, también a Narraway, que lo había recomendado para el puesto. Y, por supuesto, a todos los hombres que tenía a sus órdenes. Y también a Charlotte, que siempre creía en él. Se preguntó si debía disculparse otra vez o si hacerlo le haría parecer todavía más débil. Dios sabía lo endebles que eran las pruebas.

Sir Walter lo estaba observando, expectante.

—Sí, señor —respondió Pitt—. Lo vi ayer mismo por la tarde.

—Hum. ¿Dijo algo útil?

Pitt tenía claro que sería poco prudente decir que no.

—Solo que detrás de todo esto quizás haya mucho más de lo que parece a primera vista. Posiblemente alguien la está utilizando...

—¡Sí, por supuesto que alguien la está utilizando, maldita sea! —interrumpió sir Walter—. ¿Pero quién? Anarquistas españoles, seguramente. Desde luego no les faltan motivos para estar desesperados. —Apretó los labios, dibujando una línea de repugnancia—. ¿Qué sabe acerca de ellos, Pitt? Lo peor fue un poco antes de su época...

Pitt no supo disimular su asombro.

—¡No me refiero a la época en que vive! —explotó sir Walter—. ¡Me refiero al tiempo que lleva en el cargo! Comisario de Bow Street, ¿qué demonios iban a importarle los desastres de España y sus repercusiones? Nada que ver con los asesinatos de su zona. Ya sé que no es culpa suya. ¡No soporto a las personas incapaces de concentrarse en su trabajo! ¿Qué sabe acerca de Zarzuela?

Pitt no sabía si era una persona o un lugar.

—Nada, señor.

—Enero del noventa y dos —comenzó sir Walter—. Andalucía. Pobreza de solemnidad. Los campesinos trabajan de sol a sol por el precio de una barra de pan. —Reanudó sus idas y venidas delante de la ventana, volviéndose exactamente en el mismo punto de la alfombra cada vez—. Cuatrocientos de ellos, armados con guadañas, horcas, lo que tuvieran a mano. Marcharon sobre el pueblo de Jerez de la Frontera.

Sir Walter carraspeó y prosiguió con la voz más serena.

—Querían rescatar a cinco amigos suyos que habían sido condenados a cadena perpetua por haber estado implicados en un conflicto laboral diez años antes.

Pitt pensó en los conflictos laborales que había presenciado en Londres, la extrema pobreza de las personas implicadas, la injusticia, finalmente la desesperación. Muchos de aquellos conflictos habían desembocado en actos violentos, aunque normalmente de orden menor. No habían tenido lugar represalias como las que sir Walter daba a entender. Aguardó al final del relato, la parte que resonaba en aquel momento, hasta 1898 y los asesinatos de Inkerman

Road, donde dos mujeres habían sido destripadas, y una tercera seguía desaparecida.

—No intervino el ejército. —Sir Walter estuvo quieto mientras continuó, pero la voz le temblaba un poco y su mirada era sombría e intensa—. A cuatro cabecillas les dieron garrote. Lo hacen atando al reo a un poste y luego le comprimen la garganta con una soga, que se retuerce por detrás con un palo hasta que muere estrangulado. Zarzuela fue uno de ellos. Murió pidiendo a la muchedumbre que los vengaran.

Pitt aguardó.

—¿Ha oído hablar del general Martínez de Campos? —preguntó sir Walter.

—Sí —contestó Pitt enseguida—. ¿No estuvo detrás de la restauración de la monarquía española en el setenta y cuatro?

—Sí, entre otras cosas. También sofocó una insurrección en Cuba con bastante brutalidad. Maldito idiota. A finales del noventa y tres era ministro de defensa en España. Estaba reclutando tropas en Barcelona cuando el anarquista Paulino Pallàs tiró una bomba, hirió de gravedad a dieciséis personas, mató a un guardia civil y, lamentablemente, al caballo del general, pobre bestia. Pero no al general.

—Lástima.

La palabra salió de la boca de Pitt espontáneamente.

—Bastante —convino sir Walter—. A Pallàs lo juzgaron y condenaron, por supuesto. Ni siquiera permitieron que se despidiera de su esposa o su madre, Dios sabe por qué. Lo ejecutó un pelotón de fusilamiento, disparándole por la espalda. También él prometió que «¡la venganza será terrible!».

Diversas noticias de política internacional comenzaron a acudir a la mente de Pitt.

—Noviembre del noventa y tres —dijo en voz alta—. La bomba en la noche inaugural de la temporada de ópera en Barcelona. Varios muertos...

—*Guillermo Tell* —corroboró sir Walter—. No es de mis favoritas. Prefiero a Verdi. Teatro del Liceo. Tiraron las malditas bombas a la platea desde un piso alto. Quince espectadores murieron en el acto. El resto del público fue presa del pánico. Histeria. Pelearon entre sí como animales para salir del teatro. Sangre por todas partes. Al final, veintidós muertos. Otros quince, heridos.

Pitt se imaginaba las represalias tras aquel atentado, pero sir Walter le refirió lo acontecido igualmente.

—La policía hizo redadas en cada puñetero sitio que se le ocurrió —prosiguió sir Walter—. Miles fueron arrestados y encerrados en los calabozos de Montjuïc. Es esa gran fortaleza a 230 m sobre el nivel del mar. Estaba tan llena que tuvieron que engrilletar al resto a bordo de los buques de guerra atracados en el puerto, a los pies de la montaña. Los torturaron. —Tenía tensa la piel de la cara y la voz le temblaba—. Los quemaban con hierros al rojo vivo. Los obligaban a caminar durante cincuenta horas seguidas. Incluso desempolvaron algunas de las torturas más ingeniosas de la Inquisición. Dios los perdone. Su pueblo no lo hará.

Pitt estaba aturdido. Intentó apartar aquellas imágenes de su mente, pero se resistían a desaparecer. Si Sofía Delacruz estaba al corriente de aquellos sucesos —y sin duda lo estaría si sir Walter los conocía aun estando en Londres—, bien podría haber convertido en parte de su misión la cruzada contra la policía y el gobierno de España. ¿Era eso lo que residía en el meollo de su desaparición?

Sir Walter lo estaba mirando fijamente, observando las emociones que traslucía su semblante, a la espera de que respondiera.

—Enviaré a un par de hombres a España para ver qué averiguan sobre la situación política actual. Y preguntaré a Melville Smith si Sofía Delacruz tenía alguna relación con el descontento social. —Pitt escogió sus palabras lentamente—. Es posible que mienta, pero sus silencios quizá resulten elocuentes, aunque se guarde cosas para sí.

—Buena idea —convino sir Walter—. No informe de esto a todos sus hombres, Pitt. Cuénteselo a uno o dos, tal vez, pero no al resto. No queremos que alguien saque conclusiones o haga conjeturas equivocadas en una situación tan delicada.

Pitt no contestó. Estaba conturbado.

—¡Póngase a trabajar ya, hombre! —dijo de pronto sir Walter.

Pitt recobró la voz, ronca y tensa en la garganta.

—Sí, señor.

—Bien. Si necesita algo, dígalo.

—Sí, señor. Así lo haré.

Angel Court estaba silencioso y polvoriento bajo el sol y no había un alma a la vista dentro de la entrada abovedada, excepto la anciana que al parecer se pasaba todo el tiempo barriendo los adoquines, fregando los pocos escalones que conducían a la cocina y la trascocina u ocupándose de las viejas macetas de su herbario: menta, cebollino, romero y salvia.

Miró a Pitt cuando pasó delante de ella.

—Buenos días —saludó Pitt, inclinando un poco la cabeza.

La anciana tenía una mirada vigilante, el rostro bronceado, la piel curtida por el sol y el viento. Era evidente que nunca había sido guapa, pero sus facciones transmitían fortaleza y sentido del humor. Sin embargo, esa vez, mirándola con más detenimiento, Pitt también percibió un miedo que la consumía.

Había estado cortando ramitas de romero y de salvia, y el penetrante olor de las hierbas flotaba en el aire. De repente se volvió, dando la espalda a Pitt sin contestar, y siguió ocupándose de las plantas. Pitt se fijó en que las faldas descoloridas le quedaban un poco cortas, revelando sus tobillos huesudos. Mantenía los hombros doblados, encorvados en actitud protectora sobre su pecho liso.

Pitt se preguntó si era creyente, alguien rescatado de alguna clase de desgracia, uno de los proyectos de Sofía. Le picó la curiosidad. Aquella mujer podía observar a las personas que vivían allí, pasando casi desapercibida, pero era evidente que no quería hablar con él. Se lo mencionaría a Stoker.

Llamó a la puerta y le abrió Henrietta. En cuanto lo reconoció, sus ojos lo miraron inquisidores. Se dio cuenta de que no había noticias sin que fuera preciso que Pitt se lo dijera.

Abrió la puerta del todo sin decir palabra.

—Gracias. —Pitt entró al vestíbulo—. ¿Está el señor Smith?

—Sí —contestó Henrietta bruscamente.

Pitt cambió de táctica.

—Tengo entendido que se ha ocupado de mantener el calendario de conferencias que había planeado la señora Delacruz.

Observó la expresión de Henrietta, el instante de enojo al que siguió la impotencia, y luego algo que Pitt interpretó como profunda indignación. Volvió a preguntarse qué historia la había llevado a unirse al grupo de Sofía. ¿Qué no había encontrado en la Iglesia en cuyo seno se crio? ¿Melville Smith era consciente de lo mucho que lo despreciaba?

Henrietta lo estaba mirando con frustración y abatimiento. ¿En qué medida por motivos de religión, en qué medida por su cariño a Sofía? Pitt no se imaginaba viviendo en lo que equivalía a una orden religiosa con la reserva que conllevaba, la disciplina, la pasión y la ausencia de privacidad, la constante vigilancia de posibles errores.

—¿Le estará agradecida cuando regrese? —preguntó Pitt de repente.

Henrietta abrió los ojos y sonrió con amargura.

—Se pondrá furiosa —dijo con una sonrisa impostada—. ¿Es lo que quiere que diga? —agregó, desafiando a Pitt—. Sí, Melville Smith está aprovechando la ocasión, mientras ella está fuera, para tergiversar lo que ella enseñaba para que tenga otra apariencia. Todo es más amable, sin el filo que corta a través de la hipocresía. ¡Emana un olor dulzón, como el de algo que se está empezando a pudrir! ¿Es esto lo que quiere que diga?

Se quedó como paralizada en una postura angulosa, con los músculos agarrotados.

—¿Él creó la ocasión o solo aprovecha la oportunidad? —preguntó Pitt.

El enojo de Henrietta pareció diluirse un poco.

—No lo sé. Creo que no tiene el coraje ni la imaginación necesarios para haber hecho que ocurriera. Solo lo está aprovechando... ¡y eso me hace detestarlo! Usted se da cuenta, ¿verdad? Se le nota en la cara. ¡He permitido que me convirtiera en lo que no quiero ser! Tal vez sea a mí misma a quien detesto. Sofía diría que él me pone un espejo delante y que veo lo peor de mi persona. El espejo que sostenía ella me mostraba lo mejor.

Los ojos se le arrasaron en lágrimas.

Por un momento, Pitt no supo qué responder. Recordó la imagen de Sofía Delacruz dirigiéndose al público, con el rostro iluminado por la pasión de su fe. Durante aquel breve tiempo en su presencia había creído en lo que ella decía. Ahora, en su ausencia, con las confusas historias acerca de ella y los cuerpos mutilados de Cleo y Elfrida, todo el ardor de su propósito había desaparecido.

De pronto recordó por qué estaba allí y reparó en que Henrietta lo estaba observando.

—¿Smith era contrario a venir a Londres?

Henrietta se sorprendió.

—Sí. Pero ella insistió en que tenía que venir. No había alternativa. —Henrietta cerró los ojos—. No conseguí disuadirla, fue inútil porque ya estaba decidida. La enseñanza de la doctrina no tenía nada que ver. Pero no tiene sentido que me pregunte una y otra vez. ¡No sé por qué vino! Lo único que sé es que estaba asustada. Nunca la había visto tan asustada.

—¿Lo sabía Melville Smith?

—¡No lo sé! Pero me consta que no quería que Sofía viniera. Ya le he dicho que es un oportunista, nada más. Siempre atento a no perder una ocasión.

—¿La ocasión de hacerse con el liderazgo? Para eso Sofía tendría que desaparecer —señaló Pitt.

Henrietta pestañeó, dejando translucir indecisión. La combatió durante unos segundos, pero dominó la tentación.

—Hace cinco años que conozco a Melville Smith —dijo en voz baja—. No... no mataría a nadie ni haría algo tan... violento. Sus sentimientos son siempre... como si se los hubiese tragado. No se reflejan en su rostro ni en sus... manos.

Pitt creyó entender lo que le estaba refiriendo Henrietta.

—¿Y Ramón es igual?

Esta vez su reacción fue instantánea.

—¡No! Quizás alguna vez haga cosas contra la voluntad de Sofía, para protegerla, pero nunca haría daño a nadie. Siempre está dispuesto a ayudar. A veces pienso que es demasiado blando.

—¿Demasiado blando en qué sentido? —preguntó Pitt.

—Inocente —contestó Henrietta sonriendo—. Ve las cosas como piensa que deberían ser, tanto si lo son como si no. Como toda su familia. —Al reparar en la sorpresa de Pitt se arrepintió—. No tendría que haber dicho esto. Deberíamos ser más como... una familia. Tampoco es que tenga que gustarte la familia. A veces son los peores...

Pitt se planteó insistir en aquella línea de pensamiento, pero los ojos de Henrietta le dijeron que estaba enojada consigo misma por haber desvelado una confidencia. No quiso que le diera la culpa a él. Necesitaba contar con su confianza.

—Es cierto —convino—. ¿Cree que Sofía también es blanda?

Henrietta soltó el aire con alivio. Estaba demasiado asustada para sonreír, pero su rostro recobró la serenidad.

—No. Corría riesgos con las personas, pero lo hacía con los ojos bien abiertos —contestó.

—¿Qué clase de riesgos? —preguntó Pitt amablemente, como si no tuviera mayor importancia.

—Protegerlas, darles segundas oportunidades. Ayudarlas a corregir cosas que estaban mal. Ayudó a mucha gente que cargaba con la culpa de errores cometidos en el pasado. Siempre había una larga cola de arrepentidos llamando a su puerta.

—¿Recuerda a alguien en concreto, justo antes de que todos ustedes vinieran a Londres?

Pensaba en todos los etiquetados como anarquistas por el mero hecho de querer un salario que alcanzara para vivir, que se veían empujados a la violencia porque nadie les hacía caso. El hambre cambiaba a la gente. Lo había constatado de sobra en barrios pobres de Londres. Podía generar una especie de locura. ¿Quién era capaz de ver cómo pasaban hambre sus hijos y aun así seguir siendo sensato?

Henrietta lo miraba de hito en hito. ¿Por qué debía confiar en él? Representaba la ley. Al menos, eso se suponía. No se compadecería de la locura, fuera cual fuese su causa.

—Había un pobre hombre que tenía un miedo espantoso. Lo que no sé es si temía por su vida o por su alma —agregó al cabo de un momento—. Pero Sofía tuvo que abandonarlo para venir aquí. Como ya le he dicho, estaba empecinada en ver a Barton Hall —le recordó Henrietta—. Aunque no nos quería decir por qué. Melville se puso furioso pero de nada sirvió. Discutieron y ganó ella.

Dijo esto último con bastante satisfacción, aun sin saber en absoluto qué era lo que estaba en juego.

—¿De modo que Cleo y Elfrida tampoco lo sabían? —preguntó Pitt.

—No. —Henrietta pestañeó deprisa pero no logró contener las lágrimas, como tampoco la súbita palidez de su semblante—. Ninguno de nosotros lo sabía.

La sencillez de su respuesta la hizo más rotunda.

Pitt le dio las gracias y fue en busca de Melville Smith. Lo encontró en la habitación que había sido el estudio de Sofía. Estaba sentado ante el escritorio, claramente absorto en sus pensamientos, con una pluma en la mano y media hoja de papel escrita con cuidada caligrafía. Levantó la vista un tanto perplejo cuando Pitt entró, pese a que la puerta estaba entreabierta. A Pitt se le ocurrió pensar que la tenía así adrede, para escuchar sin ser visto. Cerró a sus espaldas con un sonoro chasquido del pestillo.

Smith arrugó el semblante con fastidio. Transcurrió un largo silencio hasta que decidió no manifestarlo con palabras.

—¿Trae noticias, señor Pitt? —preguntó con un repentino entusiasmo, mucho mejor preparado de lo que Pitt había esperado; lo obligaba a disculparse de inmediato.

—Lo siento, pero no. Según parece la policía ha descubierto poca cosa, excepto que el asesino no es una persona que esté fichada por conducta violenta, y no se llevó nada importante.

Se sentó en la butaca del otro lado del escritorio.

—No tenemos nada importante —dijo Smith de manera cortante—, ¡salvo la vida! ¡Y desde luego a Cleo y Elfrida se la arrebataron!

Pitt sintió el escozor de la reprimenda pero la pasó por alto.

—¿Por qué fueron a Inkerman Road, señor Smith? Ante cualquier amenaza, sin duda habrían estado más seguras si hubieran permanecido aquí, en Angel Court, con el resto de ustedes, donde nosotros teníamos constancia de su presencia.

Smith lo miró fijamente.

—¡Por supuesto que sí! ¿Quién sabe por qué Sofía hacía la mitad de las cosas que hacía?

Sonrió con tristeza, torciendo apenas las comisuras de los labios.

Pitt se negó a desalentarse o a permitir que su irritación ante la deslealtad de Smith lo distrajera de su propósito. Correspondió a su sonrisa.

—Es demasiado modesto, señor Smith. Creo que en realidad conoce muy bien a la señora Delacruz. Dudo que hubieran podido trabajar tan unidos durante cinco años o que ella hubiese confiado en usted de no haber estado segura de su lealtad y de su comprensión de los fundamentos de su credo.

Smith estaba tieso, un leve rubor le iba manchando las mejillas.

—Hago lo que puedo —dijo, un tanto incómodo—. Pero... pero a veces me cuesta entender su comportamiento...

Dejó las palabras suspendidas en el aire, incapaz o inseguro de cómo terminar la frase.

—Usted me refirió las amenazas que había recibido la señora Delacruz —prosiguió Pitt—. Temía que alguna pudiera ser seria. Ella también debía ser consciente de que existía tal posibilidad, aunque se lo ocultara a algunos de sus demás seguidores.

Un titileo cruzó el semblante de Smith, algo fugaz y difícil de interpretar, pero quedó claro que no era inmune a los halagos.

—Por supuesto —convino.

—¿Le confió algo a usted? —preguntó Pitt, dando a entender que sabía la respuesta—. ¿O a Ramón?

—No —contestó Smith enseguida—. Ramón es... muy leal, un buen hombre, pero su admiración por ella es muy vehemente, más poderosa que su sentido común. Lamento decirlo tan abiertamente, pero en estos momentos hay que ser sinceros. La necesidad que tiene Ramón de creer en su doctrina, por motivos que solo a él conciernen, no deja espacio a la duda ni... ni a reconocer los puntos fuertes y débiles de la señora Delacruz. Ella lo sabía, y no iba a hacerle cargar con su propia falibilidad ni con el miedo a que pudiera ocurrirle algo malo.

—Pero usted estaba enterado —afirmó Pitt, imprimiendo un tono respetuoso a su voz.

—Me temo que sí —convino Smith.

Pitt asintió con gravedad.

—Habrá sido muy angustiante para usted.

—Sí... Ojalá...

Smith se quedó sin saber qué decir, estudiando la expresión de Pitt, tratando de determinar cuánto sabía o adivinaba.

—Seguro que hizo cuanto pudo —dijo Pitt amablemente—. Aunque la traté durante poco tiempo, me di cuenta de que era una mujer difícil de persuadir... incluso por su propio interés.

—Mucho... —convino Smith enseguida—. Yo...

Volvió a callarse.

—Los asesinatos fueron brutales —dijo Pitt con ecuanimidad, sin apartar los ojos del rostro de Melville Smith. Vio el miedo, desnudo por un instante antes de que cambiara de máscara. Era un terror incontenible, ¿pero era fruto de la imaginación o de algo que sabía? Había culpa en él. Aunque cualquiera se sentiría culpable, simplemente por no haber impedido todo aquel desastre. Los cuerpos mutilados de las dos mujeres yacían en la morgue, y Smith estaba sentado en su despacho, sano y salvo, preparando discursos para poder ocupar el puesto de Sofía como líder de un grupo valiente y perseguido. Ahora bien, ¿era casualidad o designio?

Miró a Smith, ahora de una palidez cenicienta y con la frente perlada de sudor. De haberle sucedido aquello a alguien a quien Pitt hubiese conocido bien, sentiría lo mismo. De hecho, sentía crecer la culpa en su fuero interno porque había estado a cargo de la seguridad de Sofía y había fallado. No había previsto nada semejante a aquel horror. Que hubiese podido impedirlo o no, no alteraba en absoluto lo que sentía.

¿Qué había sabido Smith antes de que ocurriera?

—Sofía Delacruz no vino a Londres a predicar, señor Smith —manifestó Pitt—. Vino a ver a Barton Hall por un motivo tan secreto que no podía confiárselo a ninguno de sus seguidores, y tan apremiante que no podía esperar. Todo el mundo coincide en que daba ayuda, refugio tal vez, a muchas personas con problemas. Pero antes de que ustedes vinieran aquí apareció alguien con un tipo de problema diferente. Mucho más grave que un pecado o un incidente doméstico. Puedes odiar a quienes predican algo que aborreces, pero no los sigues a otro país y les das caza en calles tranquilas, ¡ni entras en su casa y los destripas! Lo que ha ocurrido aquí es muy turbio, y debo encontrar a la señora Delacruz antes de que le suceda lo mismo a ella, si es que no le ha sucedido ya.

Smith respiraba entrecortadamente y Pitt pensó que iba a vomitar.

—¡No sé quién las mató! —protestó Smith, con voz ahogada—. Se lo he dicho antes, Sofía quería ver a Barton Hall y nada de lo que le dijera iba a disuadirla. Desde luego se trataba de algo más que de reconciliarse para poner fin a un antiguo antagonismo. ¡Era algo tan urgente que no podía esperar una semana! Pero no me lo contó. Le juro que hice cuanto pude por enterarme porque quería ayudarla, ¡pero no hay quien discuta con ella!

—Me consta —convino Pitt—. De modo que, al ver que no le hacía caso, decidió tomar cartas en el asunto.

Observó a Smith mientras el color volvía a su semblante, eludiendo la mirada de Pitt hasta que se volvió hacia él.

—Así es —dijo Smith en voz muy baja—. Y tal vez lo ocurrido sea culpa mía. ¡No sé quién lo hizo ni por qué! ¡Santo Dios, solo quería mantenerla a salvo!

—Fue usted quien la envió a la casa de Inkerman Road. ¿Quién más lo sabía?

—¡Nadie! —dijo Smith fieramente—. ¡A menos que se lo dijera ella! No sé si llegó a tener miedo. ¡Se cree invencible, Dios la asista! Es...

—¿Una fanática? —sugirió Pitt.

—¡Sí! No... no mira la realidad. Eso la convierte en una gran predicadora, pero también en una mujer con la que es imposible trabajar. No escucha nada que no quiera oír.

Aquel hombre estaba muy asustado, pero Pitt tenía que descubrir exactamente qué temía y por qué.

—¿Qué le dijo para convencerla? —preguntó.

—Que el peligro podía ser real. —Smith contestó tan deprisa que Pitt estuvo seguro de que aquello no acababa de ser verdad. Era una respuesta preparada.

—¿Cómo supo de la existencia de la casa de Inkerman Road? —preguntó Pitt inocentemente.

Smith se sonrojó.

—Me la ofreció... un amigo.

—¿Con qué propósito se la ofreció? —insistió Pitt.

—Como alojamiento adicional, en caso necesario —dijo Smith, mirando tan fijamente a Pitt que este tuvo claro que era mentira.

—De modo que si la señora Delacruz no estaba aquí, en Angel Court, su amigo podía suponer que estaría en Inkerman Road.

Fue una conclusión, no una pregunta.

El color desapareció del rostro de Smith, dejándole la tez cenicienta.

—Es un hombre irreprochable —dijo con firmeza—. Un hombre bueno y honrado. Debe estar tan consternado como nosotros. —Su voz, normalmente tan bonita, sonaba ronca—. Si considerase posible, no digamos probable, que hubiera tenido algo que ver en este asunto, se lo habría dicho a usted de inmediato.

—Barton Hall —concluyó Pitt con amargura—. Si Sofía no sabía nada de esa casa, solo Barton Hall podía saber de ella; está a nombre de su madre. Un hombre que disiente por completo de sus enseñanzas, pero que supongo encontrará sus enmiendas menos... extremistas, dado que descartan toda clase de anarquismo contra el orden divino.

Smith se quedó paralizado, como hipnotizado por una serpiente. Trató de buscar palabras para expresar rechazo, indignación, cualquier cosa, pero no lo consiguió.

—No me importan sus ambiciones religiosas, señor Smith —dijo Pitt en voz muy baja—. Lo que me importa, y mucho, es lo que ha hecho para alcanzarlas. Sean cuales sean sus creencias, aun si pretenden ser alguna forma de cristianismo, no justifican el terror y el sufrimiento de esas mujeres...

—¡No tuve nada que ver con su muerte! —gritó Smith desesperadamente, abalanzándose sobre el escritorio—. Lo único que quería... —se interrumpió, el sudor le resbalaba por el rostro— era mantenerla a salvo y callada durante un tiempo. No es consciente de los problemas que está provocando, cuando no es en absoluto necesario. ¡Hay que enseñar despacio! No todo a la vez. ¡La gente lo rechazará porque el cambio es demasiado grande! Le falta paciencia... No comprende los temores de la gente...

—Ahora eso no importa —interrumpió Pitt—. Si Barton Hall sabía dónde estaba, o bien es el responsable o se lo ha dicho a alguien que lo es. ¿Sabe a quién?

—No...

Pitt se levantó.

—Le resultaría muy beneficioso, señor Smith, ser sincero conmigo. Es algo más que su credibilidad lo que está en juego. Si quiere salir de esta como un hombre libre, y conservando el honor que le quede, hará cuanto esté en su mano para que Sofía Delacruz regrese a Angel Court sana y salva. A no ser, por supuesto, que ya esté muerta y usted tenga parte en ello. En tal caso, más vale que se interponga en mi camino con todos los medios a su alcance.

El horror de Smith fue tan palpable que no necesitó manifestar protesta alguna. Permaneció sentado como si las piernas no fueran a sostenerlo en pie, y tal vez le habrían flaqueado si se hubiese levantado.

Pitt se marchó sin despedirse y cerró la puerta a sus espaldas.

Pitt estaba sentado en su despacho con Stoker al otro lado del escritorio. Estaba lleno de informes de la policía local y de los pocos hombres que Pitt podía destinar al caso, además de unos cuantos mensajes de Dalton Teague.

—¿Va a enfrentarse a él, señor? —preguntó Stoker cuando Pitt le hubo referido su visita a Angel Court y que Smith había admitido su acuerdo con Barton Hall para usar la casa de Inkerman Road—. Tiene que haber algo bastante feo de lo que aún no sabemos nada. Hall es un tipo pedante, un poco estirado, pero no destriparía a dos mujeres tan solo por sus diferencias religiosas. Y ni siquiera era Sofía... —Se mordió el labio e hizo una mueca de dolor—. Al menos no nos consta que también esté muerta. Aunque para él no fuese inconcebible asesinar a alguien, el mero riesgo que conlleva es aterrador.

Adoptó una expresión de afligida aceptación. Llevaba mucho más tiempo que Pitt en la Special Branch, aunque fuese varios años más joven.

—¿Entonces quién fue? ¿Y por qué quería ver a Hall a toda costa? —dijo Pitt, tanto para sí como para Stoker.

Esta vez Stoker no supo qué responder. Devolvió su atención a los papeles que había sobre el escritorio.

—La policía no ha sacado nada en claro —dijo apenado—. Han hablado con todos los vecinos, taxistas, repartidores, comerciantes. Nadie vio algo inusual. Ningún desconocido. Quienes repararon en las mujeres dijeron que eran modestas y educadas.

Negó con la cabeza.

Pitt no se molestó en contestar.

—¿Irá a ver a Hall? —preguntó Stoker.

Pitt todavía no lo había decidido.

—¿Ha conseguido algo interesante Dalton Teague? —respondió, cambiando de tema.

El rostro huesudo de Stoker era indescifrable. Las emociones alteraban tan fugazmente su semblante que era imposible captarlas.

—No, señor —contestó. Recogió los informes policiales y se dirigió a la puerta.

—¡Stoker! —dijo Pitt bruscamente.

Stoker se paró en seco y se volvió lentamente de cara al escritorio.

—¿Sí, señor?

—¿Han hecho algo los hombres de Teague? —inquirió Pitt.

—Oh, sí, señor. Están a punto en todas partes, como pulgas en un perro peludo.

—Esa comparación es muy sugestiva —dijo Pitt secamente—. ¿Son un estorbo?

Stoker sonrió, enseñando los dientes.

—No, señor. Nunca lo permitiría. Solo que hacen muchas preguntas acerca de la Special Branch. Respeto a las personas que desean saber quiénes somos y qué hacemos. Con demasiada frecuencia no lo entienden ni quieren entenderlo. Les resultamos molestos, más que la policía, porque investigamos crímenes que no pueden ver. Pero no tengo tiempo para contestarles y, francamente, pienso que no deberían saberlo todo sobre la manera en que trabajamos, aunque estén intentando sernos de ayuda.

—¿Qué tipo de cosas preguntan? —dijo Pitt con curiosidad, sintiendo una ligera punzada de inquietud. Teague era un hombre famoso y muy rico, pero lo que suscitaba admiración eran sus logros deportivos. Representaba el ideal del caballero inglés: generoso con su riqueza, valiente y desenvuelto vencedor en el terreno de juego, discreto en su vida privada. En el caso de Dalton Teague, además era alto, apuesto e informalmente elegante.

—Detalles —contestó Stoker, observando el rostro de

Pitt—. Cuestión de buenos modales, me figuro. Nos hacen creer que les importa lo que hacemos.

Detestaba que lo trataran con condescendencia y lo reflejaba en todos los ángulos de su cuerpo. Sabía aceptar órdenes, incluso críticas; no toleraba el desdén.

—Pura torpeza —opinó Pitt—. Quieren ayudar y no saben cómo.

Stoker lo miró con acritud y salió del despacho.

Pitt almorzó tarde y poco, tan solo un tentempié a base de pan, queso y encurtidos, lejos de la oficina, y se dirigía hacia la avenida principal en busca de un coche de punto para ir a ver a Barton Hall cuando se dio cuenta de que alguien se ponía a caminar a su lado. Era Frank Laurence, muy bien vestido y mostrando un educado interés. Llevaba la camisa inmaculada, el traje notablemente bien cortado. En realidad iba mucho más pulcro que Pitt. Para empezar, no llevaba nada en los bolsillos que los deformara, y tampoco le hacía falta un corte de pelo, mientras que Pitt casi siempre daba la impresión contraria.

—No tengo nada que añadir —le dijo Pitt sin más preámbulo.

—Por supuesto que no —convino Laurence—. No sabe nada y, si lo supiera, no me lo diría.

El comentario le resultó hiriente, tal como sabía que pretendía Laurence, pero no picaría el anzuelo. Sonrió.

—Tiene razón, no se lo diría.

—¿Le está siendo útil el señor Teague? —preguntó Laurence impertérrito—. Me consta que dispone de enormes recursos. Su familia es propietaria de medio Lincolnshire.

—¿Y eso es útil? —inquirió Pitt con curiosidad.

—Oh, claro que no —contestó Laurence, echándose a reír—. Pero hay que ser inmensamente rico para ser propietario de la mitad de algo. Te da un aire de seguridad en ti mismo, como habrá reparado. Teague está acostumbrado a que la gente considere un privilegio hacerle un favor. Sin lugar a duda, es un hombre que más vale tener de tu parte.

—¿Me está advirtiendo que no me conviene tenerlo en mi contra? —preguntó Pitt, manteniendo un tono desapasionado y afable, como si estuvieran hablando del tiempo.

Laurence se rio otra vez.

—Querido comandante, si necesita que le diga eso, señal que no es usted el hombre indicado para el cargo que ocupa.

Pitt no contestó.

—¿El señor Teague le ha contado que conoce a Barton Hall de casi toda la vida? —Laurence se las arregló para parecer inocente y divertido—. ¿O quizás omitió esa información?

Pitt se quedó helado; supo en el acto que Laurence había esperado que reaccionara precisamente así y se enojó consigo mismo por haberle dado esa satisfacción.

—No lo sabía —observó Laurence—. Desde los años de colegio, para ser exactos. Teague no lo mencionó. Amigo mío, lo lleva escrito en el rostro.

—¿Sus investigaciones lo han llevado a descubrir esto? —le preguntó Pitt.

—Oh, no, en absoluto. Resulta que fui al mismo colegio, unos pocos años después, por supuesto, pero las cosas no cambian demasiado. Las mismas reglas, ¿sabe? El mismo tipo de persona que las rompe. Todos tenemos a nuestros héroes.

—¿Y Teague era uno de los suyos? —preguntó Pitt. Por alguna razón, aquello le sorprendía.

Una extraña clase de enojo asomó un instante al semblante de Laurence, sin un ápice de buen humor.

—Oh, apenas —contestó—. Yo iba varios años detrás de él. Pero nadie que lo haya visto olvidará cómo jugaba en el campo de *cricket*. —Encogió un poco los hombros—. Yo detestaba el *cricket*. ¡No soy jugador de equipo! —Sonrió—. Aunque soy bastante bueno en ajedrez y esgrima.

Pitt se lo imaginó fácilmente en ambas disciplinas. La estocada y la parada, el ataque y el contraataque le atraerían, el perfeccionar un don natural. Si no fuese periodista, a Pitt le caería bien.

—No puedo decirle nada acerca del señor Teague —dijo—. Y tampoco lo haría si pudiera, señor Laurence.

Laurence se echó a reír abiertamente.

—En pocas palabras, esa es la gran diferencia ente nosotros, señor Pitt. Yo puedo decirle muchas cosas sobre Dalton Teague, en concreto a qué personas ha ayudado y cuáles ha destrozado. Y, poco a poco, lo iré haciendo.

Pitt lo miró de hito en hito, escrutando su semblante, pero cualquier emoción había desaparecido; solo vio inteligencia e ingenio.

—Buena suerte con el señor Hall —agregó Laurence—. Es más interesante de lo que quizás haya apreciado hasta ahora, pero siga indagando.

Dio media vuelta y se marchó, dejando a Pitt cavilando sobre lo que acababa de averiguar.

7

Antes de ir a ver a Barton Hall a su banco, Pitt regresó a Lisson Grove para ver si había novedades de Latham y la investigación en Inkerman Road, o de los hombres que había enviado a España. Tampoco era que esperase que averiguaran gran cosa. El crimen no se había cometido allí. Sin embargo, cuanto más pensaba en ello, más lo inquietaba que su origen estuviera en España. Tal vez iba siendo hora de enviar a uno de sus hombres más cualificados a ver al embajador español y hacerle unas cuantas preguntas pertinentes, con mucho tacto, por supuesto. La situación era delicada en extremo.

Cinco minutos después James Urquhart estaba delante de él, esbozando una sonrisa. Era un hombre guapo y amable, y con muy buena dicción.

—Me parece que ha llegado el momento de hacer una visita amistosa a la embajada de España —comenzó Pitt—. No dé mayor importancia al asunto, solo asegúreles, como cortesía, que estamos haciendo todo lo que podemos para encontrar a la señora Delacruz y llevar ante la justicia a quien mató a los otras dos mujeres. Podría preguntar al embajador si tiene algún consejo que darnos. —Miró a

Urquhart con detenimiento para ver si entendía tanto la delicadeza como la urgencia de la situación. Había sido diplomático antes de unirse a la Special Branch. En ocasiones su experiencia y su habilidad resultaban notablemente útiles.

—Sí, señor —asintió Urquhart—. Dudo que vayan a sernos muy útiles, pobres diablos, pero nunca se sabe. ¿Qué necesitamos exactamente?

Pitt lo había estado meditando.

—Lo que sepan de la señora Delacruz, o lo que sospechen pero no deseen comunicar oficialmente —contestó—. Pistas, suposiciones, confidencias, cosas que preferirían que no se les atribuyeran.

—De acuerdo —convino Urquhart—. Entendido, señor.

Se despidió y salió del despacho.

Momentos después entró Stoker un tanto abatido.

—Lo siento, señor, no hay noticias de Latham. Lo más que pueden hacer es descartar a los maleantes que conocen. De todos modos, nunca hemos pensado que fuera uno de ellos. —Se apoyó en el borde del escritorio. Pitt estaba de pie junto a la ventana—. Tres desconocidos fueron vistos entrando en la casa, pero han resultado ser un fontanero y dos repartidores, los tres con coartada, y los tres se marcharon bastante antes de la hora en que pensamos que asesinaron a las mujeres —prosiguió Stoker. Frunció el ceño—. ¿Piensa que es un asunto político? ¿O religioso?

—Político. —Pitt se sorprendió ante la facilidad con que respondió. No había sido consciente hasta entonces de lo convencido que estaba—. Aunque tampoco sería impropio de un político servirse de un fanático religioso para lograr sus propósitos.

—¿Español? —preguntó Stoker.

—¿El político o el fanático? —inquirió Pitt.

Stoker sonrió por primera vez.

—Ambos.

Pitt esbozó una sonrisa.

—Henrietta Navarro me contó que Sofía acogía a todo tipo de arrepentidos y fugitivos: a marginados de la Iglesia y de la sociedad. ¿Por qué no a anarquistas que huyeran de la ley tras un atentado atroz, tanto si eran culpables como si no? Algunos de esos pobres diablos están al borde de la desesperación.

—¿Por qué no? —convino Stoker—. ¿Pero qué pinta Hall en todo esto?

—No lo sé —admitió Pitt—. Voy a ir a verlo ahora. Tiene mucho que explicar sobre la casa de Inkerman Road. Para empezar, por qué se la prestó y quién más lo sabía.

Stoker se enderezó de inmediato.

—Voy con usted.

Pitt negó con la cabeza.

—No hace falta.

—Si son anarquistas, señor, y asesinaron a esas dos mujeres, raptaron a Sofía y el señor Hall está de su parte...

—Carecemos de pruebas que indiquen que algo de eso sea cierto —señaló Pitt, deteniéndose en la puerta para impedir el paso a Stoker—. Hall tiene una posición social y política extraordinaria, justo en el corazón de la Iglesia, la Corona y las finanzas. ¿Se puede estar más arraigado al orden establecido? Si Sofía tiene simpatías por los rebeldes, los anarquistas o simplemente por los que pasan hambre, seguro que no las comparte con ella. Son enemigos por naturaleza.

—¡Cazador y presa! —dijo Stoker, y se sonrojó por su franqueza.

Fue la primera vez que Pitt se rio en mucho tiempo, y lo hizo más por el efecto sorpresa que porque encontrara divertida la salida de Stoker.

—Desde luego —dijo con sentimiento—. Por desgracia, no podemos hacer gran cosa al respecto.

Fue hasta el perchero y descolgó su abrigo. Antes de que se lo pusiera llamaron a la puerta, y al abrirla encontró a Brundage con Dalton Teague a un par de metros detrás de él. Brundage estaba cohibido. Antes de que tuviera ocasión de anunciar lo evidente, Teague dio un paso al frente.

—Buenas tardes, comandante.

Le tendió la mano. Pitt no tuvo más remedio que estrechársela.

—Buenas tardes, señor Teague.

Le pareció casi redundante preguntar si tenía algo de que informar. El brillo de sus ojos desmentía la seriedad de su expresión. Pitt colgó de nuevo el abrigo, dio un paso atrás e invitó a Teague a entrar.

—Gracias. —Teague se sentó en el gran sillón giratorio con el asiento de cuero, dejando que Pitt se sentara en el otro, enfrente de él. Cruzó sus largas piernas y se apoyó en el respaldo—. He intentado acallarlos, pero los periódicos se están poniendo un poco histéricos a propósito de este asunto, cosa que no nos ayuda. Claro que ayudar no es lo que tienen en mente, por descontado. —Esbozó una sonrisa amarga—. A veces prestan ayuda al enemigo.

—Es alarmante —convino Pitt. Se preguntó para qué había venido Teague.

—Me figuro que habrá leído alguno de los artículos que ha escrito Frank Laurence. Parece tomarse muy en serio este asunto como una amenaza política, aunque no deja demasiado claro de qué clase. ¿Guerra con España, supongo? No obstante, se le dan mejor las insinuaciones que los hechos. Siempre ha sido así.

—¿Hace mucho que lo conoce? —preguntó Pitt con un tono despreocupado, si bien sentía un vivo interés. A Laurence le desagradaba Teague, pero había dicho que era así por su reputación. Habían ido al mismo colegio y a la misma universidad, pero no en los mismos años.

Teague encogió ligeramente los hombros.

—Desde los tiempos del colegio, comandante. No ha cambiado mucho. Entonces ya era un cabroncete ansioso. Siempre inquisitivo, mirando, escuchando, cuadrando datos. Una memoria de elefante.

—¿Le conoce bien?

Teague abrió los ojos.

—¡No, por Dios! Era mucho más joven. Hacía recados para chicos mayores, ¿sabe? Es la tradición. Todos lo hacemos. Llevar y traer, ese tipo de cosas. Lo hizo para mí durante una temporada. Por eso lo conocí.

A Pitt no le costó imaginarlo. Nunca había ido a un colegio de aquellos pero tenía conocidos que sí. La jerarquía era rígida, con tradiciones que se remontaban no ya décadas sino siglos.

Pitt era consciente de que Teague lo estaba observando. Mantuvo el semblante impasible, aun sabiendo que Teague se daría cuenta. Su expresión era demasiado forzada. Debía encontrar una respuesta que darle.

—¿Cree que tiene algún interés en esto, aparte del de escribir buenos artículos? —preguntó—. Y, por descontado, que se reconozca su mérito.

Teague sonrió.

—Comandante, dudo que Frank Laurence tenga otro objetivo en la vida que el de conseguir un buen artículo, y el reconocimiento correspondiente, sin que le importen las consecuencias.

—¿Tiene algo que comunicarnos, señor Teague? —preguntó Pitt en voz baja.

—Ah —dijo Teague, recostándose en su sillón otra vez—. ¿Hora de informar al capitán del equipo?

Estaba sonriendo, pero su mirada era inexpresiva, cauta. Pitt no supo si el comentario era una broma o una pulla.

—Usted no es de los que pierden el tiempo —señaló Pitt.

Teague relajó un poco el cuerpo y cruzó las piernas hacia el otro lado.

—Sin duda ya sabe que la casa de Inkerman Road donde se perpetraron los asesinatos pertenece a la familia Hall. Sí, claro que lo sabe. Faltaría más. Ha llegado a mis oídos, a través de ciertos contactos, que Sofía Delacruz es conocida por brindar su compasión e incluso su ayuda a fugitivos de la ley en España.

—¿Y eso cómo concierne a los asesinatos? —preguntó Pitt a media voz.

—Sofía es solidaria con los perseguidos por cualquier causa, justificada o no —contestó Teague, atento al rostro de Pitt—. Algunos de los que lucharon por los derechos de los pobres en España son admirables. Otros, no. Hay anarquistas que solo quieren destruir. Quizá vean con agrado cualquier tipo de violencia, incluso la de esta nueva y desdichada guerra. Rinden culto al caos y odian a cualquiera que posea lo que ellos no. Las autoridades no hacen distinciones entre unos y otros.

Era lo que el propio Pitt había estado pensando, pero seguía estando sumamente interesado en lo que Teague tuviera que decir, y por qué. Otro pensamiento cada vez más inquietante acudió a su mente mientras escuchaba el razonamiento de Teague: ¿Cuánto de lo que estaba diciendo lo había aprendido escuchando y observando a los hombres de Pitt en la Special Branch? Y en ese momento, ¿llevaba la delantera o lo estaba sonsacando? ¿Por qué? ¿Qué otras cosas había observado y se guardaba de comentar?

Mientras escuchaba a Teague, Pitt intentó resolver si

todo aquel asunto podría ser una venganza contra Sofía orquestada por el gobierno español. También quedaba pendiente la cuestión de si Teague estaba allí para proporcionarle información o para obtenerla; incluso si tenía algún interés personal por el que se estaba sirviendo de Pitt y de la Special Branch.

Teague estaba emparentado con la mitad de la aristocracia de Inglaterra, incluso indirectamente con el primer ministro. Eso podía significar mucho o nada. Los traidores podían ocupar los puestos más elevados. Tenía que dar instrucciones a Stoker para que hablara discretamente con sus hombres acerca de lo que habían dicho exactamente delante de Teague o de cualquiera de sus empleados.

¿O acaso ya era demasiado tarde?

¿Era concebible que el propósito de Teague fuese poner a prueba la discreción de la Special Branch? La organización tenía enemigos en el gobierno además de amigos. El despido de Pitt complacería en grado sumo al príncipe de Gales. Había muchos otros hombres a los que consideraría más adecuados para el cargo, no solo por ser más hábiles, sino por entender las reglas tácitas del trato entre caballeros, qué secretos debían guardarse, quién debía qué y a quién. Narraway las conocía. Pitt las estaba aprendiendo, pero despacio. Y había cometido errores.

—Tengo contactos en España —iba diciendo Teague—, pero carece de sentido pedir favores para enterarnos de cosas que usted ya sabe. —Sus ojos escrutaban el semblante de Pitt—. Por ejemplo, seguro que está al tanto de la situación política actual en España...

—Por supuesto —respondió Pitt de manera insulsa.

—¿Es posible que la señora Delacruz esté protegiendo a un fugitivo tras los asesinatos cometidos en Barcelona? ¿O tras otro incidente parecido?

Pitt percibía la tensión de Teague. Estaba incómodamente quieto, como si tuviera los músculos inmovilizados para impedir cualquier gesto involuntario que pudiera traicionarlo. Ahora bien, ¿por qué? Seguramente era imposible que un hombre como Dalton Teague prestara su apoyo a las autoridades españolas.

Los pensamientos se agolpaban en la mente de Pitt, que finalmente respondió:

—Es posible —dijo lentamente—. Desde luego es una mujer bastante radical.

—¿Pero no lo sabe? —instó Teague—. ¿Smith no ha dicho si estaba protegiendo a alguien? —De nuevo sus ojos escrutaron el rostro de Pitt. De repente fue consciente de su actitud y rompió la tensión riendo brevemente—. Si compadecía equivocadamente a un anarquista, resultaría embarazoso para nosotros... incluso más embarazoso de cuanto lo es ya.

Pitt era plenamente consciente de lo embarazosa que era la situación. Le constaba que Teague lo había mencionado por esa razón, pero mantuvo una expresión cuidadosamente neutra.

—O tal vez lo traicionó —prosiguió Teague—. O pensaron que lo había hecho. ¿Lo ve posible, partiendo de lo que usted sabe?

—No tengo información suficiente para contestar con certeza —respondió Pitt, sin alterar la voz.

Teague sonrió.

—¿Tendrá la bondad de informarme, cuando disponga de ella?

—Me ha dado mucho en que pensar —respondió Pitt, sin contestar la pregunta de Teague.

Como Teague se puso de pie, Pitt también se levantó. Esta vez él fue el primero en tenderle la mano.

Era demasiado tarde para ir a ver a Barton Hall, de modo que Pitt se fue a casa. Seguía sumido en sus pensamientos y no estaba preparado para enfrentarse a las preguntas de Jemima, si bien le constaba que no podía eludirlas.

Después de cenar se sentaron en la sala. Cosa poco habitual, estaban presentes los cuatro. Los chicos habían hecho los deberes del colegio y nadie tenía otros compromisos.

—¿Sabes algo más sobre la señora Delacruz, papá? —preguntó Jemima con desasosiego.

—Todavía no, pero la estamos buscando y seguimos todas las pistas que vamos encontrando —contestó Pitt, aun sabiendo que su respuesta sonaba huera. Reparó en la mirada de advertencia de Charlotte.

—Podría estar muerta —señaló Daniel.

Pitt estuvo a punto de decirle que se callara; tenía las palabras en la punta de la lengua cuando se dio cuenta de que no tenía sentido negar aquella posibilidad.

—Es posible, desde luego —convino—, pero lo más probable es que esté prisionera en alguna parte y que cuando todo el mundo esté verdaderamente alterado y preocupado, quien la esté reteniendo pida un rescate.

—¿Quién lo pagará? —preguntó Daniel.

—La gente de Angel Court, por supuesto —dijo Jemima con aspereza.

—¿Tienen dinero? —preguntó Daniel, sorprendido—. ¿Y quieren que regrese, por cierto? Los periódicos dicen que tal vez no.

—No querer a alguien no es lo mismo que dejar que lo maten si no pagas —terció Charlotte enseguida—. Lo harías incluso por alguien a quien detestaras. Y ellos no la detestan.

Jemima miró a Pitt.

—¿Lleva razón en lo que preconiza, papá? ¿Es posible que alguien llegue a ser como Dios?

—¡Pero bueno! —dijo Daniel, exasperado—. ¡Nadie es perfecto! ¡Solo está dejando que la gente oiga lo que quiere oír! No importa lo malo que seas, siempre puedes desandar lo andado. Esfuérzate lo suficiente y podrás ser como Dios. No hay desigualdad en el más allá, todos somos exactamente iguales.

—¡No dijo eso! —añadió Jemima, enojada, levantando la voz—. Y además, ¡eso no es lo que la gente quiere oír! Les gusta pensar que son especiales. Si cualquiera puede llegar al cielo, ¿de qué sirve esforzarse? Solo quieren llegar si pueden dejar a alguien fuera. ¿Es que no prestas atención?

—Solo es una mujer, Jemima —dijo Daniel con paciencia—. No una santa. No sabe más que el resto de nosotros.

—Sí que sabe más —replicó Jemima. Se volvió hacia Pitt—. ¿A que sí, papá? Ella es diferente. Tiene coraje y pasión. Ha visto algo que la demás gente no ha visto... ¿verdad?

Pitt no supo qué responder a su hija. Era muy confiada, tenía muchas ganas de creer en Sofía. ¿Y si decía a Jemima que Sofía era honesta y luego resultaba que estaba ayudando a unos terroristas?

—La verdad es que no sé lo que ha visto. —Eligió sus palabras despacio—. Pero deberías juzgar sus palabras por su valor intrínseco. Una persona, aun siendo imperfecta y teniendo defectos, puede decir la verdad.

Daniel frunció el ceño.

—¿Estás diciendo que es verdad, papá? ¿O que te consta que es imperfecta?

—Todos somos imperfectos —intervino Charlotte—. Incluso tú, querido. Y de todos modos te amamos.

Daniel hizo caso omiso a su madre y siguió con la mirada fija en Pitt, aguardando a que respondiera.

—Tu madre quizá lo haya dicho con una sonrisa —dijo Pitt a su hijo—, pero me parece que lo ha dicho muy en serio. Todo el mundo tiene defectos. Forma parte de la naturaleza humana. No sé qué le ha ocurrido a Sofía Delacruz, pero estoy haciendo cuanto está en mi mano para descubrirlo y si es posible rescatarla y castigar a quien sea responsable de matar a las otras dos mujeres en Inkerman Road. Todo esto quizá sea un asunto de religión, de política o de dinero, o consecuencia de un odio personal. No lo sé, y no voy a juzgarlo hasta que lo sepa. Y con esto ponemos punto final al tema por esta noche.

Jemima tomó aire y fue a decir algo, pero de pronto cambió de parecer y abrazó a Pitt antes de dar las buenas noches y salir de la habitación.

—Se quedará hecha polvo si resulta que esa Sofía es una farsante —dijo Daniel, apenado—. No debería poner a la gente por las nubes de esa manera. Suele acabar mal.

—Quizá se disguste en función de lo que descubramos sobre Sofía —convino Pitt—, pero también es importante tener fe en las personas.

Daniel se levantó lentamente.

—Me parece que la religión no me gusta. O es aburrida o es peligrosa.

Caminó despacio hacia la puerta, dando un leve apretón al brazo de su madre al pasar junto a ella.

—La vida es un poco así —dijo Charlotte en voz baja.

—¿Aburrida o peligrosa? —preguntó Pitt, sorprendido.

—Segura o arriesgada —contestó Charlotte—. Los riesgos pueden hacerte daño, pero, al menos, cuando los corres, sabes que lo has intentado. Y eso puede ser maravilloso.

Sonrió a Pitt, que tuvo la sensación de que el afecto de su esposa inundaba la habitación. Correspondió a su sonrisa sin decir una palabra.

Un rato después, Charlotte se levantó y salió de la sala sin hacer ruido. La angustia de Jemima se debía a algo más profundo que la seguridad de una mujer a la que solo había visto una vez en un escenario.

Subió la escalera y llamó a la puerta del dormitorio de Jemima. Oyó una respuesta apagada y la tomó como permiso para entrar.

Jemima estaba sentada en la cama, era obvio que había estado absorta en sus pensamientos hasta la interrupción de Charlotte. Levantó la vista de manera inquisitiva.

Charlotte cerró la puerta a sus espaldas y se sentó a los pies de la cama.

—¿Qué sucede realmente? —dijo sin rodeos—. ¿Por qué te importa tanto Sofía Delacruz?

—¿Está intentando causar revuelo o cree de verdad en lo que dice? —preguntó Jemima.

—Creo que habla en serio. ¿Por qué?

Jemima tardó un poco en contestar.

—Nadie sabe si es verdad —dijo finalmente, levantando la cabeza para mirar a Charlotte a los ojos—, nadie puede saberlo. Si se supiera con seguridad, ya no sería una cuestión de fe.

—En efecto —convino Charlotte. Se dijo a sí misma que debía ser paciente, dejar que Jemima le contara lo que la preocupaba cuando estuviera preparada para hacerlo—. ¿Por qué le das tanta importancia?

—La odian porque es inteligente y dice lo que piensa. Parte de lo que dice tiene más sentido que lo que dicen los demás.

El rostro de Jemima estaba transido de angustia. Charlotte quería consolarla, pero ningún lugar común iba a surtir efecto.

—Sí —convino una vez más.

Jemima inhaló profundamente y soltó el aire suspirando.

—¿Te acuerdas de la fiesta en casa de lady Cromby?

—Recuerdo que fuiste, sí.

—Su hijo también asistió. Es muy simpático. ¡No, esa palabra es una estupidez! —Había lágrimas en los ojos de Jemima, y pestañeó enojada—. Es divertido y listo y... muy guapo. Le gusté. Lo noté en su expresión. Todo el mundo se dio cuenta. Nos pusimos a hablar sensatamente. Me preguntó qué opinaba sobre ciertas cosas y se lo dije. No tendría que haberlo hecho. Porque él no pensaba lo mismo, aunque lo que yo dije fuese correcto. Algunos invitados se dieron cuenta. Antes me había preguntado si iría al teatro con él... debidamente acompañada, claro está. Al final de la velada me dijo: «Más vale que no vaya al teatro, después de todo, pues creo que la obra no me va a gustar.»

Se le hizo un nudo en la garganta y no pudo seguir hablando.

—Lo siento, cariño —dijo Charlotte con ternura.

Jemima buscó un pañuelo y lo encontró.

—Me ha ocurrido otras veces, pero no me había dolido tanto. Y es que me gusta de verdad. Annabelle me dijo después que si tuviera dos dedos de frente siempre daría la razón a los chicos, porque eso es lo que les gusta, por más equivocados que estén. ¡No se trata de tener razón o no tenerla! Solo de poder pensar lo que quieras y decirlo. ¿Pero y si lo hago y nadie me ama? ¿Voy a tener que fingir todo el tiempo o estar sola para siempre?

Volvió a buscar su pañuelo.

—Preocuparse por lo que pasó en esa fiesta es una estupidez, me consta. ¿Pero siempre tengo que andar de puntillas y decir que no sé nada, aunque lo sepa?

De pronto Charlotte lo vio todo con perfecta claridad. ¿Qué podía decir que sirviera de ayuda a Jemima? Se veía a sí misma en su hija. Se acordaba de cuando tenía la edad de Jemima. Sus amigas se habían ido casando una tras otra, y ella no. Había sido bastante guapa, igual que Jemima, pero también igual que Jemima, había sido demasiado dogmática.

¿Había algún otro Thomas Pitt para amar y casarse con Jemima? ¿Y cuánto sufrimiento mediaba entre el presente y el día en que lo encontrara?

Eligió sus palabras con cuidado.

—No tienes por qué decir que estás de acuerdo. A veces el silencio es más prudente.

—Le pedí que me explicara por qué se sentía de aquella manera —dijo Jemima razonablemente.

—¡Oh, cariño! —Charlotte suspiró—. No puede explicártelo si él mismo no lo entiende. Y si lo piensas bien, te darás cuenta de que es así.

—¿Por eso alguien mató a la señora Delacruz? ¿Porque hacía demasiadas preguntas en lugar de quedarse callada?

—No nos consta que esté muerta y, si lo está, no sabemos quién la mató ni por qué.

—¿Pero alguien me amará si digo lo que pienso y no es lo mismo que piensan los demás? —insistió Jemima.

—Quizá te cueste encontrar el amor, pero, si lo encuentras, será verdadero y perdurable. Aun así, en ocasiones lo mejor es guardarte tus consejos. No solo con los hombres, con cualquiera. Tener razón no es lo mismo que ser sensata.

Charlotte se inclinó hacia delante y la abrazó, relajándose por fin cuando Jemima la abrazó a su vez.

La mañana siguiente *The Times* publicó otro artículo largo de Frank Laurence. No se cebaba en el hecho de que ni la policía ni, según se sabía, la Special Branch hubiesen hecho progresos para descubrir al autor del asesinato de las dos desdichadas mujeres en Inkerman Road, ni qué le había ocurrido a Sofía Delacruz. Ni siquiera especulaba sobre si estaba viva o muerta.

Pitt siguió leyendo y de pronto se sorprendió al ver qué estaba abordando Laurence en realidad. Estaba escrito con tan punzante sinceridad que podía oír la voz de Laurence como si lo tuviera sentado a su lado en la mesa. Incluso podía imaginar el rostro de Laurence con su aguda inteligencia y su pronto y brillante sentido del humor.

Si está muerta es una tragedia y, sin lugar a dudas, uno de los crímenes más horribles cometidos en esta ciudad —escribía Laurence—. Pero si está sana y salva, en condiciones de ponerse en contacto con nosotros si así lo desea, está cometiendo un pecado de la mayor gravedad. Hay muchas maneras de engañar a las personas, de robarles dinero, tierra, oportunidades, de despojarlas de un cargo o incluso de la gloria que se han ganado. A menudo el dejarnos engañar por nuestra propia codicia es nuestra perdición. La perspectiva de obtener más de lo que hemos merecido es un señuelo para muchos de nosotros. ¡Yo mismo lo he experimentado! He sido tentado. En asuntos de menor importancia he picado en el anzuelo. ¿Quién no? Puede ser algo tan nimio como hacer una apuesta cuando tienes todas las de ganar.

Ahora bien, si Sofía Delacruz nos ha engañado, se ha llevado consigo nuestros sueños, nuestra confianza en la oración y las palabras más sagradas en los labios de un creyente. Un hombre que teme por su vida pide ayuda a gritos a Dios. ¿Cuántas últimas palabras de un soldado en esta tierra son una oración? ¿Cuántos de nosotros, abrumados por la culpa, rezamos para suplicar el perdón? Una mujer que arrulla a un bebé enfermo ruega a Dios que la ayude, que le salve la vida, que alivie su dolor a cualquier precio. ¿Cuántos de nosotros somos niños, atosigados por la vida, confundidos dando traspiés, y nos hemos vuelto hacia Dios buscando una luz en algún lugar del camino?

Y recurrimos a los héroes. Buscamos a quienes han encontrado una fe en Dios que nosotros tratamos de hallar en las tinieblas que nos rodean. En ellos vemos honor y valentía para hacer lo que anhelamos hacer. Vemos compasión, sabiduría y, sobre todo, fe. Si ellos pueden encontrar un camino, nosotros también. ¿Hay algo más dichoso, más rehabilitador que la esperanza?

¿Cuán grave es el pecado de quienes piden confianza a los inocentes para después destruirla? Y en el fondo todos somos niños cuando estamos asustados, solos y necesitados.

Por supuesto, existe un lugar para cuestionar una doctrina u otra. Existe un lugar para la duda y la discusión. Pero no está en los labios de quienes prometen esperanza. Si asumes el papel de héroe y aceptas la confianza de los vulnerables, has sellado un pacto con ellos. No esperamos perfección, pero esperamos honor.

¿Sofía Delacruz ha blasfemado contra el Dios en el que sostiene creer al traicionar esa promesa? Todavía no lo sabemos. Estamos trabajando en ello, esforzándonos día y noche, haciendo cuanto podemos porque es importante. Si no lo ha hecho, existe algo precioso que podemos atesorar. Si lo ha hecho, tenemos que encontrar la manera de curar la herida, encontrar otra luz que seguir. Tal vez uno de nosotros deba convertirse en esa luz. No siempre tiene que ser otra persona.

Para Pitt casi habría sido mejor que Laurence hubiese hecho lo mismo que muchos de los periódicos más morbosos, limitándose a abundar en el horror del crimen de Inkerman Road. Incluso el enojo contra una mujer demasiado franca, inoportuna, dogmática e interesada no sería más que lo previsible. Quienes estuvieran de acuerdo quedarían satisfechos y quienes no, harían caso omiso.

Laurence apelaba a los reflexivos, a los justos, a quienes buscaban esperanza y confianza en aquellos tiempos tan inciertos.

Dobló el periódico y se levantó de la mesa.

—Flaco favor —dijo.

Fue el único comentario que hizo a Charlotte al marcharse.

Cuando Pitt llegó a Lisson Grove, Stoker le dijo que le había pedido cita con Barton Hall para una hora y media después.

Pitt le dio las gracias.

—¿Alguna novedad de España? —preguntó, sin esperar más que la respuesta habitual. Stoker ya se lo habría dicho si hubiese alguna.

—Nada interesante, señor, pero he investigado un poco más a Laurence.

Stoker estaba a medio camino entre el escritorio de Pitt y la puerta, como si no terminara de decidirse a quedarse y compartir su información o marcharse sin decir más.

Pitt sintió un repentino recelo.

—¿Qué ha averiguado?

—Es un poco raro, señor —contestó Stoker—. Le dijo que conocía a Teague del colegio, pero solo por su reputación.

—Sí —convino Pitt—. Pero Teague dijo que lo conocía algo mejor. Obviamente, uno de los dos mintió.

—Mintió Laurence, señor. —Stoker permanecía rígido en medio del despacho—. Era muy brillante, iba adelantado. Un sabelotodo insolente, según dicen, pero daba la talla académicamente. Mucho mejor estudiante que Teague. Aunque, por descontado, un desastre en el campo de deportes.

—Me pregunto por qué mintió Laurence —dijo Pitt, pensativo.

Stoker frunció el ceño.

—¿Es posible que Laurence sea sospechoso? —preguntó con desconfianza.

—No veo por qué —dijo Pitt—. Pero Teague no le cae bien. Quizá no quiera que sepamos por qué, pero si pretende que haga daño a Teague en su nombre, está perdiendo el tiempo —agregó, irritado—. Teague no me gusta especialmente, pero tampoco tengo nada contra él, y no voy a sacarle las castañas del fuego a Laurence. ¿Algo más acerca de Barton Hall?

—Sí, señor. En su escritorio.

Stoker se fue y Pitt se sentó y empezó a estudiar los papeles que le había dejado Stoker.

Pitt se apeó del coche de punto y pagó al conductor, después cruzó la acera hasta la entrada del banco. Era magnífica, una escalera de mármol que subía hasta una columnata y un portal dignos de un palacio renacentista. Entró en una silenciosa antesala y lo recibió un lacayo que inquirió cortésmente qué se le ofrecía. Pitt le dijo que tenía una cita con el señor Barton Hall. El lacayo lo acompañó por otro tramo de escaleras y a lo largo de un silencioso pasillo hasta una gran puerta.

La llamada fue respondida en el acto. Barton Hall se levantó detrás de su espléndido escritorio e inclinó muy levemente la cabeza. Encajaba a la perfección en aquel despacho austero pero de muebles caros, con sus volúmenes encuadernados en piel en los estantes, sus sillas Chippendale y su chimenea neoclásica.

—Buenos días —saludó Hall, casi inexpresivo. Iba vestido formalmente, con el pelo peinado hacia atrás, mostrando una frente que comenzaba a ralear. Parecía cansado, aunque solo eran las nueve y media de la mañana.

—Buenos días —respondió Pitt.

—Solo me cabe suponer que tiene noticias de Sofía que considera que debe comunicarme en persona. Es muy cortés de su parte, pero innecesario.

Pitt compadeció un instante a aquel hombre. Saltaba a la vista que estaba angustiado, pero la causa de su malestar podían ser un sinfín de cosas, incluidas la culpa o el miedo.

—No tengo noticias, señor Hall —le dijo Pitt—. Por supuesto, la policía regular está haciendo cuanto puede por descubrir quién es responsable de las espantosas muertes de las dos mujeres. Y en la Special Branch seguimos nuestra propia investigación. Pero el motivo para hablar de nuevo con usted es saber más acerca de Sofía.

—La verdad es que no sé qué más puedo decirle —dijo Hall bruscamente, indicando con un gesto que Pitt tomara asiento, cosa que hizo a su vez detrás del escritorio que formaba una considerable barrera entre ambos.

—Por favor, empecemos por cuando ella se puso en contacto con usted para decirle que venía ex profeso desde España para verle —respondió Pitt—. Sin duda le preguntó por qué.

Hall vaciló justo lo suficiente para dejar traslucir que estaba sopesando su respuesta antes de darla.

—En su mayoría, las cuestiones financieras son confidenciales, señor Pitt... —comenzó.

—¿Se trataba pues de una consulta financiera?

—¡No, claro que no! —espetó Hall—. Pero era un asunto relacionado con dinero. Dijo que se trataba de una suma muy cuantiosa, pero se negó a aclararme algo más. La presioné, pero insistió en que habláramos cara a cara. No logré convencerla de hacerlo de otro modo. Y, como bien sabe, no llegué a verla.

—¿Qué significa cuantiosa? —preguntó Pitt.

—Me... me resisto a desvelarle ese dato, señor Pitt. No es de incumbencia de la Special Branch, pero la suma de dinero que mencionó ascendía millones. No sé si me dijo la verdad o si exageraba —replicó Hall—. Y como ya le he dicho, puesto que desapareció antes de que nos viéramos, no sé nada más.

—Y sin embargo ofreció a Melville Smith el uso de la casa familiar de Inkerman Road para que la señora Delacruz y dos de sus seguidoras se escondieran. ¿De qué, señor Hall?

Hall estaba muy pálido.

—¡De cualquier fanático religioso que se hubiese ofendido con su estrafalario apostolado! —le espetó Hall—. ¿Qué más?

—Le ofreció que usara la casa de Inkerman Road y ella aceptó, pero usted no se lo dijo a nadie más. ¿Acaso pensaba que debía temer a su propia gente? ¿Por qué? ¿Qué ocurrió ese día para que se le ocurriera semejante idea?

—Ya se lo he dicho, no llegué a verla, solo vi a Melville Smith. Estaba preocupado y le dije que podía usar la casa. —Hall estaba perdido, se esforzaba en encontrar una respuesta satisfactoria. Abría y cerraba los puños—. Por Dios, ojalá no lo hubiese hecho.

Pitt comenzó a decir algo pero Hall lo interrumpió.

—Lo siento —dijo—. Este desgraciado asunto me ha afectado profundamente. Esas... pobres... ¡estúpidas mujeres! Nadie merece morir de esa manera, por más idiota que sea. —Miró fijamente a Pitt—. No debería estar enojado con Sofía —agregó, no sin esfuerzo.

—Muy compasivo por su parte —dijo Pitt; el silencio parecía exigirlo.

Hall se encogió de hombros.

—En situaciones tan espantosas es fácil que el enojo te impida ver que quienes ofenden quizá no sepan lo que están provocando. —Permaneció quieto, con los ojos casi cerrados—. El mundo está cambiando muy deprisa, señor Pitt. De hecho, podría decirse que se dirige a toda velocidad hacia el borde del precipicio.

Pitt volvió a sentir lástima por él, pero quería averiguar lo que Hall tenía en mente, y el único modo de hacerlo era dejar que continuara.

Hall se inclinó un poco sobre el escritorio.

—Tal vez porque estaba en España, escondiéndose de la realidad en su fantasía religiosa, Sofía en verdad no se dio cuenta de lo peligrosos que son los tiempos que corren —dijo con los ojos muy abiertos y las cejas enarcadas—. Y no tengo la menor idea de cómo es ese español con el que se casó, excepto, por supuesto, que era abominablemente irresponsable, que no tenía el menor control sobre sí mismo en lo relativo a Sofía. Sabe Dios cuáles son sus creencias políticas.

Aguardó a que Pitt lo retara.

Pitt se limitó a asentir, como si lo comprendiera.

Hall lo miraba de hito en hito, con el semblante muy serio.

—Sin duda sabe incluso mejor que yo el creciente ímpetu que está tomando la rebelión en Europa —dijo con gravedad—. En Rusia es espantoso. El zar tiene toda clase de planes sobre conferencias de paz, pero no tiene la más remota idea de lo que está haciendo. Sus dirigentes asienten y sonríen y se muestran de acuerdo con todo, y luego siguen haciendo exactamente lo que venían haciendo antes: prepararse para reforzar sus ejércitos hasta que superen en número a todos los nuestros juntos.

Pitt tuvo un escalofrío ante semejante idea, pero creía que Hall estaba exagerando el caso de manera desmedida.

La Special Branch estaba mucho más preocupada con la acumulación de armamento en Alemania, que estaba mucho más cerca y era abiertamente más beligerante. La vasta maquinaria de manufactura germana estaba creando monstruos acorazados que aplastarían la anticuada caballería que antaño había sido tan efectiva.

—Dinero —prosiguió Hall, circunspecto—. Tanto el ataque como la defensa dependen del dinero. Los nuestros, en concreto, recaen sobre nuestra armada. Estados Unidos ha comenzado a darse cuenta y por eso, precisamente, están construyendo buques de guerra como locos. Pretenden dominar el Pacífico entero, desde San Francisco hasta Manila, y todo el Caribe, de ahí la guerra contra España por Cuba.

Pitt no discutió. Sabía perfectamente que la idea de liberar Cuba de España era irrelevante. Toda la información del servicio de inteligencia indicaba que Cuba no deseaba ser liberada y pasar del dominio de una potencia imperial a otra.

—Diríase que los estadounidenses han aprendido algunos de nuestros ardides —observó.

—Supongo que sí —concedió Hall a regañadientes—. Pero lo más importante es el caos imperante en Europa. Lo tenemos a la vuelta de la esquina. Si el caso Dreyfus se vuelve contra el ejército francés y cae el gobierno, estaremos al borde del precipicio. Debemos rearmarnos, ponernos al día. Todavía nos hacemos ilusiones de poder combatir otra vez como en Trafalgar y Waterloo. Hay gente que piensa que las máquinas de guerra modernas son tan sobrecogedoramente destructivas que nunca se utilizarán. Quisiera Dios que fuese cierto, pero es una absoluta falacia.

Pitt sabía que Hall podía haber deducido toda suerte de cosas a través de los círculos bancarios internacionales, pero no tenía conocimiento de la información que poseían el gobierno británico y los servicios secretos.

—¿Piensa que todo esto guarda relación con Sofía o con su desaparición? —dijo con prudencia.

—Si no es a propósito, tal vez —dijo, encogiendo los hombros—. No creo que sea mala, solo egoísta y un poco desequilibrada en lo que atañe a ciertas creencias, e interesada, por supuesto. ¿Tal vez su marido la haya utilizado? Podría ser un anarquista o tener simpatías hacia ellos.

Enarcó las cejas.

Por un instante Pitt se vio sumido en la más absoluta confusión, hasta que un súbito pensamiento le atravesó la mente como un rayo de luz. Tuvo una espantosa premonición sobre lo que Hall estaba contando. ¡Qué estúpido por su parte no haberse dado cuenta antes! Había estado mirando una imagen minúscula, tal como le había dicho Narraway. Estaba actuando como un policía y no como el jefe de la Special Branch.

Observó de nuevo a Hall, su rostro serio y más bien intelectual, sus grandes manos, la severidad del cuello blanco y la corbata negra, la tensión de su cuerpo en aquel anticuado y magnífico despacho que hablaba de tradición, orden y seguridad.

Pitt se encontró cogiendo frío, como si estuvieran en enero y no en mayo. A su mente acudió la reciente novela de H. G. Wells sobre una invasión marciana de la tierra y una terrible derrota absoluta. Por supuesto, era pura ficción, pero era un reflejo de otro libro, *La batalla de Dorking*, que relataba una exitosa invasión de Inglaterra por parte de Alemania.

Lo había escrito sir George Chesney con la intención de atraer la atención de la gente hacia el hecho de que Gran Bretaña seguía viviendo en la época de sus victorias sobre Napoleón casi un siglo antes, como si nada hubiese cambiado. Pero el libro apenas había influido sobre la apatía y la autocomplacencia de quienes ostentaban el poder.

Había llegado el momento de cambiar de tema. Hall lo había desviado muy hábilmente de Sofía hacia el ámbito de la anarquía y las finanzas internacionales. La desaparición de Sofía todavía no había alcanzado esferas tan altas.

—Nos hemos apartado del asunto que nos ocupa. Ya es hora de que me cuente cuanto sepa acerca de Sofía —dijo con toda calma—. Es demasiado tarde para la discreción y los secretos de familia.

—Supongo que es inevitable —convino Hall con un suspiro, recostándose por fin en su sillón—. No es una historia agradable y me fastidia contarla.

Pitt aguardó.

—A su manera fue una mujer guapa —comenzó Hall—, pero con mucho carácter, no del agrado de cualquier hombre. La mayoría las prefieren más... acomodaticias, más complacientes. Sin embargo, recibió varias proposiciones de matrimonio cuando rondaba la veintena. Su padre encontró sumamente apropiado a uno de sus pretendientes.

—¿Y Sofía lo rechazó? —preguntó Pitt, sabiendo de antemano la respuesta.

—Sí —contestó Hall—, y sin dar un motivo plausible. En lugar de casarse se fue de viaje como acompañante de una anciana señora muy distinguida, primero a París, después a Madrid y finalmente a Toledo, donde tengo entendido que la señora falleció al cabo de un tiempo.

»En Toledo conoció a un joven español, pocos años mayor que ella —prosiguió Hall—. Estaba casado, con dos hijos. A pesar de todo, cortejó a Sofía y el resultado fue más desastroso de lo previsible. —Apretó los labios y los torció hacia abajo—. Su esposa abandonó el hogar conyugal, llevándose a los niños con ella. Esto no puso coto al comportamiento de su marido ni al de Sofía. Siguieron adelante con su aventura. Poco después, abandonada y sin la menor esperanza, la esposa se suicidó y mató a sus dos hijos. Prendió fuego a la casa y los tres murieron en el incendio.

Se calló de golpe, con el rostro muy pálido y tenso.

Durante un rato no se oyó un solo ruido en la habitación.

—¿Está totalmente seguro de esto? —dijo Pitt por fin, atónito por lo asqueado que estaba y su vehemente deseo de demostrar que no era cierto. Pensó de nuevo en el artículo de Laurence que *The Times* había publicado aquella mañana. Cualquier desengaño era doloroso, pero el de la fe socavaba los cimientos de todo lo demás, de toda la esperanza y la confianza que se construían encima de ellos. Sintió el roce de la decepción en su fuero interno y se dio cuenta, con sobresalto y sorpresa, de que le había importado lo que decía Sofía. Las ideas eran hermosas y aunque conscientemente no las aceptara, deseaba creer que podían ser ciertas.

Por supuesto entendía el enamoramiento. Se había enamorado de Charlotte cuando parecía imposible que ella deseara casarse con él y renunciar a los privilegios de su posición social para compartir el hogar y los ingresos relativamente insignificantes de un policía. Ahora bien, eso no había alterado su juicio moral ni le había hecho imaginarse haciendo algo tan vergonzoso como lo que al parecer habían hecho Sofía y el hombre que ahora era su marido.

¿Se lo habría planteado siquiera si Charlotte hubiese estado casada con un hombre al que no amaba? ¡Santo cielo, no! ¿Pero estaba seguro? ¿Cabía estar seguro alguna vez de algo semejante, sin el menor asomo de duda? Era muy fácil juzgar cuando no te habían puesto a prueba.

Hall lo estaba observando, sopesando su respuesta.

—Lo siento —dijo en voz baja—. Veo que no lo sabía. Imagine cómo se sentirían las personas que creen en su doctrina si descubrieran la verdad. Me parece que no es exagerado decir que su engaño equivale a una traición. Habría protegido a la gente si hubiese estado en mi mano. Intenté todo lo que se me ocurrió para convencerla de que no viniera a Inglaterra, pero insistió.

Pitt se esforzó en escoger sus palabras con cautela. Al margen de lo que hubiese hecho Sofía, el asesinato de dos desdichadas mujeres que habían sido sus seguidoras era un crimen monstruoso. Si ella había corrido la misma suerte, podía desencadenarse un conflicto internacional de trágicas y peligrosas consecuencias. Se imaginaba lo que escribiría Laurence si encontraban su cuerpo mutilado.

—¿Qué opina que hará Laurence si nunca la encontramos? —dijo en voz alta.

Hall se quedó perplejo.

—¿Cómo dice?

—Frank Laurence —aclaró Pitt—. Ha publicado un artículo muy impactante sobre la desilusión y la responsabilidad en *The Times* de esta mañana. Tengo entendido que lo conoce.

Hall se desconcertó.

—Fueron al mismo colegio —le recordó Pitt.

—¿En serio?

—Usted y Dalton Teague.

Hall se quedó paralizado un momento, luego recobró la compostura con un aire de ligera confusión.

—Ah, sí, Teague, por supuesto. No me acuerdo de Laurence. Salvo que sea aquel mocoso impertinente que hacía recados para Teague, sin perder detalle de cuanto decía. Aunque claro, supongo que había muchos que hacían lo mismo. Prácticamente pensaba que Teague era Dios. No es preciso que partas las aguas del mar Rojo si eres capaz de lanzar una pelota de *cricket* fuera del campo. —Enderezó la espalda—. Perdone. Mis años de colegio no fueron los mejores. Fui más bien empollón.

—¿Usted no jugaba a *cricket*? —preguntó Pitt, manteniendo un tono desenvuelto.

—Fui un centrocampista pasable, poco más. —Hall descartó el tema—. ¿Puedo ayudarlo en alguna otra cosa? Tengo una cita con el decano de St. Paul dentro de media hora.

Alcanzó un montón de papeles que tenía a mano, como si se dispusiera a seguir estudiándolos.

—Solo una cosa más —dijo Pitt—. Según parece Sofía ayudó a muchas personas de una manera u otra, particularmente a las que habían cometido delitos de los que estaban sumamente arrepentidos.

—Es posible. Sería propio de ella —dijo Hall a la ligera, pero apretó la mano con la que sostenía los papeles hasta que los nudillos relucieron blancos—. Ya se lo he dicho, no estábamos en contacto.

—Por lo visto consideraba que se podía rectificar cualquier pecado si estabas dispuesto a reparar el daño hecho en la medida de lo posible —prosiguió Pitt—. Daba a los arrepentidos que creían el mismo refugio y perdón.

Hall tragó saliva.

—No me diga —dijo sin entonación, como si le faltara el aire.

—Era parte de su ministerio —prosiguió Pitt implacablemente—. Había un hombre con graves problemas, aterrorizado por su vida, justo antes de que viniera a Inglaterra. Según parece pensaba por alguna razón que verle a usted era incluso más importante que la redención de ese hombre. No se lo mencionó, ¿verdad?

—No, me temo que no. Y ahora, comandante, tengo muchos asuntos urgentes que atender. Si tiene la bondad...

Hall se volvió y descolgó el teléfono sujeto a la pared más cercana y Pitt le oyó pedir un número con la voz ahogada.

Abrió la puerta y salió, vaciló un momento y se volvió a tiempo de ver cómo el rostro de Hall se ponía ceniciento y el teléfono casi le caía de la mano.

8

Pitt estaba desayunando, haciendo caso omiso de su taza de té y dejando que la tostada se le enfriara en la mano. La carta había llegado con la primera entrega de correo del día. Charlotte la había traído del recibidor hacía unos minutos. Solo había una hoja escrita con mala letra, dirigida personalmente a él. Los renglones se inclinaban hacia abajo al final y no había comas.

Comandante Thomas Pitt
Tengo a la autollamada profeta Sofía Delacruz bajo mi custodia de momento a salvo y tan solo con heridas leves. Bueno no mucho más. Por supuesto esto podría cambiar para mejor o para peor. Depende de usted.
A estas alturas ya estará enterado de la naturaleza de su matrimonio con Nazario Delacruz y la consiguiente y terrible muerte de su primera esposa Luisa y sus dos hijos pequeños. Si por casualidad es tan ingenuo que no lo sabe es muy fácil de comprobar.
Su alternativa es sencilla. Busque a Nazario Delacruz en Toledo y haga que escriba con detalle y exacti-

tud cómo lo sedujo Sofía para que traicionara a su familia y la abandonara por ella. Publique el relato en la sección de anuncios personales del *Times* de Londres. Entiendo que será reacio a hacerlo. La convertirá en un hazmerreír y quienes antes la amaban terminarán odiándola y despreciándola.

Pero por otra parte le salvará la vida porque si no morirá de la manera más desagradable. Las muertes de Cleo y Elfrida fueron relativamente rápidas. La suya no lo será.

La decisión por supuesto será de su marido no suya. Debe trasmitirle esta elección a él. Naturalmente esto llevará un tiempo. Le concedo exactamente dos semanas a partir de la fecha en que reciba esta carta. Si para entonces no veo la confesión de culpa de Nazario en *The Times* y créame no me dejaré engañar por una falsificación Sofía padecerá el martirio que profesa anhelar.

Dudo que esto sea lo que desea. Usted es bastante remilgado y además tiene esposa e hijos.

Veamos de qué consigue convencer a Nazario. ¡Descubriremos dónde residen sus lealtades!

No había firma.

Pitt era consciente de que Charlotte lo estaba observando con la frente arrugada de preocupación mientras él intentaba decidir qué decirle. Tenía frío, estaba entumecido. Lo primero que pensó con espanto fue qué haría él si estuviera en el lugar de Nazario Delacruz. Siendo su marido, no podía desconocer el carácter de Sofía ni lo profundas que eran sus creencias. Escribir la carta que le pedían que escribiera podía destruir todo lo que ella había construido y traicionar a cuantas personas habían confiado en ella.

Sin embargo, no le cabía duda de que el hombre que la había secuestrado la asesinaría, de manera terrible y violenta, si Nazario Delacruz no hacía lo que le exigía. Eso explicaba por qué había matado a las otras dos pobres mujeres con tanto ensañamiento. No porque hubieran hecho algo que hubiese provocado su ira, sino simplemente para demostrar que iba en serio.

—¡Thomas! —dijo Charlotte con urgencia, trasluciendo su miedo.

Pitt necesitaba saber su opinión, la idea que Charlotte se había formado de Sofía. En la Special Branch no había mujeres. Le pasó la carta.

Charlotte la leyó lentamente para asegurarse de entender bien lo que decía. Cuando levantó la vista, estaba pálida como la nieve.

—¿Sabes algo acerca de él? —preguntó con voz ronca.

—Por supuesto que no —contestó Pitt, confundido—. No sé quién es. Excepto que es un liante. La letra es espantosa, hay palabras casi indescifrables y, sin embargo, la ortografía es correcta. Y emplea algunas palabras inusuales con aparente soltura: «el martirio que profesa anhelar». Y no hay comas.

—¡No me refiero a quién escribió esto! —replicó Charlotte bruscamente, llevada por la desesperación—. ¡Me refiero al marido de Sofía! Este tal... Nazario. ¿Qué hará? ¿La ama o es un fanático religioso que aceptará su muerte para dar impulso a su doctrina?

—¿Piensas que puede estar detrás de todo esto?

La idea era abominable.

—¿Acaso no podría estarlo? —insistió Charlotte—. Y si la historia de que abandonó a su esposa por Sofía es cierta, ¿qué me dices de la familia de la primera esposa? No sería extraño que quisieran vengarse.

—¿Por qué iban a esperar tanto tiempo? —preguntó

Pitt, tanto a sí mismo como a Charlotte—. ¿No sería más lógico que se hubiesen vengado cuando ocurrieron los hechos? Mucha gente lo habría entendido, entonces. ¿Por qué hacerlo en Londres? —Inhaló profundamente—. Menudo embrollo. Y nada de esto explica por qué asesinaron a Cleo y Elfrida. Nada de esto era culpa suya.

Charlotte enarcó las cejas.

—¿Esperas que personas afligidas, consternadas y con ansias de venganza sean razonables? —De pronto reparó en su expresión, se acercó a él y le acarició la mejilla—. Perdona. Tienes razón, es un embrollo.

Pitt permaneció un rato callado, intentando rememorar el rostro de Sofía durante su breve encuentro con ella, recordar si había dicho algo sobre su marido. No recordó nada. Solo había hablado de su fe. Aunque eso era lo único sobre lo que él había preguntado.

¿Y si aquello era, tal como habían temido en un principio, un complot para involucrar Inglaterra en la guerra hispano-estadounidense, que estaba empeorando día tras día? ¿Por eso habían secuestrado a Sofía en Londres y no en Toledo? De ser así, el asesinato de las otras dos mujeres podría haber tenido el objetivo de garantizar que el caso apareciera en la primera plana de todos los periódicos.

—El secuestro está siendo noticia aquí —dijo Pitt en voz baja—. Cualquiera puede haber escrito esta carta. Es posible que Sofía ya esté muerta.

Notó que Charlotte se ponía tensa y que se le helaba la mano.

—¿Y si no lo está? ¡Esta podría ser su última oportunidad!

—¿Pero cómo vamos a plantear a su marido la decisión de destruir todo su trabajo, negar su doctrina, decepcionar sabe Dios a cuánta gente, o dejar que muera torturada, sin saber si quien escribió esta carta realmente la tiene en su poder? ¿O si está viva?

Charlotte estaba muy pálida. En lugar de dejar caer las manos, estrechó a Pitt con más fuerza.

—No. Llevas razón. Tienes que saber si esto es real antes de pedir a Nazario Delacruz que tome la decisión. ¿Cómo vas a hacerlo?

—Quien escribió esto sin duda espera que pida pruebas de que está viva.

—Pero no te ha dado indicaciones para responderle —señaló Charlotte.

—Si realmente quiere que haga algo, volverá a escribir.

Charlotte tragó saliva.

—¿Quieres decir que solo podemos... aguardar?

—No exactamente. Me parece que iré a ver a Frank Laurence. Le pediré que escriba un artículo explícito. A ver si así provocamos una reacción.

—Te cae bien aunque te pese, ¿verdad?

—Indudablemente me pesa —admitió Pitt a regañadientes—. Y me gustaría saber por qué mintió acerca de su relación con Teague en el colegio. Parece una tontería.

—Quizá lo sea.

Pitt negó con la cabeza.

—La gente no miente sin motivo. Laurence detesta a Teague. Quisiera saber por qué.

—Ten cuidado, Thomas.

No lo había dicho, pero Pitt sabía lo que Charlotte estaba pensando. Seguía siendo nuevo en la tarea de dirigir la Special Branch. Seguía esforzándose para pensar como un político y ver un panorama más amplio que la mera resolución de un crimen, sin que importara a donde le condujera.

—Tendré cuidado —prometió Pitt.

—¿Quiere que escriba un artículo sobre secuestros? —preguntó Laurence con interés. Levantó su jarra de cerveza y miró a Pitt por encima del borde. Estaban sentados en un pub atestado y ruidoso, donde nadie oiría su conversación sin querer. Un estallido de carcajadas y vítores los obligó a inclinarse sobre la mesa para oírse.

—Solo un idiota pagaría un rescate sin tener constancia de que la víctima está viva —contestó Pitt—. Si aguardamos, quizá se ponga en contacto con nosotros, pero prefiero tomar la iniciativa. Además no sé cómo está Sofía ni cuánto va a durar si nos demoramos demasiado.

—¿Durar? —dijo Laurence enseguida, inclinándose sobre la mesa—. ¿Quiere decir que está herida? ¿O que la están torturando? Pitt, lamento decir esto, ¿pero cree que pueden permitirse entregarla con vida, aunque usted pague?

Pitt sintió que se le enfriaba el cuerpo. Veía compasión en los ojos de Laurence y creyó que era verdadera.

—No —admitió—. No lo creo. Y no es dinero lo que quieren.

—¿Qué quieren?

—Se lo diré cuando necesite saberlo, llegado el momento.

—Esta calle tiene dos direcciones —dijo Laurence con prudencia—. Quiero algo a cambio.

Pitt se puso tenso, se le ocurrieron posibles amenazas.

—Lo haré —dijo Laurence en voz baja—. Pero cuando la vea, quiero estar con usted. Le doy mi palabra de que no haré más que mirarla.

—Y luego lo escribirá en *The Times* para que todo el mundo lo lea —respondió Pitt con acritud—. No. Ni hablar.

—Quiere que lo ayude... —comenzó Laurence.

—Puedo recurrir a otros.

Pitt comenzó a levantarse.

—¡No, no! Lo escribiré —concedió Laurence—. Un tema interesante, el secuestro. ¿De verdad no va a decirme qué están pidiendo?

—Todavía no. Pero se lo debo.

—Sí, claro —respondió Laurence—. ¡Desde luego que sí!

La respuesta no se hizo esperar. Una carta escrita con la misma letra que la anterior llegó al despacho de Pitt en Lisson Grove.

Bien hecho, comandante.

Muy sensato por su parte aceptar mi oferta. Por supuesto quiere ver que ella sigue viva. Al menos por ahora. Vaya a la vieja tienda de efectos navales cercana a Horseferry Stairs esta tarde a las siete. Dudo que sea tan tonto para hacer una estupidez como intentar liberarla o detener a quien esté con ella. Si lo hace, usted no pagará, pero ella sí.

¿Tengo que entrar en detalles? El cuerpo humano es capaz de resistir mucho dolor sin encontrar el alivio de la muerte.

Haga lo que le digo y verá que Sofía sigue viva.

Pitt se quedó mirando en silencio la hoja de papel un buen rato. Después fue a la puerta y llamó a Brundage.

Pitt y Brundage caminaban deprisa y casi en silencio por la estrecha calle. Entre ellos y el río solo había almacenes, y en el lado de tierra unas pocas tiendas y casas de huéspedes.

—A la izquierda —dijo Brundage en voz baja, y enfiló un callejón hasta la calle de la otra punta. Estaba desierta y, de la docena aproximada de farolas, solo había una que no estuviera rota. La tienda de efectos navales quedaba justo enfrente.

—Ha elegido bien —dijo Pitt con aversión mientras avanzaba sorteando los adoquines rotos de la calle. La puerta había sido forzada hacía algún tiempo y el cerrojo oxidado colgaba del bastidor. La abrió de un empujón y Brundage entró detrás de él, medio levantando la puerta para dejarla casi cerrada de nuevo.

Los cristales de las ventanas todavía estaban enteros, y lo bastante limpios para que dejaran entrar la luz de la farola de enfrente de la tienda.

Pitt echó un vistazo en derredor. La tienda estaba desierta. En el suelo había unas cuantas velas rotas y los restos de las cajas que las habían contenido, unos pocos clavos y tornillos viejos, excrementos de rata.

—Vigile donde pisa —advirtió—. No quiero que un clavo le atraviese una bota.

—No, señor —respondió Brundage—. Aunque es un buen sitio. Viene a nosotros desde la oscuridad y vuelve a desaparecer en ella. Pero lo veremos claramente un momento, justo lo necesario para verla... y comprobar que esté viva.

—Es cuanto necesitamos —dijo Pitt, y se dispuso a aguardar en silencio.

—¿No podemos hacer algo? —preguntó Brundage al cabo de unos minutos. Las siete en punto, y cinco, y diez—. ¡No viene! —dijo entre dientes, enojado—. ¡Nos ha tendido una trampa!

—Quizá —convino Pitt—. Aunque es más probable que solo se trate de una demostración de poder. Disfruta viéndonos aguardar enojados. Tenga paciencia.

—¡Me encantaría verlo balanceándose en la horca! —gruñó Brundage.

—Estoy en ello. En realidad, si se hace bien, no se balancean. Solo caen a plomo.

—Lástima —respondió Brundage.

Se quedó inmóvil, y acto seguido se volvió hacia la ventana dado que ambos oyeron pasos de caballo en la calle. Brundage dio un paso hacia la puerta y Pitt le agarró el brazo con tanta fuerza como pudo, notando su recia musculatura.

—Ahora no podemos hacer nada. Lo pagaría ella, no nosotros —le susurró Pitt.

Brundage se detuvo.

Fuera, un coche de punto frenó debajo de la farola. Pitt forzó la vista para ver quién iba dentro. Al parecer había dos personas: una mujer junto a la ventanilla, un hombre sentado al otro lado de ella, su figura poco más que una sombra.

La mujer se volvió hacia ellos. Se movía con torpeza, como si tuviera el cuerpo entumecido. Llevaba un grueso vendaje en el brazo derecho, el más cercano a ellos, con los dedos cerrados como si no le sirvieran. Tenía el pelo enmarañado y apelmazado. Se volvió hacia ellos, mirando fijamente la ventana como si pudiera ver a través de los cristales y reconocer a quien la estaba observando. Tenía un ojo inflamado, la mejilla de debajo hinchada y oscura por un moretón. Había sangre en la otra mitad de su rostro, así como en el cuello de su vestido. Pero seguía siendo reconocible como Sofía Delacruz.

—¡Santo cielo! —murmuró Brundage.

Pitt permaneció callado. Soltó el brazo de Brundage. Le constaba que ninguno de los dos iba a moverse.

El conductor sacudió su látigo y el coche reanudó la marcha, dejando a Brundage paralizado y a Pitt con la sensación de haberse convertido en una estatua de hielo.

Pitt llegó a casa bastante después de las nueve. No explicó a Charlotte lo que había ocurrido, excepto que había visto a Sofía y que estaba viva. Lo alegró que Daniel y Jemima ya se hubieran acostado. No estaba seguro de que hubiera sido capaz de disimular su horror delante de ellos, o su sensación de agobio.

Estaba sentado en el sofá de su casa, con las cristaleras que daban al jardín cerradas. Aunque la habitación estaba caldeada y percibía el perfume de las flores que había sobre la mesa accesoria, aquella noche no disfrutaba del confort de su hogar.

—Tendré que enviar a alguien a España para que se lo cuente —dijo a Charlotte, intentando figurarse quién podría llevar semejante mensaje.

Charlotte se mordió el labio.

—Quienquiera que la secuestrara sin duda tiene mucho poder. Parecen saber muchas cosas sobre la vida de Sofía en España, y también aquí. Tramaron muy hábilmente su captura, por más que ella contara con que surgieran problemas y se supusiera que sus seguidores cuidarían de ella.

Tuvo la delicadeza de abstenerse de decir que la Special Branch también había estado vigilando a Sofía, pero Pitt era amargamente consciente de ello y le constaba que ella también.

Pitt levantó la vista hacia Charlotte. Había algo en ella que la asemejaba un poco a Sofía Delacruz. La raíz quizá residiera en una fe diferente, pero Charlotte era impetuosa, apasionada en las causas que le tocaban la fibra, se enojaba ardientemente ante la injusticia, llegando mucho más allá del punto en que sopesaba su propia seguridad. Si le arrebataran eso, si la obligaran a traicionar sus propias creencias a fin de protegerse, ¿qué quedaría de ella?

¿Pitt preferiría verla muerta antes que corroída y destrozada? Era una pregunta sin sentido puesto que él siempre buscaría otro camino; se aferraría a la esperanza de descubrirlo, incluso cuando fuese demasiado tarde. Entonces se culparía a sí mismo. Probablemente Nazario Delacruz haría exactamente lo mismo salvo si, por supuesto, estaba detrás de todo aquello.

Si lo estaba, ¡quizá Sofía preferiría morir antes que verse obligada a saberlo! Excepto que su captor había jurado que tendría una muerte lenta y dolorosa, y Pitt le creía.

—¿Por qué no vas tú mismo a hablar con Nazario Delacruz? —preguntó Charlotte.

—No puedo irme de Londres en este momento —contestó Pitt—. Ella está aquí, igual que quien la secuestró. Tengo que enviar a alguien que comprenda la situación y todo lo que esta conlleva, y que hable bien español.

—¿Tienes algún hombre así?

—Ya he enviado allí a los mejores. Pero no sé si alguno de ellos tiene el tacto o la experiencia necesarios para manejar algo tan delicado como un encuentro con Nazario. Han estado siguiendo el rastro de las amenazas de las que estamos enterados por las cartas. Por ahora, mucho ruido y pocas nueces. Veré si logro encontrar a un diplomático a quien pueda confiarle la confidencialidad del asunto —dijo—. A lo mejor Narraway conoce a alguien.

—Buena idea —convino Charlotte, relajándose un poco por fin.

En el umbral de casa de Vespasia, Pitt se sintió entrometido y curiosamente resentido por no poder seguir visitándola en cualquier momento que decidiera, confiando en ser bienvenido. Hasta entonces no había sido consciente de en qué medida lo había dado por sentado.

Sin embargo, aquella noche necesitaba el consejo de

Narraway y eso no podía esperar. Estaba dispuesto a incomodar a quien fuera preciso.

La doncella que le abrió la puerta contuvo su sorpresa al verlo a aquellas horas. Estaba demasiado bien enseñada para haber hecho lo contrario, a pesar de lo que pensara.

Por suerte Vespasia y Narraway aún estaban levantados, y Pitt fue acompañado a la acogedora sala de estar. En cuanto la doncella se retiró, Narraway mostró su preocupación.

—¿Qué sucede? ¿Habéis encontrado a Sofía Delacruz?

—Sí y no —contestó Pitt—. Tengo una especie de nota de rescate. —La sacó del bolsillo y se la pasó a Narraway. La voz le temblaba un poco—. Y desde hace un par de horas me consta que está viva. La he visto. La han golpeado y es posible que tenga un brazo roto —agregó.

Narraway cogió la carta y la leyó en silencio. Después, sin pedir permiso a Pitt, se la dio a Vespasia.

—Dios mío —dijo Vespasia en voz baja, dejando la carta encima de la mesa junto al pequeño jarrón de cristal que contenía una única rosa de color melocotón—. Tienes que responder, Thomas. Es muy listo, y creo que va en serio. De hecho, es bastante posible que haya pedido adrede algo que sabe que no se le puede dar.

—Va en serio —convino Narraway—, aunque no entiendo por qué. ¿Tienes idea de quién es, Pitt?

—No. Podría ser alguien de su congregación. Sé que Melville Smith ha asumido buena parte del liderazgo. Quizá se haya dicho a sí mismo que era para moderar la doctrina de Sofía y así hacerla accesible a un mayor número de personas...

Narraway esbozó una sonrisa, pero sin una pizca de alegría en el semblante.

—¿Piensas que lo ha planeado él? —preguntó Vespasia. La sombra de una profunda emoción le empañaba los ojos.

—No —contestó Pitt sin titubear—. Solo es un oportunista, tal como dijo Henrietta. Ahora bien, creo que Barton Hall está más involucrado de lo que ha dado a entender. Me dio la impresión de que ocultaba algo importante. Tiene muy mal aspecto.

—¿Por qué? —preguntó Vespasia con sentido práctico—. ¿Porque Sofía es una vergüenza para su familia? ¿De qué le serviría secuestrarla? Es absurdo. Por supuesto que habría preferido que se quedase en Toledo en lugar de traer su cruzada a Gran Bretaña. Pero no hasta el punto de cometer el truculento asesinato doble de sus inocentes seguidoras. Si está implicado, tal vez se deba a que alguien lo está sometiendo a una presión irresistible, Thomas.

—Me consta que está muerto de miedo, pero no sé qué teme exactamente —contestó Pitt despacio, considerando las palabras de Vespasia—. Le vi la cara cuando habló por teléfono, justo cuando salía de su despacho. Acababa de contarle que Sofía solía ayudar a fugitivos, a arrepentidos que tenían problemas.

Vespasia enarcó las cejas.

—¿En serio?

Pitt rememoró la expresión de Hall.

—Pienso que de repente se dio cuenta de algo, no que tuviera mala intención desde el principio. Tuve la impresión de estar ante un hombre que súbita e inesperadamente se veía metido en camisa de once varas. Quizá lleves razón al decir que alguien lo puede haber utilizado...

—Hall es muy tradicional, incluso para ser banquero. Siempre ha hecho lo apropiado, desde el mismo día en que nació —dijo Narraway—. Me parece improbable que alguien pueda hacerle chantaje.

—Es honesto hasta donde tú sabes —dijo Vespasia con una sonrisa—. Tal vez oculta sus aventuras mucho mejor de lo que suponemos...

—Nunca he sido tan sensible a los rumores de la buena sociedad como tú —contestó Narraway, correspondiendo a su sonrisa—. ¿Qué se dice sobre el señor Hall?

—Poca cosa —admitió Vespasia—. Es un viudo de reputación intachable, probablemente bien merecida. Sus pasiones parecen ser enteramente intelectuales. Es muy culto, un erudito nato que ha encontrado su ámbito y ha permanecido en él. Creo que es virtuoso, en el sentido que se le da en sociedad. Le falta la imaginación o el apetito suficiente para saltarse las normas.

Narraway hizo una mueca.

—Menuda condenación en una sola frase.

Pitt estuvo de acuerdo con él, pero incluso las personas más aburridas a veces daban sorpresas, si el estímulo era lo bastante fuerte. No podía olvidar el terror que había visto en los ojos de Hall.

—Tiene mucho miedo —reiteró.

—Interesante —murmuró Narraway—. Me pregunto qué podría asustar tanto a Barton Hall.

—Antes de averiguarlo, debo encontrar a alguien que vaya a Toledo para dar este mensaje a Nazario Delacruz —respondió Pitt—. O allí donde esté. Quiera Dios que no esté detrás de todo esto.

Vespasia frunció el ceño. No necesitó decir en voz alta los pensamientos que le llenaban la mente; eran visibles en su rostro: el conocer el amor, el creer en él. Si Nazario estaba implicado en el secuestro de Sofía, cometía la traición máxima.

Narraway la miró un momento y se volvió hacia Pitt.

—Iré yo mismo —dijo con firmeza—. Hace tiempo que no practico el español, pero lo hablo bastante bien. Y podría contratar a un ayudante español. Lo he hecho en otras ocasiones. Ahora bien, Pitt, nada de esto concuerda con la información que tenemos hasta ahora. Tiene que haber al menos un factor clave del que todavía no tenemos ni idea. ¿Sabes algo acerca de Nazario Delacruz?

—No lo suficiente —reconoció Pitt—. Esa es una de las cosas que tendrás que averiguar. ¿Es verdadera la historia de que Delacruz abandonó a su esposa y a sus hijos por Sofía, tal como dijo Barton Hall? ¿Su familia está implicada en esto? ¿O la de su difunta esposa? Bien podrían odiar a Sofía, pero en mi opinión es un grado extremo de venganza, y en un momento un tanto raro. La esposa no murió recientemente. Y las otras dos mujeres, Cleo y Elfrida, no estaban en absoluto involucradas en los asuntos personales de Sofía. Así pues, ¿por qué matarlas, y encima de una manera tan abominable?

—Averiguaré todo lo que pueda —prometió Narraway.

—Averiguaremos —puntualizó Vespasia.

Narraway la miró, claramente indeciso. No era tanto por el qué decir sino por el cómo decirlo.

—Tendré que viajar rápido, y no necesariamente de la manera más cómoda posible —comenzó—. Y cualquiera que haya matado a dos mujeres para hacer patente su intención es sumamente peligroso. Me parece que...

—¿Que puedes hacerlo mejor si vas solo? —dijo Vespasia, enarcando sus cejas plateadas con sorpresa y un tanto divertida, aunque su rostro daba a entender que no cedería.

Pitt tuvo claro que aquello era una prueba entre ellos, ahora que el lazo que los unía era mucho más estrecho que antes. Vespasia no estaba acostumbrada a que la aconsejaran o le dijeran lo que podía hacer, y mucho menos lo que no. Ahora entraba en juego algo más que el orgullo o el sentido práctico; había profundos y complejos sentimientos. Era evidente que estaba resuelta a ir a España con él, pero tenía que encontrar la manera de hacerlo sin desafiarlo abiertamente.

Y él tenía que ceder sin que lo pareciera.

—¿Temes que vaya a ser un estorbo? —dijo Vespasia con delicadeza—. ¿O que tu preocupación por mi seguridad sea una distracción?

—Tú siempre eres una distracción —respondió Narraway con una sonrisa que reflejaba cierto placer, incluso orgullo.

Pitt, atento y callado, de pronto fue muy consciente de lo profundamente enamorado de Vespasia que estaba Narraway, comprometido por primera vez en su larga y variada vida. Era algo nuevo para él, peligroso en el sentido de que podía lastimarlo de un modo que desconocía por completo, y lleno de escollos precisamente por esa razón.

De repente el orgullo de Vespasia se desvaneció.

—Esto es demasiado importante para que no estemos de acuerdo —dijo deprisa—. La vida de esta pobre mujer está en juego de un modo terrible y sumamente urgente. Ni tus sentimientos ni los míos son importantes, en comparación. Si puedo ayudar, debes permitir que vaya contigo. Hablo español con más soltura que tú, y tengo amigos en Madrid y en Toledo. Por otra parte, si tienes que desplazarte más deprisa de lo que yo pueda, o si mi presencia será un rehén de fortuna para ti, me quedaré en Londres. Tampoco es que Londres parezca un lugar mucho más seguro. Desde luego para la pobre Sofía no lo fue.

Narraway inhaló profundamente y soltó el aire con un suspiro.

—Haré las reservas enseguida. Prepárate para viajar tan ligera de equipaje como puedas, una maleta de tamaño mediano. Y ropa cómoda más que elegante. Viajaremos muchas horas en tren. Me temo que será imposible llevarse a una doncella.

La miró seriamente para asegurarse de que no había lugar a discutir.

—Soy perfectamente capaz de vestirme sola, Victor —dijo, sonriéndole—. Y he hecho viajes que han sido mucho más interesantes que cómodos. —Se volvió hacia Pitt—. Llevaremos a término cuanto esté en nuestra mano.

Pitt se puso de pie al ver que ella lo hacía.

—Gracias —aceptó.

9

Narraway y Vespasia partieron en el tren de Dover la tarde siguiente. Tenían menos de dos semanas para viajar a Toledo y hablar con Nazario Delacruz, contarle lo sucedido y convencerlo de que regresara a Londres con ellos a fin de enfrentarse al terrible dilema del rescate exigido.

—No debería ser difícil encontrarlo —dijo Vespasia mientras se acomodaban en los asientos del vagón—. Toledo no es una ciudad muy grande y Sofía será conocida por su reputación, si no personalmente, al menos en cualquier iglesia de la localidad.

—Lo que me preocupa no es encontrarlo —respondió Narraway—. Es cómo actuar de la manera que sea menos cruel...

Vespasia le dirigió una mirada directa y franca.

—No hay ninguna manera delicada de decirle la verdad, querido. Y no debes mentirle. Sería del todo imperdonable.

Narraway sintió una punzada de culpabilidad.

—No estoy pensando en ahorrarle el sufrimiento —contestó en voz baja, aunque no había nadie más en el compartimento—. Necesito que tenga la mente despejada, no obnubilada por el sentimiento. Es preciso que escuche y piense con la mayor claridad posible.

Vespasia sonrió arrepentida.

—Por supuesto. ¿Cómo te propones hacerlo?

—No lo sé —admitió Narraway—. Pero antes de abordarlo me gustaría averiguar en qué medida es cierta la versión de Barton Hall sobre su primer matrimonio y su trágico final.

—Aunque Sofía tenga buena parte de la culpa y la primera esposa de Nazario se suicidara desesperada al verse abandonada, ¿altera eso lo que ahora tenemos que decir o hacer? —preguntó Vespasia.

—No, por supuesto que no. Pero quizás arroje una luz absolutamente distinta sobre el tipo de hombre que es Nazario. Debo saber qué puedo esperar de él, si puedo confiar en él o no.

Vespasia apartó la vista un momento.

—Es verdad —convino—. Debes tener en cuenta la posibilidad de que él mismo esté involucrado en el plan. Quizá se haya cansado de ella, tal como al parecer le ocurrió con su primera esposa, y esté dispuesto a permitir que la asesinen y así quedar libre.

—¡Vespasia!

Se volvió hacia él.

La luz del sol en su rostro mostraba su belleza, la fuerza de sus huesos debajo de la carne, los pómulos altos y la frente arqueada. Pero también resaltaba las finas arrugas con las que la luz de las velas era mucho más amable.

—¿Lo encuentras brutal? —preguntó Vespasia—. Pues claro que lo es. Pero Sofía es una profesional, guapa a su manera, y sin duda se expresa muy bien. A lo mejor se fascinó con ella al principio, luego se acostumbró y finalmente se hartó de su infinito dinamismo, sus opiniones, sus ansias de vivir. Tal vez ha encontrado a otra más joven, más fácil de impresionar, más acomodaticia. Puede ocurrir.

—Solo si al principio fue mero encaprichamiento —dijo Narraway, convencido—. Si era amor, no.

—Esa es una de las cosas que debemos averiguar, si podemos —convino Vespasia—. Quizá resulte aburrida al cabo de uno o dos años. Las personas poseídas por una causa pueden serlo. He conocido a unas cuantas.

Al otro lado de las ventanas del compartimento se extendían los campos y pastos de Kent, salpicados de bosquecillos dispersos. Faltaba poco para llegar a Dover y al mar.

—Veré qué puedo averiguar acerca de ella —prosiguió Vespasia—. La mujer, no la santa. He estado pensando a quién conozco que todavía esté en España. La valoración de otra mujer podría ser útil.

—¿Cómo es que tienes conocidos en España, concretamente en Toledo? —preguntó Narraway—. De hecho, ¿cómo es que hablas español?

Estaba desconcertado. Vespasia no le había hablado de España hasta entonces. Se dio cuenta de que, a pesar de su amistad y de las muchas cosas sobre las que habían hablado, había décadas de su vida sobre las que sabía muy poco.

—No es muy interesante —dijo Vespasia—. Cuando enviudé me fui a España porque quería escapar de la interminable monotonía de la vida social londinense, la conmiseración y el aliento de la gente, su evidente intención de organizarme la vida.

Apartó la mirada y Narraway vio tristeza en su semblante. Tuvo ganas de tocarla, pero le pareció impertinente.

—Me sentí como si hubiese huido —dijo Vespasia en voz muy baja—. Y estaba avergonzada porque tendría que haberme sentido como si mi vida hubiese terminado, no como si hubiese acabado de comenzar. Ardía en deseos de comenzarla en otra parte, donde nadie me conociera. Supongo que veo algo de mí en Sofía, aunque solo un poco. Tengo entendido que ella también estaba huyendo cuando se marchó a España.

—Tal vez haya una semejanza —dijo Narraway sonriendo, con un arranque de felicidad al constatar que, al morir su marido, Vespasia no había sufrido una pérdida que ahora pudiera empañar su felicidad futura, y con la de ella la suya.

Vespasia enarcó ligeramente las cejas.

—Tal vez... En fin, visitaré a viejos conocidos y veré de qué puedo enterarme informalmente acerca de Sofía, quiénes son sus amigos y sus enemigos, qué pensaban de ella quienes no la consideraban una santa. Por cierto, ¿sabemos cuándo tuvo lugar su conversión religiosa?

—No.

—Pues también trataré de averiguarlo.

—Y yo veré de qué puedo enterarme acerca de Nazario y de su primer matrimonio, y si tiene algún otro romance en perspectiva.

—Espero que no —murmuró Vespasia—. Me gustaría mucho creer lo contrario. Solo tenemos la palabra de Barton Hall sobre esa parte de su vida.

Vespasia tenía razón, y mientras el tren traqueteaba siguiendo la vía, Narraway rememoró todo lo que sabía sobre Barton Hall. Era banquero, una de las personas invisibles que llevaban las riendas del poder económico con tanta firmeza que uno olvidaba que existían.

Autorizaban préstamos enormes y asesoraban en la inversión de fortunas. Probablemente tenían un conocimiento tácito de la riqueza de las grandes familias, sabiendo con toda exactitud quién poseía vastas extensiones de tierra de cultivo o pequeñas manzanas en el corazón de Londres, sobre las que se construían palacios o las residencias de príncipes extranjeros. Semejante conocimiento era un poder en sí mismo.

Antes de salir de Londres Narraway había tomado nota mental de los clientes a los que prestaba servicios el banco de Hall. Eran principalmente los silenciosos gigantes de la respetabilidad, la Iglesia y la Corona. El príncipe de Gales había pedido préstamos durante años, con frecuencia sin devolverlos. Pero eso ocurría ante todo en el ámbito privado, recurriendo a amigos lo bastante ricos y desprevenidos para prestarle las sumas solicitadas. Las propiedades y los ingresos de la Iglesia de Inglaterra ascendían a millones, pero era intocable por el escándalo, sobre todo gracias a su extrema discreción. Invertía en cosas que quienes tuvieran una consciencia delicada quizás encontrarían de mal gusto. Había un aspecto de lucro. No cabía duda de que los príncipes de la Iglesia eran terratenientes encubiertos, pero Narraway no sabía en qué medida. «Propiedad residencial» abarcaba multitud de cosas. También invertía en carbón, industria pesada y tierras de labranza. ¿Existía cierto grado de especulación, tal vez poco respetable?

¿Qué temía Hall para haber perturbado tanto a Pitt?

La respuesta debía residir en otra faceta de su vida. Llevaba unos cuantos años viudo y aparentaba estar totalmente contento de seguir siéndolo. Sus pasatiempos eran de orden académico, y relacionados con su posición y su reputación. ¿Acaso existía un aspecto más oscuro y mucho más secreto de su persona?

Narraway lo dudaba. Ahora bien, tampoco había previsto aquel caos tan espantoso con Sofía Delacruz. No había temido más que la tradicional vergüenza inglesa ante la manifestación pública e inapropiada de sentimientos. La religión se observaba discretamente, mayormente en privado. Si alguien la cuestionaba, lo hacía por escrito de modo que nadie más se enterase. ¡Y por supuesto no lo hacían las mujeres!

Hall había sido un académico con talento, licenciado en economía e historia con matrícula de honor por la Universidad de Cambridge, disciplinas muy adecuadas para un hombre cuya máxima aspiración era convertirse en gobernador del Banco de Inglaterra. Narraway no se imaginaba a Hall enamorándose perdidamente, hasta el punto de sacrificar cuanto tenía y lanzarse a lo desconocido.

¡Aunque tampoco se lo habría imaginado de sí mismo!

Miró a Vespasia, sentada a su lado, y se preguntó con desasosiego qué cosas imprevistas y alocadas podría haber hecho si ella se lo hubiese pedido. Seguramente ninguna. Pero la clave residía en el hecho de que no habrían sido una equivocación. Vespasia jamás se habría pedido algo semejante a sí misma, mucho menos a otra persona. Y eso constituía la otra gran dificultad que lo preocupaba. Si aquel viaje a Toledo terminaba por traer aparejados asuntos delictivos, venganzas u otras cuestiones que realmente eran incumbencia de la Special Branch, quizá se vería obligado a correr riesgos de orden moral, a tomar decisiones un tanto turbias y difíciles de justificar.

La fealdad que eso conllevaba había sido parte de su responsabilidad en el pasado, y ahora era la carga más pesada que soportaba Pitt. De hecho era el motivo por el que Narraway consideraba que Pitt era tan bueno para desempeñar su función. Nunca se justificaría ni echaría la culpa a los demás. Cometería errores y aprendería a asumirlos. Un hombre con la impasibilidad suficiente para no dejarse afectar no estaba a salvo con semejante poder.

Tampoco era que Narraway estuviera a salvo ahora. Prefería que Vespasia no supiera muchas cosas de las que había hecho. Unas habían sido decisiones difíciles pero acertadas. Otras había creído saber que también lo eran en su momento, pero ahora no estaba tan seguro. Nunca le preguntaría sobre actos del pasado, secretos del pasado, y menos sobre antiguos amantes. De hecho estaba bastante seguro de que prefería no saber. Se sorprendió un poco al constatar que estaba celoso.

En cualquier caso, el asunto candente era si tendría que tomar decisiones y hacer cosas que harían que Vespasia lo viera con otros ojos. Quizá lo entendería, al menos intelectualmente, ¿pero la inquietarían en un hombre con quien compartía su intimidad, un hombre cuyo nombre había adoptado y, por consiguiente, con el que mantenía una relación no solo privada sino también pública?

Tenía que haber secretos entre ellos, asuntos del pasado que seguían siendo confidenciales y que siempre lo serían.

Narraway ya estaba al tanto de que Hall había ido a Eton y Cambridge, ¡un pedigrí impecable! Dalton Teague había hecho lo mismo. ¿Era ese el motivo por el que ahora se implicaba en la búsqueda de Sofía? ¿Una vieja lealtad del colegio que se prolongó durante los años en la universidad? Habrían sido alumnos en la misma época, pero era poco probable que hubiesen sido amigos. Hall era brillante, un erudito nato, sin encanto ni dotes para el deporte. Teague había sido el polo opuesto, guapo, carismático, uno de los mejores jugadores de *cricket* que alguna vez hubiese jugado en el equipo de Inglaterra. Compañeros y profesores habían esperado que suspendiera sus exámenes... y los había sorprendido aprobándolos con holgura.

No obstante, la amistad podía darse entre personas de lo más dispar, igual que el matrimonio. Algunas incluso prosperaban.

De nuevo miró de soslayo a Vespasia, que se volvió de repente y le sostuvo la mirada, sonriéndole, haciendo que se sintiera ridículamente complacido. Estuvo a punto de alargar la mano y acariciarla, pero entonces se dio cuenta de lo sentimental que resultaría el gesto, ¡como si tuvieran veinte años! Notó que el color le subía a la cara, sonrió un tanto incómodo y se volvió a mirar por la ventana la vasta extensión de campiña que discurría veloz ante sus ojos.

Cruzaron el Canal a última hora de la tarde hasta Le Havre, donde tomarían el tren a San Sebastián, en la costa norte de España, para luego seguir hacia el sur hasta llegar a Madrid y desde allí, finamente, a Toledo.

Hacía uno de esos días apacibles de principios de verano y desde la cubierta del transbordador el mundo entero se veía azul. El cielo se abovedaba encima de ellos casi impoluto y la luz parecía rebosar deslumbrante del agua hendida cuya espuma se iba alejando por la popa. Las gaviotas seguían la estela imitando su dibujo con las alas, descendiendo en picado, ascendiendo y volando a la deriva como si la vida fuese un exquisito dibujo del oleaje.

La brisa atenuaba el calor del sol, aunque no su capacidad de quemar la piel, pero apenas tenía la fuerza suficiente para enmarañar el cabello de Vespasia mientras contemplaban juntos desde la popa los acantilados blancos de Dover, que se perdían en la distancia. Costaba recordar lo terrible y urgente que era su misión.

—Victor, ¿qué opinas sobre el interés de Teague por encontrar a Sofía? —preguntó Vespasia—. No puedo creer que esté de acuerdo con sus enseñanzas. Son contrarias a todo privilegio por linaje o riqueza. Considera que cualquier tipo de don constituye una obligación de servir, no un derecho de nacimiento.

—Originalmente, los aristócratas también lo consideraban así, y los mejores de ellos siguen haciéndolo —señaló Narraway—. Teague está emparentado con varias familias de rancio abolengo. Por lo menos con los Salisbury y los duques de Devonshire.

—Lo sé —respondió Vespasia, aún mirando fijamente la estela blanca que se rizaba detrás de ellos.

Por supuesto que lo sabía. Vespasia también era pariente de la mayoría de ellas. Había nacido con título propio; no lo tenía por matrimonio. Ahora que se conocían mucho mejor, y que era real para él en la intimidad de la carne, la alegría, la dicha física y el dolor, y que había entrevisto los delicados estados de ánimo del corazón de Vespasia, el mundo de la alta sociedad se desvelaba como un espejismo. Inextricablemente plagado de incidentes que Narraway prefería olvidar.

Cuando de joven había trabajado en la Special Branch, mucho antes de ser el jefe, había conocido de cerca los aspectos más complicados de las lealtades e intrigas personales durante los primeros años de problemas con Irlanda. Por aquel entonces, Narraway acababa de cumplir los cuarenta y Teague estaba en la cúspide de su carrera deportiva. Narraway había visto el encanto de Teague y sus puntos flacos, y se había servido de ambos en provecho propio para tender una peligrosa trampa. La trampa había surtido efecto pero ambos habían salido perjudicados, así como otros que no eran más que mirones, superficiales y descuidados tal vez, pero no malvados. El fascinante y en última instancia trágico episodio de Violet Mulhare seguía perdurando en su memoria, violentándolo. ¿Tal vez por ese motivo le desagradaba Teague? Había sido capaz de pasar página sin un ápice de vergüenza. Había mucho que decir a favor de un hombre que como mínimo se sentía culpable del daño que causaba.

Habría preferido que Vespasia no tuviera que enterarse de aquello, pero no podía eludirlo sin mentirle, y tal vez fuese importante en el caso que los ocupaba. Seguramente no, pero lo que contaba era la mentira implícita a Vespasia.

—Pienso que tienes razón acerca de Teague, y que lo último que haría sería estar de acuerdo con las creencias de Sofía —dijo despacio—. A primera vista diría que busca la atención del público como de costumbre. Se presenta como un héroe, empleando su dinero y su poder para ayudar a alguien que todo el mundo sabe que tiene un problema. El hecho de no suscribir su credo solo ensalza la nobleza de lo que está haciendo.

Vespasia lo miró con ironía y un sombrío regocijo detrás de su sonrisa.

—No te gusta en absoluto, ¿verdad? Tampoco es que me sorprenda.

De repente Narraway tuvo la espantosa idea de que Teague hubiese sido alguna vez un admirador de Vespasia, incluso su amante. Su antipatía por Teague cristalizó en una llamarada de odio.

Acto seguido se sintió ridículo y procuró recobrar la compostura. Él había tenido aventuras. ¿Qué hombre normal de su edad no las había tenido? En algunas de ellas se había volcado apasionadamente, en su momento. Solo después había vuelto la vista atrás y reconocido los errores, el modo en que se había engañado a sí mismo, el barniz de romanticismo que ocultaba una realidad más física y prosaica, y quizá también una soledad disipada temporalmente, que luego había devenido más opresiva.

—No esperaba que te cayera bien, querido —dijo Vespasia con delicadeza, observando las zambullidas y los virajes bruscos de las gaviotas blancas sobre el agua—. Fundamentalmente, es un oportunista, creo, un hombre carente de convicciones, excepto las que le sirven en un momento dado.

—¿Crees que Pitt también lo ve así? —preguntó Narraway.

—Thomas no es tan inocente como temes —contestó Vespasia—. Los caballeros impresionan a la clase servil mucho menos de lo que piensan.

—¿La clase servil? —dijo Narraway con incredulidad. Nunca había pensado en Pitt en esos términos.

Vespasia sonrió con paciencia.

—Su madre era lavandera en una de las grandes casas de los Home Counties. La de sir Arthur Desmond, si no me equivoco. Un hombre muy bueno pero humano, no obstante, con sus defectos y excentricidades. Thomas fue policía durante muchos años. Ha visto de cerca las flaquezas de los ricos y poderosos más a menudo de lo que imagina la mayoría de ellos. No son la riqueza ni la buena cuna de Teague lo que me preocupan, es su estilo y valentía en el campo de *cricket*. Allí en medio, con los pantalones blancos de franela y el sol en tus ojos, te conviertes en un semidiós para millones de personas. Eso suele provocar que la gente imagine que no tienes las limitaciones que tenemos los demás.

Narraway reflexionó unos minutos, contemplando a lo lejos los acantilados de caliza que se iban desvaneciendo en el horizonte. Vespasia llevaba razón. En aquello era en lo que Teague era diferente a otros con una posición social y económica privilegiada.

—¿Por qué te desagrada? —preguntó Vespasia, interrumpiendo sus pensamientos.

—No lo sé. Es un recelo completamente infundado —admitió Narraway, y enseguida se dio cuenta de que Vespasia notaría que estaba eludiendo la cuestión—. La verdad es que me topé con él en un caso, hace mucho tiempo. Veinte años, por lo menos. Le afectaba de refilón.

Vespasia permanecía con el rostro medio vuelto, todavía contemplando las gaviotas.

—Sé que muchas cosas deben guardarse en secreto, Victor. No pido que me hagas confidencias, solo quiero saber si Thomas corre un peligro del que no es consciente. Lo que importa es el presente, no el pasado. ¿Tus motivos para dudar de Dalton Teague pueden afectar a Thomas?

Solo se oía el agua arremolinándose y su susurro al rozar los costados del transbordador, y de vez en cuando un graznido de aves.

—Fue en un caso antiguo —dijo por fin Narraway—. No me porté muy bien. Estaba enamorado de Violet Mulhare. Al menos eso pensaba por aquel entonces. Utilicé a Teague para atraparlos a los dos. Teague la traicionó para poder escapar y dejar que la atrapáramos, así como al hombre tras el que íbamos. Más adelante Teague me dijo que lo había sabido todo desde el principio.

Vespasia permaneció callada.

—Lo sé —admitió Narraway—. Los utilicé a los dos.

—¿Creíste lo que te dijo Teague? —preguntó Vespasia.

—No. Pienso que mintió. Cambió de bando en el último momento, cuando supo que iba a entregarlos a los dos. Pero me faltaban pruebas para demostrarlo.

—Por supuesto —dijo Vespasia con ironía—. Teague es sumamente astuto.

¿Le importaba a Vespasia que hubiese amado a Violet? La miró y no supo a qué atenerse. Para él era importante aunque no supiera explicar por qué. No debería ser así, a aquellas alturas. Aquel pasado lo habían vivido personas diferentes, más impulsivas y mucho más superficiales que ahora.

Vespasia se fue volviendo despacio hacia él, escrutando sus ojos. Narraway se sintió incómodamente despojado de todo fingimiento. No estaba acostumbrado a ser tan vulnerable.

—Me parece que tu valoración de Teague seguramente es correcta —dijo Vespasia con delicadeza—. Lo conocía muy poco, pero decidí apartarme de él. Entonces pensé que estaba siendo muy injusta, pero lo que acabas de contarme hace que me sienta menos culpable de haber tenido prejuicios. Quizás el instinto me guio mejor de lo que pensaba.

Miró una vez más el pálido resplandor de los acantilados a lo lejos, casi desvanecidos por la puesta de sol. El largo crepúsculo veraniego comenzaba a apagarse. Desembarcarían en Le Havre al amanecer y tomarían el primer tren hacia el sur.

Vespasia deseaba quedarse en la cubierta hasta que oscureciera del todo, tal vez hasta que las primeras estrellas tachonaran el firmamento. No era que no tuviera ganas de descansar o de estar a solas con Narraway en el pequeño camarote. Eso sería un placer. Había estado casada antes y había tenido hijos, pero aquello se le antojaba como otra vida. Hacía mucho tiempo, siendo ella muy joven, había luchado en las barricadas en Roma, durante las revoluciones del 48. Había amado a Mario Corena, y pensaba que nunca más volvería a amar de la misma manera.

Su primer matrimonio lo había presidido el afecto, no la pasión. Los largos años posteriores habían sido testigos de romances de distinta clase. Vespasia no había esperado que alguien le importara más allá de su capacidad de disfrutar y perder sin heridas incurables.

Al principio había visto a Victor Narraway como un aliado en las desesperadas batallas a las que Pitt se había enfrentado. Poco a poco empezó a pensar en él como en un amigo. Tal vez esa fuera la diferencia crucial. Narraway no era un amante cuyo ardor hubiese dominado hasta darle forma de amistad; había sido un compañerismo en una causa común, que se había vuelto más profundo hasta cambiarle por completo la vida. Narraway lo había aceptado, tragándose cualquier turbación que hubiese sentido. Y a Vespasia le constaba que había tenido miedo, aunque había sido en lo más hondo, en lo más íntimo, el tipo de miedo que uno se reserva para sí.

Rememoró su propia vida, los grandes y pequeños amores, los buenos tiempos y el sufrimiento. Ella y Mario

Corena habían pasado poco tiempo juntos, salvo en las frenéticas luchas de la juventud. Le resultaba imposible estar segura de cuánto lo había idealizado.

Victor Narraway era verdadero, ingenioso y resuelto, cínico en los asuntos mundanos, con un corazón asombrosamente vulnerable. Y pese a toda su experiencia en el Ejército Indio Británico, el gobierno y los servicios secretos, la Special Branch con sus secretos y traiciones, le costaba comprender a la mujeres en la vida cotidiana. Una parte de él esperaba que Vespasia fuese mucho más frágil, idealista e ignorante de las realidades más sórdidas de la vida. Era parte del mito de que las mujeres eran más amables que los hombres, más puras y más delicadas. Vespasia tendría que desencantarlo a ese respecto con sumo cuidado. Costaba mucho desprenderse de ciertos sueños.

Hubo un momento de silencio, y luego Vespasia continuó, retomando su pregunta anterior.

—¿Por qué piensas que Teague está tan interesado en este caso, Victor?

—No lo sé —contestó Narraway—. Pero no me cabe duda de que tiene un motivo. Quiere algo.

—¿Venganza? —sugirió Vespasia en voz baja.

—No. No; hace demasiado tiempo.

No obstante, mientras respondía, tuvo claro que el tiempo poco importaba. Teague podría haber estado aguardando a que se presentara la oportunidad perfecta. No haría daño a Narraway; perjudicaría deliberadamente al hombre que había ocupado el puesto de Narraway, su amigo y protegido, cosa que lo heriría de un modo mucho más doloroso al tiempo que añadiría un profundo sentimiento de culpa. Tal proceder poseía una elegancia que encajaba con toda exactitud con el carácter de Teague.

—¿Tú crees? —preguntó Vespasia.

—Sí.

Procuró sonar más convencido de lo que estaba. Bregaría en aquel caso hasta el final. No debía permitir que destrozaran la vida de Sofía ni que el asesinato de las dos mujeres quedara sin resolver, pero, sobre todo, no debía permitir que Teague se vengara de él a través de Pitt.

Vespasia se acercó un poco más a él y entrelazó su brazo con el suyo.

Desembarcaron en Le Havre y fueron derechos al tren. El viaje hasta Madrid fue muy largo. Allí pasaron la noche antes de seguir hacia Toledo, donde llegaron poco antes de que anocheciera. Era una magnífica ciudad amurallada cuya historia se remontaba no solo a los grandes días del creciente poder mundial de España, sino también a su esplendor medieval. La tolerancia suprema había imperado; cristianos, musulmanes y judíos habían vivido y trabajado juntos, compartiendo las maravillas del arte y el conocimiento para mayor provecho de todos. Por supuesto, eso fue antes de 1492 y la expulsión tanto de los moros como de los judíos, y del auge de la Inquisición, cuando ser diferente pasó a ser pecado y todo cuestionamiento fue prohibido.

Se dirigieron directamente al hotel que habían reservado con antelación a su llegada. Habían discutido todos los planes que habían trazado y todas las variantes que se les ocurrieron de antemano. Ahora guardaban silencio en el carruaje y disfrutaban del recorrido por las calles antiguas. Muchos de aquellos edificios eran tal como habían sido desde siglos atrás.

El trayecto trajo recuerdos a Vespasia, y los años se desvanecieron hasta que sintió la misma euforia que había sentido la primera vez que llegó a la ciudad, en busca de emociones, novedades y aventuras. Había encontrado unas cuantas. Fue una buena época.

Ahora era más feliz de cuanto recordaba haberlo sido alguna vez, incluso en los embriagadores tiempos de su juventud. El hecho de que ella y su marido hubiesen venido a fin de intentar evitar una tragedia no agriaba la subyacente sensación de paz.

El hotel era excelente y tras una cena temprana regresaron a su habitación.

—Tengo un mensaje de uno de los hombres de Pitt —dijo Narraway en voz baja—. Ha seguido el rastro de muchas de las cartas amenazadoras, pero no ha encontrado más que personas enojadas que no tienen nada más sobre lo que explayarse o darse importancia. Lo principal es que ha localizado a todos los que firmaron las misivas. En Inglaterra hay más. Una vez que pusieron por escrito lo que pensaban, parece ser que se dieron por satisfechos.

Narraway suspiró. Estaba de espaldas a la luz, pero no directamente delante del ventanal con sus vistas sobre la ciudad antigua.

—Me parece que esto no guarda relación con las excéntricas ideas religiosas de Sofía —dijo en voz baja—. Por más profundamente que puedan ofender a algunas personas, el arma que estas elegirían no sería atacar a Cleo y Elfrida.

Vespasia frunció el ceño.

—¿Acaso no fueron tan viles para hacernos creer que matarán a Sofía de la misma manera si su marido no arruina su causa denunciándola? A mí me parece bastante religioso, aunque sea un credo diabólico. —Tomó aire—. Resulta melodramático, ¿verdad? Perdona, pero creo que tanto tú como Thomas habéis subestimado la fuerza de las creencias de la gente en lo que atañe a quiénes son en el universo. Muchas personas han muerto por ese motivo, decenas de miles.

—Ya lo sé —dijo Narraway con delicadeza, dando un paso hacia ella—. Pero detrás de esto hay algo más. Pitt dijo que Barton Hall tiene mucho miedo, y no es porque pueda perder una batalla religiosa. Hay algo real y tangible que lo asusta, y no se atreve a contárselo a Pitt, lo que me lleva a pensar que se trata de algo ilegal o un escándalo que arruinaría a él o a alguien que le importa.

—Su reputación —convino Vespasia—. Y si no, guarda relación con una inmensa cantidad de dinero. Y puesto que invierte para la Iglesia y algunos miembros de la familia real, en cualquier caso acabaría en la ruina.

Vespasia no se lo había contado a Narraway, y, si vamos al caso, tampoco a nadie más, pero había leído algunos escritos de ciertos autoproclamados revolucionarios. Hervían en ira y compasión ante la injusticia de todo orden social, el poder que arrebataba la dignidad y la esperanza, y, con demasiada frecuencia, incluso la vida. Creían que sin gobierno los hombres volverían a una bondad natural, y que eso conllevaría el amanecer de una nueva era. Bastaba un solo acto violento y apasionado para iniciarla e insuflar valentía a todos los demás. Ninguno de ellos explicaba por qué las guerras violentas del pasado no habían provocado tal renacimiento.

Entendía su indignación y su dolor, pero consideraba que estaban totalmente engañados en su filosofía, tal vez enloquecidos por las injusticias de las que eran testigos y, en la mayoría de casos, también víctimas.

Sofía Delacruz no transmitía ira, rebosaba esperanza. Al menos eso le había parecido. ¿Tan fácil era inducir a error a Vespasia? ¿Acaso la clave residía en el carácter de Nazario, el hombre con quien se había casado y al que presuntamente amaba?

Ahora bien, si lo que Barton Hall le había dicho a Pitt era verdad, estaban unidos por un acto de egoísmo que había terminado en tragedia para los demás. Había una mujer y dos niños muertos de resultas del adulterio y el abandono. ¿Era posible encontrar alguna felicidad, por no hablar de vínculos de confianza, sobre unos actos tan sumamente crueles?

¿Bastaba con arrepentirse para suprimir semejante horror? La propia Sofía había dicho que el arrepentimiento era incompleto si conservabas el fruto de tus pecados. Había una justicia natural que exigía que correspondieras de alguna manera. Las palabras eran importantes, pero si los datos las desmentían, pasaban a convertirse en una ofensa más, una hipocresía.

Vespasia esperaba con toda el alma encontrar alguna otra respuesta a los actos de Sofía, algo que encajara con sus palabras. Con la salvedad, por supuesto, de que a veces es la amargura de saber lo que has hecho lo que te enseña a cambiar, y la comprensión y necesidad de tu propio perdón lo que te lleva a perdonar a los demás.

Debía estar preparada para aceptar lo que finalmente averiguara.

Narraway se estaba arreglando para salir temprano y solo dijo a Vespasia que no sabía cuánto tiempo estaría fuera, pero que no había motivo de alarma si no regresaba al anochecer.

Estaba cerca de la puerta de su habitación, desde donde el pasillo conducía a la escalera que bajaba al vestíbulo. Era un hotel muy confortable. Había decidido que llamarían demasiado la atención si se alojaban en un hotel más pequeño que aquel, que habría sido la elección más lógica si fuesen meros turistas. Tampoco deseaba que los tomaran por una pareja en su luna de miel, aunque tal vez eso fuese lo que eran.

Vespasia en particular se sentía cohibida y bastante absurda por estar tan contenta en un estado que solía ser propio de personas a las que triplicaba la edad. Sin embargo, pensaba que muy pocas parejas valorarían tan profundamente el tiempo que pasaban juntas, que no serían tan plenamente conscientes de lo valiosísima que era la felicidad, con cuánta facilidad se desperdiciaba o la resquebrajaban pequeños actos irreflexivos o vanidosos.

Estaba de cara a Narraway. Le habría gustado acariciarlo, tal vez besarlo, pero quizás él lo encontraría poco apropiado, fuera de lugar cuando se disponía a salir en busca de explicaciones a unos asesinatos espantosos.

No obstante, no aprovechar el momento podía lamentarse durante mucho tiempo, y nunca se repetiría otro igual. Tomó una decisión terminante.

Se aproximó a él, con la cabeza bien alta como siempre, y le acarició la mejilla con ternura. Era casi de su misma estatura.

—Buena suerte —susurró, y le dio un beso.

Narraway la rodeó con los brazos un instante, acto seguido la soltó y dio media vuelta para marcharse, pero Vespasia vio la sonrisa que le pintaba el rostro y la emoción que por un momento casi lo abrumó.

Cuando se hubo ido, lo primero que hizo Vespasia fue conseguir ejemplares de los periódicos de los últimos días y estudiar las páginas de sociedad. Buscaba nombres que le sonaran, así como lugares a los que pudiera ingeniárselas para acudir y encontrarse con esas personas de manera que pareciera casualidad. Tenía que ser cuanto antes. La carta que el secuestrador había enviado a Pitt no concedía mucho tiempo para encontrar a Nazario Delacruz, convencerlo del asunto y llevarlo de regreso a Inglaterra. Todavía más importante, y mucho más grave, ¿cuánto más resistiría Sofía semejante sufrimiento y dolor? Sus raptores podían matarla incluso sin querer.

Mientras Vespasia consideraba la cuestión, los obstáculos para alcanzar el éxito se le antojaron inmensos. Y sin embargo la prisa podía hacer peligrar las escasas oportunidades que tendrían para tomar las decisiones correctas, elegir las palabras más apropiadas, juzgar correctamente a Nazario. No quería ni pensar en la congoja que causaría a Nazario la decisión que tendría que tomar; el dolor de aquel hombre la distraería de la única cosa provechosa que podía hacer.

Tras estudiar detenidamente los periódicos, supo con toda exactitud cuál era el primer paso a dar.

Por consiguiente, entrada la tarde estaba cansada, acusando un poco la fatiga del viaje y la notable diferencia de temperatura del interior de España, comparada con la de Londres, pero se vistió con uno de los pocos trajes a la moda que había llevado consigo, de un tono más cálido de los que solía ponerse, y muy favorecedor.

A las cinco y media se apeó de un carruaje de alquiler ante la entrada de unos jardines clásicos donde se celebraba una velada vespertina.

Le llevó media hora de cháchara cortés y absolutamente banal, de cumplidos y dárselas de conocer a personas importantes, antes de encontrarse cara a cara con la mujer a la que había ido a ver.

Dorothea Warrington no era hermosa, pero tenía dinero y cierto estilo. Poseía un ingenio agudo y una cabellera excepcional, y sabía sacar partido de ambas cosas. Estaba quieta junto a la fuente que había en el centro del jardín y miraba fijamente, sin dar crédito a sus ojos, mientras Vespasia se aproximaba a ella.

—Buenas tardes, Dorothea —saludó Vespasia, sonriendo—. No sabía que todavía estuviera en España, pero le sienta de maravilla. Nunca la había visto tan bien. Hace que el resto de nosotras parezcamos insignificantes.

Dorothea, que había abandonado la sociedad londinense por motivos un tanto oscuros, y de quien Vespasia recordaba detestar su tez morena, casi atezada, de pronto pareció estar mucho más a gusto consigo misma. Miró a Vespasia de arriba abajo, reparando en su cutis claro y en su porte.

—Qué generoso de su parte —contestó con un sonrisa vacilante—. Tiene razón, por supuesto. Aquí estoy disfrutando mucho. —Vespasia sabía que mentía, pero en Toledo nadie sabía de sus equivocaciones pasadas—. Seguro que en esta época del año habrá venido por el clima, ¿verdad?

Sus ojos avispados intentaban formarse un juicio sobre las peripecias de Vespasia y sobre qué clase de desastre podía haberla apartado del apogeo de la temporada londinense, llevándola a un lugar relativamente pequeño como Toledo. El brillo de interés de su mirada podía tomarse por preocupación, pero tenía el lustre de la curiosidad.

Vespasia lo había previsto a la perfección y estaba preparada.

—Tengo una ahijada que se ha enamorado, y resulta que el joven en cuestión es muy poco apropiado —contestó con un leve y elegante gesto de los hombros, como restándole importancia.

—¡Madre mía! —dijo Dorothea enseguida, acercándose un paso—. Qué desventura.

—Desde luego. —Vespasia se contuvo para no retroceder—. Como es natural, su madre está fuera de sí, y es preciso poner fin al asunto... sin escándalo. Ya ha manifestado sus sentimientos, con el peor resultado que quepa imaginar.

—Madre mía —murmuró otra vez Dorothea, humedeciéndose el labio inferior—. Los jóvenes a veces son muy cabezotas. Pero cuando creemos estar enamoradas...

Dejó la conclusión flotando en el aire, a la espera de que Vespasia le proporcionara más detalles.

—Exactamente —dijo Vespasia, casi atragantándose. Había olvidado lo superficial que podía llegar a ser Dorothea. Desde que había caído en desgracia, parecía deleitarse con las de los demás—. Veo que lo entiende. Pensé que yo sabría hacerla entrar en razón. —Se preguntó cuánto más debía adornar la mentira. Observando el rostro de Dorothea, decidió agregar otro toque confidencial a la historia—. Yo misma he estado enamorada varias veces y después habría deseado haber hecho caso a los consejos que me daban.

Dorothea enarcó sus cejas negras.

—Nos ha ocurrido a todas —dijo en voz baja—. Y no siempre con un final feliz. —Aquello tal vez fuese una alusión indirecta al motivo de su exilio en España—. ¿Puedo serle de ayuda? Conozco a bastante gente.

—Tal vez —aceptó Vespasia—. Quizá sea un poco... urgente.

Dorothea estaba eufórica, los ojos le brillaban.

—¿Ha oído hablar de una mujer que se llama Sofía Delacruz?

Dorothea dio un grito ahogado.

—¡Por supuesto que sí! Es muy conocida. Por el amor de Dios, ¿no estará diciendo que su ahijada está envuelta en esa secta absurda? ¿Se ha enamorado de uno de ellos? Si es así, debe hacer cuanto esté en su mano.

—¿Sabe algo de ella? —preguntó Vespasia con fingida inocencia, arqueando las cejas sobre sus maravillosos ojos gris plata.

—¿Personalmente? Claro que no. Pero estoy al tanto. Es muy excéntrica. Me avergüenza decir que es de origen inglés. Aunque por supuesto se casó con un español, de modo que en realidad ya no es una de los nuestros.

Vespasia reprimió un escalofrío de desagrado por el esnobismo de Dorothea.

—¿Cómo es? ¿Cree que merece la pena que apele a ella? —preguntó.

Dorothea abrió las manos.

—En absoluto. No escucha a nadie. Es una fanática religiosa. Le dirá toda suerte de cosas absurdas sobre lo que piensa de usted. Al menos eso es lo que se cuenta. Nunca he coincidido con ella. —Agitó sus delgadas manos con un ademán histriónico—. No soporto esas pasiones tan serias y abstractas. Son de muy mal gusto, ¿no le parece? Nada hay peor que los pelmazos. ¿Qué demonios se puede hacer con ellos?

—Desprenderse de ellos rápidamente —dijo Vespasia al instante—. Lamentablemente, no todos nos ponemos de acuerdo sobre quiénes lo son. ¿Tan pesada es esta mujer?

—No tengo ni idea —admitió Dorothea—. Me figuro que si realmente va en serio, puede ir a preguntar a los miembros de su organización.

—¿Su opinión no será muy sesgada?

—Siempre le queda probar suerte con sus opositores —sugirió Dorothea. La monotonía de su voz dejaba claro que estaba perdiendo interés.

—¿Opositores? —preguntó Vespasia.

Dorothea se encogió de hombros intrincadamente, haciendo un gesto que distó mucho de ser elegante.

—Verá, querida, no puede decirse que sea mundialmente admirada, ¿verdad? Su pasado es bastante peor que cuestionable... ¿No le parece? ¿O no está enterada?

Vespasia supuso que se refería a la primera esposa de Nazario, la trágica Luisa, pero por si acaso no era así, afectó ignorancia. Aunque Dorothea llevara razón, una versión de los hechos más llena de colorido y menos caritativa quizá resultara útil, por más de mal gusto que fuera.

—¡Ya veo que no! —dijo Dorothea con deleite—. Es muy guapa pero de una manera extraña, melodramática, si le gustan ese tipo de cosas. Aparentemente a Nazario Delacruz le gustaba, quiero decir. ¡No parece inglesa ni por asomo! Es toda ojos negros y orgullo español. Camina como si fuese sobre ruedas.

—¿La... esposa?

Había faltado muy poco para que a Vespasia se le escapara el nombre.

—¡No, claro que no! ¡Sofía! Luisa era una criatura muy dulce, un poco mimada, tal vez. Y aburrida, hasta donde yo sé. Pero también lo son la mitad de las mujeres de Londres... como mínimo la mitad.

Vespasia estaba empezando a tener la sensación de pagar muy caras aquellas informaciones, si es que podían considerarse como tales.

—Desde luego —dijo, descaradamente—. Por desgracia las más interesantes tienden a marcharse. Una no puede evitar preguntarse si es un fenómeno de causa y efecto.

Dorothea dio vueltas a aquel comentario con suspicacia, pero decidió que era un cumplido delicioso.

—De buena familia, por descontado —prosiguió—. Siempre me sorprendió que los parientes de Luisa no se vengaran de alguna manera contra Nazario y Sofía. Tal vez aún esté por venir. ¡Yo querría que se hiciera justicia! ¿Usted no?

Fue una pregunta directa.

Vespasia decidió seguirle la corriente.

—Sí, me parece que sí, si tuviera suficiente coraje —convino—. Pero también me contentaría con tomarme el tiempo necesario hasta que pudiera hacerlo realmente bien y sin que me atraparan.

—¿No cree que los tribunales, o quien corresponda, lo entenderían? —preguntó Dorothea—. ¿O al menos la policía?

—No lo sé. Quizá dependería de los agravios personales que tuvieran, supongo. Aun así, creo que preferiría no tener que dar explicaciones sobre mí misma, o sobre las tragedias de mi familia, a fin de evitar que me castigaran por la venganza... fuera cual fuese.

Dorothea se estremeció de puro deleite.

—¡Cuánto me alegra que haya venido a Toledo! La vida será mucho más interesante ahora que está usted aquí.

—¿Cómo se apellida esta familia? —inquirió Vespasia.

Dorothea abrió los ojos.

—Por el amor de Dios, no tendrá intención de visitarlos, ¿verdad? Sería muy... ¡atrevido! —Quería decir descarado y poco apropiado, y estaría encantada si Vespasia hiciera algo tan indiscreto.

—En absoluto —negó Vespasia—. Pero usted misma ha comentado lo sorprendente que resulta que no se hayan vengado de Nazario y Sofía. Me pregunto si hay un motivo para que sea así. —Reparó en el repentino y profundo interés de Dorothea—. Me parece un poco... inusual, ¿a usted no?

—Ahora que lo dice, sí. Desde luego que sí. Me pregunto cuál podría ser. Han transcurrido años. Yo no podría aguardar tanto tiempo. Haré averiguaciones discretas y le contaré.

—¿El apellido? —la instó Vespasia.

—Oh, ya se lo diré —respondió Dorothea con displicencia—. ¿No se lo he dicho?

Vespasia se negó a morder el anzuelo. Tal vez tuviera merecido aquello. Se despreciaría tanto como despreciaba a Dorothea si las apuestas fuesen menos altas. Se obligó a sonreír.

—Me interesaría saber más cosas acerca de Sofía, pero me imagino que usted no podrá ayudarme en esto.

—Verá... —Dorothea se ruborizó levemente—. Tengo cierta relación con una monja que vive en un convento en las afueras de la ciudad antigua. Si quiere, mi carruaje puede llevarla a verla.

—Gracias, Dorothea —aceptó Vespasia. Mintió sin vacilar—. Siempre ha sido la mar de generosa.

Dorothea se sorprendió, temiendo que fuese un sarcasmo, pero no discutió.

La mañana siguiente, poco después de las ocho, el carruaje de Dorothea se detuvo frente a los altos muros del convento. El edificio seguramente databa de cien años atrás y era bello en su simplicidad.

Vespasia se apeó y se dirigió a la entrada, donde dio su nombre a la guardiana y solicitó ver a la hermana María Magdalena. También dio el nombre de Sofía y añadió que el asunto que la traía era muy urgente.

Cinco minutos después la condujeron por una enorme puerta de roble con barrotes hasta el silencio de las columnatas de piedra, donde motas de polvo se arremolinaban en los haces de luz que caían sesgados. Los suelos estaban desgastados e irregulares tras siglos de ser pisados, y el centro de cada peldaño de la escalera estaba ahuecado.

La hicieron pasar a una habitación donde reinaba el silencio. La estancia era luminosa gracias al sol que atravesaba la reja de hierro forjado de la ventana, formando dibujos. Se sentó en una de las dos sillas en actitud meditabunda hasta que se abrió la puerta y entró la hermana María Magdalena.

Era una mujer menuda de rostro amable que cojeaba un poco. Aparentaba tener la misma edad que Vespasia. Sus ojos transmitían una paz inmensa, no sin una pizca de humor.

—Lady Vespasia Narraway —dijo, haciendo una ligera reverencia, un gesto curiosamente elegante—. Tengo entendido que está interesada en Sofía Delacruz. Solo puedo decirle lo que sé.

—Gracias, es lo único que pido —aceptó Vespasia—. ¿La conoce bien?

—Sí, claro —contestó la hermana María Magdalena con certeza—. Solía visitarnos. Le gustaba venir aquí, apartarse del mundo, ¿entiende? A menudo nos sentábamos a conversar. Estábamos de acuerdo en todas las pequeñas cosas, las cosas cotidianas. —Sonrió—. No solo sobre quiénes somos, de dónde venimos y adónde vamos, ni siquiera el por qué. Tan solo el paso a paso del camino. —Sonrió de nuevo y se le iluminó el semblante—. Lo que cuenta es el paso a paso, ¿no le parece?

Vespasia tomó la súbita decisión de ser sincera con aquella monja que juzgaba tan sabiamente.

—Me temo que a la señora Delacruz le ha sucedido algo tremendamente desagradable, y espero que enterándome de más cosas acerca de ella podamos impedir que se convierta en una auténtica tragedia. No puedo decirle mucho más, salvo lo que se ha hecho público en Londres. La han secuestrado y dos de sus seguidoras fueron brutalmente asesinadas.

El rostro de la hermana María Magdalena mostró lástima pero no así horror, como tampoco el menor signo de incredulidad. Vespasia se preguntó por un instante si no la había entendido, pese a que su español era bastante bueno.

—Dios mío —dijo la hermana María Magdalena en voz baja—. Cuánta tragedia hay en el mundo y cuánta maldad. Pero señalar un camino no es tarea fácil, conduzca donde conduzca. —Apenas esbozó una sonrisa—. Tal vez sería más sensato que no lo admitiera, pero un error de doctrina es una nimiedad comparado con el amor de una persona por el prójimo. Sofía no carece de valentía y, posiblemente, eso será su perdición.

—¿Suscitaba mucha indignación debido a sus creencias? —preguntó Vespasia.

La hermana María Magdalena sonrió.

—¿Aquí, en Toledo? Usted no conoce nuestra historia. ¿Y por qué iba a conocerla, cuando tienen tanta en su país? Pero en el pasado éramos famosos por nuestra tolerancia, antes de los tiempos del miedo y de la resolución de que solo un camino era el correcto. Eso fue antes de la expulsión de aquellos cuyas ideas eran distintas a las nuestras, y de la persecución de los pocos que se quedaron. Por aquel entonces florecían el arte y la ciencia. Las diferencias no eran amenazas; eran el camino hacia un aprendizaje mayor. El miedo es algo terrible, lady Vespasia, una enfermedad que salta como el fuego de una mente a otra y consume buena parte de lo mejor de nosotros. Dejamos de escuchar y arremetemos con demasiada facilidad, sin detenernos a pensar en lo que hacemos.

»En cuanto a su pregunta, en Toledo, en los barrios antiguos, no; encontramos que sus ideas son raras e interesantes. A mí me llevó a reevaluar las enseñanzas de mi propia fe. Vi ciertas cosas bajo una luz diferente, y al menos una de ellas me pareció más valiosa gracias a ello. Hizo que me diera cuenta de que amamos la certidumbre y que a menudo creemos ver lo que en realidad no vemos.

—Su rostro me dice que usted no tiene miedo —dijo Vespasia en voz baja.

—No lo tengo. Estoy segura de qué cosas importan. La amabilidad y el honor siempre son buenos. No debes construir a Dios a tu imagen y semejanza, con tus dudas y temores, la necesidad de estar a salvo y llevar razón cueste lo que cueste a los demás y, en última instancia, a ti mismo. Hay que dejar al alma tranquila y saber que Dios nunca es caprichoso, nunca es cruel ni se equivoca. Lo que se tambalea es tu comprensión. Incluso los más inteligentes seguimos siendo niños, y los más sabios lo saben.

—¿Sofía se contaba entre esos sabios? —preguntó Vespasia.

—¡Dios mío, no! Entre los más valientes, sin duda. Y entre los amables, a su manera. Siempre buscaba ayudar a los verdaderos arrepentidos para que encontraran el camino de regreso a la luz. Era muy piadosa.

—¿No le sorprende que la hayan secuestrado?

La hermana María reflexionó un momento antes de contestar, y luego midió sus palabras con sumo cuidado.

—Sofía trabajaba con muchísima gente. Tengo entendido que nunca daba la espalda a nadie, aunque muchos se marcharan por voluntad propia. Algunas de sus enseñanzas eran difíciles; otras, muy asequibles. Nunca negaba comida y cobijo si los podía dar. —Se mordió el labio y titubeó, mas no tardó en tomar una decisión íntima—. Un hombre acudió a ella poco después de que se cometiera un asesinato brutal. Habían encontrado a un hombre degollado y con el cuerpo mutilado. No sé qué dijo el fugitivo a Sofía. No me lo refirió y, por descontado, no pregunté. Pero le pidió refugio. Tenía mucho miedo, un miedo mortal. Sofía estaba muy inquieta y me confió que temía por su vida y por su alma.

—¿Eso le contó? —dijo Vespasia, sorprendida.

—No lo habría hecho de no haber necesitado mi ayuda. Me dijo que le había confesado un pecado muy grave, y que, aun no siendo un acto violento, iba a provocar un daño terrible. Me pidió que le buscara un escondite donde estuviera a salvo de las fuerzas exteriores que querían matarlo. Me dio su palabra de que no le había confesado aquel asesinato, si bien admitió que su miedo guardaba relación con él.

—¿Y esta vez la creyó? —preguntó Vespasia, con nuevas ideas arremolinándose en su cabeza. ¿Ese fugitivo era la clave del secuestro de Sofía? ¿«Fuerzas exteriores» significaba que el rapto obedecía a motivos políticos, después de todo?

—La creí. Sigo creyéndola. Jamás pillé a Sofía en una mentira de ninguna clase, ni siquiera mintiéndose a sí misma. Es la persona más ardientemente sincera que conozco, y elijo mis palabras con cuidado e intención. Por supuesto, no sé si ese hombre la engañó.

—¿Pero usted le dio cobijo? —preguntó Vespasia, procurando no alterar su tono de voz—. ¿Sigue estando bajo su tutela?

—No. Lo escondí, pero solo durante unos días. Después Sofía halló la manera de protegerlo. No pregunté cómo lo haría ni se ofreció a contármelo. Me parece que consiguió dinero para esconderlo en otra parte, pero esto solo es una suposición mía.

—Gracias —dijo Vespasia, agradeciendo su colaboración—. Parece muy posible que el hecho de que rescatara a ese hombre sea la causa de su problema actual. ¿Hay algo más que pueda decirme acerca de él? Por ejemplo, ¿cuánto antes de su marcha a Inglaterra ocurrió todo esto?

—Menos de un mes —contestó María Magdalena, adoptando de pronto una expresión muy seria—. Por eso me he sentido obligada a quebrantar su confianza y contárselo a usted. Por favor... haga lo que pueda por ayudarla. Sus creencias son blasfemas para mi Iglesia, o al menos lo parecen, pero es una buena mujer, y para mí eso es lo único que cuenta. Es tan hija de Dios como cualquiera.

—Lo haré —prometió Vespasia. Se puso de pie y estrechó la mano de María Magdalena—. Lo haré —repitió.

10

Pitt estaba en el despacho pequeño y desordenado del inspector Latham. El escritorio lo cubrían casi por completo los montones de informes y dos tazones esmaltados medio llenos de té. En el cenicero descansaba una pipa.

—Ya se lo he contado... señor —dijo Latham con aspereza, perdiendo la paciencia—. El forense dice que murieron la tarde antes de que las encontráramos. En la medida en que puede estar seguro, con una diferencia de minutos. Hacía un buen día, más bien templado. Ventanas abiertas, moscas. Desagradable, pero ayuda a establecer la hora. Probablemente, antes de que anocheciera. El crepúsculo dura mucho en esta época del año. Noche despejada, además. Luz suficiente para no tener miedo de abrir la puerta, oscuridad suficiente para que los vecinos estuvieran dentro, seguramente cenando. Si alguien lo vio, pensaría que iba a cenar. Fueron vistos dos coches de punto, pero los testigos no saben decir si fue el mismo dos veces.

—¿Con qué margen de tiempo? —preguntó Pitt.

—Por Dios, señor, la gente no mira el reloj salvo que esté aguardando a alguien que llega tarde. Podrían ser unos minutos o una hora. Los vecinos apenas están empezando a rehacerse. Si invade de nuevo las calles para hacer más preguntas a diestro y siniestro como hacen esos malditos sujetos del señor Teague, solo conseguirá alterar a personas decentes y que le cuenten historias estúpidas quienes no tienen dos dedos de luces pero quieren que todo el mundo los escuche. ¡No entiendo por qué le pidió ayuda! Sabemos hacer nuestro trabajo aunque no siempre el resultado sea el deseado. Hay personas a las que nunca se atrapa. Tuvimos a media Inglaterra tratado de atrapar al Destripador y no dimos con él.

Respiró profundamente y se esforzó en dominar su enojo.

—¿Por qué no siguen dando caza a los dinamiteros, o haciendo lo que sea que hacen, y nos dejan resolver esto? Si advertimos el menor indicio de que haya algún político envuelto en el caso, lo avisaremos. ¿Y puede quitarnos de encima a Teague, por favor? Me encantan los héroes, pero en su sitio, no el nuestro.

—No lo invité a participar, inspector —dijo Pitt cansinamente—. Y Sofía Delacruz es una figura política y sigue desaparecida.

—Pensaba que era una especie de predicadora. —Latham negó con la cabeza—. Personalmente, ni me va ni me viene. Voy a la iglesia los domingos y me ocupo de mis asuntos. ¿A quién le apetece discutir con el párroco? ¿Y para qué?

—Hay personas que discutirían con Dios —dijo Pitt con un suspiro—. Supongo que no han aparecido más pruebas sustanciales.

—Ninguna de la que no esté informado. El arma fue un cuchillo afilado. En la cocina no hay muchos, pero es imposible saber si el asesino usó uno de ellos y luego se lo llevó o si lo llevaba consigo.

—¿Está seguro de que fue un solo hombre? —preguntó Pitt.

—Eso parece —contestó Latham. Cogió la pipa del cenicero pero no la volvió a encender, tan solo la sostuvo en la mano, como si le gustara el tacto de la madera lisa.

Pitt frunció el ceño.

—¿Por qué? ¿Usted iría solo a matar a dos mujeres y secuestrar a una tercera que sin duda opondría resistencia? De hecho, lo más probable es que te atacara para salvar a las otras dos. Yo iría acompañado. Sofía Delacruz seguro que presentaría batalla. No huiría para salvarse ella sola. Y, desde luego, gritaría.

—Ya he pensado en eso, señor —contestó Latham—. Para empezar, si yo fuese a hacer algo tan horrible como esto, no dejaría que nadie más lo supiera, pues de lo contrario me tendría agarrado el resto de mi vida. A no ser que también lo matara a él, claro está. Pero tendría miedo de que se le ocurriera pensarlo y que me liquidara primero.

Pitt asintió con la cabeza.

—Iría solo —prosiguió Latham con serenidad y creciente confianza al ver que Pitt no lo contradecía—. Vigilaría desde el exterior. Al anochecer. Habría luces encendidas en la casa, de modo que tendría una idea bastante aproximada de dónde estaba cada una de las mujeres.

Pitt pensó en el jardín y sus escondrijos junto a los arbustos, al borde de la propiedad, donde un hombre podría quedarse merodeando, tal vez con un perro, o fumando una pipa sin levantar sospechas.

—Tiene sentido —dijo en voz baja—. ¿Han encontrado pruebas?

—Alguna —contestó Latham—. La tierra está un poco seca pero hay zonas donde se aprecia con bastante claridad que alguien estuvo un rato de pie cerca de los arbustos que bordean el sendero frente a la casa de al lado. —Latham sorbió la boquilla de la pipa un momento—. Es imposible saber si era él, pero pudo haberlo sido.

Latham dejó la pipa a un lado.

—Yo habría vigilado con antelación, observando sus hábitos, y la noche de autos habría aguardado a que una de ellas estuviera arriba y que la de la cocina estuviera sola. Me habría ocupado de ella deprisa, habría pillado a la segunda mientras la tercera estaba arriba, de modo que no pudiera bajar para escapar sin cruzarse conmigo.

—Tuvo que ser muy rápido —dijo Pitt, meditabundo—. En efecto, daba la impresión de que había matado primero a la de la cocina y que luego, cuando la otra salió huyendo, la había perseguido escaleras arriba. Lo que no entiendo es por qué no salió a la calle.

—La puerta principal estaba cerrada —contestó Latham—. Un cerrojo en la parte superior y otro lateral. Era una mujer menuda. No hubiera podido alcanzarlo y abrirlo antes de que la agarrara. Y él estaba entre ella y la puerta de atrás. —A medida que Latham hablaba, Pitt se imaginaba la escena y se le encogía el estómago—. Y Sofía también estaba arriba, la pobre —añadió Latham con amargura—. Cleo o Elfrida debieron dejarlo entrar por detrás. Los cerrojos no los cerraría él, y ninguna de ellas alcanzaba el del dintel. Una mujer más alta quizás habría llegado, supongo.

—Solo si contaban con que se quedara toda la noche —señaló Pitt—. Y eso significaría que era uno de los suyos.

—Tal vez —dijo Latham, pensando en voz alta—. Pensarían que estaba allí para protegerlas, las pobres. En tal caso, no pudo ser el español bajito. Tampoco habría alcanzado el cerrojo del dintel.

—Melville Smith, sí —dijo Pitt—, pero tiene coartada. ¿Es posible que alguien regresara después? ¿Que el cerrojo lo cerraran más tarde?

—¡Por Dios! ¿Por qué iba nadie a regresar? —dijo Latham, no sin razón—. Al principio pensaba que nos enfrentábamos a un loco normal y corriente. Sin relación alguna con Sofía. Pero el secuestro cambia las cosas. Ahora no sé qué pensar, excepto que no es el tipo de violencia que suele ejercerse contra un desconocido, salvo que estés como un cencerro. Tiene más sentido que fuese alguien que la conocía y la odiaba, además de desear algo con tantas ganas que estaba dispuesto a hacer cualquier cosa para conseguirla. Hemos investigado a todos los que vinieron con ella y no hemos encontrado nada tan... personal.

»En cuanto a la oportunidad, todos responden por los demás, ¿por qué no iban a hacerlo? Si lo hizo uno de ellos, lo más probable es que todos estén implicados o que tengan motivos para encubrir a quien lo hizo. Si le interesa mi opinión, todos están un poco tocados.

Pitt no se lo discutió. Dio las gracias a Latham y se marchó.

En la calle hacía un día fresco y ventoso. La gente que iba a pie caminaba deprisa, un par de mujeres se sujetaban los sombreros, cuyas alas amenazaban con llevárselos volando.

Pitt iba sumido en sus pensamientos, agradecido por la cooperación de Latham. La policía no siempre trabajaba a gusto con la Special Branch. Consideraba que había un conflicto de jurisdicción y que a ellos les tocaba hacer lo peor mientras otros se llevaban el mérito.

Había llegado al bordillo de la vía principal cuando fue consciente de que tenía a Frank Laurence a su lado.

—Estamos un poco desesperados, ¿no? —dijo Laurence alegremente—. ¿Todavía no ha pedido un rescate el secuestrador? Esto pinta mal. No supondrá que la hayan matado sin querer, ¿verdad? Parecía el tipo de mujer dispuesta a defenderse con uñas y dientes.

Pitt se detuvo en seco y dio media vuelta para enfrentarse a él, con ganas de borrarle la sonrisita de suficiencia de la cara.

—¡Esto no es un juego! —dijo, furioso—. Es un ser humano con personas que ama, sueños y creencias, igual que el resto de nosotros. ¡No es un personaje imaginado que pueda manipular para vender más puñeteros periódicos!

Laurence abrió los ojos, pero no perdió la calma. Pitt se dio cuenta en ese instante de que Laurence había dicho lo que había dicho precisamente para provocar que perdiera los estribos. Los hombres enojados cometen errores, dicen más de lo que tienen intención de decir.

—¡Realmente tiene miedo de que esté muerta! —dijo Laurence en voz baja—. El rescate es demasiado alto, ¿verdad?

—No es asunto suyo —le espetó Pitt, comenzando a cruzar la calle con decisión.

Laurence le siguió el ritmo.

—Si es cuestión de dinero, a lo mejor el muy noble señor Teague lo conseguirá. Eso lo convertiría en todo un héroe, ¿no le parece? Ya veo los titulares: «¡Dalton Teague paga el rescate de un rey para salvar la vida de una santa española con cuyo credo está en absoluto desacuerdo!» ¿Tal vez la secuestró desde el principio, para poder rescatarla en público? Así se pagaría esa fortuna a sí mismo. ¿Sabe si hay algún seguro que cubra algo semejante?

—¿Por qué no lo escribe y lo averigua? —sugirió Pitt con aspereza—. Solo que, por supuesto, Teague arruinaría su carrera.

—Y tanto —dijo Laurence con una media sonrisa—. Eso es exactamente lo que haría. Y no sería el primero al que arruinaría. Debería pensar en eso, señor Pitt. Estudie detenidamente la carrera de Dalton Teague y verá lo que les ha ocurrido a quienes se alzaron contra él.

—¿Usted lo hizo? —preguntó Pitt—. ¿Se alzó contra él y sufrió las consecuencias? ¿Eso es de lo que va realmente todo esto?

—Va sobre Sofía Delacruz y el asesino de Cleo y Elfrida —contestó Laurence. Encogió un poco los hombros—. ¿O acaso va sobre terrorismo y la guerra entre España y Estados Unidos, y sobre si finalmente se convierte en una guerra mundial? Si es así, ¿en qué bando piensa que lucharemos?

—¿Tiene algo útil que decirme? —preguntó Pitt.

—Pues la verdad es que sí —replicó Laurence—. Quizá debería investigar la relación entre Teague y Barton Hall.

—Esto ya me lo dijo —le recordó Pitt—. Fueron al mismo colegio y al mismo curso. Igual que usted, detalle que eludió bastante hábilmente cuando lo hablamos la otra vez. Y, sin embargo, menciona a Teague en cuanto tiene ocasión.

Laurence enarcó una ceja.

—¿Alguna vez ha formado parte de un equipo deportivo de un colegio, señor Pitt? ¿O de un equipo universitario? ¿Sabe qué vínculos de lealtad se crean? ¿Sabe cuánto se adora a los equipos deportivos, sobe todo a los que siempre ganan? ¿Lo que significa estar en el grupo de los elegidos? —Su rostro se ensombreció—. ¿O lo que es ser el matado, el que no golpea la pelota ni anota carreras? —Había un dejo de amargura en su voz—. Y sin embargo apruebas los exámenes, ¿no? Sabes de matemáticas, escribes redacciones, incluso recuerdas y entiendes las lecciones de historia. ¿No fue el duque de Wellington quien dijo que la Batalla de Waterloo se ganó en los campos de juego de Eton?

Miró a Pitt socarronamente.

—Bien, pues llevaba razón; muchas cosas se ganan y pierden en los campos de juego del colegio, comandante. Quizá lo recuerde usted.

Y con un amago de saludo dio media vuelta y se alejó,

dejando a Pitt plantado en la acera, tratando de poner orden en la confusión. No sabía decir exactamente qué, pero ahí había algo, algo que tenía que ver con Teague y España, y Laurence quería que Pitt lo averiguara.

Dalton Teague volvió a ocupar el pensamiento de Pitt antes de que transcurriera una hora. Al regresar a Lisson Grove encontró a Stoker echando chispas. Tenía el rostro huesudo muy pálido y estaba tan tenso que rehusó sentarse.

—¡Sus malditos hombres están por todas partes! —dijo en cuanto Pitt cruzó la puerta—. Ahora tiene a Russell comiendo de su mano. ¡Que si Teague esto, que si Teague lo otro! ¡Ya no me hace caso! ¿Y con qué resultado? Ha salido corriendo hacia Nottingham siguiendo una pista falsa. Resulta que la mujer es una puñetera gitana. Tan Sofía Delacruz como yo.

No era la primera vez que la Special Branch había seguido un rastro que resultaba ser inútil. En el caso que los ocupaba, muchos de ellos les habían llegado a través de Teague, pero sus propias pistas no habían sido mejores.

—¿Lo sabe la prensa? —preguntó Pitt, pasando junto a Stoker para ir a sentarse a su escritorio. Vio el montón de informes que había encima y se dio cuenta de cuántos asuntos estaba dejando de lado debido a la desaparición de Sofía. Apenas recordaba los detalles del sabotaje en las fábricas de Londres. El entrometimiento de Dalton Teague y sus declaraciones a la prensa mantenían vivo el interés del público, cuya imaginación se desbocaba.

¿Dalton Teague estaba siendo utilizado por alguien mucho más inteligente que él? Últimamente, tal posibilidad le había pasado por la cabeza en más de una ocasión. ¿Veían a aquel hombre tan apuesto, con su elegancia y sus contactos, y jugaban con sus ansias de adulación? ¿Cabía pensar que todo fuese un juego de manos y que Pitt estuviera picando el anzuelo?

¿O acaso Laurence intentaba conducirlo al hallazgo de algún dato acerca de Teague que tenía verdadera importancia?

El malestar social era leve en Gran Bretaña, comparado con el del resto de Europa. Incluso en Estados Unidos estaban teniendo problemas con las protestas y el descontento, una nueva clase urbana de pobres se unía y exigía privilegios que antes eran impensables. La violencia había sido considerable. En Inglaterra también iba en aumento. No obstante, ¿acaso Pitt estaba demasiado ocupado haciendo de policía, demasiado concentrado en un único problema, tal como solía hacer en sus tiempos en Bow Street, y por tanto era incapaz de ver la imagen de conjunto, que era precisamente contra lo que Narraway le había prevenido?

—Russell es un buen agente —dijo en voz alta—. Dígale que no sea tan estúpido. Eche un vistazo a estos informes —agregó, señalando los papeles que había encima de su escritorio—. Voy a ver a Teague y a decirle que sea más discreto.

—No le hará caso —dijo Stoker rotundamente—. Es como un caballo rebelde con el bocado entre los dientes. No sé qué espera conseguir.

—No espero hacerle cambiar de parecer —contestó Pitt con una sonrisa forzada—. Quiero saber más acerca de él, ver si le sonsaco lo que sabe y lo que realmente pretende hacer.

Stoker abrió los ojos.

—¿No pensará que tiene algo que ver con su desaparición, verdad, señor? Eso significaría que sabe quién mató a las dos mujeres. Aunque no me lo imagino como un anarquista o algo por el estilo. Es aristócrata hasta la médula.

Generaciones de privilegio a sus espaldas. ¡Seguramente tiene antepasados de la conquista normanda! —exclamó con un aire de aversión.

—Todos los tenemos, Stoker, solo que los suyos iban a caballo y los nuestros a pie, y en el bando equivocado —observó Pitt—. Y no, ni por un instante he pensado que vaya con los anarquistas. Teague va con Teague, y un hombre así se puede manipular.

—¡Sí, señor!

Stoker ya estaba sentado en el escritorio de Pitt y comenzaba a revisar los montones de papeles antes de que Pitt llegara a la puerta.

—Y una cosa más, Stoker —dijo Pitt, deteniéndose en el umbral—. Averigüe si Teague tiene contactos en España, ¿quiere? Del tipo que sean.

—¿Cree que los tiene? —preguntó Stoker, sorprendido.

—No lo sé. Solo es algo que mencionó Frank Laurence.

Pitt encontró a Teague en el silencioso salón de un club de caballeros. Teague estaba recostado en un sillón, con sus largas piernas estiradas y cruzadas por los tobillos, y levantó la vista dirigiéndola hacia Pitt, con una copa de jerez en la mano.

—Amigo mío, me alegra verlo —dijo, sonriendo con desenfado—. Tome asiento, por favor. ¿Me permite que pida al camarero que le sirva una copa de jerez? Le recomiendo el amontillado.

Pitt sabía perfectamente que el modo de expresar el ofrecimiento tenía la intención de que no supiera si le estaban invitando al jerez o si tendría que abonarlo de su bolsillo. No era socio de aquel club, aunque Narraway lo había convencido de que era necesario que lo fuera de otros dos. No se trataba tanto de conseguir el caché inherente a la distinción social, sino que más bien era cuestión de quién confiaba en quién, quién estaba dentro y quién fuera. A veces era algo tan sutil como un tono de voz, el arquear una ceja, la omisión de un tema en apariencia trivial, dos personas evitando salir al mismo tiempo de modo que cupiera pensar que no estaban muy unidas.

—No, gracias —respondió Pitt—. Es un poco temprano para mí.

Teague sonrió, pero su mirada era fría.

—Hace muy bien —convino—. Sin duda tendrá muchos otros asuntos que atender. —Descruzó las piernas y las cruzó en el sentido contrario—. Debo admitir que estoy empezando a apreciar mucho mejor la enorme tarea que desempeña la Special Branch. ¿Cómo se las arreglan para seguir la pista de todo lo que ocurre? Es un poco... ¡amorfo! Miles de personas siembran agitación por toda Europa, buscando la manera de arremeter contra la autoridad. Es imposible que las vigilen a todas. ¿Cómo saben quién se deleita con el sonido de su propia voz y quién realmente tirará una bomba algún día?

Parecía interesado, con la cabeza un poco ladeada. El sol de última hora de la tarde que entraba por la ventana creaba un halo en torno a su magnífica cabellera.

—La mayoría no son mi problema —dijo Pitt sonriente, sentándose frente a él casi con la misma desenvoltura, al menos en apariencia—. Mayormente es a sus dirigentes contra quienes quieren atentar, más que contra los nuestros.

—¿Esta es su respuesta? —dijo Teague, sin dar crédito a sus oídos—. ¿Que no es su problema?

Pitt se dio cuenta de que su displicencia iba a volverse contra él muy deprisa si no iba con más cuidado.

—Vigilamos y observamos —contestó con compostura, sosteniendo la mirada de Teague—. Advertimos a otros gobiernos si nos enteramos de algo que deberían saber. Igual que ellos nos avisan a nosotros.

—¿Cómo sabe que le dicen la verdad? —presionó Teague.

—No lo sabemos. Archivamos la información y emitimos un dictamen.

Teague enarcó las cejas.

—Debe de tener una memoria de elefante para guardar todos esos miles de listas, juntarlas y darles sentido. Esto me lo refirió uno de sus hombres. Pueden establecer cualquier panorama que quieran con la mayoría de ellas. Hay que ser muy inteligente para dar con el acertado. —Daba la impresión de estar adormilado, incluso un poco ebrio, pero Pitt se fijó en que la mano con la que sostenía el pie de su copa era firme como una roca y en que bajo los párpados caídos su mirada era muy penetrante.

—Te acostumbras a ciertas pautas —contestó Pitt—. Bastante a menudo, la pieza que no encaja es la que te hace ver la verdadera imagen de conjunto.

—Qué interesante —murmuró Teague. Levantó la mano para llamar la atención del camarero, que acudió al instante.

—Dígame, señor Teague. ¿Le traigo algo?

—Gracias, Hythe. El comandante Pitt todavía está trabajando. ¿Podría traernos una tetera? —Se volvió hacia Pitt—. ¿Prefiere el té chino o el indio?

—Indio, gracias —aceptó Pitt. Ciertamente le apetecía una taza de té, o incluso varias, pero aunque no fuese así, rehusar sería una torpeza.

—Sí, señor. Se la traigo enseguida.

Hythe hizo una reverencia y se marchó.

—Yo también prefiero el indio —convino Teague—. Volvamos a la semejanza que ha hecho con un puzle. Es una analogía muy ingeniosa. La pieza que finalmente no encaja porque usted está tratando de hallar una visión de conjunto equivocada con ella. Si lo he entendido bien, y he observado a sus hombres reunir toda clase de piezas que parecen triviales y sin relación entre ellas, ustedes no pasan por alto ninguna. En cualquier caso, los inteligentes no lo hacen. Stoker es un buen agente, callado, serio, perspicaz, leal y diría que es el hombre que conviene tener a tu lado en una pelea. ¿Alguna vez llegan a ese extremo?

—Muy raramente.

Pitt se echó hacia atrás, reclinándose en el sillón casi con la misma desenvoltura que Teague. Nunca sería tan elegante como él, pero sabía aparentar que estaba a gusto.

—Aun así, seguro que hay ocasiones en las que cuenta. Aunque la velocidad y la fuerza nunca superan la inteligencia. —Teague seguía mirando a Pitt fijamente. Sus ojos eran tan verdes como azules—. Las piezas que usted reúne, por ejemplo. —Las fue contando con los dedos—. Sofía Delacruz es una mujer hermosa, provista de una pasión extraordinaria. Se casó con un español que vive en Toledo. Ha fundado esta excéntrica y absurda religión nueva, en la que parece creer, y está dispuesta a aferrarse a ella a toda costa. Abandonó Inglaterra, y a su familia, tras rebelarse contra un matrimonio que no deseaba. Se enamoró de Delacruz, un hombre que ya estaba casado. La esposa de este puso fin a su vida y a la de sus hijos. Sofía ha venido a Inglaterra a predicar su credo. Está molestando a la clase dirigente. Su único pariente es Barton Hall. Dice que quiere verlo pero no le dice por qué. No modera en absoluto el mensaje que predica. Desaparece, posiblemente con la connivencia de los suyos. Hay amenazas contra su vida, algunas de las cuales deben tomarse en serio. ¿Voy bien, hasta ahora?

—Sí. —Pitt no podía discutir—. ¿Qué panorama dibuja usted con estas piezas? —preguntó. Tenía curiosidad por saberlo.

—Estoy convencido de que no las tenemos todas —respondió Teague, sin apartar la mirada de los ojos de Pitt—. ¿Por qué vino en realidad? Hall no le importa y, desde luego, a él menos le importa ella. De hecho, supone una considerable vergüenza para él. Tienen muchas más posibilidades de reconciliarse si mantienen la mayor distancia posible entre ellos. Y seguro que ella lo sabe.

—Por consiguiente, la pieza que falta es el verdadero motivo por el que vino —concluyó Pitt. Era consciente de que Teague lo observaba con sumo detenimiento, juzgando cada conflicto, cada sombra, cada palabra dicha o callada.

—En efecto —dijo Teague, esbozando una sonrisa—. Veamos qué forma tiene esta pieza. A mí me parece que encaja justo en el medio, ¿a usted no?

—Sí —convino Pitt—. Me sorprendería que no fuese así.

Dejó que Teague llevara la iniciativa. Quería saber hacia dónde estaba yendo.

—¿Alguna vez se ha fijado en cómo cambia una habitación si mueve la luz? —prosiguió Teague—. Las sombras caen en lugares distintos. Direcciones distintas cambian el aspecto de todo.

A Pitt le sorprendió la agudeza de Teague, y le fastidió un poco que aquella imagen no se le hubiera ocurrido a él. Empezó a darle vueltas en la cabeza.

Teague sonrió abiertamente.

—Usted dirigía la luz hacia Sofía. ¿Y si la mueve hacia Barton Hall? ¿Qué ve, entonces?

Observaba a Pitt con mucha atención, tal como un gato observa a un ratón.

Pitt reflexionó un momento. No era cuestión de lo que él viera en Hall, sino de lo que quería que Teague pensara que veía, y tal vez aún más, ¡lo que Teague quería que él viera! Tenía delante la oportunidad de enfocar a Teague.

Sin que lo pareciera, podría hacerle toda clase de preguntas, y lo que no le diría a Teague era lo mucho que puedes averiguar no solo a partir de lo que las personas contestan, sino de cómo contestan, de lo que dicen sin que se lo pregunten, del silencio que llenan innecesariamente. Lo más elocuente era lo que no decían. Era una ocasión que quizá no se le volvería a presentar.

—Veo a un hombre emparentado con una mujer muy problemática —contestó Pitt—, con la que mantiene una estrecha relación porque es el único familiar que ella tiene en Inglaterra. Desaprueba rotundamente sus creencias y le resulta de lo más embarazoso que las predique sin tapujos en su propio país.

Teague sonrió con tolerancia.

—Pero esto no es nuevo, señor Pitt. Según parece, lleva años haciéndolo.

—En Inglaterra, no. —De pronto Pitt vio una oportunidad. La siguió—. Esta es la primera vez que ha venido aquí y ha atraído la atención del gran público delante de las narices de su primo.

Teague sonrió.

—¿Y piensa que se puso tan histérico que hizo que la secuestraran? —preguntó con un tono ligeramente reprobador, como si hablara con un alumno aventajado que lo hubiese decepcionado—. ¿Con qué resultado? Ahora la conocen millones en lugar de unos pocos centenares. Ya no es la alborotadora que perturbaba las certidumbres habituales de la gente. Se ha convertido en la víctima de una brutal supresión, mediante el asesinato, del derecho de las personas a creer lo que quieran y a hablar de su fe.

Se inclinó hacia delante con repentino apremio, imprimiendo vehemencia a su presencia física.

—Barton Hall no es tonto, Pitt. Es inteligentísimo. Su cerebro trabaja veloz y prontamente. Quizá sea un poco empecinado a la hora de imaginar, pero tiene visión de las cosas y capta con sutileza los detalles, es juicioso y, en ocasiones, valiente. ¡Es el responsable de invertir parte de las grandes fortunas de la Iglesia y la Corona! ¿Cree que haría algo tan previsiblemente idiota?

Pitt tuvo que hacer un esfuerzo para disimular su excitación.

—Parece conocerlo bastante bien, señor Teague.

—¡Así es! Por Dios, hombre, fuimos juntos al colegio. Probablemente lo conozco mejor que cuanto llegó a conocerlo su propia familia. Era un empollón, pero puñeteramente bueno. Aprobaba los exámenes como si nada mientras los demás nos devanábamos los sesos. —Frunció ligeramente los labios, como si descartara algo con modestia—. No era mi caso... pero sí el de la mayoría. A veces estudiábamos juntos, ayudándonos, retándonos... ¿Lo entiende?

Sabía perfectamente que Pitt no había ido a la universidad, y mucho menos a Cambridge. Lo que no sabía era que en realidad Pitt había tomado clases particulares en la casa solariega donde trabajaba su madre, antes de la condena y deportación de su padre a Australia.

Pitt sonrió. Habló con premeditación.

—Sí, lo entiendo. Estudié con el hijo de sir Arthur Desmond. Con un profesor particular, por supuesto, pero en esencia es lo mismo. Cierta rivalidad amistosa, aunque tal vez no tan amistosa en ocasiones. Era a un mismo tiempo un apoyo y un acicate.

Teague abrió los ojos. Por un instante se sintió desubicado, experiencia poco frecuente para él.

—Llegamos a conocernos bastante bien, y tal vez en aspectos a los que nadie más habría tenido acceso —prosiguió Pitt—. Tendría que haber prestado más atención a su opinión sobre Hall.

Sonrió, aguardando la reacción de Teague.

Teague seguía estando desubicado y por un instante no supo muy bien qué contestar. Tomó la decisión enseguida. Estaba acostumbrado a hacerlo. Cuando una pelota de *cricket* vuela por el aire hacia ti, tienes menos de un segundo para decidir cómo vas a golpearla exactamente.

—Culpa mía —dijo Teague, fingiendo arrepentimiento—. Debería haberlo informado. Lo admito, hasta hace muy poco no he sido consciente de la responsabilidad que Hall puede tener en todo este asunto. Estaba empeñado en averiguar dónde está Sofía Delacruz. O estaba.

—¿Tiene pruebas que indiquen que no esté viva? —preguntó Pitt.

Teague tomó aire.

—No, no, en absoluto. Seguro que si alguien quisiera verla muerta la habrían matado en Inkerman Road junto con las otras mujeres, ¿no le parece? ¿Por qué mantenerla con vida, si no es con un propósito? Si piden un rescate, usted no lo pagará salvo que tenga constancia de que está viva... ¿verdad?

—No —respondió Pitt—. Claro que no.

—¿Y no han pedido un rescate?

Pitt no vaciló al contestar.

—Ni un penique... por ahora. ¿Tal vez estén jugando al gato y al ratón con nosotros, hasta que estemos tan desesperados que cometamos un error?

Teague lo miró de hito en hito.

—Quizá. Pero llegará el momento, y me parece que pronto, en que tendrán que dar un paso. ¿Podemos permitirnos más demora? ¿Y si son ellos quienes se ponen nerviosos y pierden los estribos?

—Entonces la matarán y huirán —contestó Pitt—. Tengo curiosidad. Conociendo tan bien a Hall, ¿qué ve usted cuando gira la luz hacia él?

Teague contestó enseguida.

—Veo a un hombre que se ha metido en algo mucho más profundo de lo que imaginaba y que se ha encontrado ahogándose. —Su voz era totalmente desapasionada y sin embargo transmitía emoción, un sentimiento extraño e imposible de identificar. En parte era pena, pero no había manera de saber si era antigua o reciente—. Está aterrorizado y no sabe a quién ni a qué recurrir.

Miraba a Pitt a los ojos sin el menor titubeo.

—Estoy de acuerdo con usted —dijo Pitt, tras una breve pausa. No seguirle la corriente habría supuesto mostrarle sus cartas. Teague sabía que no era tan tonto. Si hacía que Teague lo despreciara en el terreno intelectual además del social, se vería en una situación de absoluta desventaja. Tal como estaban las cosas, Teague jugaba con él y disfrutaba de la partida. Era preciso que Pitt también jugara si pretendía averiguar algo, percibir e interpretar las omisiones, jugar al ritmo de Teague y a su manera, dejar que revelara lo que no tenía intención de revelar. Mantuvo una expresión neutra—. Pero eso no significa que su miedo esté relacionado con la desaparición de Sofía ni con la culpabilidad que quizá sienta por más que prestara a Melville Smith la casa de Inkerman Road.

Reparó en la chispa de comprensión que brilló en los ojos de Teague, que tan solo los abrió ligeramente, pero por primera vez este vaciló antes de contestar. Volvió a descruzar y cruzar las piernas. Fue un gesto despreocupado y muy elegante, hecho con toda deliberación.

—En efecto —dijo Teague—. Podría no guardar relación. Seguro que usted ya está al corriente de cuáles son sus responsabilidades profesionales. Es posible que sus inquietudes procedan de ahí y que Sofía solo sea una perturbación adicional. Eso explicaría que no encontrara el momento de verla, o que insistiera en buscar una ocasión inmediatamente después de que ella llegara a Inglaterra. Para un banquero, la religión forma parte de los cimientos de la sociedad y, por consiguiente, no es un asunto que se cuestione y, mucho menos, que se cambie. Los banqueros detestan los cambios. Su realidad la constituyen el dinero y la confianza. No desea parecer insensible en lo que atañe a su desaparición, pero esta no es la causa de su miedo. ¿Tiene potestad para investigar esta faceta de Hall?

La mirada se le empañó un instante.

Pitt se dio cuenta.

—No será fácil, pero si hay un motivo, puedo hacer averiguaciones. —Observó a Teague minuciosamente: su rostro, sus manos largas sobre el regazo, incluso la tensión de su cuerpo tan elegantemente recostado en el sillón—. ¿Piensa que debería hacerlo?

Teague inhaló bruscamente y soltó el aire despacio.

—Pienso que sería insensato no hacerlo, señor Pitt.

A última hora de la tarde Pitt había averiguado pocas cosas sobre Barton Hall que no fueran de dominio público, y de nuevo fue convocado por sir Walter.

—¿Qué demonios tienen que ver las actividades bancarias de Hall con la desaparición de Sofía Delacruz? —interpeló sir Walter en cuanto Pitt entró en su despacho, donde el sol del atardecer realzaba los colores de la alfombra—. ¿Tiene idea de lo que está preguntando?

—Sí, señor —respondió Pitt con gravedad. Saltaba a la vista que sir Walter estaba cansado y sin duda comenzando a olerse que aquel caso sería un fracaso. Pitt jugó su carta más alta—. Sé que el banco de Hall maneja una considerable suma de dinero tanto de la Corona como de la Iglesia de Inglaterra y que, por consiguiente, su reputación debe ser intachable.

—Exacto —convino sir Walter—. Cuestionarla equivaldría a insinuar que pasa algo raro. Los bancos de todo el mundo sobreviven gracias a la confianza que se deposita en ellos. El sistema financiero es un inmenso castillo de naipes. Un desastre de envergadura en cualquiera de ellos puede extenderse hasta que todos acaban manchados. Se desata el pánico...

—Quiero impedir que tal insinuación llegue a producirse —dijo Pitt con voz serena, disimulando la inquietud que lo reconcomía—. Antes incluso de que circule el rumor.

—¿Antes de que circule qué rumor, Pitt? Déjese de rodeos y dígame qué quiere decir.

—La sugerencia de que investigara ciertos asuntos, con la máxima discreción, me la hizo el señor Teague, señor. Habida cuenta de su prestigio y de su prolongada relación con el señor Hall, no me atrevo a ignorarlo.

—Entiendo. —Sir Walter meditó unos instantes, sopesando los pros y los contras de la cuestión antes de darse por vencido—. En tal caso, supongo que es mejor que lo haga. Le conseguiré el permiso apropiado. Será mejor que Hall no se entere. Mantenga la más absoluta reserva, Pitt. Incluso un murmullo podría arruinar a muchas familias importantes. Basta una palabra para provocar pánico bancario. ¡Vaya con pies de plomo!

Sonrió tristemente, sus ojeras de cansancio eran como moretones.

—Descuide, señor —dijo Pitt en voz baja—. No dejaré ni una huella.

Antes de ir al banco provisto de la autorización correspondiente, Pitt regresó a su despacho. Releyó las cartas de Sofía y otros documentos que se habían llevado de Angel Court. Con las notas que tomó se dirigió al banco, donde sir Walter le había allanado el terreno con absoluta discreción, y leyó los archivos de las inversiones de Hall, trabajando hasta bien entrada la noche. La luz de gas le había cansado la vista, y el vigilante del banco andaba impaciente de un lado para otro fuera del despacho cerrado cuando por fin encontró lo que creyó que era, como mínimo, el principio de una respuesta.

Hall había invertido una gran cantidad de dinero en tierras en Canadá, una suma que a Pitt se le antojó el rescate de un rey. Mayormente pertenecía a la Iglesia de Inglaterra, y a primera vista no parecía distinta de las otras muchas adquisiciones de tierras que la Iglesia ya poseía y de las que sacaba enormes beneficios. No obstante, gracias a unas cuantas anotaciones manuscritas, difíciles de leer, Pitt se dio cuenta de que Hall estaba intentando obtener con urgencia una cantidad similar de otras fuentes.

¿Era posible que aquello fuese lo que había traído a Sofía a Londres y, por ende, a ver a Hall? ¿Se trataba de una especulación de la que ella esperaba beneficiarse? ¿O era un desastre que esperaba evitar?

Pitt se negó a pensar que fuese un error garrafal por el que Sofía pensaba manipularlo para que hiciera algo que de otro modo ni se plantearía, pero, por supuesto, era posible. ¿Había tenido intención de advertirlo, ayudarlo, chantajearlo o arruinarlo? Y, para empezar, ¿cómo se había enterado?

Fueran cuales fuesen las respuestas, ahora quizá le costarían la vida.

Pitt tomó notas, incomprensibles para cualquier otra persona, y después devolvió los documentos y carpetas a los mismos lugares donde los había encontrado. Acto seguido dijo al vigilante que ya estaba listo para marcharse.

El vigilante lo miró con recelo y resentimiento.

—Gracias —dijo Pitt gentilmente. No tuvo inconveniente en mentir, pues le constaba que era necesario—. Me parece que lo que busco no está aquí, pero agradezco el tiempo que me ha dedicado para que pudiera asegurarme. Buenas noches.

—Buenas noches, señor —contestó el vigilante, más apaciguado—. Me alegra que no lo encontrara aquí, señor, y no me interprete mal. Tratamos con algunas personas muy importantes. No estaría bien que se incomodaran. Podrían perder sus negocios.

—En efecto —convino Pitt, y sintió la pesada carga de aquella información mientras salía a la noche templada, agobiado por posibilidades que no le habían pasado por la cabeza hasta entonces. Tal vez Narraway llevara razón y, después de todo, fuese un asunto de dinero. Si los anarquistas querían derrocar gobiernos, un escándalo que arruinara un banco y la consiguiente quiebra que se extendería por el mundo como fuego en un prado, consumiéndolo todo, sería mucho más eficaz que el asesinato de cualquier dirigente.

11

Vespasia terminó de contar a Narraway lo que le había referido la hermana María Magdalena. La había escuchado sin interrumpirla, con el semblante grave. Cuando finalmente habló, lo hizo con más sentimiento del que ella había esperado.

—Hay algo muy importante que todavía desconocemos —dijo Narraway en voz baja—. Cuantas más cosas sé sobre Sofía, más me siento inclinado a tomar en serio su fe. No es que crea que sea la verdadera, pero debo aceptar que ella sí lo cree. El dilema sobre qué hacer empeora con cada nueva información. —Respiró profundamente, sin apartar los ojos del rostro de Vespasia—. Pienso que morirá antes de renegar de sus creencias.

Estaban sentados en un balcón del hotel que daba a una plazoleta, la luz del atardecer era dorada y proyectaba sombras alargadas sobre la calle adoquinada. No corría la menor brisa; las hojas colgaban inmóviles. Un hombre joven, guapo y delgado se contoneaba por el medio de la calle como si le perteneciera. Entró en la tienda del grabador de enfrente. El acero de Toledo era famoso en el mundo entero.

—Sabe algo por la que será torturada hasta la muerte a fin de sonsacárselo —prosiguió Narraway en voz baja—. Y el origen está aquí, en España. Alguien le confesó algo.

—¿Sería útil que supiéramos el qué? —preguntó Vespasia.

—Seguramente, pero también tenemos que saber quién —contestó Narraway—. Cualquier detalle puede ser crucial.

—A lo mejor el hombre del que me habló la hermana María, el que se confesó a Sofía, mintió sobre la violencia de sus actos —sugirió Vespasia—. Tal vez sí que mató al hombre que encontraron destripado, o como mínimo sabía quién lo había hecho.

Narraway frunció el ceño.

—Me parece que habría hecho que se arrepintiera y se lo contara a la policía, al menos para evitar que culparan a otro.

—¿Estás seguro de que esto no guarda relación con una venganza por parte de la familia de su primera esposa? Causa una aflicción espantosa perder a tu hija porque se suicida, y a tus nietos asesinados. Supongo que es imposible que Nazario lo provocara directamente. ¿Crees que podría tratarse de esto? ¿Que tanto si es cierto como si no, están convencidos de que los mató a todos?

—Todavía queda mucho que averiguar —respondió Narraway.

Vespasia lo miró a la luz evanescente del ocaso. Los tonos dorados hacían que su piel se viera aún más morena, los ojos negros. Bien podría haber sido español. Solo el conocerlo le permitió reparar en la angustia que asomaba a su rostro.

—¿Qué ocurre? —preguntó Vespasia en voz baja—. ¿Qué estás pensando?

Narraway sonrió apesadumbrado.

—Carezco de motivos para creer que el propio Nazario sea culpable, pero no debemos descartar esa posibilidad.

—¿Sabemos si la familia de su esposa echa la culpa a Sofía? —Le daba miedo la respuesta, pero era una pregunta ineludible. ¿Por qué se sentiría tan dolida si lo hicieran? ¿Realmente admiraba a la mujer que estaba empezando a conocer tan bien para que eso oscureciera una esperanza, o un sueño, si en efecto era culpable? ¿Sofía perdonaba con tanta pasión porque comprendía la necesidad de ser perdonado? Siendo así, ¿acaso la propia Vespasia nunca había recorrido ese camino y por eso era tan pronta a la hora de juzgar o decepcionarse?

Era consciente de que Narraway la observaba, tal vez con más detenimiento del que deseaba. ¡Cuán vulnerable la volvía que le importara tanto lo que él pensara! ¡Cómo le leía el pensamiento!

—No —dijo Narraway, un tanto sorprendido—. No he conseguido sacar en claro quién es el verdadero culpable en este asunto. Me gustaría saber más, pero el tiempo apremia. Me parece que mañana iré a ver a Nazario en persona.

Sin embargo resultó mucho más complicado de lo que había esperado. Mediante indagaciones en la abadía donde Sofía y Nazario vivían, consiguió que le explicaran, a regañadientes, que Nazario hacía varias semanas que estaba instalado en un monasterio a bastantes kilómetros de la ciudad, donde ayudaba a las gentes del pueblo más cercano. Al parecer, lo hacía regularmente. Nadie sabía cuándo tenía previsto regresar a Toledo. Narraway no tuvo más remedio que contratar a un guía, alquilar un caballo y viajar hasta el monasterio.

Regresó al hotel y se lo contó a Vespasia, alarmándola un poco. Se dio cuenta, con ironía y una pizca de timidez, de que su esposa temía por él.

—Querida —dijo Narraway con ternura—. Inicié mi carrera en el Ejército de la India. Me siento a gusto montando a caballo. Incluso he librado batallas con un sable en una mano y las riendas en la otra. Podré cabalgar a un paso razonable, el camino es bastante bueno, te lo prometo.

Se inclinó hacia delante y le acarició la mejilla, cerrando los ojos y sintiendo la suavidad de su cutis. En parte no quería hacerle pasar más vergüenza mirando cómo se ruborizaba, pero también fue muy consciente de lo mucho que aún no sabían el uno del otro.

Vespasia buscó algo que decir, pero fue en vano, de modo que lo acarició a su vez y se mordió el labio mientras veía cómo se marchaba.

La cabalgada desde Toledo hasta el monasterio durante el atardecer duró varias horas, pero Narraway la disfrutó. Hacía mucho tiempo que no montaba a caballo, y menos aún una bestia como la que tenía ahora, impaciente y dócil a la vez, y que avanzaba con sumo cuidado por lo que a todas luces era un camino que conocía bien. Al principio iba sentado cómodamente en la silla aunque sabía que al final del viaje le dolería todo el cuerpo. No debía permitir que el orgullo lo pusiera en ridículo negándolo. Sería fácil caer en ese error, y la mera idea le encendió el semblante.

Se relajó y dio rienda suelta al caballo. Contempló lo que le rodeaba con interés. Parte del paisaje que podía ver le trajo recuerdos de India, la amplitud de la vista y las sombras en el horizonte, la calidez del aire en el rostro, pero tal vez más que nada fuese el balanceo en la silla, el constante ajustar su peso, el olor a tierra y polvo y hierba pisoteada.

Y reconoció que aquello también era una oportunidad para posponer un poco más la necesidad de ver a Nazario Delacruz y explicarle lo del rescate. Aún lo complacía más demorar el momento hasta que se hubiese formado una opinión sobre aquel hombre. Era algo instintivo después de tantos años de valorar personas, aunque cada vez le desagradaba más a medida que se alejaba del mando de la Special Branch. Le daba libertad no tener que estar siempre en lo cierto. Ahora los errores, por graves que fueran, ya no serían más que una vergüenza. La responsabilidad era toda de Pitt.

Salvo que si ostentabas el poder, también tenías obligaciones. No era la sociedad quien te lo decía, era tu propia conciencia. De modo que no había manera de escapar.

Algunos trechos del sendero eran empinados y lo más normal era cabalgar detrás de su guía en lugar de a su lado, pero en las ocasiones que se le presentaban, intentaba entablar conversación.

—¿El señor Delacruz va a menudo a este monasterio? —preguntó.

—Sí —contestó el guía.

—¿Con qué frecuencia? ¿Cada mes?

El guía se encogió de hombros y sonrió.

—Quizá.

—¿Por qué?

—Es un buen sitio. —El guía se santiguó distraídamente—. Son buena gente. Ayudan a los pobres y a los enfermos.

¿Sería allí donde Sofía había escondido al fugitivo que estaba protegiendo? ¿Tal vez ahora Nazario cuidaba de él?

—¿Y a los arrepentidos? —preguntó en voz alta. No sabía cómo decir «fugitivos necesitados de asilo» en español. Y si lo hubiese sabido, el guía podría tomarlo por un agente del gobierno español o por un informante.

El guía se encogió de hombros y volvió la vista al frente, evasivo una vez más. La conversación había concluido.

Llegaron tras el ocaso, bajo un cielo veraniego tachonado de estrellas. Eran tan densas allí, lejos de las farolas de cualquier ciudad, que la bóveda celeste era como una mancha lechosa que se extendía hasta los bordes más oscuros del horizonte.

El monasterio se alzaba solitario en un terreno elevado, sus contornos cuadrados parecían almenas. El camino era escarpado y el caballo aflojó el paso. Narraway desmontó para conducirlo a pie y se encontró con que, efectivamente, estaba terriblemente dolorido. Le alegró que la oscuridad le permitiera disimularlo. Tampoco era que su guía hubiese sido tan grosero como para hacer algún comentario al respecto.

El guía llamó con la enorme anilla de hierro sujeta a la puerta de roble y cuando esta se abrió explicó en español cuanto sabía acerca de Narraway. Su tono de advertencia fue inequívoco cuando dijo al guardián por qué estaban allí. Narraway entendió lo suficiente para darse cuenta de que repetía su conversación de antes sobre arrepentidos.

El monje tocó una campana de hierro colgada de la áspera piedra de la entrada. En un santiamén apareció otro monje que se llevó los caballos.

Narraway y el guía fueron conducidos al interior, todo se decía primero en español y acto seguido en inglés. Les ofrecieron comida y cobijo, pero, antes de aceptar, Narraway explicó al abad que el motivo de su visita era Nazario Delacruz y que se trataba de un asunto que encerraba un grave peligro para su familia. Tenía que informarlo de inmediato, y en privado.

El abad no puso objeciones y al cabo de diez minutos Narraway estaba sentado a una mesa de madera, pulida por siglos de uso, delante de Nazario.

—¿Qué se le ofrece, señor? —preguntó Nazario cortésmente. Era un hombre de estatura semejante a la de Narraway, tal vez unos pocos centímetros más alto, pero también era enjuto, nervudo y moreno.

Narraway aborrecía lo que tenía que hacer, pero no había escapatoria posible. Mostrarse evasivo solo serviría para aumentar el inevitable sufrimiento. Debía dejar de imaginarse que estaba inmerso en el mismo dilema. Y recordar que aquel hombre, según parecía, había abandonado a su esposa y a sus hijos por Sofía, y que el dolor provocado por ese acto había traído aparejada la muerte de los tres. Narraway se preguntó si aquello había sido una crueldad deliberada o simplemente un capricho, una debilidad, Nazario rindiéndolo todo a su propia necesidad.

Y por descontado nada descartaba la posibilidad de que él mismo fuese de algún modo, directa o indirectamente, responsable del secuestro de Sofía.

Narraway debía decirle lo que tenía que decirle de tal manera que, si había algo que colegir de la reacción de Nazario, no le pasara por alto.

—Me llamo Narraway —se presentó—. Fui jefe de la British Special Branch, que se ocupa de...

—Sé a qué se dedican —interrumpió Nazario—. ¿Qué se le ha perdido en Toledo? Si aquí hay revolucionarios, no los conozco. Y antes de que me haga más preguntas, tampoco quiero conocerlos.

Habló en inglés con desenvoltura pese a que Narraway se le había dirigido en español.

—En realidad, que yo sepa, esto no tiene que ver con una revolución —contestó Narraway—, pero es interesante que sea lo primero que le haya acudido a la mente.

Nazario frunció el ceño.

—Usted representa a la British Special Branch. ¿Con qué otra cosa podría guardar relación? ¿Qué quiere decir con eso de «que yo sepa»?

Narraway tomó aire para explicarle que estaba jubilado, pero cambió de parecer.

—Lo lamento mucho, señor Delacruz —dijo, con la

boca inesperadamente seca—, pero han secuestrado a su esposa. No sabemos quién. Hemos hecho todo... —Se calló al ver que Nazario se quedaba atónito y que, casi de inmediato, comenzaba a comprenderlo horrorizado—. ¿Sabe quién pudo hacerlo?

Nazario negó con la cabeza como si hubiese perdido el habla.

—¿Pero lo ha entendido? —insistió Narraway.

—Claro que lo entiendo —dijo Nazario con aspereza—. ¡Hablo inglés!

—Ya lo sé —respondió Narraway, más amable—. Me refería a que no le veo asombrado ni incrédulo.

—No... Hemos recibido amenazas contra ella muchas veces. Aunque hasta ahora ninguna ha acarreado más que situaciones desagradables. Esto es diferente, ¿verdad? —La voz le temblaba un poco. Sus ojos buscaban los de Narraway—. Su expresión me dice que hay algo más. ¿De qué se trata? Le ruego que no me venga con juegos de palabras. Está hablando de mi esposa. ¿Tiene que ver con anarquistas o no?

—No sabemos con quién guarda relación —dijo Narraway con franqueza—, pero dos de las mujeres que iban con ella han sido asesinadas.

Observó atentamente el rostro de Nazario.

—¿Cuáles? —preguntó Nazario.

—Cleo y Elfrida —contestó Narraway.

Nazario arrugó apenado la frente y mantuvo la compostura con dificultad.

—¿Pero cree que Sofía sigue viva?

Había desesperada esperanza en sus ojos y, sin embargo, un miedo todavía más grande que antes. Sabía mucho más de lo que estaba revelando.

—Estoy casi seguro —contestó Narraway—. No sé nada con certeza; si no, ya se lo habría dicho.

Con una fuerza que habría preferido no sentir, imaginó vívidamente el terror de aquel hombre. Su amor por Vespasia, su entrega absoluta a ella, había alterado su capacidad para interrogar a la antigua usanza. ¿Quizá también lo compensaría con una nueva perspicacia? La necesitaba, por dolorosa que pudiera ser.

—¿Qué es lo que sabe? —presionó Nazario. Era evidente que se aferraba a su dignidad con dificultad, procurando no venirse abajo delante de un desconocido y, además, extranjero. A Narraway le constaba que no le ayudaba ser inglés, precisamente. Era una raza famosa por su flema.

—Han pedido un rescate —le dijo Narraway—. Saben que antes de pagar necesitamos pruebas de que está viva. Hace siete días lo estaba.

Nazario se inclinó hacia delante.

—¿Un rescate? ¿De cuánto? Dispongo de muy poco, solo lo justo para vivir. Pero puedo recurrir a muchas personas. —Su voz cobró fuerza, como si se atreviera a abrigar esperanzas—. ¿De cuánto estamos hablando, señor Narraway?

Narraway se angustió por lo que iba a decirle a aquel hombre que estaba sentado al otro lado de la mesa.

—No es una cuestión de dinero —respondió—. Señor Delacruz, necesito que me ayude, que sea sincero y mantenga la mente despejada. A mi entender, la situación es complicada en extremo. Usted conoce a algunas de las personas implicadas, pero posiblemente no a todas ellas. No estoy jugando adrede con sus sentimientos al irle contando las cosas paso a paso, estoy intentando enterarme por usted de todo lo que pueda. Creo que la información es la única arma que tenemos.

—¿Información? —dijo Nazario con voz ronca—. ¿Información sobre qué? ¿Qué necesita saber?

—Le contaré lo que ha ocurrido según lo entendemos, y espero que usted me lo explique, si está en condiciones de hacerlo.

Narraway refirió los hechos sucintamente, sin complicar el relato añadiendo más nombres.

—Nos advirtieron de que podía haber amenazas contra su esposa. Tomamos las precauciones que nos parecieron razonables. No obstante, despareció junto con las dos mujeres que fueron brutalmente asesinadas en una casa de Inkerman Road, tan solo a un par de kilómetros de Angel Court, donde habían estado alojadas hasta entonces.

Nazario permaneció inmóvil.

—Al principio pensamos que podía tratarse de una táctica deliberada para atraer la atención...

Vio que el enojo ensombrecía el semblante de Nazario, a quien le costaba lo suyo controlarse.

—Melville Smith ha admitido que las ayudó y que les consiguió la vivienda de Inkerman Road —prosiguió Narraway—. Afirma que no lo hizo para darles publicidad, aunque sacó provecho de la situación, sino para proteger a Sofía, y creemos que dice la verdad aunque sus motivos fuesen ambivalentes.

—Quiere simplificar las enseñanzas —dijo Nazario, con la voz forzada por la tensión—. Ganar más seguidores haciéndolas más llevaderas, más fáciles... y falsas. Ha sido así durante años y Sofía nunca ha estado de acuerdo con él. Aun así, no creo que sea capaz de matar.

—Nosotros tampoco —convino Narraway—. La casa es propiedad de Barton Hall, quien a mi juicio es el verdadero motivo del viaje de su esposa a Inglaterra...

Aguardó, observando a Nazario.

—Sí —admitió Nazario, bajando la vista—. Hall es primo de Sofía. —Volvió a levantar los ojos, con una mirada desesperada—. No me dijo por qué iba, solo que era absolutamente necesario. Le supliqué que no fuera, o que me permitiera acompañarla, pero insistió en que yo tenía asuntos que atender aquí, cosa bien cierta, y en que esto debía hacerlo sola. Me dijo que si íbamos juntos llamaríamos la atención y que, por consiguiente, sería más peligroso. —Apretó los músculos de la mandíbula y un nervio diminuto le palpitó en la sien—. ¡No debí permitir que me convenciera!

Dirigía su enojo contra sí mismo y volvió a apartar la vista, como si Narraway hubiese expresado los mismos pensamientos de culpabilidad y se sintiera incapaz de enfrentarse a él.

Era el momento de presionar y Narraway no se permitió vacilar.

—¿Por qué, señor Delacruz? ¿Cuál era la amenaza adicional? ¡Ahora no es momento de proteger a nadie! Sean quienes sean, asesinaron a Cleo y a Elfrida para demostrarnos que van en serio. Las abrieron en canal con un cuchillo y las destriparon, solo para asegurarse de que supiéramos que no solo son capaces de hacer cualquier cosa, sino que están dispuestos a hacerla.

Nazario estaba pálido, como si hubiese perdido toda la sangre. Narraway tuvo miedo de haber ido demasiado lejos. De poco servía un testigo paralizado por el horror.

—Señor Delacruz... —dijo más amable—. Han mantenido a Sofía con vida porque tienen muchas ganas de devolverla a cambio de que usted haga ciertas cosas. No obtendrán nada de usted si ella no está sana y salva. Tiene que tomar decisiones espantosas. Necesita tener la cabeza bien despejada para...

—¿Qué decisiones? —inquirió Nazario, fulminando a Narraway con la mirada—. ¿A qué se refiere? Haré lo que quieran. ¿Está insinuando que me negaré? ¿Qué clase de hombre es usted?

Faltó poco para que Narraway sonriera; se limitó a apretar los labios.

—Uno que también está casado con una mujer valerosa y de fuertes convicciones, que no me dejaría hacer algo que yo supiera que está mal, ni siquiera para salvarla. Y, desde luego, no me agradecería que tomara una decisión que ella considerase propia de un cobarde, sin que importe lo que yo piense.

—No entiendo nada. —A Nazario se le quebró la voz y estuvo a punto de perder el dominio de sí mismo—. ¡Por el amor de Dios, déjese de rodeos y dígame qué quiere! ¿Quiénes son? ¿Sabe quiénes son? ¿Tiene algo que ver con su gobierno? ¿Quieren intercambiarla por alguien?

—No. —Narraway se dio cuenta de que se estaba alargando más de la cuenta—. El gobierno no está implicado en absoluto, y no tiene nada que ganar o perder, excepto los principios morales en los que puedan creer sus miembros —contestó—. Lo que el secuestrador quiere de usted es que vaya a Inglaterra y diga que Sofía es una impostora, una mujer que lo sedujo deliberadamente para que abandonara a su primera esposa y a sus hijos y que, en última instancia, fue la causante de su suicidio en el incendio. Que ambos encubrieron esos hechos para evitar el escándalo y la deshonra. Por supuesto, esto arruinaría todo aquello por lo que Sofía ha luchado y predicado todos estos años, pero la recompensa sería su vida.

Durante unos dolorosos segundos reinó un silencio absoluto.

—¿Y si no lo hago? —dijo Nazario por fin.

—Entonces la matarán de la misma manera en que mataron a Cleo y Elfrida. —Narraway se sintió fatal al decirlo, y pensó que Nazario daba la impresión de estar a punto de desmayarse—. Lo siento —agregó, con un hilo de voz.

—No es verdad —dijo Nazario despacio, escogiendo

las palabras como si de pronto el inglés se hubiese convertido en una lengua foránea y tuviera que pensar para formar las frases—. Luisa y yo nos separamos antes de que Sofía viniera a Toledo. Naturalmente, no estábamos divorciados. En esa época éramos católicos romanos y tal cosa estaba prohibida. No pudimos obtener la anulación porque no había fundamento.

Se calló, abrumado por un recuerdo a todas luces doloroso.

Narraway no lo interrumpió ni le metió prisa. No lo hizo por sentido práctico, a fin de observarlo mejor, sino por la imperiosa necesidad de mostrar decoro ante un sufrimiento que no podía mitigar.

—Luisa se fue a vivir a una casita de su familia y se llevó a los niños con ella —prosiguió Nazario—. No se lo impedí, por el bien de los niños y, además, no veía cómo podíamos llegar a reconciliarnos. Ahora pienso que Luisa estaba enferma de la cabeza. En su momento no supe darme cuenta. Tal vez no quise.

»Me sumergí en cualquier buena obra que pude encontrar, mayormente relacionada con este convento, pero radicado en Toledo.

—¿Y Sofía? —preguntó Narraway.

—Eso fue cuando vino a Toledo. Era la dama de compañía de una anciana de buena posición económica. Cuando esta señora enfermó, acudí en su ayuda.

—¿Es médico? —preguntó Narraway.

—Me licencié en Medicina —dijo Nazario, asintiendo con la cabeza—. Después mi padre murió, dejándome medios suficientes para el resto de mi vida sin tener que ejercer. Lo hice por misericordia, no por dinero. Llegué a conocerla bastante bien durante esa época. Trabamos amistad al servicio de la señora de quien era acompañante y a quien tenía en gran estima. Más, diría yo, que a su propia madre.

Adoptó una expresión desolada.

—Pero Luisa malinterpretó nuestra relación. ¡Como si yo fuese a fornicar con una mujer a la que había llegado a amar, en la casa de su agonizante patrona y amiga! —Su voz traslucía un hondo pesar—. ¡Qué mal concepto tenía Luisa de mí! Intentó convencerme de que las abandonara, incluso cuando la pobre mujer estaba sufriendo lo indecible. No lo hice.

Narraway permaneció callado.

Nazario inhaló profundamente y soltó el aire despacio.

—La creencia de Luisa en mi infidelidad se fue volviendo cada vez más histérica. Amenazaba con matarse y matar a nuestros hijos. Para mi eterna aflicción, no la creí. Debí haberlo hecho. Hizo exactamente eso. Mató a los niños deprisa, así lo tengo que creer, con clemencia, y después prendió fuego a la casa y se cortó las venas.

Transcurrieron unos segundos.

—Esto me lo contó el médico de la policía, pero permitió que el forense dictaminara que había sido un accidente. La familia de Luisa es poderosa. Es antigua y respetada, considerablemente rica, pero más que eso, hay muchos sacerdotes, incluso un cardenal entre sus antepasados recientes. Hubiese sido una vergüenza terrible para ellos. El suicidio es un pecado imperdonable, por no mencionar el asesinato de tus propios hijos.

Ahora las lágrimas le surcaban el rostro pese a sus intentos de contenerlas pestañeando.

—Permitieron que se archivara como un trágico accidente y le dieron cristiana sepultura. Por descontado, cuando me casé con Sofía hubo quienes dijeron que Luisa se había muerto de pena. Tal vez fue así, pero no fue por esa razón. Yo no cometí pecado alguno y Sofía todavía menos. Pero lo dejé correr por el bien de mis hijos. Y supongo que también por el de Luisa.

Sonrió con amarga culpabilidad.

—¡Y por supuesto puede decirse que la familia de Luisa no me habría permitido hacer otra cosa! Pero lo cierto es que Sofía padecía por ella aunque nunca llegaron a conocerse. Sofía me amaba y entendía que otra mujer también me pudiese haber amado. Así es Sofía. Y ahora dígame, señor Narraway, ¿cómo quiere que la deje morir?

Narraway no podía contestar, y siquiera intentarlo resultaría ofensivo.

—¿O cómo voy a decirle al mundo que es una ramera que me apartó de mi esposa y mis hijos? Era una mujer que cuidaba de su patrona moribunda, a quien amaba como a una madre, y Luisa murió por su propia mano. ¿Cómo quiere que haga algo semejante? ¡Dígamelo!

—No puedo decírselo —respondió Narraway con franqueza—. No sé qué haría si estuviera en su lugar.

—¿En serio? —preguntó Nazario—. ¿No diría que tiene que haber una tercera vía y que daría la vida por encontrarla?

—Sí —contestó Narraway en un susurro, imaginando el rostro de Vespasia—. Lo haría.

Llamaron a la puerta y Nazario se levantó para abrirla. Entró el abad, miró primero a Nazario y después a Narraway. Reparó en la aflicción y el agotamiento de sus semblantes.

—Hermanos, me parece que es hora de que se concedan un tiempo de descanso, tal vez meditar un poco y, desde luego, dormir. Con la paz repondrán fuerzas. —Se volvió hacia Narraway—. Le hemos preparado una habitación.

Señaló la puerta con un ademán y Narraway se alegró de poder levantarse y salir tras él.

Por la mañana, mucho después del amanecer, que era muy temprano en aquella época del año, Narraway se levantó y preguntó dónde estaba el refectorio. Lo recibieron y lo acompañaron a la mesa donde estaba Nazario. Se le veía cansado, con los ojos hundidos y marcadas ojeras.

Levantó la vista al tiempo que Narraway apartaba la pesada silla de madera y se sentaba. Cuando le hubieron puesto la mesa con pan y jamón cortado fino, aceitunas y mantequilla de hierbas, Nazario rompió el silencio.

—He estado pensando en esto casi toda la noche. —Nazario levantó la vista del plato—. Sofía no me lo contó, pero hubo otros acontecimientos que creo que quizás hayan provocado que se sintiera impelida a hablar con Barton Hall. No me comentó nada porque sabía que yo preferiría que no corriera riesgos, ¡y Dios sabe bien cuánto hubiera deseado equivocarme!

Se calló de pronto y bebió un buen trago de vino del vaso de peltre que tenía a su lado.

—Será mejor que le refiera toda la historia, de modo que usted pueda juzgar qué partes, si es que hay alguna, pueden guardar relación con lo que ha ocurrido. Me dijo que la casa donde asesinaron a Cleo y a Elfrida era de Barton Hall. Al principio no me pareció relevante, y quizá no lo sea.

—Cuéntemelo, de todos modos —insistió Narraway. Tal vez por fin aquello iba a estar relacionado con el fugitivo a quien Sofía había protegido.

Nazario reflexionó un momento en silencio antes de comenzar.

—Hace varias semanas, dos antes de que Sofía se fuera a Londres, acudió a ella un hombre muy angustiado. No es algo inusual. Es muy conocida por su misericordia. Este hombre dijo que él y un amigo suyo, al que solo se refirió como Alonso, habían perpetrado un fraude de envergadura casi inimaginable. Habían tenido más éxito del que hubieran soñado jamás y sus vidas corrían peligro. A Alonso lo habían asesinado de manera muy violenta. Acuchillado a muerte y abandonado, casi descuartizado, en el campo pero cerca de una carretera, donde era seguro que sería encontrado.

Nazario miró a Narraway y volvió a bajar la vista a su plato.

—No tiene sentido matar a alguien a modo de advertencia si no se encuentra el cadáver —prosiguió casi susurrando—. Juan Castillo, el otro implicado en el fraude, entendió el mensaje y estaba aterrorizado. Sabía que sería el siguiente. Sobre todo le daba miedo morir sin confesarse y haber recibido alguna absolución en la que pudiera creer. Acudió a Sofía y le contó todo lo que había hecho. Desconozco la naturaleza de ese fraude puesto que, por descontado, ella no me explicó nada.

—¿Qué fue de Castillo? —preguntó Narraway.

—No lo sé —contestó Nazario—. Pero, según tengo entendido, lo escondió con éxito. Al menos ella creía que seguía vivo cuando se fue a Inglaterra.

—¿No sabe dónde?

Narraway sabía la respuesta, pero tenía que preguntarlo.

—Ni idea —contestó Nazario—. No se lo dijo a nadie. Y la policía no ha encontrado ninguna pista sobre quién mató a Alonso ni por qué, y tampoco sabe si Castillo tuvo parte en el asunto. Sin embargo, su descripción de cómo asesinaron a Cleo y a Elfrida me lleva a pensar que hay alguna conexión.

—¿No tiene el menor indicio sobre la naturaleza del fraude?

Narraway tenía que presionar tanto como pudiera. La vida de Sofía podía depender de ello; y quizás algo más que eso.

Nazario titubeó.

Esta vez Narraway no aguardó.

—Aunque ella no se lo contara, tiene que ser capaz de

reconstruir parte de los hechos —dijo con apremio—. Es preciso que juntemos tantas piezas como podamos. Estamos luchando a ciegas.

—Dinero —respondió Nazario—. Una cantidad ingente, el rescate de un rey.

—¿Cómo? Ha dicho que fue un fraude. Eso significa un engaño más que un robo. ¿Por qué quería Sofía ver a Barton Hall? ¿Acaso él está implicado?

—Diría que sí —contestó Nazario—. ¿O tal vez pudo haber hecho algo para ayudar? No se me ocurre otro motivo para que fuera a verle precisamente ahora. Discutieron hace años y sus diferencias en cuestiones de fe son irreconciliables. Ninguno de los dos cambiará, y ella no querría que él fingiera. Lo que él pueda querer no lo sé. No lo conozco.

—¿Y le dijo que tenía que ir a verlo sola?

—Me dijo que no había nada que discutir al respecto y, por supuesto, que no me iba a dar explicaciones. En su expresión vi que estaba atemorizada, pero que para ella la única alternativa honorable era ir.

—¿Tenía miedo? —preguntó Narraway.

Nazario sonrió con amargura.

—Si la conociera, no lo preguntaría. Creo que sí, pero, desde luego, no a que la asesinaran. Había ocurrido algo que no había previsto, ni siquiera imaginado. Pero no sé el qué.

—¿Es posible que supiera quién había matado a Alonso y, por consiguiente, quién estaba intentando matar a Castillo? —sugirió Narraway.

—¿Y esa persona mató a Cleo y a Elfrida? —Nazario entornó los ojos—. Si fue así, ¿por qué se llevó a Sofía en lugar de matarla también? No tiene sentido. Sofía no participó en el fraude, fuera el que fuese, como tampoco Cleo ni Elfrida.

—Pues entonces Sofía está ocultando algo, posiblemente relacionado con el paradero de Castillo —concluyó Narraway—. Y por lo tanto, con la calve del fraude.

—¿Dónde encaja Hall? ¿Del lado de quién está?

—Probablemente del suyo —dijo Narraway en tono pesimista—. Es banquero, tiene grandes fortunas a su cargo. Parece poco probable que no haya relación.

—¿Está seguro de que Sofía no habló con él? —preguntó Nazario.

—Sí, al menos según Hall. —Narraway suspiró—. Es posible que mintiera, por supuesto. Y ojalá supiera qué le sucedió a Castillo.

—Lo mismo digo —convino Nazario—. Acudió a Sofía para que le ayudara a salvar su alma. Ella le dio toda la pasión, el honor y la piedad que pudo, y yo la amé por ello. Pero no permitiré que le cueste la vida.

—Pues venga conmigo a Inglaterra y enfrentémonos al dilema.

Nazario tenía el semblante ceniciento.

—No puedo dejar que la maten... pero tampoco puedo decir que era una ramera y además responsable de la muerte de Luisa. Eso destruiría todo cuanto representa, todo lo que cree y que tanto ha trabajado para enseñar.

—Lo sé —respondió Narraway—. Debemos intentar abrir una tercera vía, pero para hacerlo necesitamos conocer todos los hechos. Todavía nos quedan unos pocos días. Seguramente habrán salido más cosas a la luz cuando regresemos a Londres. Tómese un tiempo para estudiar todas las posibilidades, y ayune y rece, o lo que sea que hagan ustedes.

Nazario se tapó la cara con las manos y no contestó. Narraway vio cómo movía los hombros por los sollozos que ya no pudo dominar y se levantó despacio. Lo menos que podía hacer era respetar su privacidad.

Cabalgaron de regreso durante la noche, esperando llegar a Toledo al amanecer. Narraway estaba encantado de montar el mismo caballo, aunque le había dicho al guía que saldría más temprano para llegar de día.

El cielo inmenso se extendía en lo alto, reluciente de estrellas, y el viento se notaba fresco en el rostro, soplando del este. La ladera de una colina daba paso a otra. La luna, en cuarto menguante, salió por el sudeste y volvió negras como la tinta sus sombras en el camino, donde se alargaban y acortaban al cambiar la inclinación del terreno.

No hablaban, cosa que alegraba a Narraway. Nazario cabalgaba delante de él y conversar habría sido difícil. Además, no había nada que decir. Nazario tal vez estaría absorto en sus recuerdos. Narraway lo habría estado. Habría revivido cada momento de felicidad, incluso los detalles más nimios: el sol en su rostro mientras Vespasia se volvía para sonreírle, la caricia de una mano en un momento de belleza que cualquier palabra habría interrumpido, como una piedra rompiendo un estanque de agua en calma.

Las puestas de sol cambiaban segundo a segundo y finalmente morían, pero siempre habría otra. La primavera siguiente sería tan bonita como la presente, y sin embargo uno no podía apartar los ojos de los árboles en flor, o de las sábanas de campanillas extendidas en el suelo como pedazos caídos del cielo, tan cuajadas de flores azules que no había donde caminar sin pisarlas.

¿Cómo podía alguien amar y soportar renunciar a su amor? ¿Había siempre un último día, una última vez, una última caricia?

Con un repentino y casi insufrible dolor deseó que la idea de eternidad de Sofía fuese verdad. Lo demás era insoportable. Ahora que amaba, luchaba contra la idea de volver a estar solo como un hombre que se ahoga y lucha por respirar.

Quizá Sofía fuese una fanática, pero su visión era un sueño tan bello que anhelaba que fuese cierto. Su fuerza debía sobrevivir. Sabía que ella moriría antes de que la obligaran a renegar de él. ¿Pero cuánto tiempo les quedaba antes de que su captor se diera cuenta?

Cuando coronaron la última colina con el sol resplandeciendo sobre el horizonte Narraway estaba tan cansado que le dolía todo el cuerpo; sin embargo, la vista de la ciudad a lo lejos lo dejó sin aliento con su antiguo esplendor, su recuerdo de una era más amable.

El último trecho también lo recorrieron en silencio, como por mutuo acuerdo. En las calles comenzaba el bullicio cotidiano cuando se separaron delante de la casa de Nazario y Narraway se dirigió al hotel. Dejó el caballo a cargo del mozo de cuadra y subió a su habitación.

Vespasia dormía en la cama, todavía vestida, como si se hubiese resistido a rendirse al agotamiento. Tenía el pelo suelto, pero más bien como si se le hubiera soltado sin querer. Su rostro reflejaba serenidad, las arrugas de preocupación las había suavizado el sueño. Parecía más joven e increíblemente vulnerable.

Narraway estaba cansado y sucio después de la larga cabalgada y de la angustiosa experiencia de ser testigo del sufrimiento de Nazario. Además, era muy consciente de que iba sin afeitar. Tenía ganas de tenderse al lado de Vespasia y sumirse en el olvido, aunque solo fuese por un par de horas, pero la molestaría, y le constaba que olía a cuero y sudor de caballo.

La observó en silencio un momento más y después fue al cuarto de baño, se desnudó, se lavó y afeitó, y entonces se tendió en la cama.

Se despertó con la sensación de que solo habían transcurrido unos minutos, le dolía la cabeza y tenía el cuerpo tan entumecido que con cualquier movimiento hacía una mueca de dolor. Vespasia estaba de pie a su lado, completamente vestida, con el pelo recogido de manera informal y una taza de té humeante entre las manos. Narraway percibió su inquietud y una pizca de diversión en sus ojos gris plata.

Vespasia estaba callada y Narraway entendió que lo había despertado tocándolo.

—Lo siento —dijo Vespasia con dulzura—, pero tenía que despertarte. —Dejó el té en la mesita de noche—. Tómatelo y cuéntame qué ha sucedido. ¿Cómo es Nazario? Debe tener el alma destrozada. ¿Cuál es el siguiente paso a dar?

—Tengo que levantarme...

Narraway se movió, procurando disimular el dolor.

—No, ni hablar —repuso Vespasia. Lo empujó suavemente pero con firmeza—. Vas a tomarte el té y a contarme lo que has averiguado. Nadie rinde plenamente cuando está agotado. Si tuviéramos más tiempo, no te habría despertado.

Narraway la miró de hito en hito y tomó aire para discutir. Entonces cayó en la cuenta de que Vespasia no solo llevaba razón sino que además era consciente de que él lo sabía.

Bebió un sorbo de té. Estaba caliente, pero a la temperatura ideal para beberlo. Agradeció que Vespasia se abstuviera de hacer comentarios sobre sus agujetas, su experiencia en el Ejército de India o las cargas de caballería. Todo eso pertenecía a un lejano pasado.

Le contó lo que Nazario había dicho, añadiendo solo en parte la impresión que le había causado. No quería que sus sentimientos sesgaran su opinión.

Vespasia aguardó hasta que estuvo segura de que había terminado.

—¿Y bien? —dijo Narraway.

—Le has creído, ¿verdad?

No fue una pregunta.

—Sí, pero aun así tengo intención de comprobarlo todo, en la medida en que pueda. Y solo podemos hacerlo aquí, en Toledo. Nos llevará un par de días, pero poco importa. Quienes tienen a Sofía no actuarán hasta que hayamos contestado. Creo que sean quienes sean solo la matarán cuando estén seguros de que sus exigencias no serán satisfechas.

Vespasia lo miró horrorizada, pero no discutió. Esa reacción en sí misma helaba la sangre. Siempre estaba dispuesta a luchar si pensaba que había alguna esperanza de ganar.

—Duerme unas horas más —dijo finalmente—. He hecho unos cuantos contactos, debería serme posible averiguar algo más sobre la dama inglesa a la que Sofía cuidaba. Habrá tenido criados y los criados se enteran de muchas cosas.

—¡Vespasia, ten cuidado! Quienquiera que sea...

—Claro que tendré cuidado, Victor —repuso bruscamente—; pediré en recepción que te suban algo de comer dentro de un rato. Si no he regresado antes de la hora de cenar, manda los perros en mi busca.

—¡Vespasia! —exclamó Narraway cuando llegó junto a la puerta.

Vespasia se volvió para mirarlo. Una vez más, Narraway se quedó anonadado ante la belleza de su esposa. Contuvo la respiración.

—No vas a seguirme —dijo Vespasia sonriente—. Vas en camisón. Harías el ridículo. Nos vemos esta tarde.

Le dedicó una dulce sonrisa y salió de la habitación.

—Maldición —dijo Narraway en voz baja, pero estaba tan cansado que el sueño lo venció sin darle tiempo a pensar más.

12

Pitt fue a su casa desde el banco totalmente confundido. Había perdido la noción del tiempo mientras revisaba los documentos archivados, que lo habían inundado de información hasta que por fin había visto cierto orden y relación entre las inmensas cantidades de dinero.

Al principio había tenido la impresión de que las monumentales inversiones en terrenos ya habían producido rendimientos que excedían con creces las esperanzas más optimistas. Después, tras leer los documentos varias veces, se había dado cuenta de que el dinero ingresado procedía de fuentes completamente distintas, y lo que parecía ser una relación en realidad no lo era.

Pero lo que seguía siendo un misterio era lo que Barton Hall había temido tanto para que le infundiera pánico recaudar tan grandes sumas y luego tomarse tantas molestias en ocultar algo que era absolutamente legal.

Y, por supuesto, el peor pensamiento que Pitt intentaba apartar de su mente siempre terminaba apareciendo al final. ¿Había indicios de traición? ¿En realidad aquel dinero estaba invertido en armamento extranjero? La industria pesada alemana estaba adelantando a la británica y se jactaba abiertamente de ello. ¿Por eso Hall lo había ocultado?

El coche de punto se detuvo junto al arcén. Pitt pagó al conductor y le dio las gracias distraídamente antes de cruzar la acera hasta la puerta. Encontró a Charlotte aguardándolo levantada, como si fuese usual que llegara tan tarde y no le causara la menor inquietud y, mucho menos, molestia. Dejó a un lado la costura y se levantó, le dio un beso y desapareció hacia la cocina.

Pitt se quitó las botas y se sentó junto al rescoldo del fuego. Incluso a aquellas alturas de mayo las noches podían ser frescas.

Menos de diez minutos después Charlotte regresó con una bandeja con té caliente, emparedados de ternera fría y un buen pedazo de tarta de frutas. La dejó en la mesa auxiliar y sirvió té para los dos. Los emparedados y la tarta eran para él. Hasta entonces no se había dado cuenta de lo hambriento que estaba.

Le dio las gracias y se reclinó para disfrutar de aquellos momentos antes de tener que volver a pensar. Las cristaleras que daban al jardín estaban cerradas porque era de noche y había refrescado, pero el olor a flores y a césped segado todavía flotaba en el ambiente. La ocasión era perfecta para olvidarlo todo y sumirse en la paz y la tranquilidad, dejar que se desenredaran los nudos de su inquietud. Si lo hacía, sabía que en cuanto terminara de comer se quedaría dormido.

Reparó en que Charlotte lo estaba observando. Sonrió y se puso aún más cómodo. Ojalá pudiera contarle lo que había descubierto. Aquel momento se le antojó como una isla resplandeciente y muy lejana en el tiempo, la época en que era un mero policía y los crímenes a veces eran horribles pero individuales, implicando solo a un puñado de personas. Ahora su trabajo lo enfrentaba a daños impersonales y compartirlos con ella no lo ayudaría ni le sería grato.

Aquel caso era diferente, no obstante. El asesinato de las dos mujeres y la tortura de Sofía eran espantosos; pero el futuro de países enteros podía verse afectado si lo que empezaba a temer resultaba ser cierto. Estados Unidos y España podían ser solo el principio. La idea de no haber entendido tan enorme responsabilidad internacional cuando aceptó el cargo era el tipo de autocompasión que habría despreciado en cualquier otro hombre. Pero resultaba difícil dejar a un lado la carga que representaba, sobre todo estando cansado, y confundido por saber demasiado sobre algunos aspectos y demasiado poco sobre otros.

Siempre le había gustado preguntar a Charlotte qué opinaba de las personas, sobre todo si eran mujeres o pertenecían a su clase social, con la que él no estaba familiarizado. Por descontado, se había inmiscuido en sus casos, a veces exponiéndose a riesgos considerables, pero lo cierto era que había demostrado ser muy astuta, y más de un caso no habría podido resolverlo sin ella.

Desde que se había incorporado a la Special Branch todo era diferente. Había demasiados asuntos que dependían del secretismo. De ahí que su trabajo fuese mucho más solitario. Echaba de menos el contrapeso de otra opinión y, muy a menudo, una visión más perspicaz que la suya.

Fue Charlotte quien rompió el silencio.

—¿Crees que sigue viva? —preguntó en voz baja. Pitt no le había contado que había visto a Sofía, golpeada y con el rostro tumefacto, en el coche de punto.

—Estaba viva justo antes de que Narraway y Vespasia se fueran a España —contestó—. Ahora mismo, no lo sé. No sé cuánto puede durar. Pero la matarán en cuanto les diga lo que quieren saber. Me parece que es a propósito de un hombre al que está protegiendo, aunque no sé quién es ni por qué lo hace.

Charlotte permaneció muy quieta, con el semblante pálido pese al brillo de las lámparas de gas de la pared.

¿Le había contado demasiado?

—Lo siento —dijo Pitt, y le tendió la mano con la palma abierta—. No tenías por qué saberlo.

Charlotte tomó su mano y se la estrechó, fulminándolo con la mirada a través de sus lágrimas.

—¿Pensabas decírmelo alguna vez? ¿Cómo voy a proteger a Jemima o a explicarle algo, si no lo sé? —inquirió—. Está aterrorizada, Thomas. Piensa que todas las mujeres que expresan sus creencias o luchan por lo que quieren nunca serán amadas. Serán respetadas, temidas, odiadas, admiradas, pero ningún hombre querrá casarse con ellas.

Era absurdo, doloroso y tremendamente fácil de entender. La historia estaba salpicada de heroínas que vivieron fundamentalmente solas. ¿Qué chica de dieciséis años quiere que la marginen por la razón que sea?

—Así es como ve a Sofía: valiente y traicionada por un marido que se hartó de su coraje y sus batallas —prosiguió Charlotte—. ¿Se aproxima a la verdad?

—No lo sé —respondió Pitt—. Simplemente, no lo sé.

Charlotte debió de percatarse de su agotamiento, pues no dijo más, se inclinó hacia él y apoyó la cabeza en su hombro. Pitt la rodeó con los brazos y la estrechó fuertemente.

Al día siguiente Frank Laurence volvió a abordar a Pitt en la calle.

—Buenos días, comandante —saludó Laurence muy serio, poniéndose a caminar al lado de Pitt cuando pasaron ante un muchacho que vendía periódicos. Un escándalo reciente había sustituido la desaparición de Sofía en las primeras planas de los periódicos.

—No tengo nada que decirle, señor Laurence —contestó Pitt.

—En realidad, y aunque me pese —respondió Laurence—, me importa lo que le ocurre a Sofía Delacruz. Lo más singular es que dudo que espere que ese Dios suyo acuda en su auxilio. Incluso dudo que cuente con que lo haga usted. De ahí que aún resulte más singular que tuviera el coraje de hacer lo que sea que esté haciendo. Por cierto, todavía no ha averiguado de qué se trata, ¿verdad?

Pitt sabía que si arremetía verbalmente contra Laurence solo conseguiría poner en evidencia su desesperación. De modo que hizo un esfuerzo para dominarse.

—Le creo —dijo con calma—. ¿Qué se propone hacer para devolverla, y a usted con ella, a las primeras planas?

Laurence hizo una mueca.

—Yo, nada, comandante. En todo caso será el señor Teague quien hará algo para atraer la atención del público. Seguro que no necesita que yo se lo recuerde.

Pitt se detuvo otra vez.

—Detesta profundamente a Teague, ¿verdad? Lo suficiente para mentir sobre lo bien que lo conoce, siendo del todo innecesario. Hasta que usted mintió, me traía sin cuidado. Ahora me pregunto por qué.

Laurence se incomodó. Apartó la mirada un instante y cuando miró a Pitt a los ojos lo hizo titubeando, como decidiendo si mentir otra vez o decir finalmente la verdad.

Pitt suspiró y dio media vuelta como si quisiera seguir su camino.

—Tiene razón —convino Laurence—. Sé cosas que no puedo demostrar y me resistía a mencionarlas. Mi ligera evasiva era para evitar sacar el tema a colación.

Pitt se volvió de nuevo hacia él.

—Si es irrelevante para el caso, le aseguro que no me importa. Es una mentira sin propósito, y eso me lleva a pensar que usted respeta muy poco la verdad. Inventa para que sus artículos sean más interesantes...

Laurence se sonrojó. Su reacción sobresaltó a Pitt, que lo creía incapaz de semejante cosa. Por una vez estuvo convencido de que, fuera lo que fuese lo que Laurence sentía, era un sentimiento real, y además doloroso. Pese a todos sus manejos, en el fondo, la integridad revestía importancia para él.

—No puedo demostrar nada contra Teague —dijo Laurence en voz baja—, pero sé lo que sé. Si pudiera hacerlo, lo habría arruinado hace años.

Por un instante su emoción fue patente en su semblante, una mezcla de ira y de extremo sufrimiento.

Pitt le creyó, pero le desconcertaba pensar qué podía haber ocurrido en sus tiempos de estudiante para que todavía reconcomiera por dentro tan profundamente a un hombre de mundo como Laurence, con su inteligencia y su mordacidad.

—Hacer trampas —dijo Laurence, como si le hubiese leído el pensamiento, y esta vez su mirada fue totalmente directa y en absoluto fingida—. Hacer trampas en el juego es algo despreciable, un hilo entretejido en el carácter de un hombre, pero hacer trampas en los exámenes que determinan tu carrera futura es infinitamente más grave. Es mentir al futuro, a todos los hombres y mujeres que confiarán en tu capacidad para ejercer tu profesión. Y es un perjuicio para quienes han examinado tus conocimientos y capacidades y se han jugado el honor al dar su palabra de que posees tales cualidades. Vas a la consulta de un médico, ves sus diplomas y crees que esas instituciones académicas han dictaminado que está en condiciones de recetarte una medicina, ¡o incluso de coger un bisturí y abrirte el cuerpo! O, en el caso de un arquitecto, que la casa que diseñe se sostendrá en pie. Si necesitas que un abogado defienda tu vida o tu libertad, que ese hombre conozca la ley y esté capacitado para hacerlo.

Hizo un gesto brusco con las manos.

Pitt nunca se lo había planteado en aquellos términos, pero le admiró que Laurence llevara razón. Era una confianza que uno daba por sentada.

—¿Le consta que hizo trampas? —preguntó.

—Por supuesto.

—¿En serio? Si usted lo vio, ¿por qué no lo denunció en su momento? —presionó Pitt—. ¿Le daba miedo que no le creyeran? ¿O que lo castigaran?

Lo dijo en un tono sereno porque sabía que aquellas palabras eran hirientes. Y, sin embargo, estaba verdaderamente confundido. Laurence seguía estando muy enojado por aquel incidente, y había sido lo bastante franco en sus artículos para demostrar que no era un cobarde, en ningún sentido.

—No, comandante —dijo Laurence en voz tan baja que Pitt dio un paso para asegurarse de oírlo—. No tuve miedo. Aunque tal vez debería haberlo tenido. Entonces me hice preguntas acerca de ciertas amistades inusuales, lealtades y favores que no conseguía entender. La principal entre estas era por qué a un chico como Hall, estudioso, físicamente torpe, lo que suele llamarse un empollón, debía permitírsele ingresar en el primer equipo de *cricket*. Era un incompetente y, sin embargo, permaneció en el equipo mientras se pasaba por alto a otros chicos más capacitados.

Pitt tuvo ganas de interrumpir dándole la respuesta, pero los errores del pasado le habían enseñado que la paciencia era clave para que alguien confesara algo que en condiciones normales nunca diría.

Laurence sonrió, torciendo los labios con un gesto severo y apesadumbrado.

—Fue un profesor quien se dio cuenta y cometió la equivocación de decirlo. Al menos me dijo que lo había hecho y le creí. Todavía le creo.

—No encontré escándalo alguno relacionado con Hall —respondió Pitt—. Y le aseguro que investigamos a fondo.

—Porque no lo hubo —dijo Laurence con amargura—. El profesor en cuestión me dijo que lo habían escuchado con cortesía e incredulidad. Pero antes de que pudiera presentar las pruebas hubo un incendio. Sus papeles quedaron reducidos a cenizas y él sucumbió al humo. Murió asfixiado. Nadie sospechó nada. Se determinó que había dejado caer una colilla en la papelera sin darse cuenta de que todavía estaba encendida.

Hablaba con la voz cargada de sentimiento, como si incluso después de tantos años todavía pudiera echarse a llorar, si se lo permitiera.

Por primera vez Pitt sintió lástima de Laurence. Durante ese instante le cayó bien sin reservas. A él también lo habría afligido la muerte del profesor. Y luego había una ira que también habría sentido, reconcomiéndole las entrañas, unas ansias de justicia y, lo reconoció, de vengarse de la arrogancia que podía destruir cualquier cosa con absoluta impunidad y seguir adelante como si nada hubiese ocurrido.

—¿Hall? —dijo.

Laurence percibió ira en la voz de Pitt, vio compasión en sus ojos y por un instante supo que no estaba solo. La sensación se esfumó en el acto y reapareció el humor avinagrado.

—Por supuesto —contestó.

—¿Para Teague? —preguntó.

Laurence sonrió.

—Soy demasiado prudente para decírselo —respondió—. Tendrá que averiguarlo por su cuenta. Si no ata cabos, le habré hecho un favor a la Special Branch. Significará que no es usted apto para dirigirla.

—Me figuro que hizo trampas para varias personas —dijo Pitt, observando la sonrisa de Laurence—. Eso da pie a unas cuantas ideas espantosas.

—Oh, sí, desde luego —convino Laurence—. El poder es espantoso, al menos en potencia. Es curioso cómo la inutilidad que uno ve en el colegio puede perseguirte durante toda tu vida adulta, no solo en tu propio recuerdo, sino, más peligrosamente, en el recuerdo de los demás.

—Pero usted tiene a una persona en mente —señaló Pitt—. No habría venido aquí, a interceptarme en plena calle, para hacer un comentario general, por tremebundo que sea.

—Por supuesto que no —admitió Laurence—. Ahí es donde sus tan ensalzadas dotes detectivescas nos vendrán muy bien. Me han dicho que es brillante. No recuerdo quién fue, pero estoy convencido de que alguien me lo dijo.

—No sería recientemente —respondió Pitt, imprimiendo un dejo de amargura en su voz.

Recorrieron unos cuantos metros al mismo paso antes de que Laurence volviera a hablar.

—¿Se imagina el odio entre ellos dos, el tramposo y el hombre que está en deuda con él? —dijo con una curiosa mezcla de deleite y repugnancia—. La aversión a su mutua dependencia: «Era un chico más pobre que tú, no tenía tu elegancia ni tus dotes, mucho menos tu popularidad, ¡de modo que compré tu aceptación al precio de convertirme en un tramposo! ¡Prostituí mi inteligencia para comprar tu amistad!» —Tuvo un ligero estremecimiento de amarga lástima y repugnancia—. «Tú no me convertiste en esto, pero me diste la oportunidad de que yo mismo lo hiciera y la aproveché.»

Dieron unos cuantos pasos antes de que prosiguiera.

—Y desde el punto de vista del otro. «Tenía dotes y estilo. Podía ganar a casi todos los que eran como yo, pero no conseguía aprobar los malditos exámenes. Me faltaba inteligencia. Me vi obligado a dejarte ver mi fracaso y a comprar tu inteligencia para que hicieras trampas por mí y me consiguieras el título. Tuve que subir al estrado con toga y birrete mientras tú me observabas sabiendo que no me lo había ganado, ¡lo habías hecho tú por mí! ¡Toda mi vida te miraré y me preguntaré a quién se lo dijiste, quién se burló de mí!»

Hablaba con la voz cargada de sentimiento.

—¿Se lo imagina, Pitt? ¿Puede oler la fetidez de ese odio, como un ácido corroyendo las entrañas?

Laurence aguardaba una respuesta.

—Sí, me lo imagino —le contestó Pitt—. Con muchas consecuencias posibles, todas ellas feas. Ha dicho que hizo trampas en exámenes para varios chicos. ¿Cree que ellos lo saben? ¿O quizá cada uno piensa que fue el único?

—No se me había ocurrido preguntármelo —admitió Laurence, sorprendido—. Supongo que debían sospechar. Desarrollas un sentido para saber qué chicos tienen la mente despierta y son aplicados, y cuáles son cortos de entendederas o inteligentes pero perezosos. Aunque solo es una suposición. Pero a veces te llevas sorpresas. ¿Por qué? —Miró de reojo a Pitt con curiosidad—. ¿Piensa que se protegerían mutuamente? Lo dudo. Es mucho más probable que mientan como bellacos a propósito de ese asunto y que se mantengan alejados de quien crean que puede saberlo. Al menos yo pondría mucho cuidado en no alardear; como mínimo hasta que pudiera protegerme y contraatacar con un golpe letal. La regla del cazador: no hieres a la presa y la dejas para que te persiga. O la matas o la dejas en paz.

—No suena propio de usted, Laurence —dijo Pitt, sonriendo con ironía—. ¡Creía que era un intrépido defensor de la verdad!

—El sarcasmo no se le da bien, comandante. —El tono de Laurence volvía a ser ligero, si bien un poco forzado—. Sabe perfectamente que esto es real, ¡y tengo tan pocas ganas como usted de que me quemen vivo en mi sillón! No deseo que usted vengue mi asesinato, quiero estar vivo para saborear mi... «venganza» es una palabra muy fea, ¿no le parece? En fin, quiero sobrevivir a esto, y me gustaría que Sofía Delacruz también saliera con vida, aunque esté un poco chalada. El mundo necesita a unos cuantos locos, aunque solo sea para aliviar el tedio de los sumamente cuerdos. Suponiendo que hacer siempre lo predecible sea realmente cordura. A veces me asaltan dudas filosóficas a este respecto.

—Matarla o dejarla en paz —dijo Pitt, meditabundo—. Por supuesto, si logra encontrar a alguien lo bastante tonto para disparar por usted, no se pondrá en peligro.

Laurence se rio.

—Es usted un cínico, comandante, y no tan inocente como suponía. Sí, en efecto, me gustaría que usted disparara por mí, y hubiese preferido que no se diera cuenta. Pero es solo porque creo que su puntería es mucho mejor que la mía.

—No me diga —respondió Pitt con escepticismo—. Entonces tendrá que ser un poco más claro en cuanto a dónde tengo que apuntar el arma.

—No disparará hasta que lo sepa —dijo Laurence con absoluta convicción—. Esa es mi ventaja. Confío en usted.

De pronto sonrió, con un gesto encantador, y acto seguido dio media vuelta y se alejó a una velocidad sorprendente.

Pitt siguió su camino hacia Lisson Grove, tan absorto en sus pensamientos que en varias ocasiones tuvo que parar porque iba en una dirección equivocada.

¿En qué medida era sincero Laurence? Desde luego a

aquellas alturas Pitt tenía el suficiente sentido común de no creer a ningún periodista, y menos aún a uno tan abiertamente manipulador como Frank Laurence.

Sin embargo había en él algo sincero en lo que Pitt sí creía, a pesar de sus experiencias anteriores y de su prevención. Todo lo que Laurence decía tenía sentido. Por supuesto era demasiado inteligente para que no fuese así. En cualquier caso, Pitt haría que Brundage comprobara los hechos. ¿Algún profesor había muerto en un incendio en sus habitaciones mientras Hall era estudiante de último curso y Laurence nuevo alumno? Este profesor, si existió, ¿enseñaba a Laurence y estaba en posición para saber si Hall había ayudado a alguien en sus exámenes de un modo que equivaliera a hacer trampas?

Instintivamente creía a Laurence, pero sería un idiota si no lo comprobaba.

Si el chico que había hecho trampas había conservado pruebas, las posibilidades para hacer chantaje eran enormes. Salvo, por supuesto, que al arruinar la reputación del chico por quien había hecho trampas también arruinara la suya. Desde luego eso sería un incentivo muy poderoso para que el chico beneficiado se asegurara muy bien de que su benefactor tuviera una vida colmada de éxito y riqueza, ¡o una vida muy corta! El profesor que lo descubrió se había negado a dejarse comprar; seguramente no había imaginado siquiera la posibilidad de que lo asesinaran. Quizás esa era la advertencia que necesitaba el tramposo y había demostrado ser horriblemente eficaz.

Igual que los asesinatos de Cleo y Elfrida. La semejanza le saltó a la mente con una inmediatez escalofriante. Faltó poco para que tuviera náuseas al recordar la casa de Inkerman Road.

¡Barton Hall podría ser el próximo gobernador del Banco de Inglaterra! ¿Era ese el trofeo por el que estaba jugando? Pero entonces Pitt se preguntó cómo era posible que Sofía estuviera enterada.

No se le ocurría cómo encajarlo para que tuviera sentido. Hall era tan inglés como el té con bollitos, si bien bastante menos agradable.

Llegó a las oficinas de Lisson Grove y al entrar encontró a Brundage esperándolo, con el gesto torcido. A Pitt le cayó el alma a los pies.

—¿Qué sucede, Brundage? —preguntó con aprensión.

—El señor Teague ha venido a verle, señor —contestó Brundage—. Dice que quiere darle su informe personalmente.

Pitt soltó una maldición. No estaba de humor para recibir a Dalton Teague.

—No quiere que lo atienda nadie más —dijo Brundage, anticipándose a la respuesta de Pitt. Su rostro de natural afable estaba tenso, tenía las ojeras más marcadas—. Me parece que quiere ver qué tiene usted que decirle, señor. Ha venido más a preguntar que a contar... creo... señor.

Ahora Brundage se mostraba preocupado, como si pensara que se había pasado de la raya.

Pitt sonrió a regañadientes.

—Seguro que sí. Pero antes de ir a verle, tengo una tarea que encomendarle.

Refirió brevemente a Brundage lo que Laurence le había contado.

—¿Eso es cierto, señor? —dijo Brundage, asombrado—. Podría significar...

Se calló, abrumado por las espantosas posibilidades que se abrían ante él.

—Eso es lo que quiero que averigüe —contestó Pitt—. ¡Y, Brundage!

—¿Sí, señor?

Brundage se puso firmes.

—Por lo que más quiera, sea discreto.

Brundage sonrió de oreja a oreja y se marchó levantando ligeramente la cabeza a modo de respuesta.

Teague estaba en la antesala del despacho de Pitt. La puerta del despacho estaba cerrada, tal como la dejaba siempre que salía. En cuanto Pitt llegó, Teague se puso de pie. Lo hizo con un movimiento grácil y desenvuelto, como de lo más espontáneo, pero por primera vez desde que Pitt lo conocía presentaba un aspecto cansado. Jamás iría desaliñado, su ayuda de cámara se encargaría de eso, pero había sombras de crispación en su rostro y su cabello normalmente lustroso se veía apagado, como desprovisto de vitalidad. Tendió la mano a Pitt.

—Esto tiene que ser un infierno para usted —dijo con cierto grado de compasión que Pitt habría preferido no oír.

—Es desagradable —concedió Pitt, dando un breve apretón de manos a Teague antes de abrir la puerta de su despacho e invitarlo a entrar.

Nada más sentarse, Teague comenzó.

—Nunca he creído que Sofía Delacruz hubiera desaparecido por voluntad propia —dijo muy serio—. Aunque por descontado eso requería una explicación. Habríamos hecho el ridículo si hubiese sido un asunto tan simple y sórdido. —Los ojos azul claro de Teague no se apartaban un instante de los de Pitt—. En ocasiones me he preguntado si algún supuesto santo se ha cansado de su propia imagen y ha anhelado escapar de ella para comportarse como cualquier otra persona. ¿Les está permitido reír a los santos? ¿O cometer errores como el resto de nosotros, supone usted? ¿O se trata de un régimen implacable de corrección, justicia y sobriedad?

—¡Santo cielo, espero que no! —dijo Pitt de manera impulsiva, arrepintiéndose al instante al ver que Teague sonreía—. ¿En eso consiste la santidad? —preguntó—.

¡Nada de lo que he visto en la naturaleza es tan... mojigato o esencialmente absurdo!

Teague suspiró y se recostó.

—No conozco a la señora Delacruz, pero si quisiera escapar de eso la entendería. No obstante, toda la información que he reunido, que no es poca, indica que no lo hizo por propia voluntad, ni antes ni después de que asesinaran a sus patéticas seguidoras. De hecho, a juzgar por lo que me han dicho mis hombres, pienso que sigue en el área de Londres, a dos o tres kilómetros a la redonda de Inkerman Road.

De pronto aquello ya no era una conversación cortés que hubiera que terminar cuanto antes. Pitt fue consciente de que estaba tenso, escuchando no solo las palabras de Teague sino el tono de su voz, y observando su rostro, las manos fuertes en el regazo, incluso la tirantez de sus hombros.

—¿Qué lo lleva a pensarlo? —preguntó Pitt con tanta ecuanimidad como pudo.

—La diligencia —contestó Teague, con una voz casi inexpresiva—. Tengo gran cantidad de hombres a los que recurrir, comandante. No solo criados de una categoría u otra, sino antiguos colegas, otros deportistas profesionales, no solo aficionados. Hombres a quienes conocí en mis años de estudiante, jugadores de la liga de condados cuando éramos veinteañeros. Jugué en el Surrey durante un tiempo, recorriendo todos los Home Counties. Compañeros de equipo, contrincantes, encargados de mantenimiento, amantes del juego, toda clase de gente que está dispuesta a ayudar. ¡Caray! A su manera, era una buena mujer, y era huésped de nuestro país. Una palabra aquí y allí, el amigo de un amigo, ¿sabe? No es lo mismo que si te interroga la policía. No hay rastro de ella en ninguna parte. No pudo irse caminando tranquilamente. ¡Estoy convencido de que opuso resistencia! ¿Usted no?

Miró a Pitt con detenimiento, observando sus ojos, su postura, tal como Pitt lo observaba a él.

—Lo cierto es que sí —admitió Pitt—. ¿Cree que le hicieron daño, ya entonces?

Teague pestañeó.

—¿Ya entonces? ¿Piensa que le han hecho daño después? ¿Se ha enterado de algo? ¿Ha descubierto algo?

Pitt se preguntó por un instante si mentir o no. ¿Debía decirle la verdad a aquel hombre?

Teague aguardaba, expectante.

—Ojalá pudiera decirle que sí —contestó Pitt—. Pero, tal como usted ha dicho, es muy probable que opusiera resistencia. De hecho debo enfrentarme a la posibilidad de que esté muerta.

Teague apretó la mandíbula y se humedeció los labios.

—¿Ya se ha dado por vencido?

Hubo una leve nota de desdén en su voz, o tal vez él lo llamaría decepción, como si Pitt le hubiese fallado.

—He dicho posibilidad —respondió Pitt—. No probabilidad. Pienso que se la llevaron viva con algún propósito.

Teague enarcó las cejas.

—¿En serio? ¿Deducción o suposición?

Pitt frunció los labios.

—Deducción y esperanza. Tal como ha dicho, es una mujer excepcional.

—¿Partiendo de qué lo deduce? —inquirió Teague.

Pitt tomó una decisión, los músculos le dolían por la tensión que le causaba el miedo a ser demasiado impulsivo.

—Pues del hecho de que no hemos encontrado su cuerpo mientras que a las otras dos mujeres las mataron brutalmente y de inmediato —contestó—. Creo que quien se la llevó lo hizo por algún motivo.

Teague reflexionó un momento y luego habló despacio.

—¿Qué... motivo... comandante? ¿Dinero?

Seguía con la mirada fija en él.

Pitt no tenía la menor intención de referirle el rescate exigido.

—Lo dudo —respondió—. Nadie lo ha pedido. Si eso es lo que quieren, ¿por qué aguardar tanto?

Teague lo consideró un instante.

—¿Para aumentar la tensión? —sugirió—. Sus seguidores sin duda están angustiados, y con el tiempo aún lo estarán más.

—Bastante los afligieron las muertes de las otras dos mujeres —señaló Pitt—. En mi opinión, si les hubiesen pedido dinero lo habrían dado de inmediato.

—Quizá tenga razón. —Teague asintió muy levemente con la cabeza—. Si es así, ¿qué puede querer el secuestrador? ¿Que reniegue de su fe? ¿U obligarla a cambiar su mensaje?

Pitt mantuvo el rostro absolutamente impasible.

—¿Cree que haría algo semejante? —respondió, devolviéndole la pregunta a Teague.

Teague permaneció pensativo un momento y después un amago de sonrisa asomó a sus labios.

—Aunque estuviera dispuesta a hacerlo, ¿por qué matar a las otras dos mujeres? Tiene poco sentido. Sin duda habría sido más efectivo llevarse a las otras dos y decirle a ella que si no repudiaba públicamente sus creencias lo pagarían con su vida.

Pitt asintió con la cabeza.

—Eso tendría mucho más sentido —convino—. Estamos suponiendo que quien se la llevó lo hizo siguiendo un plan. Espero que sea verdad, pero no puedo asegurarlo.

Teague le dio vueltas en la cabeza.

Pitt aguardó, observándolo, estudiándolo.

—He aprendido un poco acerca de ella —prosiguió Teague—. Partiendo de sermones anteriores, si es que pueden llamarse así, y escuchando lo que de ella dicen sus colegas. Me figuro que lo han informado de que Melville Smith está difundiendo un mensaje bastante diferente, como si lo hiciera en nombre de ella.

—Sí.

—Un mensaje muy... atenuado. Diría que lo hace con buena intención, pero a su manera la está traicionando.

—Dudo que él lo vea así —respondió Pitt—. ¿Pero qué iba a decir a ese respecto?

Teague volvió a mirar a Pitt de hito en hito, como si pudiera leerle el pensamiento en lo más profundo de sus ojos.

—Que ella perdona indiscriminadamente y que Dios pondría más cuidado —contestó Teague a la pregunta—. Eso me lleva a pensar que tal vez se haya aliado con personas que él considera criminales o quizás incluso peligrosas desde un punto de vista político.

—Es lo mismo que se me ocurrió a mí —dijo Pitt con franqueza.

—Podrían ser los que están detrás del secuestro —dijo Teague—. Aunque no entiendo por qué tenían que raptarla si les ha dado consuelo o perdón.

—Yo tampoco. Pero ha habido diferencias de apreciación entre distintos grupos —le dijo Pitt.

—Ya veo. —Teague no dijo si había reparado en aquello o no—. Smith parecía estar convencido de que ella había venido a Inglaterra para hablar con Barton Hall. ¿Smith sabe con qué propósito?

—Dice que no —respondió Pitt—. ¿Tiene usted alguna idea?

Como si hubiese visto una chispa de acusación en los ojos de Pitt, Teague respondió con una pregunta precavida.

—Ya sé que hemos hablado de él antes, pero, ¿conoce bien a Frank Laurence?

—No muy bien. ¿Por qué? —preguntó Pitt.

—Es un poco irresponsable —respondió Teague—. Menciono su nombre porque creo que sabe, o sospecha, que Hall tiene algo que ver con el secuestro de la señora Delacruz —prosiguió Teague—. Hall es sumamente ambicioso, ¿sabe? O tal vez no lo sepa. Le gustaría mucho convertirse algún día en el gobernador del Banco de Inglaterra. Un hombre como Frank Laurence no sería incapaz de orientar las noticias para ayudarlo, si fuese en beneficio propio. O, del mismo modo, para destruirlo, llegado el caso.

Pitt tomó aire para rebatirlo, pero cambió de parecer y lo soltó en silencio.

—Un hombrecillo peligroso. —Teague seguía observando a Pitt—. Lleno de ambición, pero carece del poder y del temple necesarios para estar detrás de esto.

—¿Laurence? —preguntó Pitt, tratando de dar la impresión de que lo consideraba una posibilidad real. No quería ofender abiertamente a Teague.

—Sí —dijo Teague, encogiendo ligeramente los hombros—. Pagado por alguien, supongo.

—¿Por quién? —preguntó Pitt.

—No lo sé. —Teague se levantó despacio y volvió a tenderle la mano—. No abandonaré hasta descubrirlo, pero debo admitir que estoy desalentado.

Pitt le estrechó la mano brevemente, lo justo para notar la firmeza de su apretón, y se la soltó.

—Gracias, señor Teague.

Mientras Teague salía del despacho, Pitt se reclinó en su silla y se puso a pensar en lo que le había dicho. Había intentado averiguar cuánto sabía Pitt, en qué medida seguía empeñado en rescatar a Sofía, si estaba empezando a sentirse derrotado. Siempre andaba indagando. Y era él, no Pitt, quien había sacado a colación el tema de Laurence, casi como si hubiesen estado de acuerdo en considerarlo sospechoso.

Y Teague parecía tan dispuesto a desacreditar a Laurence como Laurence lo estaba a desacreditar a Teague. ¿Era mera coincidencia? ¿O podía tener importancia?

La tarde del día siguiente Pitt recibió una nota entregada a mano para decirle que Narraway y Vespasia estaban en casa y que, si nada se lo impedía, acompañara al mensajero de regreso a su domicilio para reunirse con ellos.

Pitt no le hizo esperar más de diez minutos.

Viajó en silencio en el carruaje, dando vueltas a las distintas cosas que pudieran tener que decirle. En cuanto llegó dio las gracias al cochero y fue derecho a la puerta principal. La doncella la abrió sin darle tiempo a llamar.

Narraway estaba de pie junto a la chimenea, con el rostro pálido de agotamiento. Vespasia ocupaba su butaca habitual y en el sofá había un español enjuto y de ojos oscuros cuya expresión angustiada revelaba que era Nazario Delacruz.

En la mesa había una tetera y un plato de emparedados recién hechos. Narraway presentó a Pitt y se apartó a un lado.

En voz muy baja, con muchas pausas, Nazario refirió que Sofía había recogido a arrepentidos, incluido Juan Castillo, el que estaba tan aterrado tras la muerte del hombre que dejaron destripado junto a un camino, de una manera horriblemente semejante a como habían matado a Cleo y Elfrida.

—Le dio cobijo y decidió protegerlo —agregó Narraway a media voz—. Lo escondió, a condición de que se arrepintiera del crimen que había cometido y de que hiciera cuanto estuviera en su mano para compensar las consecuencias que había tenido.

—¿Cuál fue su crimen? —preguntó Pitt, mirando a Nazario.

—No lo sé —contestó Nazario—. Nunca me contaba esas cosas. Pero me constaba que tenía mucho miedo de ser el próximo a quien asesinaran. Acudió a Sofía porque no quería morir sin haberse confesado. Temía el infierno. Ella estaba resuelta a que enmendara el crimen, pero nunca dijo en qué consistía.

—Fue justo antes de que la señora Delacruz anunciara que tenía que venir a Londres para ver a Barton Hall —apostilló Narraway.

—Todo gira en torno a Barton Hall —dijo Pitt en voz baja.

—Sí —convino Narraway.

Pitt se volvió hacia Nazario, pero, antes de que pudiera hablar, Nazario contestó a su pregunta.

—Iré directamente a Angel Court y meditaré, lo sopesaré y rezaré. Mañana le diré qué voy a hacer.

Pitt inclinó la cabeza a modo de aceptación y nadie agregó nada más.

13

Pitt seguía estando cansado debido a la larga velada y al ritmo acelerado de los acontecimientos cuando llegó a Lisson Grove la mañana siguiente. Tenía cara de sueño y se notó un poco entumecido al sentarse a su escritorio.

Stoker entró en el despacho con una taza de té para él.

—Por Dios, siéntese —le dijo Pitt, aceptando agradecido la taza de té. Tomó un primer sorbo antes de contar a Stoker las novedades sobre Nazario Delacruz, brevemente y sin ahorrarle el horror de la situación. Tampoco tuvo que advertir a Stoker que Nazario quizá fuese imprevisible, que desconfiara de ellos y que incluso era posible que buscara la manera de resolver el asunto por su cuenta.

—Pobre diablo —dijo Stoker cuando Pitt le hubo referido todo lo que precisaba saber.

—Desde luego —respondió Pitt en voz baja—. Tendría que haberme tomado mucho más en serio el asunto de la amenaza desde el principio.

Stoker no discutió.

—Investigué las inversiones de Barton Hall en Canadá, tal como me pidió. —Negó con la cabeza—. No logro encontrar indicios de que esté usando el dinero para sí mismo.

Vive en la casa donde nació. Es socio de varios clubs de caballeros desde hace años. Bastante frugal en sus gastos corrientes. Buen sastre, pero eso es de esperar en un hombre de su posición. Nadie hace tratos con un banquero que dé la impresión de no poder permitirse comprar un buen abrigo. No tiene carruaje, no hace regalos caros. De hecho, según he podido averiguar, no tiene amistades femeninas. Su esposa murió, y desde entonces no ha cortejado a ninguna mujer.

»Y comprobé las apuestas en prácticamente todas las formas de juego que existen, y cualquier pago que pudiera ser una deuda antigua, o incluso chantaje. No hay nada. —Stoker estaba serio y frustrado—. Realmente no sé qué ha hecho con el dinero, señor; nunca había visto algo igual. Pregunté a Darlington, que es experto en temas financieros, y tampoco supo sugerirme nada.

—Gracias —dijo Pitt con desaliento—. Las inversiones en terrenos canadienses parece ser que están resultando bastante rentables. Así pues, ¿por qué son secretas, y qué lo desespera tanto y lo lleva a necesitar tanto dinero?

—No lo sé, señor. Él es el motivo por el que la señora Delacruz vino a Inglaterra. Ahora bien, ¿por qué? ¿Es posible que estuviera haciéndole chantaje por este negocio fraudulento durante tanto tiempo? Y aun si es así, sigo sin poder imaginármelo asesinando a esas mujeres de semejante manera. Tiene un aspecto tan... ¡De banquero! ¡Con la imaginación de un plato de natillas!

Pitt sonrió a su pesar. Estaba de acuerdo en que, a primera vista, todo cuanto atañía a Barton Hall parecía predecible.

—Una apariencia perfecta, si deseas ocultar cómo eres en realidad.

—Supongo que sí. Una cosa sí descubrí, señor. Viaja bastante. Principalmente a Europa, sobre todo a París, y por supuesto podría ir a cualquier otra parte desde allí.

—Interesante —convino Pitt. Lo era, pero se encontró incapaz de apartar su mente de Nazario Delacruz y de aquellos instantes bajo la farola en los que él y Brundage vieron pasar el coche de punto desde la tienda de efectos navales, con el rostro magullado de Sofía mirándolo fijamente por la ventanilla.

—Ponga a un agente a indagar a qué otros lugares viajó Barton Hall, en concreto si fue a España. Aunque no podemos aguardar a que nos proporcione esa información. A Sofía quizá no le queden más de uno o dos días, suponiendo que a estas alturas siga viva. Nazario tiene que tomar una decisión en cuestión de horas.

—Nos concedieron más tiempo, señor —señaló Stoker.

—Eso no importa. Quizá la torturen hasta matarla antes de cumplido el plazo, ¡aunque sea sin querer! —respondió Pitt con una aguda nota de desesperación.

—Sí, señor —convino Stoker, con el semblante adusto y pálido—. Pondré a un hombre a investigar, de todos modos.

Pitt fue a Angel Court a primera hora de la tarde. No había más tiempo que perder. Con Sofía secuestrada y sin que ninguno de ellos supiera con seguridad que seguía viva, y mucho menos aún si la habían torturado, estaban todos profundamente afligidos. Y todavía lloraban las espantosas muertes de Cleo y Elfrida. Nadie se recupera tan deprisa de la impresión ni del dolor consiguiente, sobre todo sumido en la lucha constante por conservar la fe ante semejante desastre.

La noche anterior Pitt había advertido a Nazario que Smith había seguido predicando, pero que había moderado considerablemente el mensaje de Sofía. Nazario no había dado muestras de sorprenderse.

No había dos personas que vieran las cosas y el liderazgo exactamente de la misma manera. Pitt no dirigía la Special Branch exactamente igual a como lo había hecho Narraway. Y aunque hubiese podido hacer lo mismo, decisión tras decisión, ¿lo habría hecho? No, la lealtad era siempre para con el trabajo, no para con el predecesor, por más admiración y amistad que uno le profesara.

Melville Smith tenía que haber hecho lo que a su juicio requería su doctrina, no copiar a Sofía, si creía que sus postulados eran imperfectos.

Pitt enfiló la entrada del patio y pasó junto al ángel con sus inmensas alas de piedra. Cruzó el adoquinado hacia la puerta y vio a la anciana regando las macetas de hierbas. Ella lo miró con curiosidad y en cuanto lo reconoció volvió a apartar la vista. Parecía aún más demacrada que antes, con la piel cenicienta, los ojos hundidos. Las manos con las que sujetaba la regadera estaban sucias de tierra.

Pitt sintió una punzada de pena por ella. Tal vez lamentaba la pérdida de Sofía tan profundamente como cualquiera, pero parecía estar excluida de la hermandad de los demás. Pitt no sabía si hablaba inglés. Se le ocurrió decirle algo pero, si no lo entendía, solo conseguiría avergonzarla. Y le estaba dando la espalda, inclinada sobre las macetas, arrancando hojas que guardaba en una mano, la regadera a su lado sobre el suelo de piedra.

La puerta se abrió justo cuando Pitt levantó la mano para llamar. Henrietta lo miró fijamente y le indicó con un gesto que entrara.

Lo condujo al interior después de cerrar la puerta con firmeza. Estaba demacrada, como si hubiese dormido poco. Llevaba el abundante cabello recogido muy tirante hacia atrás, revelando los huesos de los pómulos y la mandíbula. Tenía los ojos hundidos, como si estuviera enferma, pero aún era posible ver que una vez había sido guapa, quizá no tanto tiempo atrás. Pasó delante de él de una habitación a otra, conduciéndolo al mismo lugar donde antes había hablado con Melville Smith. Sus pies pisaban silenciosamente las antiguas tablas del suelo, y no se volvió ni una sola vez para comprobar si la estaba siguiendo. Caminaba envarada, como si le dolieran las articulaciones, pero Pitt no habría sabido decir si su dolor era enteramente físico o si en su mayor parte se debía al peso de la pena.

Melville Smith y Ramón estaban aguardando a Pitt, con Nazario Delacruz de pie entre ellos. Los tres parecían incómodos. Nazario estaba tenso y pálido, los signos de agotamiento eran evidentes en su rostro y en la manera en que encorvaba los hombros hacia delante, sin un ápice de energía ni el menor relajo.

Dirigió a Pitt un movimiento de cabeza, más a modo de reconocimiento que de saludo.

Ramón Aguilar saltaba a la vista que estaba asustado, pero Pitt pensó que era a causa de Sofía, no por sí mismo. Echó un vistazo a Pitt, esbozó una sonrisa y se volvió hacia Nazario, esperando que llevara la voz cantante.

Melville Smith evitó los ojos de Pitt. Se le veía crispado, incluso culpable, pero eso bien podía responder a la amarga conciencia de que Sofía había desaparecido mientras él consideraba que estaba a su cargo. Pitt lo lamentó por él. Era una falsa ilusión. Nadie, seguramente ni siquiera Nazario, había tenido a Sofía a su cargo.

Nazario carraspeó.

—Hablaré esta noche.

Fue una sentencia, y Pitt reparó en que tanto Smith como Ramón Aguilar se ponían tensos al instante. El desacuerdo era inequívoco, pero nadie dijo palabra. Estaba claro que ya habían manifestado sus respectivas opiniones.

Smith miró a Pitt, atento a su reacción.

—Señor Delacruz, pienso que deberíamos discutir esto

en privado —dijo Pitt—. Podrá contar lo que quiera a quien guste o pedir consejo a su antojo. Pero quiero estar seguro de que entiende ciertos hechos. —Se volvió hacia Smith—. ¿Podemos usar su despacho?

Smith titubeó, seguramente no porque fuese una decisión que debiera tomar, sino porque era renuente a soltar el hilo de control que todavía tenía sobre la situación.

Nazario contestó por él.

—Por supuesto. Venga conmigo.

Dio media vuelta y pasó delante sin molestarse en comprobar si Pitt lo seguía.

Una vez en el despacho cerró la puerta y se sentó en uno de los sillones apartados del escritorio, ofreciendo el otro a Pitt.

—¿Qué desea decirme, comandante? —preguntó.

—¿Ya ha comentado el motivo que tiene para hablar en público esta noche?

Pitt necesitaba saber aquello antes de proseguir.

Nazario enarcó sus negras cejas.

—No. No quiero que se enteren por terceros de lo que el secuestrador está diciendo de Sofía. Es mentira, tal como le dije al señor Narraway. A Melville Smith quizá le traiga sin cuidado, pero a Ramón lo afligirá mucho escuchar tales cosas y saber que cualquiera pueda oírlas y suponer que son verdad. —Adoptó una expresión entre amable y condescendiente—. Es un hombre sencillo, tierno. Tenía una hermana a la que amaba mucho y que cayó en desgracia por una pasión muy humana pero que la Iglesia católica no perdona en una mujer. Sigue lamentándolo profundamente y esto lo heriría innecesariamente, y tal vez haría que su juicio fuese menos equilibrado de lo que luego habría deseado. No permitiré que nadie más cargue con la culpa de lo que he hecho yo.

—Es digno de encomio —dijo Pitt con tanta delicadeza como pudo—. ¿Pero es sensato?

—¿Sensato? —A Nazario se le quebró la voz—. ¿Qué es sensato, señor Pitt? ¿Qué haría usted en mi lugar? ¿Ha tomado una decisión sensata?

—Tiene derecho a culparme por no haber impedido esto desde el principio —dijo Pitt con abatimiento—. No obstante, ahora no podemos permitirnos discutir. Quiero que hagamos lo correcto. No me importa de quién sea la idea, o cómo la alcanzamos, solo que después sigamos estando seguros de que era lo mejor que podíamos hacer.

Nazario se recostó un poco en el sillón, como si su cuerpo hubiera perdido las fuerzas para seguir estando enojado.

—Usted quiere saber qué he decidido hacer. El tiempo apremia, lo comprendo. Por eso predicaré esta tarde. No la nueva y desleída filosofía de Smith, sino la ardiente y hermosa verdad que comunica Sofía. Sé por qué lo hago; por tanto, de nada le servirá intentar convencerme de que no lo haga. Conozco a Sofía, señor Pitt. Es lo que haría ella, lo que defendería a vida o muerte.

Pitt lo miró de hito en hito, recordando el rostro magullado que había visto en el coche de punto, solo un instante, a la luz de la farola.

—¿Está seguro? No le he mentido al decir que la matarán brutalmente y sin vacilar.

Nazario se estremeció y dio la impresión de encogerse, como si se hubiese convertido en un hombre más menudo.

—Ya lo sé. Ocurra lo que ocurra, no lo acusaré de inducirme a error. Ahora asegurémonos de que yo no lo haga con usted. Me imagino que ama a su esposa. Sí, la expresión de su rostro me dice que mi pregunta le parece irreal, como si solo hubiera una respuesta posible.

—Solo hay una respuesta —convino Pitt. No agregó que también amaba a sus hijos. Pensó en Jemima y Daniel, una sucesión de recuerdos de todas las edades de su vida.

Y recordó que aquel hombre había perdido a sus hijos para siempre. Le resultaba inconcebible el incesante dolor de no verlos convertirse en adultos. Nunca serían jóvenes, no tendrían vida propia ni amores, tal vez hijos. Miles de personas sufrían pérdidas semejantes, pero cada una era individual, irreemplazable por otra.

Como si Nazario pudiera leer sus pensamientos en la desnudez del semblante de Pitt, sonrió ligeramente.

—Yo también amo a mi esposa, señor Pitt. Pero la amo por ser como es, no solo por lo que me da a mí. En lo que a mí respecta, deseo tenerla sana y salva en casa, y poco me importa lo que piense el resto del mundo. —Se inclinó hacia delante con una repentina actitud de apremio—. Pero lo que ella piensa de sí misma tiene una importancia infinita. ¿Debo valorar mis deseos a costa de destruir su personalidad? ¿Eso es amor? Sí, amor a mi bienestar momentáneo, no al suyo.

Pitt miró fijamente a Nazario, tratando de decidir si estaba de acuerdo con su razonamiento.

—¿Cree en Dios, señor Pitt? —preguntó Nazario de súbito, dejando perplejo a Pitt.

—No en uno que vaya a intervenir para salvar a su esposa —contestó Pitt. Dijo las siguientes palabras con dolor, pero Nazario tenía que oír y creer la verdad—. ¡Ya la han torturado! La he visto, brevemente, pero estaba más que claro. Tenía unos moratones espantosos por toda la cara. Lo que no pude ver quizá fuese peor. Por cómo estaba sentada daba la impresión de que el brazo y la espalda le causaban algo más que molestias. ¡Dios no va a ayudarla!

Percibió la ira y el miedo de su propia voz. Le constaba que no estaba viendo solo el rostro hinchado y amoratado de Sofía, sino el semblante pálido de su madre, agotada en su batalla perdida contra la enfermedad, cosa que Pitt nunca llegó a entender de niño. ¿Acaso había imaginado su madre que el Dios en el que ella creía, al que rendía culto cada domingo, iba a salvarla?

—Solo un niño cree en ese Dios, señor Pitt —dijo Nazario en voz baja—. Un niño que no entiende que el camino es largo y difícil, lleno de sombras que a veces son muy oscuras, de igual manera que la luz es maravillosa. Si se lo permitimos, talla en nosotros una profunda vasija capaz de contener toda la felicidad que existe al final. Sofía lo sabe. Sabe que tiene sus momentos de duda, incluso de desesperación. Todos los que pensamos los tenemos. Es entonces cuando cuenta la fe, la creencia en el bien, incluso si parece que te sea negado en ese momento.

—¿Así pues va a dejar que la maten? —preguntó Pitt, costándole trabajo pronunciar tales palabras. Estaba enojado con Nazario por su complacencia, su aceptación. ¿Seguiría estando tan seguro de sí mismo si hubiese visto los cadáveres de Cleo y Elfrida? ¿Debía describírselos? ¡La sangre y las moscas, la obscena vejación, el sufrimiento!

—No, no lo haré —respondió Nazario, interrumpiendo sus pensamientos—. Estoy intentando que me comprenda. Y el Dios que la salvaría ha sido invención suya, no mía. ¿Es ese el Dios que usted cree que la ha hecho sufrir tanto?

Pitt se desconcertó.

—¡Yo no he dicho eso!

—Lo lleva escrito en la cara —le dijo Nazario—. El Dios del que le hablaron lo ha decepcionado en algún momento de su vida. Y me parece que usted ha asumido el rol de enmendar las cosas, de ponerlas en su sitio, porque quiere que así sean.

Pitt quiso discutírselo, pero había una pizca de verdad en las palabras de Nazario. De modo que sonrió.

—¿Cree que me figuro que puedo hacer la obra de Dios? —preguntó con incredulidad.

—Al menos una pequeña parte —respondió Nazario—. Tal vez de una en una, cuando se le presenta la ocasión. No le gusta pensarlo, pero así es.

Nazario volvía a tener razón. Desde la muerte de su madre había estado negando la fe en la que ella creía porque la había dejado morir. Pitt había intentado reconstruirla mediante pequeñas certidumbres, paso a paso, sirviéndose de los valores de los que estaba seguro. Pero eso no era fe porque no conllevaba confianza, ninguna creencia en un poder aparte del suyo propio.

—En mi trabajo hago lo que considero que es correcto —dijo—. Como la mayoría de personas.

—No ha contestado a mi pregunta de si cree en Dios —señaló Nazario—. En el que sea.

—No lo sé —respondió Pitt con impaciencia—. Pero lo que yo crea no es la cuestión que nos ocupa.

—Bueno, yo sé en qué creo —le espetó Nazario—. Intento aferrarme a ello desesperadamente pese a que mi alma grita que la salve porque es lo que deseo hacer... ahora... más que cualquier otra cosa. Dejaría que se me llevaran a mí, si quisieran, pero eso de nada les serviría. No sé qué es lo que ella no les quiere decir.

—¿Y si lo supiera? —preguntó Pitt a bote pronto—. ¿Lo haría?

Nazario se reclinó un poco.

—Me alegra no tener que elegir —dijo en voz baja—. Sofía está protegiendo a alguien, pero también protege los valores en los que cree no solo para esta vida, sino para la eternidad. ¿Cree en la eternidad, señor Pitt? ¿Existe un más allá que importe? ¿La bondad es una realidad o una conveniencia, una ficción para hacer soportable la vida, tratando de dar sentido a lo que no lo tiene?

Pitt no contestó. Pensó de nuevo en su madre, en todas las personas a las que había conocido y amado. Ahora comprendía que había estado enferma durante mucho tiempo y que se lo había ocultado para protegerlo del miedo a perderla. Había creado una burbuja de seguridad para él, un tiempo de felicidad sin sombra de temor, porque antepuso el bienestar de su hijo al suyo. No lo hizo por falta de confianza en él, sino porque la confianza en el Dios en el que creía era mayor, así como por amor. Ahora que tenía hijos propios, lo entendía perfectamente.

Nunca había aceptado que las personas que amaba fuesen transitorias y que luego se disolvieran en la nada. ¿Pero acaso eso era fe o más bien simple necesidad? Había rehusado planteárselo porque desconocía la respuesta. Las pérdidas dolían demasiado para arriesgarse a examinarlas, buscando una curación eterna sin encontrarla. Por eso cuando Jemima preguntaba no le decía en qué creía. Le había fallado por no saberlo, por no seguir indagando, aunque fuese a tientas. Y con Daniel sucedería lo mismo, cuando empezara a preguntar. La respuesta cada vez era más clara. Su madre no le había negado la oportunidad de ayudarla, se había encomendado al Dios en el que creía, y protegió a su hijo de la mejor manera que supo. Y Pitt no había sabido apreciarlo.

—¿Para usted es más fácil no buscar? —prosiguió Nazario, casi como si hubiese oído los pensamientos de Pitt—. Para mí no lo es. Tengo que buscar hasta que veo algo, aunque tenga que cambiarlo un poco cada día. Existe un significado. Nunca aceptaré que cada muestra de valentía y cada cosa bonita, cada momento de ternura, cada acto de amor se disipe y se pierda. Encuentre lo que encuentre, incluso si nada encuentro, seguiré buscando. Si reniego de lo que Sofía creía, estaré renegando de su vida entera.

Por un momento Pitt sintió exactamente la misma necesidad y la misma valentía para seguir buscando. Entonces recordó lo que tenían que hacer.

—De modo que la dejará morir —concluyó con delicadeza, pero incluso mientras lo decía sabía que no era aquello lo que quería decir, como tampoco Nazario.

—Ya le he dicho lo que haré —respondió Nazario—. Esta tarde predicaré su doctrina.

De pronto Pitt sintió frío. Podía verlo tan vívidamente como si ya estuviera sucediendo.

—Habrá reacciones violentas —dijo enseguida—. Baje de las nubes de su filosofía y enfréntese a la realidad. Suscitará sentimientos vehementes, tanto en quienes la temen como en quienes se aferran a lo que dijo y desean con toda su alma que sea rescatada. Puede haber disturbios, histeria. ¡Piense lo que hace!

—Lo he pensado —dijo Nazario de nuevo sereno, encorvado en el sillón—. Hace muchos días que la retienen, señor Pitt. Si todavía no la han matado, pronto lo harán. Creo que quieren saber dónde ha escondido a Juan Castillo, el último hombre que acudió a ella en busca de redención. No se lo dirá. Antes morirá. Me parece que lo ha demostrado, al menos a ellos si es que a usted no. Si se lo dice, la matarán igualmente. Y seguro que ella también lo sabe.

—¡Usted sabe quién es! —exclamó Pitt asombrado y momentáneamente enojado—. ¿Por qué demonios lo está encubriendo? ¿Quién es? ¿Se trata de un asunto político, después de todo? ¿La religión no es más que una excusa?

—¡No, no sé quién es! —Nazario se incorporó en el sillón—. Pero creo que sé por qué. Y en cierto sentido es un asunto religioso, ¡pero solo porque todo en este mundo es obra de Dios! La fe no es algo que uno proclame los domingos y olvide el resto de la semana. La manera en que vives responde a lo que crees, digas lo que digas. Sofía cree que no hay oscuridad de la que no se pueda regresar, si lo deseas de verdad. Lo ha creído y ha vivido con arreglo a esto durante años. Castillo acudió a ella en busca de ayuda.

Le confesó algo y, por descontado, no me dijo de qué se trataba, excepto que su compañero en cierta conspiración había sido asesinado. Lo destriparon y dejaron su cuerpo al lado de un camino a modo de advertencia. —El rostro de Nazario era ceniciento bajo su tez olivácea—. Sé lo que son capaces de hacer, señor Pitt. No me trate como si fuese un soñador cuyas visiones han tapado la realidad del sufrimiento.

Miró a Pitt muy serio.

—La fe sirve para darte esperanza, no para deslumbrarte de modo que no veas la oscuridad, o la necesidad de trabajar, de enfrentarte a la verdad con todos sus pesares y alegrías. Si no lo entiende es que no escuchó a Sofía. Esta tarde voy a predicar, Pitt. No puede impedírmelo. No he cometido ningún delito, y usted lo sabe. Cumpliré todas sus leyes, pero intentaré salvar a mi esposa, si es que sigue viva, y lo haré a mi manera.

Pitt miró sus ojos oscuros y decididos y tuvo claro que discutir solo sería una pérdida de tiempo que bien podría emplear en algo más provechoso. No podía hacer más para influir en la manera en que Nazario decidiera enfrentarse a su dilema. A decir verdad, Pitt no sabía qué haría si estuviera en su lugar. Solo podía dar gracias a Dios por no estarlo.

—¿Y bien? —le preguntó Charlotte cuando llegó a casa aquella tarde. Estaba cansado, le dolían los pies y nada le habría gustado más que pasar la velada con su familia, escuchando su conversación sobre cualquier tema excepto política, religión o Sofía Delacruz. Pero no sería posible. Ya había pasado un par de horas con Stoker y Brundage, organizando la protección policial en el auditorio donde iba a hablar Nazario.

Seguía dando vueltas a todas las posibilidades. Se lo contó a Charlotte mientras colgaba el sombrero en el perchero y la seguía por el pasillo.

La cocina estaba caldeada y llena de olores agradables. El perro, Uffie, estaba en su canasta junto a los fogones y su cola golpeó suavemente el suelo al reconocer a Pitt. No fue a su encuentro, pues había aprendido que supuestamente no debía estar en la cocina, y la falsa ilusión de que nadie se fijara en él era de lejos la manera más segura de permanecer allí.

Pitt se sentó en la silla más cercana a él y se inclinó para rascarle las orejas. La cola golpeó con más fuerza.

—Hola, Uffie —le dijo Pitt en voz baja—. Eres un perro con suerte. Espero que te des cuenta. Todo el mundo te cuenta sus problemas y nadie espera que contestes.

Charlotte captó la indirecta, pero no se dio por aludida.

—¿Qué va a hacer Nazario? —preguntó.

Minnie Maude entró desde la despensa con una gran tarta de manzana. Miró primero a Pitt, luego a Uffie y finalmente a Charlotte. Al ver que nadie decía nada, dejó la tarta en la mesa y volvió a irse. Uffie se quedó donde estaba, con la mano de Pitt apoyada en su cabeza.

—Esta tarde predicará —respondió—. No he logrado convencerlo de que no lo hiciera.

Charlotte permaneció muy quieta, con el rostro pálido.

—Oh, Thomas, ¿piensas que tiene intención de dejar que la martiricen... por la causa?

Pitt era consciente de que guardaba aquella idea en un rincón de su mente, pero se había negado a planteársela. Ahora no tenía elección.

—Creo que no —contestó—. Ese tal Castillo que menciona no sabemos quién es, y tampoco lo saben nuestros contactos en España. Claro que no tiene por qué ser su verdadero nombre. Y todo tiene que estar relacionado con su motivo para ver a Barton Hall y, supongo, con la gran cantidad de dinero inmovilizada en terrenos canadienses, que, según parece, sigue sin explicación.

—Dinero, religión, política —dijo Charlotte con una chispa de humor negro en los ojos—. No es muy concreto, ¿verdad?

Pitt estaba demasiado cansado para concentrarse. Tuvo que obligarse a pensar con lógica.

—Alguien quiere sonsacarle dónde ha escondido a Castillo. Él es el meollo del asunto. Todo comenzó cuando le dio cobijo para luego esconderlo en alguna parte. Ha cometido algún acto que él considera que es un crimen, y Sofía quiere que lo enmiende, que se redima. Entonces dice que tiene que venir a Inglaterra para hablar con Barton Hall.

—¿Alguna vez habló con Hall después de decirle que quería verlo? —preguntó Charlotte—. Aunque no llegaran a verse, pudieron hacerlo por teléfono. Seguro que él tiene uno.

—No lo sé. Él dice que no, pero quizá miente.

—¿No podría ser él quien la está torturando para encontrar a Castillo?

—¿Pero por qué? Hall es un banquero inglés, con ambiciones de convertirse en gobernador del Banco de Inglaterra. ¿Por qué iba a tener relación con un criminal español, posiblemente terrorista o revolucionario? Y luego está Laurence; dice que él y Teague han sido amigos, por así decir, desde que tenían once o doce años. Laurence detesta a los dos, pero lo que dice acerca de ellos es absolutamente cierto, de momento.

—¿Fue al colegio con ellos?

—Al mismo colegio, pero es unos años más joven. Sostiene que Hall hizo trampas para ayudar a ciertos compañeros a aprobar los exámenes. No quiso decirme a quién ni cómo. Por eso odia a Hall, y también porque el único que lo descubrió, un profesor, murió en un incendio, y Laurence cree que fue asesinado.

Charlotte, apenada, lo miró fijamente.

—¿Y lo fue? —preguntó en voz baja.

Antes de que Pitt tuviera ocasión de contestar, oyó un leve ruido en la puerta. Al principio pensó que era Minnie Maude que regresaba otra vez, entonces se volvió y vio que era Jemima. Se la veía desconcertada y triste. Probablemente la perturbaba más la emoción que había percibido que cualquier hecho que supusiera.

—¿Está muerta, papá? —preguntó de inmediato.

—No lo sé —respondió Pitt con franqueza—. Quien la retiene ha pedido un rescate tan terrible que no sé si su marido lo pagará.

—¿Tiene suficiente dinero para pagarlo? —preguntó Jemima.

—Lo que quieren no es dinero. El secuestrador quiere que su marido reniegue de sus enseñanzas diciendo que fue una embustera, responsable de la muerte de su primera esposa y sus hijos.

Oyó que Charlotte daba un grito sordo y reparó en la expresión dolorida de Jemima. Pero si Nazario renegaba de ella, todo el mundo se enteraría, incluso Jemima. Decírselo ahora quizá la prepararía para encajar el golpe.

Jemima respiró profundamente.

—¿Esto es lo que no sabes? ¿Si lo hará o no?

—Tiene un plan. No quiere decirme en qué consiste, seguramente porque teme que yo interfiera. Pero asegura que no la traicionará mintiendo para decir que alguna vez haya sido codiciosa o egoísta.

Jemima reflexionó un momento.

—¿Tú lo harías, papá? ¿Negar todo lo que crees que es verdad para salvar la vida de una persona?

¡De qué manera tan espantosamente simple lo exponía! Dicho así, parecía fácil. ¿Coraje o cobardía? ¿Vida u honor?

—Me cuesta imaginarlo —contestó Pitt—, aunque a lo mejor lo haría para salvar la tuya o la de tu madre. O la de Daniel, por supuesto. Os quiero mucho.

Jemima sonrió y de pronto se le llenaron los ojos de lágrimas.

—Lo sé, papá. Quizá no cuenta si es alguien que no te gusta o que ni siquiera conoces. Si muere, ¿será una mártir? Eso es lo que es un mártir, ¿no? ¿Alguien que morirá antes de decir que no cree en Dios?

—Pienso que puedes ser mártir de cualquier causa —respondió Pitt—. No tiene por qué ser Dios.

—¿Pero Dios es lo máximo, no? Porque en realidad no sabemos si existe de verdad.

—No lo sé —confesó Pitt—. Aunque estoy empezando a pensar que tal vez mi madre lo sabía...

—¿Se puede conocer algo que no sea verdad? —preguntó Jemima.

Con el rabillo del ojo, Pitt vio que Charlotte se mordía el labio.

—Puedes pensar que sí. —Respiró profundamente—. Pero me estoy planteando seriamente que quizás ella, a su manera, realmente lo conoció.

—¿Hay maneras distintas de conocer las cosas?

—Claro que sí. Hay cosas que son muy complicadas. Llegas a entenderlas despacio, paso a paso, y porque no cejas en el empeño de seguir intentándolo.

—Como las matemáticas —dijo Jemima con una pizca de humor—. ¿O como tocar el violín? Eso sí que es difícil. Tienes que tocar todas las notas y saber si son correctas o no.

—Lo has captado a la perfección —convino Pitt—. Es difícil, se cometen errores, pero la música será maravillosa al final.

—Quiero música maravillosa antes del final —respondió muy seria Jemima.

—No tendría que haber dicho final —se corrigió Pitt—. Si existe un Dios como aquel en el que creía mi madre, no hay ningún final.

Pitt fue temprano al auditorio para ayudar a Stoker y a Brundage a preparar la vigilancia durante el discurso de Nazario. No solo había que prevenir ataques, sino que también debían estar preparados para la posibilidad de que cundiera el pánico y fuera preciso atender a los heridos que traería aparejados.

—¿Realmente piensa que va a provocar un disturbio, señor? —dijo Brundage, incrédulo—. ¿Es así como se desquita con nosotros por dejar que ocurriera todo esto?

Estaba sumamente abatido. Pitt vio en su semblante que todavía se sentía tremendamente responsable del secuestro de Sofía.

—La señora Delacruz vino aquí aun sabiendo el riesgo que corría, y cuando empezó a preocuparse de verdad, su propia gente le sugirió que se escondiera en la casa de Inkerman Road —dijo Pitt con paciencia—. ¡Se fue con ellos de buen grado! No se descolgó por el tubo de desagüe ni nadie forzó la entrada. Lo más probable es que lo hicieran con la máxima discreción. Se suponía que nosotros debíamos protegerla de una posible agresión, ¡no mantenerla prisionera en Angel Court! Si no nos hubiesen mentido, quizá seguiría estando bien.

—Me pregunto por qué Barton Hall no nos habló de la casa de Inkerman Road —agregó Brundage—. ¿Tampoco confiaba en nosotros? ¿O piensa que tenía alguna otra razón? Es más, ¿qué valor tienen esos terrenos en Canadá? Me pidió que lo investigara, pero no encuentro nada al respecto. Hay tierras más al este y al oeste con yacimientos minerales, incluso de oro, ¡pero no allí!

Pitt se quedó helado.

¡Oro, pero no allí! ¿Se trataba de eso? ¿Habían embaucado a Hall para que invirtiera una fortuna en una tierra donde supuestamente había yacimientos de oro o de algún otro mineral extraordinariamente valioso? ¿Tal vez diamantes? En California se había encontrado oro en el 49 y en las minas de Kimberley, en Sudáfrica, diamantes de un valor incalculable.

Aquello podía ser lo que Sofía sabía. Que había sido un fraude, ideado y llevado a cabo por Juan Castillo junto con el hombre que habían asesinado junto a un camino cerca de Toledo.

¡No era de extrañar que Castillo estuviera escondido! Hall lo crucificaría si daba con él. Y haría trizas lentamente a Sofía para que le dijera dónde estaba y así asegurarse de hacerlo callar para siempre. Era lógico que fuera presa del pánico y rayara en la desesperación. La gente perdía dinero continuamente. Cualquier inversión conllevaba un riesgo, pero para un banquero con la reputación de Hall era un escándalo que lo embaucaran un par de españoles, ¡y más aún con una fortuna perteneciente a la Iglesia y a la Corona!

¿Era eso lo que Sofía había venido a decirle? Tenía que serlo. Una advertencia y tal vez una salida.

Excepto que no podía ser así, dado que entonces no la estaría torturando. ¿Para qué? Para que lo ayudara, no. Si Sofía estuviera en condiciones de hacerlo ya lo habría hecho. Sin duda ese era el motivo por el que había venido a Inglaterra.

Hall quizá quisiera vengarse de Castillo, y si había asesinado al otro hombre, Alonso, tendría que pagar por ello de alguna manera. Sofía no permitía que la gente se desentendiera de sus equivocaciones.

¿Era eso lo que quería Hall? ¿Encontrar el dinero de la estafa, recuperarlo y desentenderse? Para eso tendría que silenciar a Sofía y el único modo seguro de hacerlo era matándola.

Aunque no antes de que le dijera dónde estaba Castillo.

Brundage lo seguía mirando fijamente, expectante.

—Gracias, Brundage —dijo Pitt con fervor—. ¡Me parece que usted acaba de resolver el caso! Al menos, esa parte.

—Sí, señor —respondió Brundage, cuya expresión indicaba que no tenía la más remota idea de lo que Pitt quería dar a entender.

La velada comenzó con la congregación de una multitud sorprendente bastante antes de que Nazario hiciera su aparición. Pitt había aconsejado a Charlotte que no asistiera y, desde luego, que no llevara a Jemima. No sabía a qué atenerse, pero era posible que sucediera algo dramático, incluso trágico. Jemima tendría que enterarse, pero serenamente, solo mediante palabras, no presenciando la histeria y, sobre todo, sin ver el dolor de Nazario, si así terminaban las cosas. Aunque no lo consideraba probable, Pitt era consciente de que aún podía resultar que el secuestrador de Sofía fuese el propio Nazario. Quizá Sofía ya no le despertaba la misma pasión que al principio, tal vez ya no le interesara el mensaje de su fe y ahora se hubiese convertido en motivo de bochorno para él. Si Pitt encontraría doloroso que fuese así, que se destruyera algo en lo que apenas había creído pero que había pensado que contenía una belleza que nunca olvidaría, ¿cuánto más amarga sería la desilusión de Jemima?

Charlotte le había sonreído con los labios fruncidos y se negó a obedecer. Lo había desafiado a discutirlo, y Pitt entendió que haría el ridículo si insistía. Charlotte entendería sus razones, pero Jemima no.

—Pensará que no la consideras capaz de enfrentarse a la verdad, Thomas —le había dicho en voz tan baja que apenas oyó sus palabras—. Se sentirá apartada de algo que para ella es muy importante.

—¡Ya sé que le importa! —había respondido Pitt—. Por eso no quiero que tenga que presenciarlo, si las cosas se tuercen.

—Si las cosas se tuercen tendrá que aceptarlas tal como son —había contestado Charlotte—. Tiene casi diecisiete años, Thomas. No es un bebé al que puedas proteger de la realidad. Si lo haces, no aliviarás su dolor cuando llegue la primera decepción de verdad, solo lograrás que se quede más confundida y, sobre todo, le transmitirás el mensaje de que piensas que no es capaz de enfrentarse a la verdad. Y eso no te lo perdonará.

Sabía que Charlotte llevaba razón, y también podía percibir su miedo si se detenía a reconocerlo.

—Cuida de ella —había respondido Pitt, aun sabiendo que era una petición del todo innecesaria.

Ahora estaba en el gran auditorio donde Nazario iba a hablar, y observaba al gentío que iba entrando, dándose empujones para intentar conseguir los asientos que deseaban. Algunos estaban excitados; otros, muy serios; algunos, ya malhumorados e irritables. Muchos entraban en grupos de cuatro o cinco, una familia entera junta. Miraban con hostilidad el escenario vacío, con miedo a que el sermón comenzara antes de que estuvieran sentados, no fuesen a perderse algo.

Pitt se fijó en las posiciones que había tomado la policía, así como en las de sus hombres, mucho más discretos y, obviamente, sin uniforme. Eran unos cuantos, aunque tal vez no los suficientes si se los comparaba con el creciente número de espectadores.

Vio a algunos clérigos con cara de aprensión, reconocibles por sus cuellos y vestiduras, todos ellos de avanzada edad. Reconoció fácilmente a Vespasia, no solo porque la luz le daba en el rostro y el cabello rubio, sino por su porte. Era inconfundible. Narraway estaba a su lado, apretujado contra ella por otros que empujaban en busca de asiento.

Acto seguido vio a Charlotte un paso detrás de ellos y a Jemima a su lado, tan alta ya como su madre y, en ciertos aspectos, tan parecida a ella. Sitió una opresión en el pecho y se obligó a respirar profundamente y apartar la mirada.

Entonces fue cuando vio a Teague, un palmo más alto que quienes lo rodeaban. Lo vio volverse y saludar a un hombre corpulento que estaba a pocos metros de él, inclinando la cabeza en un gesto de reconocimiento. El hombre en cuestión era secretario de estado y, como tantos otros, probablemente pariente de Teague. Pitt se preguntó por qué estaba allí y quién más del gobierno había asistido.

¿Por qué? ¿Para escuchar a Nazario Delacruz? ¿O para observar si la policía y la Special Branch manejaban adecuadamente la situación, en caso de que se descontrolara? ¿Estaba Pitt siendo juzgado?

—La reunión de los buitres —dijo una voz a su lado, y al volverse vio que era la de Frank Laurence.

—Llegan un poco pronto —contestó Pitt de manera cortante—. Todavía no hay cadáver.

—Si tiene usted suerte, se traicionarán a sí mismos —prosiguió Laurence—. ¡Aunque diría que usted ya lo sabe! ¿Ha organizado usted esta exhibición o simplemente la ha permitido?

—¿Cómo me sugeriría que la impidiera? —preguntó Pitt, percibiendo el deje de tensión en su voz.

—Tiene razón —respondió Laurence—. ¿Ha visto ya a Barton Hall? Seguro que anda por aquí.

—¿En serio? ¿Por qué?

Pitt se volvió hacia él. Laurence estaba sonriendo.

—Para ver qué hará Nazario, cuánto sabe usted y, tal vez sobre todo, qué hará Dalton Teague. ¿No lo haría usted, si estuviera en su lugar?

—No lo sé. ¿Cuál es su lugar?

Pitt sostuvo la mirada de Laurence con una actitud desafiante.

—Vaya, una pregunta muy interesante —dijo Laurence—. ¿Supongo que no lo ha descartado como sospechoso?

—¿Por eso está usted aquí? —Pitt enarcó las cejas—. ¿Espera poder manipularme de alguna manera para que siente a Hall en el banquillo? Es a Teague a quien odia, ¿no?

—¿Por qué debería odiar a Teague? ¡Fue Hall quien hizo trampas!

El oscuro y amargo enojo volvía a brillar en los ojos de Laurence.

—Creo recordar con exactitud que usted dijo que Hall había posibilitado que otro estudiante hiciera trampas —le corrigió Pitt—. Hall aprobó los exámenes honestamente. ¿No fue esto lo que me dijo? Hizo trampas para un tercero porque anhelaba ser aceptado. Una debilidad muy humana. ¿No la hemos tenido todos alguna que otra vez? —Miró a Laurence con franqueza, sin suavizar su expresión en absoluto—. ¿No la ha tenido usted?

Laurence se sonrojó muy levemente. De pronto se le veía distinto, más vulnerable.

—Sí, por supuesto. Pero no hice trampas para conseguirlo.

—Estoy convencido de que nunca hizo trampas mientras era estudiante —convino Pitt—. Me costaría creer que lo hubiese necesitado. No obstante, miente si dice que nunca ha empleado su agudeza mental para sonsacar a alguien mucho más de lo que tenía intención de decirle. Y luego ha ido y lo ha publicado.

—¡Una aseveración muy atrevida, señor Pitt!

—En absoluto. A mí me lo ha hecho.

Pitt le sonrió con el mismo buen humor impostado que Laurence había empleado tantas veces con él desde que lo conocía.

—*Touché* —dijo Laurence en voz baja—. Contestaré a su pregunta. Con gusto vería arder a Teague en el infierno. Desde una gran altura... ¡espero!

Pitt sonrió más abiertamente.

—Naturalmente. Pero si lo pone allí, quizá descubra que la distancia es mucho más corta.

—¿Sigue sospechando de Barton Hall? —preguntó Laurence.

—No tengo la menor intención de comentarlo con usted —contestó Pitt.

—Me parece que sospecha de él —le contradijo Laurence—. Encontró algo que le interesó mucho cuando fue a su banco y salió varias horas más tarde.

Pitt sintió frío. No podía impedir que Laurence lo siguiera, pero no se había dado cuenta de que estaba en la calle, cerca del banco.

—¿No esperaba de mí que investigara todas las posibilidades? —dijo Pitt, manteniendo un tono desenfadado—. No eché nada en falta.

No iba a contarle a Laurence lo que había descubierto con respecto a los terrenos en Canadá.

Laurence disimuló su decepción casi por completo. Apenas se le vislumbró en el semblante.

Les impidió seguir conversando el repentino silencio del público, seguido de una ovación cuando Nazario apareció en el escenario. Pese a que era de estatura mediana, se veía menudo a la luz de las lámparas. Vestía ropa oscura y, con su pelo negro, su rostro parecía aún más demacrado que antes. Sus acentuadas ojeras hacían que los ojos se le vieran enormes y los pómulos altos reflejaban la luz.

Hizo una ligera reverencia, inclinando tan solo la cabeza, y comenzó a hablar. Su inglés era excelente y su acento tan ligero que no impedía entender sus palabras.

Se presentó dando su nombre, agregando que era el marido de Sofía.

Se hizo el silencio en el auditorio, apenas se oía siquiera algún cambio de postura, solo el frufrú de los vestidos y el aliento de la concurrencia.

—He venido a hablar en vez de mi esposa —prosiguió—. Sé que mi amigo y colega Melville Smith lo ha estado haciendo durante su ausencia...

Pitt miró en derredor buscando a Smith, y tardó un poco en reconocerlo. Estaba pálido y envarado, su rostro era tan inexpresivo que bien podría haber sido una máscara de yeso.

—... manteniendo viva la llama —prosiguió Nazario. No intentó sonreír—. Ha sido un acto de valentía y se lo agradezco. Él sabía, igual que yo, que Sofía fue secuestrada, y mientras estamos aquí congregados para hablar unos con otros sobre la fe y el honor, y sobre el largo viaje hacia el entendimiento mutuo que nos une, ella está sola en alguna parte con su torturador, quien puede muy bien acabar asesinándola.

Un grito ahogado recorrió la sala entera. Alguien dio un chillido y lo sofocó de inmediato.

Fue entonces cuando Pitt vio a Hall. Presentaba un aspecto espantoso. Parecía ajeno a la mujer gorda que tenía a su izquierda y al menudo hombre canoso de su derecha. Laurence estaba a un par de metros de Pitt, mirando horrorizado el escenario.

—Estoy dispuesto a decir todo lo que ella les habría dicho —prosiguió Nazario, haciendo oír su voz hasta el fondo de la sala—. Melville Smith habla con gentileza, en parte porque es un hombre gentil, pero al margen de lo que verdaderamente cree, moderó su discurso con la esperanza de salvarle la vida.

Pitt miraba fijamente a Nazario, pero no acertó a ver el menor indicio de disimulo. Aquello era una mentira. Sin duda él lo sabía.

—Sofía cree que todos somos hijos de Dios —dijo Nazario en voz alta y más clara—. Desde Cristo a Satán, todos y cada uno de nosotros estamos cortados por el mismo patrón. Y tenemos la oportunidad de ser lo que deseemos en la eternidad. Hombres y mujeres. Genios e idiotas, y todos los que median entre ambos extremos. La belleza física nada significa. Dios ve el corazón. La riqueza solo es una prueba para ver qué hacemos con ella. Es un préstamo de Dios, igual que el talento, una manera de comprobar si los usaremos bien o mal. El juicio final nos aguarda.

Nadie se movió, todo el mundo aguardaba a que dijera qué le había ocurrido a Sofía y qué iba a hacer al respecto. No seguirían callados mucho más tiempo.

—¿Cómo nos hemos comportado con los pobres, los solitarios, los cortos de entendederas? —inquirió Nazario—. ¿Hemos sido condescendientes con los sumisos? ¿Nos hemos aprovechado de ellos? Cuando han intimidado a su esposa, cuando han sido condescendientes con sus criados, cuando han insultado a sus empleados, ¿han visto a Cristo en su lugar? ¿Le habrían hecho lo mismo a Él? Por supuesto que no. ¡Yo tampoco! ¿Confío siempre en la gente como lo haría si recordara que Dios ve lo que hago? ¡Por supuesto que no! ¡Pero debería hacerlo!

El público empezó a susurrar. Alguien gritó el nombre de Sofía y preguntó dónde estaba. Otro espectador se sumó a él, y después otros más.

—¿Quieren dramatismo? —preguntó Nazario alzando la voz—. ¿Quieren que les diga qué le ha sucedido a Sofía? ¡No lo sé! Solo sé que ha sido secuestrada por la fuerza y que sus dos compañeras fueron masacradas, destripándolas como un depredador mata lo que se va a comer.

El público se horrorizó. Un puñado de hombres se levantaron y maldijeron a Nazario por la crudeza de semejante discurso. Una mujer muy delgada acusó a Nazario de haber matado a Sofía con sus propias manos.

—¿Han venido aquí para que les digan lo maravillosos que son? —preguntó a gritos Nazario, esforzándose para hacerse oír—. Son ustedes maravillosos, y terribles… como toda la humanidad. ¡Son lo que ustedes deciden ser! Siempre y cuando lo deseen lo suficiente para pagar lo que cuesta. Creo que están torturando a Sofía para obligarla a decir qué ha hecho con el hombre a quien ofreció asilo porque temía por su vida.

Poco a poco se restableció el silencio, el ruido fue menguando.

—Había cometido un crimen, no un crimen violento pero del que estaba avergonzado —siguió Nazario—. No sé en qué consistió, pues Sofía nunca revela una confidencia, ni siquiera para salvar su propia vida. Lo ayudó a arrepentirse y a enmendar lo que había hecho mal. El hombre que la secuestró la está torturando para que le diga dónde está ese hombre. No lo hará. Antes morirá.

Ahora el horror se adueñó de la concurrencia, pero esta vez nadie lo interrumpió. Algunas mujeres lloraban en silencio.

—Yo puedo salvarla, según me han dicho. —A Nazario le costaba continuar, se le quebraba la voz—. La condición es que diga una mentira acerca de ella, que diga que es una ramera, una mujer casquivana que me sedujo y que fue la causante del suicidio de mi primera esposa. ¿Debería hacerlo? ¿Para salvarle la vida? ¿Debería negar la verdad, aunque sea para salvarla? ¿Para que la liberen? Destrozada, desangrada, torturada para que traicione al hombre que intentó salvar de modo que su secuestrador pueda hacer con él... ¿sabe Dios qué? —Abrió los brazos, suplicante—. ¿Hay aquí algún hombre o mujer que crea que este sujeto la soltará? Ella lo conoce. Lo ha visto y ha hablado con él. Quizás incluso sepa quién es. ¿Se figuran por un instante que puede liberarla? Aunque ella lo perdonara, aunque lo perdone yo, ¡la ley no puede hacerlo! Ha destripado a dos mujeres, dejando sus cuerpos ensangrentados sin sepultura para que los encontraran.

Pitt alcanzó a ver que Brundage, en el otro lado del auditorio, se volvía para señalar a uno de los policías que estaban de servicio. Aparecieron más agentes en las puertas, pero Pitt nos los aguardó. Avanzó hacia el escenario, abriéndose paso a empujones entre el gentío.

Nazario seguía hablando, su voz apenas era audible por encima de los forcejeos, las quejas y acusaciones que los asistentes le gritaban y se gritaban entre sí.

—¿Dónde está? —preguntó a voces un hombre canoso—. ¿Qué ha hecho con ella?

Alguien le respondió a gritos, con palabras inaudibles.

Un hombre alto tiró su pesado bastón negro contra Nazario. Le dio en el hombro y cayó al suelo repiqueteando. Nazario dio un paso atrás.

Melville Smith apareció de entre los bastidores y se dirigió al centro del escenario, tratando de proteger a Nazario, que lo esquivó y se situó más adelante.

—¿Es esto lo que hacen los caballeros ingleses? —inquirió—. ¿Así es como se comportan los cristianos de este país?

Se hizo un silencio repentino. Pilló a todo el mundo por sorpresa.

Pitt miró alrededor y vio a Teague, su cabeza rubia visible por encima de la muchedumbre. Por un instante también él se mostró desconcertado. Luego se volvió y se dirigió a quienes lo rodeaban, levantando los brazos como pidiendo calma.

Desde no muy lejos Barton Hall miraba fijamente a Teague con el semblante ceniciento, el odio pintado en cada una de sus facciones. Teague no pareció advertirlo pese a que solo mediaban unos metros entre ambos.

Nazario seguía hablando, pero el barullo ahogaba la mitad de sus palabras.

—¡Hay que encontrarla! —gritó alguien—. ¡Vayamos a buscarla!

Media docena de seguidores hicieron suya la consigna y se dirigieron a empellones hacia las salidas.

—¡Basta! —gritó Nazario, y luego el ruido arrasó lo que dijo a continuación. Abrió los brazos, suplicante—. ¡Por favor! De esta manera no pueden ayudar...

—¡Usted quiere que muera! —chilló un espectador enfurecido—. ¡Está detrás de esto!

La respuesta de Nazario se perdió.

Varias personas cambiaron de parecer en cuanto a marcharse y comenzaron a aglomerarse de nuevo junto al escenario.

La policía estaba entrando por todas las puertas, desalojando lentamente el auditorio. Desde donde Pitt estaba ahora, casi a los pies de la escalera que subía al escenario, vio refriegas aquí y allí, algún sombrero que caía o que alguien lanzaba deliberadamente. Un hombre trataba de abrirse paso a bastonazos.

Cada vez había más gente arremolinada en la escalera del otro extremo del escenario. Algunos espectadores ya las habían alcanzado y empezaban a ascender.

En el fondo del auditorio una mujer se puso a chillar, lanzando un lamento agudo que iba subiendo de tono.

Los dos primeros hombres que había en la escalera del otro extremo del escenario llegaron arriba. Uno de ellos arremetió contra Nazario, gritándole insultos.

Nazario se volvió para defenderse un instante demasiado tarde. Recibió un golpe en la sien y cayó desplomado al suelo. El hombre que lo había atacado levantó el brazo en alto. Pitt vio el reflejo de la luz en una cuchilla. Subió los escalones de dos en dos, pero antes de que alcanzara al agresor una mujer salió disparada de entre los bastidores y se abalanzó sobre él, agarrándole el cuello con las manos. Ambos cayeron estrepitosamente al suelo mientras Nazario se ponía a gatas, mareado, incapaz de mantener el equilibrio.

La mujer arremetió contra el hombre del puñal, golpeándolo tan fuerte que este lo dejó caer y agarró a la mujer del pelo, que se le quedó en la mano. Tiró de su ropa y la desgarró, haciéndola girones.

Pitt los alcanzó, y, al poner la mano en el hombro de la mujer, notó los músculos duros como el hierro debajo de la tela. Al estar tan cerca la reconoció. Era la anciana que barría el patio de Angel Court, excepto que ahora resultaba obvio que era un hombre.

¡Castillo! Por supuesto. Escondido donde todo el mundo lo miraba y nadie lo veía.

Pitt empleó todo su peso y su fuerza para quitarlo de encima del hombre que había atacado a Nazario. Cuando por fin lo levantó, vio que el agresor yacía inmóvil sobre el entarimado del escenario, con el cuello torcido como si lo tuviera roto.

Castillo de repente se relajó en sus brazos, dejando de oponer resistencia.

Nazario se puso en pie trabajosamente, todavía aturdido.

El puñal relucía en el suelo, la luz de las candilejas hacía que fuese casi invisible.

Para entonces Teague también había subido al escenario. No miraba a Pitt ni a Nazario, ni tampoco al hombre muerto en el suelo, sino a Castillo, que estaba sin peluca, todavía ataviado con los restos del vestido de mujer.

Castillo le sostuvo la mirada durante un segundo interminable, después se zafó de Pitt y huyó del escenario, desapareciendo entre bastidores como si de algún modo se hubiesen cerrado a sus espaldas.

Teague hizo ademán de ir a por él, pero entonces echó una ojeada a Pitt y con media sonrisa hizo una seña a un policía para que lo persiguiera él. Brundage salió al exterior para atrapar a Castillo en caso de que alcanzara la puerta de atrás.

Teague se quedó mirando a Pitt, luego se volvió hacia Nazario, con el semblante totalmente inexpresivo.

—¿Qué demonios está haciendo, Pitt? Esto es un absoluto fiasco. —Fulminó con la mirada al hombre que yacía muerto en el suelo—. ¿Quién diablos es este? —Finalmente se volvió hacia Nazario—. ¿Lo conoce?

Nazario sonrió con amargura y no contestó. Todavía temblaba.

Los asistentes guardaban silencio. Estaban atónitos, azorados, algunos incluso avergonzados.

Teague se volvió hacia ellos, levantando las manos para pedir atención. Al instante cesó hasta el menor movimiento. Lo miraron expectantes.

—Damas y caballeros —dijo con gravedad—. Esta terrible tragedia debe terminar. He hecho cuanto ha estado en mi mano, con todo el tiempo, el dinero y la influencia que puedo ofrecer. Por cortesía, tenía intención de hablar primero con el comandante Pitt de la Special Branch, pero las circunstancias de esta noche lo han cambiado todo. Debo decírselo a todos ustedes y dejar que regresen a sus casas con un poco de paz y tranquilidad.

Miró un momento a Pitt, pero su expresión fue indescifrable. Volvió a mirar al público.

—Estoy seguro de saber dónde mantienen prisionera a Sofía Delacruz.

Se vio obligado a callar por los gritos y vítores. Varias personas levantaron los brazos.

Teague pidió silencio amablemente otra vez. Se volvió hacia Pitt y le tendió la mano.

Pitt no podía negarse a estrechársela. Parecería hosco y ridículo. Lo hizo, tratando de forzar una expresión de alegre sorpresa. Se sintió como una gárgola.

—Debemos rescatarla —dijo Teague en voz alta y clara—. Mis hombres están listos. ¿Qué me dice, comandante?

Solo había una única respuesta que Pitt pudiera dar.

—Haremos planes de inmediato. Gracias.

Teague sonrió de oreja a oreja y se volvió de cara al público.

Brundage apareció al lado de Pitt, resollando.

—Castillo ha escapado, señor —dijo—. Pobre diablo, puede estar en cualquier parte.

Teague se volvió hacia Pitt con el rostro todavía inescrutable. Pero Pitt sintió un frío repentino, como si se le hubiese helado la sangre.

14

Pitt respiró profundamente. Ahora no tenía elección. Poco importaba que fuese Hall, Teague o las circunstancias lo que le había superado, debía actuar aquella misma noche, en cuanto lograra reunir a los hombres y trazar algún tipo de plan. Quien retenía a Sofía se enteraría de aquello antes de un par de horas, suponiendo que aún no se hubiese enterado.

—No se preocupe por Castillo —le dijo a Brundage—. Traiga a Stoker y a cuantos hombres encuentre en el próximo cuarto de hora. —Se volvió hacia Teague—. Debemos planear esto con cuidado. Cualquier error podría ser fatal.

No se molestó en preguntar a Teague cómo había encontrado a Sofía. No obtendría una respuesta clara, de eso estaba seguro. Sin embargo no dudaba de que estaba diciendo la verdad en cuanto a que la había localizado, pues de lo contrario no habría arriesgado su reputación anunciándolo en público. Pitt no confiaba en él, pero seguiría su iniciativa, quizá fuese la mejor oportunidad, si no la única, de salvar a Sofía.

—Por supuesto —convino Teague de inmediato—.

Aquí tiene que haber un sitio tranquilo donde nos podamos reunir. Tengo media docena de hombres que pueden venir en cuestión de media hora, si encuentro un teléfono.

Miró a la muchedumbre que seguía pululando por el auditorio, excitada, asustada, enojada, bloqueando las salidas sin querer.

—Hay uno en la calle, señor —dijo Brundage, señalando a su izquierda—. A unos doscientos metros.

Teague le dio las gracias.

—Enseguida vuelvo —dijo a Pitt, y acto seguido bajó corriendo la escalera del escenario y empezó a abrirse paso hacia la puerta.

Pitt se volvió de nuevo hacia Brundage.

—¿Qué ha sido de Castillo? ¿Está bien Nazario? Ha recibido un buen golpe. ¿Alguien sabe quién era ese loco? Supongo que ha muerto.

—Sí, señor. —Brundage estaba un poco pálido—. No sé si solo ha sido un golpe desafortunado o si ha sido intencionado. En cualquier caso, nadie sabe con certeza adónde ha ido Castillo. La policía local dice que conoce al agresor. Un chiflado. Tenía delirios religiosos y creía que era un ángel vengador o algo por el estilo. Ya había tenido problemas por insultar a la gente, incluso agredió a un par de personas, pero nada comparable a lo de esta noche.

—¿Y Nazario?

—Estará dolorido una buena temporada, pero ahora mismo solo piensa en rescatar a Sofía.

—Bien. Regrese dentro de quince minutos con cuantos hombres estén disponibles.

Brundage titubeó.

—¿Vamos a fiarnos de los hombres de Teague, señor?

—Más bien estaba pensando en vigilarlos de cerca —dijo Pitt con gravedad—. No podemos permitirnos que se adelanten sin nosotros.

Brundage suspiró aliviado.

—No, señor. No me fiaría un pelo de esos tipos. Pueden armar un buen desaguisado. Y si la rescatan con vida, ¡los periódicos de mañana irán llenos de lo bien que hicieron el trabajo que le tocaba hacer a la Special Branch!

—También está la cuestión de atrapar al secuestrador —agregó Pitt.

—¿Vivo?

—No sé si me importa —respondió Pitt con franqueza.

—Mientras no sea Teague quien mate a ese cabrón. Los periódicos también se pondrían las botas con eso —dijo Brundage—. «La Special Branch arresta al héroe del momento.» Eso aún nos haría quedar peor.

Pitt entendía perfectamente lo que sentía Brundage.

—¿Cree que es Hall, señor? —preguntó Brundage.

—Parece lo más probable. Si compró esa enorme extensión de tierra en Canadá después de que le hicieran creer que allí había oro o diamantes, y luego descubrió que era un fraude, estaría desesperado y dispuesto a hacer cualquier cosa. El hecho de que tenga cierto parentesco con Sofía Delacruz, que ya causó a su familia una considerable humillación, no haría más que acrecentar su ira.

—Entendido, señor. Traeré a todos los hombres que pueda.

Se dispuso a marcharse.

—¡Brundage!

—¿Sí, señor?

—Consiga también armas para ellos. Esto podría ponerse muy feo.

—Sí, señor.

Pitt fue en busca de Nazario. Quería ver por sí mismo si estaba bien, pero, además, aunque no lo estuviera, tenía un montón de preguntas que hacerle, siendo la primera en qué medida había previsto aquel fiasco con Castillo, o si lo había provocado él mismo. Si había mentido en algo, había llegado la hora de reconocerlo.

En las dos primeras habitaciones laterales no había nadie. Nazario Delacruz estaba sentado en un sillón muy viejo en la tercera, acompañado de uno de los hombres de Pitt.

—Gracias, Hollingsworth —dijo Pitt, asintiendo—. Aguárdeme fuera. Tenemos que ponernos en marcha en cuanto haya charlado con el señor Delacruz. En cualquier caso, avíseme cuando regrese el señor Teague. En cualquier caso, ¿entendido?

—Sí, señor.

Hollingsworth se puso firmes un instante, dio media vuelta y salió, cerrando la puerta a sus espaldas.

Pitt estudió a Nazario. Era obvio que estaba muy agitado y un tanto dolorido, pero su mirada era clara y había en ella una gravedad y entendimiento que tranquilizó a Pitt en cuanto a que estaba plenamente consciente y alerta.

—Nos iremos cuando Teague regrese con sus hombres —dijo Pitt, retirando una silla de respaldo duro para sentarse. La habitación estaba escasamente amueblada, solo había una mesa lo bastante grande para que seis personas se sentaran alrededor, presumiblemente para celebrar reuniones de algún tipo, y las sillas correspondientes.

—¿Y sus hombres? —preguntó Nazario, irguiéndose con una mueca a causa del dolor en el cuello y el hombro.

—Para entonces Brundage los habrá traído.

Nazario asintió con la cabeza, sin mover el cuello.

—Voy con ustedes.

Fue una afirmación.

—Solo si está en condiciones. —Pitt esbozó una sonrisa—. Pero antes de que lleguemos a eso, ya va siendo hora de que me diga la verdad sobre lo que sabe acerca de este asunto. Podríamos cometer un error fatal por culpa de la ignorancia. Y suponiendo que usted no haya montado esto con la intención de martirizar a su esposa, ya sea por la causa o simplemente para deshacerse de ella, querrá que tengamos éxito.

Nazario se quedó perplejo y momentáneamente enojado. Entonces se dio cuenta de la verdad que encerraban las palabras de Pitt y dejó a un lado sus sentimientos.

—No sabía que hubiese traído a Castillo consigo —dijo, hablando atropelladamente—. No lo conocía en persona, solo como una anciana a la que habían echado de su casa y necesitaba un lugar para vivir durante un tiempo.

—¿Y el fraude? —prosiguió Pitt—. ¿Qué sabe a ese respecto?

Nazario estaba confundido.

—¿Qué fraude? ¿De qué me habla? —Había un extraño deje de miedo en su voz—. Sofía no engañaría a nadie.

—El fraude para vender una extensión enorme de tierra relativamente improductiva en Canadá, no más que praderas, con pruebas falsas de que allí había oro o diamantes.

Pitt expuso su teoría, curioso por ver cómo reaccionaba Nazario.

—¿Diamantes? ¿En Canadá? No sé de qué me está hablando. ¿Se lo ha dicho Castillo?

Nazario frunció el ceño, tratando de comprender.

—Ese fue el fraude —explicó Pitt—. Hall pagó una fortuna por esa tierra, en nombre de la Iglesia de Inglaterra. Tiene mucho dinero de esa institución para invertir.

—¡Vaya! —Nazario sonrió atribulado—. Por eso quería verle Sofía, para contárselo. Pero él ya había comprometido el dinero. ¿De modo que él está detrás de esto? ¿Intenta silenciarla, pero antes debe averiguar qué hizo Sofía con Castillo puesto que él también lo sabe?

—Según parece, cuando el socio de Castillo en el fraude fue asesinado y abandonado a modo de advertencia, en lugar de huir a un lugar donde nadie pudiera dar con él, acudió a Sofía y confesó. Ella sin duda le dijo que la confesión era inútil si no se arrepentía.

—Es lo que Sofía haría —convino Nazario—. Le haría devolver el dinero. ¿Y dónde está? Si Castillo todavía lo tiene, nunca lo recuperaremos. —Negó con la cabeza—. Pero si lo tuviera, señor Pitt, creo que a estas alturas ya lo habría devuelto. ¿Qué sentido tenía venir, si no era para devolverlo?

Pitt vio la respuesta con demasiada claridad.

—No lo tenía —dijo cansinamente—. Quizá lo tenía el otro hombre. Por cierto, ¿tiene nombre?

—Solo sé que lo llamaban Alonso. Y si lo tenía él, ¿por qué no se lo quitó Hall y pasó página? Se ha tomado demasiadas molestias para una simple venganza. Demasiado peligro, demasiada sangre.

—Sí —convino Pitt de nuevo—. Todavía hay una pieza que no encaja, tal vez algún otro implicado...

Lo interrumpió el regreso de Brundage. Llamó a la puerta y entró directamente.

—Tengo seis hombres, señor: el señor Narraway, Stoker; usted mismo, señor; Hollingsworth y yo. Y el señor Delacruz, si se encuentra bien.

—Estoy bien —dijo Nazario, que se puso de pie logrando disimular en parte el dolor—. Al menos, lo suficiente.

—¿Armas? —preguntó Pitt.

—Sí, señor —contestó Brundage—. Y el señor Teague acaba de regresar, señor. Trae a ocho hombres con él, y no lo ha dicho, pero todos van armados. Me he fijado enseguida, señor. Un hombre tiene una actitud distinta cuando lleva un arma. Y, además, el abrigo también cae de otra manera.

—Gracias. —También se levantó—. ¿Dónde está Teague?

—Frente a la puerta, señor. Y he conseguido un carromato para nosotros. Parece que sea de un carpintero.

—Gracias. Llévese al señor Delacruz y cuide de él, y envíeme a Teague.

—Sí, señor.

Brundage ofreció el brazo a Nazario, que lo rechazó, irguiéndose antes de salir.

Brundage sonrió y fue tras él, sosteniendo la puerta abierta para Teague, que llegó sin que fuera necesario avisarlo.

—¿Listo? —preguntó Teague. Estaba en pie en el otro lado de la habitación y miraba fijamente a Pitt con una extraña claridad. Ahora ya no había fingimiento alguno, ninguna simulación de que fuesen aliados. Teague se llevaba a Pitt consigo porque todavía no se le había ocurrido la manera de hacer aquello sin él. De pronto una idea más siniestra acudió a la mente de Pitt.

¡Teague sabía perfectamente que iba a salir de aquello convertido en un héroe, el hombre que había rescatado a una mujer cuyas creencias había abrazado, cuando la Special Branch había sido incapaz de hacerlo!

Por un instante, observando el agraciado rostro cincelado de Teague, Pitt dudó de sí mismo. Había sido su actitud displicente lo que probablemente había llevado a Sofía a esconderse en Inkerman Road. No había creído que Pitt y sus hombres fuesen a protegerla. De haberlo hecho, tal vez Hall no se habría atrevido a raptarla. Nunca la habrían golpeado ni torturado, ni ahora se enfrentaría a la muerte en caso de que no consiguieran liberarla antes de que Hall finalmente la matara.

—Claro que estoy listo —dijo Pitt con absoluta calma—. Le estaba aguardando. Más vale que nos pongamos en marcha. Supongo que tiene transporte para sus hombres. ¿Y comida? Yo tengo para los míos.

Teague abrió un poco los ojos.

—¿No quiere que antes tracemos un plan? ¡Ni siquiera sabe adónde va, hombre!

Pitt lo miró inocentemente, también con fingida sorpresa.

—¿Tan cerca vamos que no tendremos tiempo de hablar por el camino?

Teague lo entendió en el acto. El enojo y el reconocimiento titilaron un instante en su rostro.

—No estoy seguro de que haya sitio para usted en mi vehículo —dijo, sonriendo despacio.

—No, si ustedes son nueve —convino Pitt, imitando su sonrisa a la perfección—. Pero lo hay para usted en el mío. ¡Vamos!

Teague era demasiado hábil para demostrar su irritación. Acomodó su paso al de Pitt y recorrieron uno al lado del otro el pasillo que conducía a la salida del auditorio.

Stoker los aguardaba en la acera. Apenas comenzaba a despuntar el día. El aire era templado y agradable, aunque un poco húmedo, y se percibía el olor del río.

—El señor Teague viene con nosotros —dijo Pitt en voz lo bastante alta para que todos los presentes lo oyeran—. No viajaremos demasiado juntos, así no pareceremos un ejército invasor. Tan solo repartidores que comienzan la jornada un poco más temprano de lo habitual.

—¡Alguien que se muda porque no puede pagar el alquiler! —dijo Stoker entre dientes.

Pitt no se molestó en contestar, aunque la ocurrencia no era demasiado estrafalaria.

En el carromato Pitt hizo sitio a Teague para que se sentara delante de él y, mientras cerraban la puerta trasera, se puso tan cómodo como pudo e invitó a Teague a darles toda la información que tenía. Se fijó en que Teague y Narraway cruzaban una mirada de frío reconocimiento.

—Hemos seguido el rastro hasta una vieja fábrica que por detrás da al río —comenzó Teague—. No muy lejos del agua, pero no podemos acercarnos por ahí sin darles como mínimo quince minutos de ventaja hasta que hayamos desembarcado y subido las escaleras, aunque sea de dos en dos, y eso en el mejor de los casos. Tenemos que rodearla por la parte de tierra firme, de modo que primero hay que dirigirse al sur.

—¿Una fábrica abandonada? —preguntó Pitt, intentando recordar cuál debía ser, pero había demasiadas para adivinarlo.

—Se cae a pedazos —respondió Teague—. Es un lugar peligroso. Tan peligroso que no la han ocupado ni los sin techo. Hay derrumbes, podredumbre, óxido. Solares enteros hundiéndose en el fango.

Pitt no apartó los ojos del rostro de Teague. Se imaginó la expresión de Stoker al oír hablar de semejante lugar. Era marinero. Las tempestades en el mar no lo asustaban, aunque las respetaba, pero el lento, sorbedor y apestoso fango del río lo sacaba de quicio.

—Más vale que enviemos a alguien por el río, de todos modos —dijo—. Quien esté dentro quizás escape por allí. Quedaríamos en ridículo si huyeran en barca y no pudiéramos detenerlos.

Teague asintió con la cabeza.

—Podemos hacer que dos de mis hombres pidan prestada una barca, para estar seguros.

Pitt enarcó las cejas aunque Teague no pudiera verlo.

—No podemos aguardar a que usted envíe a esos hombres. Enviaremos a dos de los míos. Son tan capaces como los suyos de conseguir una barca y están igual de dispuestos.

Teague titubeó solo un segundo. Aquello daba a Pitt el control del río, pero también aumentaba su desventaja numérica dentro de la fábrica. Pitt también lo sabía, pero no tenía alternativa.

—¿Sabe a cuántos hombres nos enfrentamos? —preguntó.

—No son muchos —contestó Teague—. Salvo que el secuestrador sepa que vamos para allá, cosa que es posible después del fiasco de esta noche.

—¿Cómo averiguó todo esto, señor? —preguntó Stoker, con una deferencia absolutamente impropia de él. ¡Pitt esperó que fuese fingida!

Se hizo un momento de silencio antes de que Teague contestara.

—Muchas preguntas, y después un golpe de suerte —respondió lentamente, como si midiera sus palabras—. Tengo amigos, gente que admiró mi carrera en el *cricket*... hinchas, ¿entiende?

—Claro que sí, señor —contestó Stoker enseguida.

—Uno de ellos se presentó —prosiguió—. Había visto a una mujer que se parecía a Sofía Delacruz. Dijo que daba la impresión de estar en dificultades, peleando con el hombre que la acompañaba. Ella quería irse pero él la retenía. Mi... admirador intentó ayudar, y le dijeron que estaba trastornada, que tenía problemas emocionales. Necesitaba que la contuvieran para que no se hiciera daño a sí misma. En su momento se lo creyó. Después comenzó a tener dudas.

—Y usted juntó las piezas —concluyó Stoker.

—Exacto.

—Ya veo —dijo Stoker, aparentemente satisfecho. Se abstuvo de mencionar las piezas de la historia que no encajaban y Pitt se alegró. No era el mejor momento de poner a Teague entre la espada y la pared.

Siguiendo las indicaciones de Teague, se detuvieron en un muelle y Hollingsworth y Brundage se apearon.

Teague los dirigió hacia la fábrica en ruinas, que quedaba a menos de cien metros, si mediar palabra alguna. Regresó a su asiento en el carromato, recorrieron el último trecho y se detuvieron de nuevo, a la sombra del ruinoso edificio.

Pitt se apeó, seguido de Teague, Stoker, Narraway y Nazario. Intercambiaron gestos de asentimiento y Pitt los condujo por el callejón hacia el muelle y la escalera del almacén donde aguardaban los hombres de Teague.

Era una noche clara y de luna casi llena. Daba más luz de la que Pitt habría deseado, pero había unos nubarrones acercándose desde el este y en un cuarto de hora la luna quedaría velada.

Avanzaron por el muelle, pero manteniéndose en las sombras de una grúa inmensa y varias pilas de madera.

No había nadie a la vista. No había sonido alguno excepto el continuo murmullo del río debajo de ellos, las ondas que rizaban el agua borboteando en torno a las gruesos postes, los sorbetones ocasionales cuando una ola rompía contra la piedra de la orilla. Era la pleamar, justo antes del cambio de marea.

La luz de la luna rielaba en la superficie del agua, aceitosa y salpicada aquí y allí de maderos a la deriva y manchas de espuma. No había indicios de que alguien estuviera vigilando la fábrica, ninguna silueta semejante a una figura humana.

Un transbordador zarpó del muelle donde habían dejado a Brundage y a Hollingsworth, a unos cien metros de ellos. Una barca se estaba adentrando en el río; las palas de los remos batían el agua sin hacer ruido.

Había llegado el momento decisivo. No sabían si Hall se había adelantado a ellos o si todavía no había llegado. La verdadera cuestión era si Hall sabía que el hombre que había matado al agresor de Nazario era Castillo. Si no lo sabía, quizá llevara a cabo un último intento desesperado para que Sofía le dijera dónde estaba Castillo.

Ahora bien, si ya había identificado a Castillo, quizá ellos también llegarían demasiado tarde.

Pitt se volvió hacia Teague.

—Ahora —dijo.

—¡No, aguarde! —replicó Teague—. Si viene por el otro lado, tenemos que detenerlo antes de que llegue hasta ella o avise a sus hombres.

—Es posible que ya esté dentro —señaló Pitt—. ¡Vamos!

Se volvió para indicar a sus hombres que avanzaran, pero Teague lo agarró del brazo, parándolo bruscamente.

—Tengo hombres vigilando —dijo Teague entre dientes—. Todavía no ha llegado. Vendrá por el lado de tierra firme. Aguardemos a esas nubes. Será cuestión de minutos. Probablemente él también las está aguardando. ¡Vamos!

Emprendió la marcha, mirando bien dónde pisaba, entre los escombros del sendero que conducía hacia la calle.

Pitt lo siguió, con Narraway pisándole los talones. Nadie dijo palabra hasta que estuvieron en el patio que daba a la calle. Teague les indicó con señas que se ocultaran en las sombras.

—Dejemos que pase delante —susurró Teague.

—Suponiendo que venga —contestó Pitt.

—Oh, claro que está viniendo.

La voz de Teague rezumaba certidumbre y satisfacción. Pitt volvió a sentir que se le helaba la sangre. Teague lo había dicho demasiado gustoso.

Las nubes ya estaban oscureciendo la luna. En algún lugar a su izquierda, cerca de la calle, se oyó un sonido muy ligero, madera contra madera.

Teague se quedó inmóvil, después se volvió lentamente y miró hacia la verja.

—¡Silencio! —siseó.

Entonces Pitt también lo oyó, un leve crujido, un golpe de metal contra madera, y luego varios segundos de silencio antes de que rechinaran unas piedrecitas como si alguien hubiese patinado y recuperado el equilibrio antes de seguir caminando.

Pitt fue el primero en verlo. Un hombre alto que avanzaba con torpeza, casi tanteando su camino a través de los pocos metros de explanada que faltaban hasta la enorme fachada del edificio y lo que quedaba de él. Era Barton Hall. Pitt lo reconoció por sus andares, la inclinación de su cabeza y sus hombros, y cuando se volvió, su rostro quedó iluminado un instante por la luna antes de que las nubes volvieran a juntarse. Parecía que hubiese visto su propia muerte: los ojos hundidos, las mejillas descarnadas, todo el dolor que llevaba dentro de sí, avanzando como si tuviera entumecidos los brazos y las piernas.

Manipuló el cerrojo de la puerta y no tardó en darse cuenta de que estaba roto. Empujó con el hombro para abrirla por la fuerza y se coló por la rendija, dejándola entornada.

Teague señaló al frente con el brazo, indicando a los demás que lo siguieran. Cruzó la puerta el primero, con Pitt pisándole los talones.

Una vez dentro, Pitt miró hacia arriba. Estaban en la entrada de la enorme fábrica, ahora convertida en una ruina de su esplendoroso pasado y a todas luces en desuso. El techo entero estaba destrozado, caído en buena parte al suelo formando una especie de estampado de escombros, añicos de cristal y vigas rotas, algunas colgando en ángulos imposibles. Las paredes estaban sucias, las ventanas, rotas, algunas tanto que solo quedaban los marcos vacíos. Una grúa se había oxidado de tal manera que varias piezas colgaban de la estructura, oscilando en las cavidades de una plataforma de carga y descarga. Fantasmales máquinas antiguas yacían amenazantes en el patio como esqueletos enzarzados en una batalla. La fábrica tenía su propio muelle, y el olor a madera podrida flotaba en el aire junto con el nauseabundo hedor del fango del río.

—Un lugar perfecto para esconder a un prisionero —dijo Pitt en voz baja—. Aunque se desgañitara pidiendo socorro nadie le haría caso. Cualquiera que lo oyera pensaría que era otra pieza de maquinaria rompiéndose, o incluso el chillido de una gaviota. Suben río arriba hasta aquí.

—¡Por Dios, hombre, no se quede ahí plantado! —dijo Teague con áspero apremio—. ¡Tenemos que atrapar a Hall antes de que llegue hasta ella!

Hall estaba en algún lugar delante de ellos, pero ya no lo veían.

Pitt dio un paso al frente.

Detrás de él, Stoker y Narraway se dirigieron hacia la izquierda, y Nazario hacia la derecha. Poco a poco todos fueron avanzando por aquel espacio lleno de cascotes, mirando dónde pisaban. Un traspié con un trozo de madera, escombros o piezas de maquinaria rota no solo alertarían a Hall sino que podrían provocar heridas que te dejaran lisiado si pisabas un trozo de cristal o una tabla con clavos protuberantes.

Llegaron a la entrada de la planta de trabajo principal y Teague intentó abrir la primera puerta. Cedió bajo su peso porque el marco de madera estaba podrido. Al acercarse a Teague, Pitt percibió el olor a descomposición que flotaba en el aire, madera podrida, incluso el tufillo del fango de la marea.

Delante de ellos se oyó un ruido: un único golpazo de madera contra madera, pero seco, sin crujidos, un sonido aislado. Era un paso humano, no un desmoronamiento del suelo.

Teague se quedó inmóvil y miró hacia arriba. Se volvió hacia Pitt, señaló a su izquierda y después se dirigió a la derecha.

Pitt avanzó con cautela, temeroso de tropezar con los restos de maquinaria que había por doquier.

Las nubes se abrieron de nuevo y el claro de luna brilló a través del tejado hundido. Tablones de madera cubrían el suelo. Un paso en falso podía provocar una tremenda caída.

Pitt pasó por encima de un montón de cadenas y el gancho de una grúa. Teague seguía estando delante de él.

Ni rastro de Hall.

Arriba las vigas crujían y se combaban.

En alguna parte a su izquierda una rata correteó por el suelo, arañando la madera con sus garras. Todo el lugar parecía tener vida propia debido a los constantes movimientos, hombres caminando despacio, paso a paso, vigas asentándose, el agua ascendiendo y colándose por mil canalillos hasta que cubría el suelo y los escombros desaparecían, una trampa oculta.

Pitt paró en seco. ¿Había alguien moviéndose encima de ellos o era más madera asentándose al subir el agua?

Una rata chapoteó al saltar de una escalera.

Delante de ellos y a la derecha la alta figura de Teague surgió de la penumbra. Pitt vio a varios hombres escondidos en las sombras. ¿Hombres de Teague? ¿Con cuántos contaba? Algunos tenían que haber venido por el lado de la fábrica que daba al río. Veía a cuatro o cinco, y ahora Brundage y Hollingsworth también estaban allí.

Stoker estaba a la derecha, Narraway frente a él. Pitt no veía a Nazario.

—Según parece este es el campo de batalla —susurró Teague.

—Me importan un bledo los campos de batalla —replicó Pitt—. ¿Dónde está Sofía? ¿Está siquiera en este sitio? ¿Qué ha sido de Hall? Es el único que sabe dónde está.

Delante de ellos atronó una ráfaga de disparos. Luego, un momento después, varias más.

Teague había desaparecido.

Pitt maldijo para sus adentros y se dirigió hacia el claro de luna.

—¡Hall! —gritó—. ¡Barton Hall!

Tras unos segundos de silencio absoluto se oyó movimiento encima de ellos, pero poco más que una breve sombra cruzó la luz de la luna.

—¿Qué pasa, Pitt?

Pitt miró hacia arriba y vio la silueta de Hall. Estaba de pie al borde del cráter que había dejado el hundimiento del piso superior. Quedaban tres vigas que lo atravesaban. Todas las demás estaban partidas, astilladas por los pedazos de mampostería que se habían desprendido o simplemente podridas por años de lluvia y sol.

Teague estaba a unos diez metros, en el mismo piso, enfrentado a Hall al otro lado del agujero que mediaba entre ambos.

Stoker desenfundó su pistola.

Pitt levantó la vista hacia Hall.

—No puede salir de aquí. La fábrica está rodeada. Sofía no puede decirle dónde está ahora Castillo porque ninguno de nosotros lo sabe. Escapó después de matar al sujeto que agredió a Nazario.

Hall bajó la vista hacia él, luego miró al otro lado del boquete que lo separaba de Teague.

Pitt pensó en Frank Laurence, en la ira que sentía contra Teague y Hall, y en todo lo que le había contado sobre estudios, trampas en exámenes, deudas y honor.

No perdía de vista a Teague ni a Hall, que se miraban de hito en hito.

—Cómo pasa el tiempo, ¿eh? —dijo en un tono casi familiar, aunque su voz se oía a través de la cavidad, por encima del agua chorreante, los correteos de las ratas y los crujidos de la madera.

—¿Se acuerda del aula de exámenes? ¿Se acuerda, Hall?

Usted siempre sabía todas las respuestas cuando los demás todavía estaban intentando entender las preguntas. —Se volvió un poco—. ¿No es cierto, Teague? ¡Se creía un genio, y en el campo de deportes corría como un pato!

»Seguro que se acuerda del campo de *cricket*, ¿verdad, Teague? ¡Usted era el mejor! Pura gallardía y fuerza, pura destreza. Podía batear una pelota fuera del campo y correr como una gacela. Entrenaba mucho. Por eso no estudiaba para los exámenes, ¿verdad? Necesitaba que Hall le ayudara a hacer trampas. ¡Qué vergüenza si Teague, ni más ni menos, suspendía los exámenes! ¡El prodigioso Teague, capaz de hacer cualquier cosa! ¿Un dios en el campo de deportes, un burro en clase?

Teague se aproximó al borde del cráter.

—¡Si Laurence lo hubiese podido demostrar, lo habría hecho hace años! Se está inventando cuentos porque le gustaría que fuesen verdad.

—Sin embargo, uno de sus profesores se enteró, ¿me equivoco? —dijo Pitt claramente—. ¿Se acuerda de él? Murió quemado en su casa. Fumando. Dejó caer una colilla encendida. Al menos eso fue lo que se dijo entonces.

Hall dio unos pasos hacia Teague, que estaba a unos metros de él, al otro lado de la inmensa viga. Esta crujió y dejó caer un poco de yeso. Hall hizo caso omiso y dio otros dos pasos hacia Teague.

Pitt observaba.

Teague sonreía, su mata de pelo parecía un halo a la luz de la luna.

—¿Qué hizo con el dinero, Hall? —preguntó—. ¡Seguro que queda algo! Y sigue pidiendo prestado.

—Para compensar lo que se tragó el fraude —respondió Hall. Parecía que estuviera contemplando el abismo, pero no se tambaleaba sobre la viga, como tampoco apartaba los ojos de Teague.

Pitt vio con el rabillo del ojo que Stoker apuntaba a Hall con su pistola. Pitt mantuvo la suya apuntando a Teague.

Teague se rio.

—Pensó que las minas de Manitoba le proporcionarían una fortuna y que coronaría su éxito convirtiéndose en gobernador del Banco de Inglaterra. ¡Sir Barton Hall! ¡Quizá, con el tiempo, Lord Hall! Salvar el país. Devolvernos a la cima.

De repente Pitt empezó a ver un panorama distinto. Aquello no tenía que ver con el dinero ni con lo que el dinero pudiera comprar, sino con lo que podías conseguir por el hecho de tener dinero. ¡La gloria! La gratitud de hombres con el poder de conceder y arrebatar cargos importantes. El fraude tenía que ver con la ruina... y el rescate del banco.

Pitt dio un paso al frente y levantó la vista hacia Teague, deseoso de mantener la situación bajo control.

—¿Eso es lo que Hall tenía intención de hacer? —le dijo sonriendo como si todavía creyera en él. Si Teague volvía a sus hombres contra ellos, las consecuencias podían ser desastrosas—. ¿Rescatar el banco y, salvando uno, detener el hundimiento de todos los demás? ¿Justo a tiempo?

Teague se quedó perplejo pero enseguida dio un paso al frente para poder ver a Pitt.

—Muy hábil, comandante. Por fin lo ha pillado. Un día o dos después que yo, pero sí, eso es lo que tenía intención de hacer Hall. Convertirse en un héroe. ¡Maldito idiota!

Barton Hall arremetió en el acto. Alcanzó a Teague en medio del pecho y forcejearon durante un instante eterno, después Hall rodeó a Teague con sus brazos y ambos cayeron, desplomándose sobre los cascotes del suelo.

Pitt corrió hacia ellos, tropezando y resbalando mientras la oscuridad se cerraba de nuevo, y buscó el camino hasta el lugar donde Hall yacía absolutamente inmóvil. Una mirada bastó para ver que tenía el cuello roto.

Pitt se volvió hacia Teague justo cuando Narraway llegaba junto a ellos, seguido de cerca por Stoker.

Teague todavía estaba vivo pero tenía sangre en el rostro, en la boca. Pitt se fijó en que le costaba trabajo respirar.

No había tiempo para compadecerse, y, además, nada podía hacer por él.

—¿Dónde está Sofía? —le preguntó Pitt—. ¿Y dónde está el dinero?

—A buen recaudo —susurró Teague—. Pregunte a Hall...

—Es demasiado tarde para eso —le dijo Pitt—. Usted era cómplice de Castillo y Alonso. ¿Fue idea suya?

—Y muy buena —dijo Teague con una mueca que bien podía haber querido ser una sonrisa—. ¡El idiota de Hall se lo tragó todo!

—¿Dónde está el dinero? —repitió Pitt—. Deje que lo devuelva y salve el banco. ¿No es lo que iba a hacer usted, al fin y al cabo? ¿Volver a erigirse en héroe y ser recompensado con el gobierno del Banco de Inglaterra? Lo habría merecido.

—¿Por qué demonios debería decírselo? —preguntó Teague jadeando. Se estaba desvaneciendo por momentos. La hemorragia era interna y no podían detenerla.

—Porque si lo hace, lo devolveré a su sitio —contestó Pitt—. Morirá como el héroe que siempre ha querido ser.

Teague sonrió, torciendo apenas los labios.

—Y si no lo hace —prosiguió Pitt—, me encargaré de que su memoria quede mancillada con la sangre de Sofía Delacruz y de las dos mujeres que murieron en Inkerman Road. Y por lo que yo sé, también con la de aquel pobre profesor de sus tiempos de estudiante, cuando usted no era lo bastante inteligente para aprobar los exámenes y consiguió que Barton Hall hiciera trampas por usted. ¡Y entonces ni su gloria en el *cricket* contará mucho!

—¿Por qué tengo que creerle?

Era evidente que Teague luchaba contra la oscuridad que se estaba adueñando de él.

—Porque le doy mi palabra —respondió Pitt.

Teague susurró algo casi inaudible.

Pitt se agachó para oírlo. Era un número. Las últimas palabras que pronunció Teague fueron el nombre del banco y el del hombre con quien debía hablar.

Pitt alargó el brazo y cerró los ojos de Teague, después se levantó. Miró a los demás hombres.

—Vamos a decir que Teague falleció en un accidente durante el asalto a este lugar —dijo sin cambiar de tono.

Lo miraron fijamente. Fue Brundage quien habló.

—Sabemos que mató a dos mujeres en Inkerman Road y probablemente a un hombre en España. ¡Incluso es posible que matara a su viejo profesor! —protestó.

—No, no lo sabemos —repuso Pitt—. Pero aun suponiendo que lo hiciera, ahora está muerto.

—¡Era un monstruo! —dijo Brundage acaloradamente—. ¡Y ni siquiera sabemos si Sofía está viva! Si no lo está, la torturó hasta matarla. ¿También piensa encubrir eso?

—Si está muerta —contestó Pitt en voz baja y con cierta dificultad—, murió para guardar el secreto del fraude y así evitar que los bancos se hundieran. ¿Quiere castigar a Teague a costa de que todo salga a la luz? Entonces su sacrificio habrá sido en vano.

Brundage permaneció inmóvil, confundido.

—No, no quiere —contestó Narraway por él—. Y ahora no es momento de discutir. Encontremos a Sofía, si es que está aquí. —Bajó la voz—. ¡Y arrestemos a los hombres de Teague! Después ya decidiremos de qué los acusamos. ¡Hay que evitar un tiroteo!

Brundage miró alrededor, empuñando su pistola.

—¿Y los hombres de Hall?

—Dudo que tuviera alguno —contestó Pitt—. Solo estaba aquí por Teague. Creo que solo quería acabar con esto.

Mientras hablaba se fue retirando de nuevo hacia las sombras. Eran demasiado vulnerables a la luz de la luna. Pensó que a lo mejor los hombres de Teague se rendirían, ahora que ya no tenían líder. Quizás incluso estuvieran amargamente desilusionados, tal vez ni siquiera habían entendido del todo lo que estaban haciendo. Pero no tenía la menor intención de confiar en ello por la seguridad de sus propios hombres.

Y Nazario tenía una pistola. Si no encontraban viva a Sofía, quizá tendría tentaciones de vengarse. Pitt no lo culparía si así fuese, y en realidad no quería tener que arrestarlo por ese motivo.

Dejó que los demás rodearan a los hombres de Teague y él y Nazario iniciaron un registro sistemático de lo que quedaba de la fábrica, atentos a las vigas rotas, los suelos de madera podrida, tablas que podían ceder bajo su peso. Avanzaban en silencio, sin gritar el nombre de Sofía por si había hombres de Teague escondidos, asustados y convencidos de que tenían poco que perder.

La peste del fango de la marea llegaba a todos los rincones. Todo parecía hundirse un poco con cada crujido, como si se estuvieran sumergiendo unos centímetros cada vez. La marea estaba bajando. Por debajo de la señal de la pleamar, todo chorreaba.

Fue Pitt quien la encontró. Estaba tendida en el suelo en una de las habitaciones de abajo. Tuvo que chapotear por un charco de agua del río para llegar a la puerta y subir el último escalón.

Había un hombre vigilando la puerta. Levantó su arma hacia Pitt.

Pitt lo golpeó tan fuerte como pudo, sirviéndose de todo su peso. El impacto le hizo temblar el brazo y el hombre se desplomó como una piedra y se quedó inmóvil. Si Pitt se había hecho daño en el brazo, apenas lo notaba. Pasó por encima del hombre y fue al encuentro de Sofía.

Sofía se despertó, abrió los ojos y se encogió como si esperara que fueran a pegarla.

—No se preocupe —dijo Pitt en voz baja—. No voy a hacerle daño.

Sofía lo miró a la pálida luz de la luna.

—Pitt —le dijo Pitt—. Thomas Pitt. ¿Puede incorporarse?

Le tendió el brazo y cuando ella se lo agarró sintió dolor, pero no le importó lo más mínimo. Cerró la mano sobre la de ella y sostuvo su peso.

—¿Puede levantarse? —preguntó—. Apóyese en mí. La sacaremos de aquí y la llevaremos a un médico.

La levantó con tanto cuidado como pudo.

Sofía ya estaba de pie, tambaleándose un poco, cuando Pitt oyó un ruido en la puerta y desenfundó su pistola, apartando a Sofía para tener el brazo libre y poder disparar.

Pero era Nazario quien estaba en el umbral, con la luna mostrando las lágrimas que le surcaban el semblante.

—Gracias —dijo con voz ronca—. ¡Dios mío! Gracias.

Fue hacia ellos y abrazó a Sofía.

Ella se aferró a él un momento y después se irguió con dificultad y evidente dolor. Se volvió hacia Pitt. Tenía la ropa desgarrada, el pelo enmarañado y apelmazado, el rostro sucio, con moretones e hinchado, pero miró a Pitt esbozando una sonrisa.

—Sabía que vendría a buscarme, señor Pitt, pero estoy profundamente agradecida de que no haya tardado mucho más. Creo que no habría resistido. ¿Qué piensa hacer con el señor Teague?

—Ha muerto —respondió Pitt—. Le di mi palabra de que sería enterrado con honores, siempre y cuando el dinero esté donde me ha dicho.

Sofía respiró profundamente y su rostro resplandeció de gratitud.

—Gracias, comandante Pitt. Usted sabe en qué cree y es en algo bueno... muy bueno.